Prévost

Histoire d'une Grecque moderne

Les auteurs

Manon Courbin, docteur agrégée de lettres modernes rattachée au CELLF (Sorbonne Université), a rédigé une thèse sur “L’esthétique du trouble dans les romans-mémoires des années 1730”. Ses derniers articles ont pour objet : “‘Ce n’est pas ma faute’ ou la ritournelle du libertin dans les *Liaisons Dangereuses*”; “L’innamoramento dans les romans-mémoires des années 1730 ou la confuse épiphanie du sentiment amoureux” ; “Un genre dans le trouble? Quand le sentiment déjoue les normes”.

Camille Delattre-Ledig, est agrégée de Lettres Modernes, docteure en langue et littérature française, membre du laboratoire LIS (Littératures, Imaginaire, Sociétés; Université de Lorraine) et membre associée du laboratoire CLESTHIA - Langage, systèmes, discours (Université Sorbonne Nouvelle). Ses travaux portent sur les discours animaux dans les Belles-Lettres au temps de la querelle de l’âme des bêtes (XVIIe et XVIIIe siècles).

La collection *Clefs concours Lettres XVIIIe siècle* est dirigée par

Emmanuelle Sempère.

Conseiller grammaire *XVIIIe siècle*: **Mathieu Bermann**.

Direction scientifique des *Clefs concours :* **Philippe Lemarchand**

Édition : Edouard Fillol

ISBN : 978-2-35030-903-3

CLEFS-CONCOURS LETTRES XVIIIe SIÈCLE

Manon Courbin Camille Delattre-Ledig

Prévost

Histoire d'une Grecque moderne

Atlande

SOMMAIRE

LE TRAVAIL DU TEXTE

AVANT-PROPOS

Fort du succès de *Manon Lescaut* au sein de la postérité littéraire, Prévost a souvent été considéré, à tort, comme l'homme d'un chef-d'œuvre. Ce n'est pas rendre justice à la magistrale production romanesque de l'auteur, qui compte nombre d'ouvrages d'une richesse tout aussi profonde. Parmi eux, *L'Histoire d'une Grecque moderne*, livré au public dix ans après les *Mémoires et aventures d'un homme qualité*, se distingue par la maturation et la complexité des dispositifs narratifs progressivement élaborés par le romancier. Dès les premières lignes, il instaure un jeu de masques, détourne les codes et brouille les pistes : en un mot, il pose les fondations d'un récit proprement machiavélique.

Si le roman constitue un véritable piège de lecture, c'est parce qu'il s'avère triplement retors. L'ouvrage déboussole d'abord par le choix de son sujet, car ce roman-mémoires de facture apparemment très classique – Prévost reprend la veine historique à l'origine du genre en s'inspirant très librement des aventures d'un ambassadeur français en mission à Constantinople qui avait fait scandale à son époque –, fait preuve d'une belle innovation thématique. Il faut dire que l'intrigue est savoureuse. Le protagoniste, un diplomate qui se veut gentilhomme, rencontre une jeune esclave grecque dans un sérail ; il lui sert alors un discours sur la prétendue liberté féminine à l'occidentale, sans penser que, le prenant au mot, elle lui demandera d'organiser sa libération et de prendre en charge son éducation morale. L'ambassadeur assume tant bien que mal le rôle de pédagogue dont il se prévaut, mais qui devient incompatible avec les désirs et sentiments qu'il conçoit pour cette belle Grecque, qui, au nom de ses nouveaux principes de vertu, se dérobe toujours à ses avances. La conversion morale de Théophé constitue ainsi la pierre de touche du roman, et offre un déclencheur d'intrigue encore "plus fort et inattendu que la rencontre foudroyante d'un jeune séminariste et d'une catin" [GOLDZINK, 2008, p. 360, à propos de *Manon Lescaut*]. Le roman repose donc sur une histoire de maîtrise et de déprise : l'ambassadeur ne parviendra jamais à resserrer entièrement son étreinte sur la jeune femme tout comme il échoue, malgré son habileté rhétorique, à maîtriser totalement un discours qui trahit la persistance de son ressentiment et de ses illusions. Tout comme Théophé, sous l'emprise de l'ambassadeur tyrannique, n'obtiendra jamais la pleine liberté à laquelle elle aspire, le protagoniste, à mesure que progresse sa passion, n'est également plus "maitre de [s]on cœur" (p. 208) et perd sa "liberté d'esprit" (p. 285), pour s'enfermer malgré lui dans une situation aliénante. Confronté à une impasse entre sa passion amoureuse et ses ambitions morales, il se retrouve progressivement pris au piège de ses désirs contradictoires, qui finiront par le consumer et le conduire aux marges de la folie. En se nouant autour de cette situation parfaitement insoluble, l'intrigue se développe à la manière d'une expérience de pensée destinée à éclairer les pièges du désir et les illusions de l'amour-propre.

Le roman est également glissant par les distorsions narratives qu'il met en place. Si les feintes et les artifices dans la narration de soi constituent tout le sel du roman à la première personne, c'est particulièrement le cas dans ce texte qui annonce l'histoire d'une jeune femme en ne proposant en réalité que l'histoire de la manière dont elle est perçue par un protagoniste bien souvent suspect. Fondé sur des représentations imaginaires, tout le roman repose sur un angle mort, entretenu par le silence de la principale intéressée dont le narrateur livre tout autant l'histoire que le procès, à partir de son seul point de vue personnel, partiel et partial. Le lecteur se trouve ainsi pris au piège d'un récit privé de toute transparence, que le romancier rend encore plus problématique parce qu'il multiplie les hypothèses possibles qui découlent de la conduite et des discours des personnages, en empêchant le lecteur "de décider laquelle est déterminante, de reconstituer la logique de l'ensemble" [SERMAIN, 1985, p. 132]. Le récit se déploie ainsi autour d'un mystère, qui tient moins au personnage de la Grecque en lui-même, qu'à la peinture déformée, opaque et insaisissable qu'en offre le narrateur.

Le piège du récit tient enfin à l'ambiguïté rhétorique mise œuvre dans le roman par ce maître de l'équivoque et de l'implicite qu'est Prévost. Des jeux de modalisation aux sous-entendus en passant par les mots à double entente, le texte se déploie comme sur un double fond, et semble toujours signifier davantage que ce qu'il désigne. L'un des principaux sujets du roman réside finalement dans la maîtrise du discours (aussi bien celui de l'ambassadeur que celui de Théophé), pour orienter le regard de l'autre ou faire valoir ses motifs et son point de vue. Il incombe au lecteur d'évoluer au sein de cette fiction labyrinthique, démarche d'autant plus délicate que le jugement ultime du récit lui est en dernière instance offert, tel un cadeau empoisonné. Pour ne pas se faire happer par les sables mouvants de cette fiction, le lecteur est alors invité à s'atteler à un patient décryptage herméneutique, pour confronter les différents discours et les points de vue que l'auteur fait cohabiter et déceler les incohérences ou contradictions internes qui émergent du récit du narrateur.

En mettant en abîme ses lacunes ou dérobades narratives, le roman incorpore ces failles pour mieux faire surgir les limites du récit. Le personnage de Théophé s'impose ainsi comme une présence à interpréter, un objet qui se donne à lire [Herman, 2001, p. 166-167], tout en se dérobant à la retranscription. Face à elle, le narrateur fait l'expérience de la douloureuse confrontation à une altérité qui résiste à la fois aux mots et à son appréhension par un esprit en proie à l'aveuglement nourri par ses propres contradictions personnelles. La figure de la jeune Grecque, présence mystérieuse et cryptée, fait ainsi surgir, de manière éminemment moderne, "les difficultés contemporaines à situer moralement les êtres et à construire un discours de vérité sur l'homme", qui est le grand objectif affiché du romancier [Sempère, 2003, p. 236]. Théophé apparaît finalement comme la métaphore même du texte indéchiffrable et inachevable par la résistance que l'originalité irréductible de son individualité oppose à la fixité de tout discours. Présence indéchiffrable, Théophé demeure, comme le texte dont elle est l'image, un objet de désir qui s'entretient perpétuellement par le mystère qui l'entoure.

REPÈRES

DE L'HISTOIRE À LA FICTION : UN ROMAN AU PARFUM DE SCANDALE

Roman à succès, *L'Histoire d'une Grecque moderne* puise dans un ensemble d'événements ayant défrayé la chronique mondaine de l'époque. Dans le cadre de sociabilité offerte par les salons littéraires, comme celui de Mme de Tencin qui s'impose dans la première moitié du siècle, les romans en vogue font l'objet de discussions animées, et, parfois, d'échanges ludiques visant à identifier les personnages ou événements réels qui s'y dissimuleraient. Tout en niant l'inspiration de faits réels, Prévost, qui, en cette année 1740 a besoin d'un succès littéraire rapide pour se sortir d'une crise à la fois personnelle et financière, sait toutefois attiser la curiosité de son lectorat. En contredisant tous les codes de la préface, il annonce dans la sienne qu'il ne dévoilera "ni clé des noms, ni éclaircissement sur les faits" pour éclairer le lecteur et lui permettre de "deviner ce qu'il n'entendra point par ses propres lumières" (p. 51). Le public n'est que plus enclin à se prêter à ce jeu de *devinettes :* il se plaît à déchiffrer les ressemblances et identifie rapidement les personnalités ayant pu inspirer l'ambassadeur et sa jeune esclave libérée. Dans une lettre écrite à M. d'Héricourt en juin 1741, Mme de Staal reconnaît ainsi : "J'ai commencé la *Grecque* à cause de ce que vous m'en dites ; on croit, en effet, que Mlle Aïssé [ou Haïcé] en a donné l'idée" [Mauzi, 1965]. Prévost entretient lui-même le doute, par un ajout qu'il glisse ultérieurement, de manière manuscrite dans la préface de l'édition originale : en admettant auprès de ses lecteurs “qu’il peut avoir un double prix pour ceux qui auront eu quelque connaissance des principaux personnages”, l’auteur les avertit toutefois “de confondre l’héroïne avec une aimable Circassienne qui a été connue et respectée d’une infinité d’honnêtes-gens” (p. 51). Par cette mise en garde paradoxale, il établit lui-même un lien explicite entre la protagoniste du roman et celle que le public avait sans grand mal perçue comme une source d’inspiration.

Il y avait été aidé, il faut le dire, par l’identité du personnage principal qui présente des liens encore plus marqués avec une autre personnalité réelle, le comte de Ferriol, à tel point que certains lecteurs n’ont même pas pris la peine de distinguer fiction et réalité, pour lire le fond de l’intrigue du roman comme “l’aventure de M. de Ferriol lorsqu’il était notre ambassadeur à la Porte” [lettre d’Anfossi à Caumont, 17 octobre 1740, cité par SGARD, 1989, p. 430]. Prévost s’inspire en effet d’événements connus de la troisième ambassade de ce comte, envoyé par Louis XIV à Constantinople de 1699 à 1710, et propose une version personnelle de sa disgrâce, provoquée par une crise de folie qui avait alors fait scandale. Le roman s’appuie donc autant sur l’histoire sulfureuse de ce “diplomate habile, quoique un peu aventureux” [ASSE, 1893, p. 1], que sur la légende progressivement cristallisée autour du personnage de Charlotte-Elisabeth Aïcha, dite Mlle Aïssé. Celle que Voltaire nommait “la nymphe de Circassie” [SGARD, 1989, p. 430], était encore une petite fille de quatre ans lorsque le comte de Ferriol l’arracha, en 1698, aux mains des Turcs qui l’avaient mise en esclavage. Il la confie alors aux bons soins de Mme de Ferriol, qui se trouve être la sœur de Mme de Tencin, la célèbre femme de lettres et salonnière mentionnée plus haut. Lorsqu’en 1711, l’ambassadeur âgé de soixante-quatre ans revient en France après sa disgrâce, il retrouve sa protégée, avec qui il restera jusqu’à sa mort en 1721 (Aïssé, qui meurt dix ans plus tard, sera inhumée avec lui). La nature de leurs relations demeure obscure, entre une affection paternelle durable et des liens plus charnels, selon des rumeurs de l’époque qui faisaient également de Mlle Aïssé la maîtresse du Régent ou du marquis d’Argenson. Cette ambiguïté transparaît des lettres mêmes que Charles de Ferriol écrivit à Mlle Aïssé : “Lorsque je vous retirai des mains des infidèles [...] je prétendis profiter de la décision du destin sur le sort des hommes pour disposer de vous à ma volonté, et pour en faire un jour ma fille ou ma maîtresse. Le même destin veut que vous soyez l’une ou l’autre, ne m’étant pas possible de séparer l’amour de l'amitié, et des désirs ardents d'une tendresse de père" [cité par BOUVIER, 1948, 122]. Entre l'emprise de Charles de Ferriol qui entend disposer de sa protégée selon sa "volonté" et l'ambivalence de l'ambassadeur, qui oscille entre les postures d'amant et de père, nous retrouvons ici les principaux ingrédients qui nourriront la trame du roman de Prévost.

N'en déplaise à certains de ses lecteurs contemporains, le romancier est pourtant loin d'avoir simplement retranscrit l'histoire du comte de Ferriol et de Mlle Aïssé : il puise au contraire à différentes sources, brouille les noms et entremêle les intrigues. Car si Mlle Aïssé est si célèbre en ce début du XVIIIe siècle, c'est autant pour ses liens avec l'ambassadeur que pour l'histoire de sa grande passion avec le chevalier d'Aydié, qui donnera naissance à une véritable légende littéraire. La jeune femme entretient en effet une liaison durable avec ce chevalier de Malte, dont elle eut même une petite fille en 1721. Après la mort de Ferriol deux ans plus tard, elle refuse pourtant de l'épouser et, frappée par la tuberculose, elle finit par se repentir de cette liaison pour se dédier corps et âme à la chasteté et à la religion jusqu'à sa mort en 1733. La légende de la vertueuse Aïssé se propage alors, donnant lieu à diverses adaptations comme la comédie du marquis Duchâtel, *Zaïde ou la Grecque moderne*, livrée au public en 1741, et mettant en scène une vertueuse esclave qui refuse l'amour de son maître pour ne pas l'entraîner dans une mésalliance. Donnant libre cours à une sensibilité pathétique, la pièce exalte l'innocence vertueuse pour faire couler les larmes [SGARD, 1989, p. 431]. La fascination attachée à ce couple d'amants célèbres se cristallise définitivement lors de la publication des lettres – probablement posthumes – de Mlle Aïssé, parues en 1787, mais dont on a déjà trace trente ans plus tôt, et qui dévoilent une image éminemment sensible de la jeune femme, déchirée entre sa passion et son attachement religieux. Cette légende se propagera par-delà les siècles comme le montre encore l'étude que Mme Claude Ferval, femme de lettres et amie de Marcel Proust, consacre à *Mademoiselle Aïssé et son tendre chevalier* (1948). Si l'œuvre de Prévost diffuse une image bien plus sobre et complexe que celle de cette martyre de l'innocence vertueuse aux élans pathétiques qui a fini par accompagner le souvenir de Mlle Aïssé, il a pu trouver dans sa vie l'idée centrale de son roman, à savoir la conversion morale de son héroïne, et son refus obstiné de céder à toute offre de mariage. L'on peut également déceler dans son roman différents échos à ce chevalier fortement épris, à travers la passion obstinée de l'ambassadeur pour la belle Grecque, ou bien, de manière plus cryptée encore, avec la relation secrète que la jeune femme est soupçonnée d'entretenir à la fin du roman avec le "comte de..." – originairement nommé "chevalier de D.", par une appellation qui, paraissant trop visible au chevalier d'Aydié lui-même, finira par être effacée du roman [Singerman, 1990, p. 19].

Le personnage de Théophé s'émancipe par ailleurs du modèle de Mlle Aïssé en faisant écho à une autre figure féminine présente dans la vie de Ferriol : Lucie-Charlotte de Fontana, une jeune fille arménienne que l'ambassadeur ramena avec lui à Paris, avec qui il vécut pendant dix ans avant de la doter pour qu'elle se marie, et dont il fit également mention dans son testament. Si, contrairement à Mlle Aïssé, nous possédons peu d'informations sur cette jeune femme, La Motraye, qui consacre plusieurs chapitres à l'ambassade de Ferriol, l'évoque lors d'un épisode qui inspirera à Prévost la crise de folie de l'ambassadeur ayant provoqué sa disgrâce : "Mais ce qui mortifia davantage M. de Ferriol, fut qu'on éloigna d'auprès de lui une fille Arménienne qu'il appeloit *Figlia d'anima* ou sa fille d'âme (c'est ainsi qu'on nomme les personnes adoptées de ce sexe), & que la médisance appeloit sa fille de corps. Cette fille le suivoit, & le tenoit par la main jusques dans les rues..." [La Motraye, 1727, p. 410]. L'ambassadeur, alors en proie au délire et aux insomnies, n'avait "que trop bien disposé les esprits à ajouter foi à la nouvelle de sa folie", si bien que "le désordre dans lequel se trouvoit l'ambassadeur fut tenu si peu secret, que toutes les différentes nations du lieu le surent en moins de six jours" [Asse, 1893, p. 110-111]. Bien que Prévost impute une autre cause principale à la crise de folie de son personnage – la suspension de "la fête du roi" réclamée par le nouveau vizir en place (p. 241-245) –, l'on décèle toutefois un écho à l'épisode raconté par La Motraye dans le roman, où cette crise de folie est également motivée par le projet d'enlèvement de Théophé fomenté par Synèse et le chevalier sicilien (p. 244-245). L'enlèvement d'une femme qui lui est chère, la folie passionnée et la confusion entre le rôle de père et d'amant qui transparaît également de la relation entre Ferriol et sa "fille d'âme" sont autant d'éléments dont le roman semble porter la trace.

Parmi la ronde des personnalités ayant inspiré, de près ou de loin, les protagonistes de ce roman, nous trouvons enfin le comte de Bonneval, aussi connu sous le nom Humbaraci Ahmed Pacha. Cet ancien officier français ayant mené une vie rocambolesque, se mettant tour à tour au service du Piémont puis de l'Autriche, finit par offrir ses services à l'Empire Ottoman, comme conseiller du sultan Mahmud Ier. Alexandre de Bonneval se convertit alors à l'islam et prend le nom d'Ahmed, en signe d'intégration, avant d'obtenir la distinction de pacha. Cette conversion jugée scandaleuse fera l'objet d'une longue polémique en France, qui inspire la publication d'un texte apocryphe en 1737 : en partie composés par ses détracteurs, *Les Nouveaux mémoires du comte de Bonneval* font l'objet d'un grand succès et nourrissent le "mythe de Bonneval" [SGARD, 1970]. Le roman de Prévost, qui avait lu cet ouvrage, témoigne d'étonnantes ressemblances avec lui. Alan J. Singerman en retranscrit des extraits dans l'Appendice 3 de son édition pour souligner cette mise en rapport, tel le récit qu'une jeune française, rencontrée sur un marché d'esclave, livre de sa mise en captivité en suppliant Bonneval de la libérer, ou encore l'intérêt qu'une jeune Persane éveille en lui, en avouant sa lassitude du sérail (p. 327-329). L'on saisit mieux ce que le comte de Bonneval a pu inspirer dans la création du personnage de l'ambassadeur, qui connaît toutes les intrigues de la cour de Constantinople, maîtrise parfaitement la langue turque et chuchote à l'oreille des vizirs, qui, en un mot, étonne par la "singularité de voir un François aussi turc [...] que les habitans naturels du pays" (p. 56). Prévost compose ainsi son roman à la manière d'un puzzle, en assemblant des pièces inspirées de différents personnages dont il sélectionne, entremêle ou détourne des références au service de sa création littéraire.

Malgré tous les jeux d'association que le lecteur peut s'amuser à établir entre les protagonistes et leurs diverses sources d'inspiration, il n'en reste pas moins que Prévost compose une histoire qui lui est propre et demeure très attaché à la dimension fictionnelle de son roman. Il le revendique dans sa préface, après avoir attiré l'attention du lecteur sur cette "aimable circassienne", en soulignant que son "histoire n'a point eu de ressemblance avec celle-ci" (p. 51). De fait, si Mme de Staal admet les ressemblances entre le roman et la vie de Mlle Aïssé dans sa lettre à M. d'Héricourt, elle conclut surtout en notant que "tout cela est bien brodé". Car à l'origine du roman, il y a une "infime anecdote qui va prendre, dans la conscience du romancier, une immense résonance" [SGARD, 1989, p. 432]. Certes Prévost s'inspire de personnages réels, certes il retranscrit certains événements historiques comme la révolte menée par les janissaires en 1703 pour destituer le sultan Mustapha II en faveur de son frère cadet ou la fête donnée par Ferriol en 1704 pour célébrer la naissance du duc de Bretagne, mais il compose surtout une œuvre personnelle et fictive, qui n'est finalement jamais tributaire que de son invention. Car comme le note malicieusement Jean Sgard, "il oublie l'histoire, il mélange les événements, confond les vizirs, réinvente Ferriol, s'embarrasse aussi peu d'Aïssé que de Lucie, il écrit la seule histoire qui lui tienne à cœur" [1989, p. 431-432]. Ce n'est pas tant là pointer des maladresses ou négligences, que louer la prodigieuse capacité de créativité de l'auteur. C'est elle qui lui a permis de déceler, dans l'ambiguïté des relations entretenues entre une ancienne esclave et son protecteur, une véritable machine infernale conduisant à un parfait piège fictionnel, où s'agit moins de déceler les références et démasquer les personnages, que de décrypter un discours pour démêler les méandres du cœur humain.

PRÉVOST ET LA POÉTIQUE DU ROMAN-MÉMOIRES

L'ÂGE D'OR DU ROMAN-MÉMOIRES : PRINCIPES ET TECHNIQUES

Avec le récit de l'ambassadeur, Prévost élabore le portrait d'une âme qui se livre elle-même. Il pratique ainsi le genre dont il est à la fois l'un des maîtres et initiateurs : le roman-mémoires, qui retrace les mémoires de personnages fictifs, sur le modèle des mémoires historiques narrant la vie des Grands du royaume faisant florès au siècle précédent. Les années 1730 marquent ainsi "l'âge d'or du récit en je" dans la fiction, qui dominera la production romanesque tout au long du siècle : c'est l'essor du roman à la première personne et d'une écriture qui s'éloigne du modèle historique pour se concentrer sur la vie privée des personnages [DÉMORIS, 2002]. Si Marivaux et Prévost sont encore considérés comme les principaux fondateurs du genre, toute une pléiade d'auteurs (Crébillon, Duclos, Mouhy, ...) participe à son déploiement, en bénéficiant du contexte de sociabilité littéraire et d'émulation intellectuelle offert dans le cadre de salons comme celui de Mme de Tencin. Après les succès de *L'Histoire du chevalier des Grieux et de Manon Lescaut* (1731) et de *Cleveland. Le Philosophe anglois* (1731-1739), qui assurent la renommée de l'auteur, *L'Histoire d'une Grecque moderne* s'inscrit dans cette grande tradition littéraire qui s'épanouit depuis dix ans en scellant l'union du roman et de la description de la vie intérieure. Cela transparaît dès l'exorde du récit, qui emprunte au modèle de la confession intime : "J'ai longtemps aimé, je le confesse encore" (p. 55), avoue le narrateur pour mieux accréditer son histoire (v. Une enquête romanesque / Un triple seuil problématique).

Le récit à la première personne se distingue essentiellement par l'effacement du point de vue omniscient du créateur devant le point de vue intime du narrateur : le lecteur n'a jamais accès aux événements bruts, mais uniquement tels qu'ils ont été vécus ou perçus par une conscience, nécessairement limitée, orientée ou faillible.

La poétique romanesque se trouve investie d'une tâche nouvelle : offrir une peinture de l'homme moderne et enregistrer l'effritement des repères qui marque ce premier XVIIIe siècle. Ces romans représentent ainsi une époque où les dogmes religieux sont soumis à examen et où la montée de la bourgeoisie d'affaire bouleverse le système d'ordres qui fixait chacun à un rang établi et révèle tout l'arbitraire des positions de pouvoir. Le roman de Prévost en rend compte, en prenant comme héroïne une jeune femme qui épouse naturellement une religion qui lui est étrangère, ou en révélant la fragilité du pouvoir de l'ambassadeur qui essuie, après un coup de folie, une disgrâce définitive. Cette période marque alors l'accession progressive de l'écrivain de fiction à "la position d'instance morale de référence, en fonction de supplément [...] aux autorités philosophiques et religieuses défaillantes" [DÉMORIS, 1999, p. 171-172]. Si l'univers romanesque de Prévost ne diffuse jamais de ligne idéologique établie ou définitive, il interroge les institutions, défait les préjugés et met en perspective les normes morales. Mais, plus que tout, Prévost est un "romancier des aventures de l'âme" [COULET, 2000, p. 295]. En usant de toute la pénétration introspective propre au roman à la première personne, il sait concevoir les situations les plus efficaces pour déployer tout un univers subjectif, fait de tensions contenues ou de contradictions voilées. Si Prévost est toujours dans la vérité, ce n'est pas dans celle attachée à la précision des faits historiques ou à la cohérence des événements, mais dans une vérité psychologique qui exhibe les rouages secrets du cœur humain et qui confère aux passions même les plus effrénées "un caractère d'évidence et de nécessité" [*Ibid.*, p. 328]. Car quoi de plus plausible, quoi de plus pathétique, que ce diplomate qui se prend de passion pour une jeune femme qui lui échappe sans cesse au nom des principes de vertu qu'il a lui-même prétendu lui inculquer ? Prévost est le maître de ces impasses psychologiques, qui font surgir l'altérité d'une conscience et révèlent ses fonctionnements les plus retors.

Si le roman-mémoires s'avère être un formidable outil d'exploration du cœur humain, cela tient en grande partie à sa structure narrative particulière qui consiste, comme l'a identifié Rousset, à "présenter en double registre un regard et l'objet de ce regard" [ROUSSET, 1986, b, p. 53]. Le récit à la première personne réclame en effet de distinguer derrière le "je" du texte, le je-narré désignant le héros de l'action, du je-narrant, le narrateur qui raconte son histoire *a posteriori*. La puissance du récit autodiégétique naît de cette capacité à unir ces deux instances "en un même être tout en leur interposant la distance qui sépare son présent de son passé" [*Ibid.*]. Si le "je" de *L'Histoire d'une Grecque moderne* désigne le même protagoniste, le narrateur déchu, infirme et solitaire qui recompose les pièces de son histoire est pourtant bien différent du diplomate téméraire qui manigancera pour libérer Théophé du sérail. Le double registre repose ainsi sur une distance temporelle qui marque une dissociation entre le personnage actant et le narrateur analysant, qui surplombe et éclaire ses transports passés : il marque une séparation entre "le temps de la spontanéité obscure et le temps de la réflexion spectatrice", éclairée et lucide qui serait celle de la narration" [*Ibid.*]. Le récit de l'ambassadeur est en cela émaillé de commentaires éclairant, jugeant ou raillant ses attitudes ou états d'âme passés. Lorsque le narrateur retranscrit un long raisonnement destiné à justifier son désir pour Théophé tout en masquant l'ampleur de sa passion, cette belle démonstration est aussitôt ruinée par une sentence incisive : "Telles étoient encore les bornes où je croyois renfermer mes sentimens" (p. 114). Par son regard rétrospectif porté sur les faits qu'il raconte, le narrateur peut dévoiler sa mauvaise foi ou son aveuglement et se désolidariser de ses anciens égarements. En mentionnant un oubli particulièrement bienvenu pour éviter une confrontation malvenue avec Théophé, le narrateur fait jour sur cette supercherie en se révélant finalement "assez satisfait d'avoir ce prétexte pour [s]e déguiser [s]a foiblesse à [s]oi-même" (p. 129). Comme le montre cet exemple parfait de double registre, la distance du regard rétrospectif, qui révèle derrière un prétendu oubli une excuse bien trouvée, peut plus lucidement dévoiler et assumer ces jeux de faux-semblants (v. Explorations de la psyché). Et puisque la distance temporelle entre le je-narré et le je-narrant se réduit au fur et à mesure de la narration, qui se rapproche du temps vécu, cette lucidité s'estompe progressivement au cours du récit. Cela explique l'évolution du regard que le narrateur porte sur Théophé, qui s'avère de plus en plus sévère et implacable (v. Principes de composition / Reflets, spirale, oscillations / La bipartition du récit : rupture et miroir). Si le récit autodiégétique émane bien d'une conscience unique, ces différents degrés de distanciation produisent des effets d'altérité qui permettent de mesurer l'évolution du protagoniste en confrontant des visions inscrites dans le temps.

La particularité de la poétique prévostienne tient alors aux modulations que Prévost impose au principe du double registre au cours de son récit. Car s'il ménage ces effets de distanciation narrative, il accorde également une place centrale à "la relation de continuité" qui existe entre le narrateur et le personnage qu'il fut alors, qui ne peuvent former deux entités distinctes [ROUSSET, 1986, a, p. 91]. Ainsi, le narrateur qui retranscrit des méditations sur sa passion qu'il tente de maîtriser, conclut en s'exclamant : "Que j'étois éloigné néanmoins de prévoir les tourmens que je me préparois !" (p. 208). Le narrateur utilise certes ses connaissances actuelles pour créer des effets d'annonce dont l'anticipation recompose l'ordre chronologique de l'histoire, mais il semble aussi, par ce genre d'exclamation sensible, revivre en partie les événements qu'il raconte. En mettant en relief l'investissement sensible qui se produit dans le temps de la narration, le romancier assouplit la bipartition du double registre, en concevant un troisième ordre, celui de la remémoration provoquée par l'affectivité actuelle du narrateur [ROUSSET, 1965]. Prévost se plaît souvent à déplacer le centre de gravité de la narration, qui excède bien les événements racontés pour dévoiler en filigrane la situation actuelle d'un narrateur encore très impliqué, touché ou aveuglé par les événements qu'il raconte. *L'Histoire d'une Grecque moderne* illustre ainsi parfaitement l'une des spécificités du récit prévostien, dans lequel la distanciation permise par le double registre est parfois réduite au maximum (v. Explorations de la psyché / De l'investigation introspective à l'éraillement du double registre). Malgré toute son expérience, le narrateur n'y voit alors pas plus clair dans les événements qu'il raconte pourtant longtemps après : son récit ne mène à aucune élucidation de l'intrigue. C'est à ce titre que le narrateur prétend confier au lecteur l'arbitrage de ce récit : "après avoir rapporté ingénument des faits qui m'ont jetté moi-même dans les dernières incertitudes, c'est au lecteur que j'en veux laisser le jugement" (p. 236). Loin d'user de sa distance analytique pour faire jour sur les événements décrits, le narrateur se borne à déplorer son ignorance. Tout l'intérêt du récit tient alors à la difficulté de distinguer cette obscurité de l'aveuglement souvent prétexté par le narrateur pour justifier ses égarements passés ou persistants.

LE TOURNANT DES ANNÉES 1740

Si les principes poétiques régissant *L'Histoire d'une Grecque moderne* illustrent bien l'esthétique générale de Prévost, ils témoignent aussi d'une évolution considérable dans sa pratique d'écriture. Celle-ci coïncide avec la période de crise alors vécue par le romancier, crise à la fois financière qui le contraindra à s'exiler en Belgique (au bord de la faillite, la lettre qu'il envoie alors à Voltaire en janvier 1740 pour lui demander un soutien financier est restée célèbre), et personnelle car c'est également cette année-là qu'il apprend le mariage de Mme Chester, la femme dont il était épris et qui l'avait auparavant ruiné. Cette période critique s'accompagne pourtant d'une intense productivité littéraire : il livre tour à tour romans (L'*Histoire d'une Grecque moderne*, *Les Campagnes philosophiques* et *La Jeunesse du Commandeur*), études historiques (*Histoire de Marguerite d'Anjou*, puis *Histoire de Guillaume le Conquérant*) ou travaux journalistes (avec la publication des tomes XIX et XX du *Pour et Contre*). Cette période de crise est importante car elle a considérablement éprouvé l'auteur et influencé sa production romanesque. Certains critiques avancent l'idée que l'ambassadeur vieilli et disgracié serait un reflet intime de l'auteur, Jean Sgard allant jusqu'à affirmer que ce portrait déchu, "c'est Prévost tel qu'il s'est vu lui-même" [1989, p. 433].

Par-delà les résonances autobiographiques, qu'il est toujours délicat d'évaluer, cette période infléchit surtout considérablement la poétique romanesque de l'auteur, non seulement par cette productivité effervescente, mais aussi par l'éclosion d'une nouvelle manière esthétique engagée en ce tournant des années 1740. Cette évolution poétique se manifeste tout d'abord par différentes mutations thématiques. La peinture exaltée des passions, la critique des institutions, ou l'exposition des tensions entre les aspirations du sujet et les normes du monde extérieur, demeurent des motifs de prédilection de l'auteur. Mais ses nouveaux romans témoignent aussi d'une évolution des conflits subjectifs : les narrateurs ne sont plus soumis à un ordre rigide ou lié à un entourage familial rassurant ou contraignant : "ce sont essentiellement des exilés volontaires, ou des aristocrates dans une situation autonome" [Leborgne et Sermain, 2003, p. 3]. Le personnage de l'ambassadeur missionné à Constantinople semble ainsi parfaitement indépendant : il en repart comme il y est venu, sans autre attache que la jeune Grecque qui l'accompagne lors de son retour à Paris. Prévost travaille également à renouveler les représentations de la passion. Ses anciens romans en présentaient déjà une critique aiguisée – les égarements de Des Grieux auprès de Manon en sont l'illustration la plus célèbre. Mais il louait alors aussi la beauté de ces emportements passionnés, qui faisaient tout autant la grandeur de l'homme que sa faiblesse. Sa nouvelle veine romanesque donne lieu à un pessimisme beaucoup plus marqué. *L'Histoire d'une Grecque moderne* ne donne ainsi aucune place à "la splendeur de l'amour partagé ou du malheur héroïque" [SGARD, 1989, p. 5]. Bien loin de révéler la force de caractère du héros, sa passion devient dévastatrice et le plus souvent pitoyable. L'ambassadeur se montre ainsi possessif, jaloux, mesquin, insultant, cruel : rarement sa passion ne l'élève ou ne l'ouvre à l'altérité de l'être aimé (v. Du roman d'amour au roman de la frustration). L'exaltation de héros comme Des Grieux ou la mélancolie d'un Cleveland ont cédé la place à un scepticisme généralisé envers l'engagement amoureux, source de folie ou de duplicité [LEBORGNE et Semain, 2003, p. 6]. Cette mutation thématique se manifeste enfin dans la représentation du personnage féminin, qui devient un nouveau terrain d'expérimentation romanesque. Prévost développe un imaginaire plus sombre, peuplé d'héroïnes désidéalisées ou paradoxales, telle l'étonnante figure de "sainte odalisque" qu'incarne Théophé [COREY, 2003, p. 91]. Tout comme Helena, dans la *Jeunesse du Commandeur* (1741), sera abandonnée par son amant après avoir été défigurée par la petite vérole, Théophé finit par mourir délaissée par un héros qui s'est lassé de ses refus inflexibles. Le narrateur la rend toujours suspecte et porte sur elle un regard curieux et inquisiteur qui la rattache à une "altérité fondamentale" [COREY, 2003, p. 98]. Faute de pouvoir la posséder, il la réduit à une énigme dont le sens lui échappe (v. Le Mystère Théophé : de l'énigme au procès). En bouleversant l'horizon d'attente qui portait sur le personnage féminin et l'aventure amoureuse, Prévost métamorphose son propre art du récit.

La mutation poétique qui transparaît des romans de Prévost au tournant des années 1740 détermine de nouvelles pratiques formelles : le romancier délaisse notamment les aventures spectaculaires, les compositions narratives complexes ou les récits multiplement enchâssés. Certes *L'Histoire d'une Grecque moderne* contient encore des révoltes politiques ou des attaques corsaires, certes il accueille le récit enchâssé de Théophé, mais il s'agit d'événements très épisodiques, qui ne façonnent pas la structure générale de l'œuvre. À l'instar de ceux de cette période nouvelle, ce roman se caractérise surtout par le "resserrement de la diégèse sur une destinée singulière, retracée par le héros-narrateur lui-même et limitée dans le temps" [Leborgne et Sermain, 2003, p. 8]. Car en annonçant offrir au lecteur l'histoire de cette Grecque moderne, le narrateur retrace sa propre histoire, et se concentre essentiellement sur leur relation à laquelle se rattachent, comme dans l'intrigue tragique, tous les événements annexes.

Cette apparente simplicité d'intrigue ne doit toutefois pas prêter à confusion car elle est largement compensée par un nouveau mode de narration, éminemment trompeuse. Si les romans des années 1730 laissaient déjà planer le doute quant à l'intégrité et à la sincérité prônées par le narrateur, Prévost généralise désormais le principe en faisant de cette suspicion narrative la véritable clef de voûte du récit. Le romancier modifie la perspective romanesque pour entretenir l'ambiguïté : *L'Histoire d'une Grecque moderne* se distingue par l'énigme générée par l'ellipse et le retrait d'explication, deux traits explicitement revendiqués [*Ibid.*, p. 10]. De l'exorde au dénouement, le narrateur maintiendra toujours le doute sur l'intégrité de Théophé, dont il préfère "abandonner le jugement" au lecteur (p. 55 et 283). Mais bien loin de la façade de neutralité qu'il affiche, le narrateur se révèle encore retors et manipulateur, cherchant à diriger l'opinion du lecteur par un arsenal de stratégies rhétoriques. Ce récit dont le dénouement laisse ouvertes toutes les interrogations, et dont l'instance narrative est si nettement biaisée, produit inévitablement un malaise de lecture. Là où les romans des années 1730 fixaient un pacte de lecture face auquel le lecteur devait se positionner, dans la trilogie des années 1740, "les contrats ne sont annoncés que pour n'être pas remplis" [Sermain, 2003, p. 344]. La préface du roman annonce n'apporter aucun éclaircissement (p. 51), tout comme l'exorde affiche une prétendue neutralité presque immédiatement discréditée (p. 55-56) (v. Une narration sous le signe de la suspicion). Confronté à ces pactes diaboliques, le lecteur en vient à douter de la logique du récit et du rôle même qui lui est attribué. Ne demeure que la formidable modernité de ces mécanismes narratifs, destinés avant tout à égarer le lecteur et à entretenir une logique du soupçon.

L'EXPLORATION DU MONDE MORAL : FILIATION PHILOSOPHIQUE, INNOVATION POÉTIQUE

L'évolution de la poétique prévostienne prolonge cependant ses ambitions premières, qui consistent davantage à "reconstituer les émotions et les réflexions d'un personnage qu'à construire une intrigue parfaitement cohérente" [COULET, 2000, p. 294]. Entièrement focalisée sur les tourments et les ratiocinations de l'ambassadeur, *L'Histoire d'une Grecque moderne* témoigne de sa volonté d'explorer les régions les plus profondes du "monde moral", comme Prévost le définira dans son ouvrage du même titre : "[L'auteur] entend, par le côté moral, certaines faces qui répondent aux ressorts intérieurs des actions, et qui peuvent conduire, par cette porte, à la connaissance des motifs et des sentiments" (*Le Monde moral*, 1764, p. vi). Prévost livre de véritables "études cliniques" éclairant les mécanismes des passions : il parvient à rendre vraisemblables les attitudes les plus étranges, en montrant comment l'esprit travaille à fabriquer toute sorte de justifications pour se tromper lui-même [COULET, 2000, p 326-329]. L'auteur met ainsi son art romanesque au service de l'exploration des rouages les plus complexes, retors ou paradoxaux de l'esprit humain.

Si Prévost excelle dans l'analyse du monde moral, sa pratique diffère des moralistes du siècle précédent qui anatomisaient le cœur humain en le renvoyant à des maximes universelles. La pensée de l'auteur est davantage tributaire des nouvelles philosophies du sujet qui cherchent à éclairer les logiques constitutives de la psyché et le fonctionnement de la conscience, et dont le rayonnement influence considérablement la production romanesque de l'époque. Les romans de Prévost font ainsi écho au développement de la pensée empirique de son temps, notamment sous l'influence centrale de Locke. Niant l'existence des idées innées longtemps prônée par la pensée cartésienne, qui assurait ainsi la fixité du sujet, la philosophie empirique envisage une nouvelle conception de l'identité, informée par les perceptions toujours nouvelles du sujet. Comme Prévost l'a bien pressenti, le roman à la première personne est un lieu parfait d'expérimentation de ces idées, par les différentes expériences subjectives qu'il permet [DUFLO, 2013, p. 148-151]. Dans *L'Histoire d'une Grecque moderne*, le récit puis la trajectoire de

Théophé illustrent particulièrement bien cette conception mouvante du sujet, façonné au gré de ses expériences. La jeune femme commence le récit de ses origines par une sentence ("*J'ai commencé à me connoitre* [...] dans une ville de la Morée" (p. 73)), qui place d'emblée le principe de réflexivité au cœur de la constitution du sujet. Transparaît ici l'idée lockéenne selon laquelle l'identité personnelle dépend entièrement de la conscience, comme perception de ce qui se passe dans l'esprit [FAULOT, 2015, p. 15-16]. Du constat établi par la jeune femme, qui ne pouvait se "rappeller aucune circonstance d'une misère qu'[elle] n'a jamais sentie" dans sa plus jeune enfance, aux fortes impressions causées par l'abondance de Patras "qui n'ont pu s'effacer" de son esprit (*Ibid.*), ce récit illustre le rôle premier du sentiment dans la formation de l'identité subjective. C'est finalement la métamorphose de Théophé qui fait le plus directement écho aux principes de la philosophie empirique : marquée par un événement décisif, elle change de nom, de morale, de langue, de religion ; en un mot, elle endosse une identité plastique, entièrement déterminée par son expérience personnelle (v. Le projet pédagogique / Du germe de l'aspiration morale à l'épiphanie spirituelle). Le roman de Prévost est ainsi le lieu d'une expérimentation fictionnelle qui envisage la possibilité d'une rénovation personnelle fondée sur une véritable révolution spirituelle.

Plus encore que de Locke, l'univers romanesque de Prévost présente une filiation majeure avec la philosophie théologique de Malebranche, comme cela transparaît dans les diverses inspirations thématiques présentes dans *L'Histoire d'une Grecque moderne*. Le roman est en effet parcouru par l'imaginaire de la Chute cher à l'oratorien : empruntée à la tradition augustinienne, cette philosophie diffuse une image de l'homme marqué par le péché originel, désormais soumis à une dépendance de la chair et victime d'une irrémédiable déliaison avec le divin. Chez Prévost, la trajectoire de l'homme est toujours sous la menace de la déchéance, propre à son état. Théophé reconnaît en ce sens que, sans la protection de l'ambassadeur, elle n'aurait pas fait "de pas qui ne [l]'eût conduit à quelque nouvel abîme" (p. 142). La métaphore de l'abîme s'impose comme une image qui réactualise la Chute originelle, en faisant de la faute morale une donnée constitutive de l'existence humaine. C'est également à ce titre qu'elle refuse toute union avec le diplomate, en lui reprochant de la repousser "vers le précipice" dont il l'a tirée (p. 143). L'imaginaire de la Chute est plus que jamais symbolisé par la conscience morale qui accompagne la métamorphose spirituelle de Théophé, en lui rendant odieux son passé. “Je ne vis plus dans mes avantures passées qu’un sujet de honte, sur lequel je n’osois jetter les yeux”, déplore ainsi la jeune femme en une sentence qui deviendra un *leitmotiv* du roman (p. 89). Confrontée aux fréquents jugements de l’ambassadeur qui la ramènent à son passé infâmant, en renouvelant “le plus vivement la honte de ses aventures” (p. 113), Théophé semble vivre dans un état de Chute perpétuelle.

De cette convergence thématique première avec la pensée malebranchienne en découlent d’autres qui sont leurs corollaires, et qui s’imposent de manière particulièrement significative dans le roman. Le roman prévostien accorde ainsi une place centrale au motif de la conscience inquiète (au sens étymologique *in-quietus*), provenant de la situation de l’homme soumis à une quête incertaine vers le divin. Selon Malebranche, le mouvement que Dieu imprime vers le Bien ne cessant jamais, il donne à l’esprit une agitation continuelle: la conscience est donc “toujours inquiète, parce qu’elle est toujours portée à chercher ce qu’elle ne peut jamais trouver et ce qu’elle espère toujours de trouver” [MALEBRANCHE, *La Recherche de la Vérité*, p. 394]. Les personnages de Prévost éprouvent ainsi “une inquiétude immotivée dont la nature leur est d’abord cachée” [DEPRUN, 1965, p. 158]. C’est bien la situation décrite par Théophé au sérail, lorsqu’elle est en proie à un malaise diffus. Rien ne peut dissiper son “inquiétude continuelle”, seulement motivée par “le désir d’un bien dont [elle] n’avoi[t] pas d’idée” (p. 87). Mais, contrairement à d’autres personnages prévostiens qui, comme Cleveland, sont en proie à une inquiétude permanente, Théophé prend conscience de cet état et entreprend de résorber cette inquiétude par son choix de conversion et de pratique chrétienne. En s’inspirant de la psychologie dynamique de la philosophie de Malebranche, selon laquelle l’esprit n’est jamais en repos, Prévost fait du mouvement le principe même de la vie intérieure en façonnant une image du sujet fondée sur l’instabilité.

L’influence malebranchienne s’impose enfin par un thème majeur que le romancier reprendra à son compte, qui est celui de l’obscurité à soi. La conscience du héros prévostien semble “vouée à ignorer sa propre essence: douce-amère, inquiète, assiégée, la voici maintenant aveuglée” [DEPRUN, 1965, p. 167]. Cette obscurité intérieure tient à un décalage épistémologique entre l’accès à Dieu, qui serait directement connaissable en lui-même, et l'accès à l'âme que nous ne connaissons jamais qu'indirectement, par l'intermédiaire de la conscience, et donc imparfaitement. La diffusion de cette notion malebranchienne se distingue toutefois par une évolution dans sa réception : le problème de l'ignorance de la substance de l'âme se déplace progressivement sur celui de la nature des sentiments et des idées, auquel Prévost accorde une place centrale [FERRARO, 2019, p. 150]. Lors de la fugue de Théophé, l'ambassadeur qui cherche à éclairer les motifs de son emportement est incapable de voir clair en lui-même, et conclut "j'ignore moi-même de quelle nature ils étoient" (p. 112). De même, lorsqu'elle refuse la seconde offre du sélictar, Théophé ne parvient à lui décrire ses sentiments que comme le "plus bizarre assemblage du monde" (p. 186). Incapables de faire jour en eux-mêmes, ces personnages sont souvent condamnés à ignorer la nature de leurs états affectifs ou des motifs profonds qui commandent leurs actions. Cette obscurité se manifeste par un aveuglement à soi, qui demeure l'un des thèmes de prédilection du romancier (v. Une narration sous le signe de la suspicion / De l'aveuglement à l'obscurité instrumentalisée). "On voit combien j'étois encore éloigné de tous les sentimens d'amour" (p. 104), affirme le narrateur, en cherchant à prendre à témoin le lecteur d'une indifférence que tout son récit contredit pourtant. La puissance du récit prévostien est de ne pas réduire stérilement cet aveuglement à une limite de l'accès à la connaissance de soi, mais de s'en servir pour révéler certains phénomènes psychiques, en montrant comment l'esprit utilise cette obscurité comme prétexte pour dissimuler des pensées inavouables (v. Explorations de la psyché / Les zones d'ombre de la conscience). Tout comme Cleveland qui avouait que, tout paraissant "obscur au-dedans et autour de lui, [il] ne craignai[t] rien tant que la peine et l'embarras" d'un examen intérieur [PRÉVOST, *Cleveland*, p. 591], l'ambassadeur se dit aussi "partagé entre mille sentimens, qu'il [lui] auroit trop coûté d'éclaircir" (p. 291). L'éclaircissement de soi n'est plus enrayé par une limite introspective, mais par une dérobade qui est parfaitement révélatrice des mécanismes de défense psychologique que le récit exhibe toujours à demi-mot.

Si le roman incorpore certains principes des philosophies du sujet qui s'imposent en son temps, il témoigne surtout d'une appropriation et d'une transmutation poétique de ces idées, que Prévost interroge sous une forme fictionnelle. Tout ce qui semblait constituer une faille anthropologique (l'inquiétude, l'obscurité à soi, ...) apparaît sous sa plume comme de puissants catalyseurs de fiction. Car, comme le souligne Démoris, "avec un héros à la conscience claire, conscient de son désir, l'aventure de la Grecque Moderne eût été d'une grande banalité" [2002, p. 444]. Loin de calquer mécaniquement des principes philosophiques, Prévost les incarne dans des personnages qui contribuent à diffuser l'idée d'une psyché évolutive et mobile. Il fait ainsi de l'étude du sentiment, de ses artifices et de ses défaillances, un formidable outil herméneutique permettant d'explorer les ressorts les plus secrets du monde moral.

LA VOGUE DE L'ORIENTALISME

DES INFLUENCES LITTÉRAIRES AUX SOURCES HISTORIQUES

L'Histoire d'une Grecque moderne est une nouvelle manifestation littéraire de l'engouement pour l'univers oriental qui s'épanouit au XVIIIe siècle. Depuis un demi-siècle, la multiplication des relations diplomatiques et commerciales et les missions scientifiques ou religieuses consignées dans des récits de voyages contribuent à développer cette fascination pour l'ailleurs. La coloration orientale se manifeste d'abord dans les ouvrages historiques et dans le théâtre de la seconde moitié du XVIIe siècle, aussi bien dans la tragédie (*Bajazet*) que dans la comédie (*Le Bourgeois gentilhomme*) [PERRIN, 2005].

Cet intérêt connaît un essor prodigieux au début du XVIIIe siècle, notamment sous le coup de la parution des contes des *Mille et Une nuits*, dont Antoine Galland livre la traduction française entre 1704 et 1712. Le succès du texte, qui vise un large public, contribue à son importante diffusion, du monde des salons parisiens, à la province puis à l'étranger. L'œuvre renouvelle l'intérêt porté à l'Orient, qui devient la matière d'une véritable vogue littéraire, alimentée par la publication de nombreux pastiches comme les *Mille et un quart d'heure* de Gueulette (1712) ou les *Mille et une faveurs* de Moncrif (1716). L'œuvre contribue à façonner un certain imaginaire propre à l'univers oriental, sensuel et violent, et alimente un débat fondé sur l'idée d'un despotisme oriental. Si Prévost prolonge ces interrogations en incorporant une critique de la justice expéditive ou de la tyrannie domestique propre aux maîtres des sérails (p. 106, 176, ...), son roman tient à distance les manifestations merveilleuses qui font le sel de ces contes orientaux. Le récit évacue explicitement le surnaturel lors de l'épisode où le chevalier sicilien tente de libérer Synèse, enfermé par son père pour le condamner de son projet de mariage avec Théophé. Le chevalier sicilien parvient à communiquer avec Synèse par-delà les murs de sa prison pour lui apprendre tous les événements de l'empire : cette omniscience, que les jeunes gens mettent sur le compte d'un "génie familier", ne tient qu'à une supercherie qui donne l'occasion de railler "la crédulité du public" (p. 220-221). Mais cette manigance échoue à impressionner les Turcs pour favoriser la libération de Synèse : en une chute comique, les jeunes gens doivent finalement avoir recours à la violence pour s'enfuir. Par ce détournement du motif merveilleux, Prévost rappelle à son lecteur que l'étrangeté du texte ne provient d'aucune entité merveilleuse, mais bien du récit lui-même, dont le caractère toujours glissant désoriente le jugement [SEMPÈRE, 2003, p. 234]. Si le narrateur façonne un portrait quelque peu surnaturel de la belle orientale au charme tout-puissant (v. Le mystère Théophé : de l'énigme au procès / Une créature chimérique), c'est pour mieux concentrer sur sa personne tout le mystère d'un récit, qui devient par là éminemment douteux.

La vogue orientale du début du siècle est également alimentée par le succès des *Lettres Persanes* (1721), dans lesquelles Montesquieu a recours à la technique du regard étranger de deux Persans pour dénoncer l'absurdité ou l'iniquité de certaines pratiques occidentales. Mais le roman oriental qui s'esquisse dans les échanges entre Usbek et Rica est aussi l'occasion d'une réflexion sur les différentes modalités d'expression du despotisme symbolisé par le monde du sérail [SPECTOR, 2013]. Le roman de Prévost, qui s'ouvre dans le sérail de Chériber et se poursuit par l'affirmation de l'emprise quasi-despotique que l'ambassadeur exerce sur Théophé, s'inscrit dans cette filiation. Certaines similitudes transparaissent en effet entre Théophé et Roxane, la favorite d'Usbek dans son sérail d'Ispahan, qui partagent toutes deux la même situation d'enfermement et se trouvent, à divers degrés, réduites au silence (v. Le mystère Théophé/ Le silence de Théophé). Dès l'incipit, l'insistance avec laquelle Chériber affirme le bonheur que la vie au sérail procure à Théophé – "vous la voyez aussi contente de son sort que le reste de ses compagnes" (p. 59) – apparaît comme un clin d'œil au roman de Montesquieu, dans lequel Usbek manifestait un aveuglement similaire en s'adressant à Roxane : "Que vous êtes heureuse ! Vous vivez dans mon sérail comme dans le séjour de l'innocence" [*Lettres Persanes*, lettre XXVI, p. 93]. Dans ces deux textes, la doxa masculine se trouve finalement remise en cause par les voix féminines qui brisent le silence qui leur est assigné [Leborgne, 1997, p. 452]. L'ultime lettre de Roxane révélera l'ampleur de son insoumission ("j'ai pu vivre dans la servitude ; mais j'ai toujours été libre" [*Lettres persanes*, lettre CLXI, p. 340]), de même que le récit de Théophé et chacun de ses nouveaux refus ramènent le diplomate à une volonté propre qui se dérobe toujours à lui. De la relation secrète entretenue par Roxane sous couvert d'obéissance, à l'attachement constant aux principes de morale et de liberté affirmés par Théophé, ces deux femmes parviennent à lutter contre le despotisme domestique auquel elles sont soumises par une forme de révolte oblique.

Prévost partage l'engouement de son temps pour l'univers oriental, mais son inspiration excède largement le domaine fictionnel pour se nourrir de différentes sources historiques dont son roman porte la trace. Il ne s'est lui-même jamais rendu en Orient, mais puise ses connaissances de multiples sources livresques, entretenues par son esprit d'érudition et de compilation [Bouvier, 1948, p. 125]. Il a ainsi pu avoir connaissance des ambassades de Ferriol à Constantinople telles que l'ambassadeur les a lui-même racontées dans l'*Explication des cent estampes* (1715), et s'informer de l'histoire et des mœurs des Ottomans par la lecture de récits de voyages célèbres à l'époque comme la *Relation d'un Voyage du Levant* (1717) de Tournefort ou *Les Voyages du Sr. A. de la Motraye en Europe, Asie et Afrique* (1727) de La Motraye. L'ouvrage de ce diplomate et explorateur français, qui consacre plusieurs chapitres aux ambassades de Ferriol à Constantinople, constitue l'une des principales sources du roman de Prévost. Le romancier y puise en effet le témoignage de la folie de l'ambassadeur (même si la cause est bien différente de celle invoquée par Prévost) ou le récit de la fête troublée donnée par Ferriol en l'honneur du roi qui est évoquée dans le roman comme ayant fait "beaucoup de bruit dans toute l'Europe" (p. 241). Mais le romancier y a également trouvé tout un répertoire de préjugés sur les Grecs, qui sont décrits comme naturellement médisants ou de mauvaise foi, et que l'auteur incorporera dans son récit sous la plume de l'ambassadeur (v. Frictions idéologiques : Orient contre Occident ? / Un réseau de préjugés). L'autre source de prédilection du romancier est *L'Histoire de l'Empire Ottoman* de Dimitrie Cantemir, un prince philosophe moldave qui a contribué à la diffusion des liens entre la culture européenne et celle du Levant. Prévost est si intéressé par la version anglaise de l'ouvrage qu'il le commente et en traduit des extraits qu'il publie en 1740 dans son journal *Le Pour et le Contre*, essentiellement des notes portant sur les mœurs, la civilisation et l'histoire anecdotique.

Comme chez La Motraye, Prévost y trouve des informations concernant le récit de la folie de Ferriol et l'incident diplomatique provoqué lors de la fête en l'honneur du roi, que l'auteur reproduit également dans son journal, au milieu de biographies de vizirs. Prévost rend d'ailleurs hommage à l'historien par un clin d'œil glissé dans son roman, lorsque l'ambassadeur dit accepter que le sélictar, en fuite après la révolte, trouve refuge chez lui à condition de se montrer discret : "Outre l'exemple de mon prédécesseur, j'avois celui du bacha Réjanto, qui s'étoit fait une réputation immortelle pour avoir donné une retraite au prince Démétrius Cantimir." (p. 163). La référence est d'autant plus intéressante si l'on rappelle que l'identité (ici déguisée) de celui qui donna refuge au prince banni n'est autre que Ferriol lui-même [SINGERMAN, 1990, p. 310]. L'univers oriental du roman se développe ainsi autour d'un faisceau de sources et d'inspirations que l'auteur s'approprie pour nourrir une représentation qui lui est proprement originale.

LA REPRÉSENTATION DE L'UNIVERS ORIENTAL

Le terme d'Orient constitue cependant une notion très flottante, qui recouvre dans le roman des réalités distinctes. Dans son sens le plus large, le concept désigne une vaste aire géographique aux contours imprécis. *Le Dictionnaire de Furetière*, qui fait encore autorité au XVIIIe siècle définit par là tout ce qui est "situé vers l'Orient à notre égard", en incluant dans cette région aussi bien la Turquie, la Perse ou les pays du Levant que la Chine ou le Japon qui se situent le plus à l'Est. Galland définissait quant à lui l'Orient par la pratique des religions musulmanes ou païennes (celles des Arabes, Persans, Turcs et peuples asiatiques, ...). *L'Histoire d'une Grecque* moderne rend compte de la plasticité de la réalité orientale, en distinguant notamment le statut de la Turquie et de la Grèce.

La représentation de la Turquie est influencée par le contexte historique : la France voulant consolider son influence économique et politique au Levant, connaît comme principal concurrent l'Empire Ottoman, face auquel elle privilégie une politique de coopération plutôt que de confrontation [CALDER, 2000, p. 113]. Cela explique la nécessité, pour l'ambassadeur, de s'attirer la confiance du pouvoir turc en s'adaptant aux mœurs orientales – assimilation renforcée par le souvenir du comte de Bonneval qui offre, comme nous l'avons vu, l'un des modèles ayant pu inspirer le personnage de l'ambassadeur (v. Repères / De l'Histoire à la fiction : un roman au parfum de scandale). Cette rivalité d'influence transparaît dans le récit de l'ambassadeur, dans lequel la Turquie fait en apparence figure de contre-modèle à l'Occident : "despotisme oriental, splendeur orientale, cruauté orientale, sensualité orientale", on y trouve en effet tous les *topoï* que l'univers romanesque prête traditionnellement au milieu oriental [TREMEWAN, 2000, p. 119]. La Turquie apparaît comme le lieu des intrigues politiques ou intimes, d'une violence marquée par des révolutions sanglantes, des exécutions sommaires ou autres trahisons domestiques. Il ne faut pas pour autant réduire la représentation de l'univers oriental à ce "romanesque de pacotille" qui émanerait d'une simple série d'anecdotes [SERMAIN, 1984, p. 363], souvent mises en relief par le narrateur pour asseoir la supériorité de valeurs occidentales auxquelles il prétend être attaché (v. Frictions idéologiques : Orient contre occident ? / Deux systèmes antagonistes ?).

Au sein de la dichotomie Orient/Occident, la Grèce occupe un statut intermédiaire dont le roman de Prévost retranscrit la particularité. Considéré, avec nostalgie et regret, comme le berceau de la culture occidentale, mais aussi comme un lieu de décadence corrompu par des siècles de domination ottomane, le pays est à l'époque de Prévost associé à l'univers oriental [DOUTHWAITE, 1992, p. 24]. Au XVIIIe siècle, les Français ont ainsi une conception très ambivalente de la Grèce, perçue comme une "civilisation ruinée", qui n'aurait pas suivie l'Europe dans la voie des Lumières, mais aurait sombrée dans les dérives du despotisme oriental [BOUVIER, 1948, p. 122]. Au début du roman, Théophé, ou plutôt Zara, apparaît comme le symbole de cette civilisation déchue, la jeune femme étant destituée de la noblesse grecque pour tomber dans la condition de fille de sérail. Sa métamorphose et sa conversion aux mœurs occidentales révéleront toute l'ambiguïté attribuée à l'univers grec. Malgré la constance de l'attachement de la jeune Grecque à ses nouveaux principes, le narrateur se fonde sur les préjugés attachés à ce pays, "synonyme d'instabilité, de mensonge et de déguisement" [ARMAND, 2010, p. 79], pour faire peser sur elle un soupçon qui discrédite la sincérité de ses intentions. Le récit de l'ambassadeur livre ainsi une certaine vision de l'Orient, façonnée par ses propres intérêts et ses préjugés, que la narration exhibe toujours en filigrane pour inciter à interroger ses systèmes de valeurs.

Au niveau esthétique, la coloration orientalisante tient d'abord à la création du cadre qui sert de support à l'intrigue : du palais du Vizir, haut lieu du pouvoir de la Sublime Porte, à Acade, la petite ville de Morée où vit Condoidi, le père supposé de Théophé, en passant par le village reculé d'Oru qui accueille le siège des plaisirs de l'ambassadeur, Prévost établit une cartographie des lieux qui lui permet de camper différents aspects de l'univers oriental. Mais c'est surtout la diversité du personnel romanesque qui témoigne le mieux de ces effets d'exotisme. L'ambassadeur côtoie ainsi le bacha Chériber, rivalise avec le sélictar (celui qui porte l'épée du sultan et qui commande ses gardes), échange avec le vizir au sujet de la révolte menée par l'aga, le chef des janissaires, puis redoute que ce dernier soit passé par "le cordon des muets" (p. 163), les silencieux domestiques du sultan qui étranglaient parfois les rivaux politiques à l'aide d'un cordon de soie, *etc.* (v. Le travail du texte / Lexicologie / Les orientalismes). Ces désignations peuvent souffrir de légères inexactitudes : Prévost confond ainsi le terme "bacha", titre d'appel indistinct, et "pacha" qui ne se prête qu'aux hauts dignitaires de l'État, de même qu'il confond, sous le nom de "caloger" les prêtres et les moines grecs. Il n'en demeure pas moins que la présence de ce lexique oriental spécialisé, de même que les échos à certains événements historiques (comme la destitution du sultan Mustapha II au profit de son frère Ahmet III en 1703) ou phénomènes de mœurs (Chériber est furieux d'apprendre que Théophé n'est pas née esclave car l'état de concubinage avec une femme libre est formellement interdit parce qu'assimilé à une situation incestueuse [SINGERMAN, 1990, p. 305]), témoignent de la volonté indéniable de l'auteur d'inscrire l'intrigue dans un cadre oriental crédible.

La description de l'univers exotique se distingue toutefois par une étonnante sobriété, car "Prévost minimise délibérément les effets de couleur locale", souvent de mise dans ces romans [LEBORGNE, 1997, p. 451]. Cette retenue se manifeste par un refus affiché de la description (v. Le travail du texte / Stylistique / Un récit problématique), pourtant attendue du lecteur lors de scènes incontournables des récits orientaux comme la découverte du sérail. Lorsque l'ambassadeur finit par se faire ouvrir les portes du quartier des femmes du sérail de Chériber, Prévost déjoue ouvertement ses attentes : "Sur le champ il m'offrit de m'accorder la vue de ses femmes. J'acceptai cette faveur sans empressement. Nous entrames dans un lieu dont la description est inutile à mon dessein." (p. 58). En refusant l'effet tableau, Prévost souligne ironiquement la prétendue indifférence du diplomate, qui contraste avec la probable frustration du lecteur qui se voit privé d'une scène pourtant topique du roman oriental depuis *Les Mille et une Nuits*. Ce refus tient autant à la volonté de l'auteur de jouer sur les attentes convenues de son public, habitué aux peintures d'un Orient fantasmé, qu'à ses ambitions esthétiques qui se concentrent sur la description du "monde moral" et des lois régissant les motifs ou sentiments de ses personnages. C'est à ce titre qu'il refuse encore de développer la "magnificence" de la maison du sélictar à Constantinople : "Je n'en promets point une description. Ces détails ont toujours de la langueur dans un livre" (p. 186). L'auteur se contente de préciser qu'il s'agissait du "plus beau lieu qui fût aux environs de Constantinople", et que l'ambassadeur "n'avoi[t] rien vu en France ni en Italie qui surpassât un si beau spectacle" (p. 185-186). Prévost ne relève que la dimension superlative du lieu, qui accentue le jeu de surenchères entre le sélictar et le diplomate et permet de raffiner l'étude de la jalousie et de la compétition amoureuse entre les deux rivaux, tout en soulignant la constance de Théophé dans l'affirmation de ses principes. Les longues descriptions exotiques sont ainsi évacuées du récit car ce qui intéresse Prévost n'est pas la description extérieure de ce qui ne sert que de cadre à l'intrigue, mais le développement de l'analyse intérieure qui en compose les ressorts.

Si le romancier refuse de s'adonner à toute peinture fantasmée de l'univers oriental, il parvient toutefois à créer un effet d'atmosphère, en glissant dans son texte des détails qui participent à la diffusion d'une ambiance orientalisante. La découverte du "quartier des femmes" par le diplomate fait tout de même l'objet de certaines précisions : le narrateur s'attarde en effet sur ce groupe de femmes occupées "toutes ensemble" à leur activité (peinture, broderie, ...), et conformément à l'esthétique de la profusion propre au lieu, il évoque la teinte de leurs étoffes ou la recherche de leur coiffure. Prévost ne résiste également pas à insérer une scène pittoresque, en mentionnant le spectacle que Chériber fait donner en l'honneur du visiteur : "Elles se firent apporter divers instrumens, dont quelques-unes se mirent à jouer, tandis que les autres dansoient avec assez de grace et de légèreté. Ce spectacle aiant duré plus d'une heure, le bacha fit apporter des rafraichissemens" (p. 59). Sans pour autant céder à la tentation du tableau, qui est vite escamoté par une ellipse, Prévost en dévoile juste assez pour éveiller l'imagination du lecteur. La sensualité, dans ce haut lieu du plaisir, est cependant à peine suggérée, et révèle l'étonnante désérotisation du harem dans le roman prévostien [Martin, 2004]. L'ambassadeur français découvre finalement qu'"un sérail, ce n'est somme toute qu'un salon avec des dames qui s'occupent à des travaux de dames" [LAFON, 1997, p. 97], c'est-à-dire réduites aux mêmes impératifs domestiques que les femmes européennes.

S'ils participent à la création d'un effet orientalisant, les détails ou évocations exotiques éparpillés çà et là ont surtout une valeur symbolique. Dans le monde feutré du sérail, tout en broderies et en danses, apparaissent ainsi en arrière-plan les figures des eunuques. Ils se tiennent "aux coins du sallon pour exécuter [les] moindres ordres [des femmes] (p. 58), paradoxalement à leur service, mais surtout pour rappeler le système de surveillance propre à ce haut lieu du despotisme oriental [GROSRICHARD, 1979, p. 158] – Théophé décrira plus tard le lieu comme une "prison" dont elle ne pouvait "sortir sans crime" (p. 89 et 90). Le détail est loin d'être anecdotique car, si le personnage de l'eunuque disparaît après cette seule et unique mention, cette évocation discrète rappelle symboliquement l'existence de cette figure centrale, propre au système de surveillance du sérail, et qui sera ensuite progressivement absorbée par "l'ambassadeur eunuque", qui exerce son contrôle tyrannique sur la jeune Grecque dans les "succédanés de serrail" où il l'enferme [LEBORGNE, 1997, p. 449-451]. De même, la seule mention, dans la maison de l'ambassadeur à Oru, d'un "sopha" – meuble emblématique de l'univers oriental, qui inspire à Crébillon un conte moral auquel il prête son nom (*Le Sopha*, 1737) –, apparaît comme un symbole de la "turquisation" de l'ambassadeur qui exprimera dès leur arrivée les mêmes exigences que les maîtres du sérail, au mépris du consentement de la jeune femme (p. 135) (v. Frictions idéologiques: Orient contre Occident? / L'effritement de l'opposition idéologique). Comme le texte l'insinue, la petite maison du galant occidental n'est ainsi plus très éloignée du sérail du despote oriental: c'est en cela que la représentation de l'Orient "rejoint et dénonce les fantasmes érotiques de l'homme occidental" [SINGERMAN, 1990, p. 34]. S'il délaisse les scènes de genre orientales, Prévost fait preuve d'un certain souci du détail pour conférer à son roman une atmosphère exotique à la portée toujours lourde de sens. Son Orient a ainsi une valeur éminemment métaphorique, qui signifie bien plus que ce qu'il désigne sous la plume de l'ambassadeur. Il symbolise surtout un ailleurs, *destiné* à porter un regard critique sur différents systèmes de valeurs, dont l'opposition se révèle finalement bien fragile.

PROBLÉMATIQUES

PRINCIPES DE COMPOSITION

REFLETS, SPIRALE, OSCILLATIONS

La bipartition du récit : rupture et miroir

Si *L'Histoire d'une Grecque moderne* témoigne d'une simplification d'intrigue qui caractérise l'évolution de la poétique prévostienne dans les années 1740 (v. Repères / Prévost et la poétique du roman-mémoires / Le tournant des années 1740), le roman n'en est pas moins savamment construit. Il s'organise en effet autour de différents principes de composition qui dynamisent le récit et multiplient les pistes interprétatives.

Le premier principe de structuration du récit tient à sa bipartition en deux parties, qui induit des jeux d'oppositions et de reflets (v. Le travail du texte / Stylistique / Un récit problématique). La première partie qui s'ouvre sur les débuts en Turquie d'un ambassadeur dans la fleur de l'âge, se concentre sur la rencontre avec Zara-Théophé, sa libération puis la passion que l'ambassadeur développe envers celle dont il prétend assurer la formation morale. La première partie du roman, qui retrace le temps de la cristallisation amoureuse, se conclut ainsi sur un premier bilan qui signe la fin de l'illusion, l'ambassadeur finissant par reconnaître dans le dernier paragraphe qu'"il étoit sûr qu'elle règnoit dans [s]on cœur" (p. 168). La seconde partie du roman, marquée par une nouvelle succession de péripéties, s'impose progressivement comme le temps de la désillusion et de la déliaison. Déjà refroidi par les rebuffades successives qu'il essuie, l'ambassadeur doit encore affronter l'attachement de Théophé pour un autre et constate qu'"insensiblement [...] [s]on cœur devenoit plus libre" (p. 263). Si le diplomate fait toujours preuve d'une possessivité et d'une jalousie obsessionnelle, cette partie laisse en effet transparaître un changement d'attitude, marqué par une augmentation de ses reproches, accusations ou diffamations envers Théophé (v. Du roman d'amour au roman de la frustration / L'insaisissable objet du désir / L'impasse morale). Cette évolution est soulignée par l'ampleur de la chronologie externe qui recouvre une vingtaine d'années, et qui est accentuée par "la distance encore plus grande entre le brillant ambassadeur fraîchement débarqué à Constantinople et le vieillard à demi-paralysé qui dicte à la fin ses mémoires" [SGARD, 1989, p. 12].

De manière plus saisissante encore que ces jeux d'opposition, les deux parties du roman se répondent à travers une série d'échos, qui invitent à s'émanciper de la linéarité du récit pour confronter les perspectives de lecture. Cela apparaît tout d'abord dans la réverbération du thème principal : la libération de la jeune Grecque sera ensuite rejouée par celle de Maria Rezati, l'ancienne esclave du sélictar. Mais d'emblée, cet écho se complexifie car, là où l'évolution de Théophé tend à la conversion morale, celle de Maria Rezati, élevée dans la plus stricte pratique des vertus pour se laisser entraîner par ses passions, semble épouser la trajectoire inverse [SINGERMAN, 1990, p. 28]. L'histoire de cette dernière peut être lue comme un miroir inversé de celle de la protagoniste, et permet d'éclairer son histoire sous un autre jour que celui offert par le regard toujours intéressé du narrateur.

Loin d'être anecdotiques, ces jeux d'échos ont une importante valeur narrative puisqu'ils motivent l'articulation entre la première et la seconde partie du récit : celle-ci s'opère autour de deux scènes qui rejouent la rencontre entre l'ambassadeur et le grand vizir, en une sorte de pliure du récit sur lui-même. En effet, la première partie du récit se conclut sur un premier entretien entre les deux hommes au sujet du rôle supposé de Chériber et du sélictar dans la révolte des janissaires pour destituer le sultan Mustapha. L'ambassadeur, qui apprend pourtant du grand vizir que le sélictar s'est caché dans sa maison d'Oru, refuse de considérer cette éventualité : "Il ne me devint pas plus aisé de comprendre que le sélictar fût à Oru" (p. 164). Le début de la seconde partie rejoue étonnamment cette scène : après avoir émis des soupçons sur la présence d'un intrus dans sa demeure, l'ambassadeur est sollicité par ses amis pour renouveler son entretien auprès du grand vizir en vue de défendre le bacha Chériber. Cette fois encore, la conversation dévie sur la présence du sélictar chez l'ambassadeur, que celui-ci s'acharne encore à nier : "mais ignorant en effet que le sélictar fût chez moi, je me crus intéressé à lui faire perdre l'opinion où il étoit, et je lui protestai si naturellement que ne faisant que d'arriver d'Oru, où j'avois passé la nuit précédente et tout le jour, j'étois sûr qu'on n'y avoit pas vu le sélictar" (p. 176). La réitération de cet épisode, qui sert de trait d'union entre les deux parties, permet ainsi d'insister sur l'étrange aveuglement de l'ambassadeur et sa difficulté à affronter la réalité (v. Explorations de la psyché/ Les zones d'ombre de la conscience).

Davantage que de simples jeux d'échos, les deux parties donnent également lieu à nombre de scènes qui fonctionnent proprement en miroir, en épousant des schémas similaires. Il en va ainsi des deux propositions faramineuses que le sélictar soumet à Théophé. Sa première offre met en jeu "une superbe maison qu'il avoit sur le Bosphore", ainsi qu'un revenu à la hauteur, trente esclaves et tous ses diamants (p. 126). Le narrateur, "témoin" de toutes ces promesses, exprime alors la vivacité de ses "alarmes", avant de laisser éclater son soulagement en voyant Théophé décliner sagement cette proposition (p. 127). Ce refus renforce son admiration pour la jeune fille, en qui il découvre "plus de charmes" que jamais (*Ibid.*). La seconde partie propose une scène en tout point similaire, lorsque le sélictar offre cette fois à Théophé "l'empire absolu" sur sa maison de Constantinople, "centre de sa puissance et de ses plaisirs" (p. 185). L'ambassadeur, à nouveau témoin de la proposition faite à Théophé, attend "sa réponse avec un trouble" si éloquent que la jeune femme le remarque (p. 186). Mais cette fois encore, la jeune femme décline fermement la proposition, ce qui éveille de la même manière l'admiration de l'ambassadeur : "elle nous dit des choses si justes et si sensées sur la sagesse et le bonheur, que j'admirai moi-même un discours auquel je m'attendois si peu" (*Ibid.*). Tout comme la duplication de l'entretien entre le grand vizir et le diplomate servait à renforcer l'aveuglement de ce dernier, au mépris de la raison, cette double scène sert cette fois à valider la constance d'esprit de Théophé et sa persévérance dans ses principes.

Au nombre de ces scènes-miroirs, nous trouvons également la répétition d'un bain de sang entre deux rivaux amoureux, qui contribuent à jeter la suspicion sur la jeune Grecque. C'est elle qui fait le récit du premier conflit sanglant qui oppose le gouverneur de Patras, à qui elle est promise, au fils de celui-ci, avec qui elle entretient une liaison parallèle. L'altercation, qui se produit à huis clos, trouve une issue tragique, puisque les domestiques alertés finissent par trouver "leur maitre étendu dans son sang, et mort de deux coups de poignard" (p. 76). L'événement se conclut par le témoignage de Théophé, qui apparaît comme fortement soumis à caution : "je raconte moins ce que j'avois vu que ce que je m'étois figuré d'entendre" (*Ibid.*). Dans la seconde partie du roman, l'altercation entre le sélictar et Synèse, lors d'un huis clos nocturne en l'absence de l'ambassadeur qui ignore leur présence chez lui, épouse un schéma sensiblement similaire. Si cette fois personne ne meurt, le diplomate qui retrouve sa maison dans ce profond désordre, découvre toutefois Synèse "baigné dans son sang" (p. 178). Comme dans la scène précédente, Théophé raconte les coups de poignard entre les deux rivaux, sa frayeur ainsi que les cris des domestiques alertés par le drame. Toutes ces similitudes avec la scène précédente sont consolidées par une même structure narrative, puisque cette fois encore, c'est Théophé qui raconte à l'ambassadeur l'épisode sanglant dont elle a été témoin. Et comme précédemment, ce récit enchâssé est marqué d'incomplétude : "ne me demandez plus ce que l'augmentation de mon trouble ne m'a pas permis de remarquer distinctement", reconnaît en effet la jeune femme (p. 179.). Ces deux scènes, qui illustrent la violence imputée à l'univers oriental (v. Frictions idéologiques : Orient contre Occident ?), servent surtout à renforcer la suspicion que le narrateur s'efforce d'attirer sur Théophé, en présentant sa parole comme douteuse.

Si l'ambassadeur essuie une succession de rejets de la part de la jeune grecque, il rend compte de deux rebuffades majeures qui fonctionnent également en miroir. La première tient au refus charnel que Théophé oppose au diplomate lors de leur arrivée dans sa maison d'Oru (v. Du roman d'amour au roman de la frustration / L'insaisissable objet du désir / Éros borderline). Alors que l'ambassadeur fait nettement sentir ses attentions, la réaction est contraire à ses attentes : d'abord pétrifiée "comme si la douleur et la crainte lui eussent coupé tout d'un coup la parole" (p. 135), elle finit par pleurer avec "abondance" (p. 136). Lorsque le diplomate rebuté se retrouve seul, sa réaction s'opère en deux temps : il marque d'abord "un mouvement de dépit et de confusion" (p. 138), puis après avoir copieusement diffamé la jeune femme par des "réflexions injurieuses" (p. 139), se trouve progressivement obligé d'en revenir à ses principes, en manifestant "l'espérance de faire de Théophé une femme aussi distinguée par sa vertu que par ses charmes" (p. 140). Ce schéma se reproduit dans la seconde partie du roman, lorsque Théophé refuse la demande en mariage de l'ambassadeur. Ici aussi, la réaction de la jeune femme, pourtant prévisible selon les principes qu'elle revendique depuis le début du roman, surprend son prétendant : "Au lieu des témoignages de reconnoissance et de joie que je m'attendois à voir éclater sur son visage, je n'y apperçus que les marques de la plus profonde tristesse et d'un mortel abbattement." (p. 233). Ici aussi, les larmes coulent alors avec "abondance" (*Ibid.*). Et ici aussi, l'ambassadeur cède d'abord à ses "réfléxions amères" (p. 235), avant de se raviser et de prendre le seul parti qui lui reste en louant la sagesse de Théophé : "Je demeurai convaincu que le cœur de Théophé étoit à l'épreuve de tous les efforts des hommes, et [...] je la regardai comme une femme unique, dont la conduite et les principes devoient être proposés à l'imitation de son sexe et du nôtre." (*Ibid.*). Si ces deux scènes confirment l'aveuglement de l'ambassadeur dans son rapport à Théophé, l'attitude de la jeune femme, toutefois, a évolué : tandis qu'à Oru, elle s'apprêtait malgré sa volonté à céder aux avances de l'ambassadeur en qui elle reconnaissait son nouveau maître (p. 136), le refus de sa demande en mariage reste au contraire ferme, soutenu par la menace de quitter sa demeure pour le "fuir éternellement" (p. 234). Le roman présente ainsi nombre d'épisodes en miroir qui se répondent de manière déroutante, en invitant à une lecture croisée des événements pour mettre en perspective l'évolution des personnages et des discours dans le récit du narrateur. Ces réverbérations narratives offrent un nouvel éclairage sur les événements, qui transparaissent à travers des jeux de reflets inversés ou déformés que le lecteur est invité à déceler.

De la boucle à la spirale

La bipartition du roman n'induit pour autant pas de cloison rigide entre ses deux parties : outre leurs jeux d'échos qui se répondent, ces deux mouvements finissent par se rejoindre en un cercle qui clôt le récit sur lui-même. Il s'agit d'abord d'une boucle narrative, puisque, dans la chronologie du récit, le dénouement correspond au moment où le narrateur décide d'écrire ses mémoires, en renvoyant alors au début du roman [FAULOT, 2018, p. 30]. Le narrateur explique en effet que ce projet d'écriture lui est inspiré par la mort de Théophé : "C'est immédiatement après la prémière nouvelle qu'on m'en a donnée que j'ai formé le dessein de recueillir par écrit tout ce que j'ai eu de commun avec cette aimable étrangère" (p. 292). Ce dessein renvoie ainsi directement à la première ligne du texte, où le narrateur annonce entreprendre "l'histoire" de la belle Grecque (p. 55). Dans l'économie du roman à la première personne, cette circularité du récit qui revient sur lui-même est hautement signifiante dans la mesure où elle mime le fonctionnement de l'esprit du narrateur qui, revenant à son point de départ, ne fonctionne qu'en vase clos. Le récit ne connaît donc pas de "développement linéaire cohérent, mais tourne en rond [...] arrivé en son milieu, [il] s'arrête, et revient au point de départ, annulant les acquis et les certitudes" [Sermain, 1985, p. 133]. Cet effet boucle présente également une valeur symbolique: en mettant en cause le personnage de la "belle Grecque" de l'incipit au dénouement, la circularité du récit apparaît comme une métaphore de son impossible libération. De la structure fermée du sérail à l'emprise psychique qu'exerce sur elle le narrateur qui, dans l'excipit encore, lui ordonne "vous ne me quitterez point" (p. 291), allant ironiquement jusqu'à lui refuser l'entrée au couvent, Théophé demeure une éternelle captive (v. Le prix de la liberté ou l'impossible affranchissement/ De l'esclavage à l'emprise). L'enfermement, physique ou moral qui perdure au niveau de la diégèse est en effet rejoué au niveau du récit où la jeune femme demeure prisonnière de l'image partielle et orientée que le narrateur façonne d'elle.

Plus encore que comme une boucle, le récit fonctionne comme une spirale, le dénouement rejoignant l'origine en une ligne qui revient sur elle-même sans pourtant jamais se clore. Si l'incipit et l'excipit présentent en effet de nombreuses résonances, c'est en déjouant finalement la clôture définitive pour multiplier les hypothèses de lecture et en appeler à une interprétation toujours ouverte [Sermain, 1985, p. 132-133]. Parmi ces résonances entre l'ouverture et le dénouement du roman, nous retrouvons la suspicion jetée sur Théophé. Là où le narrateur la dépeignait dans son exorde comme une "ingrate qui a fait le tourment continuel de [s]a vie" (p. 56), les derniers mots du récit laissent planer le doute sur la solidité de son projet moral: "si elle s'est livrée à d'autres foiblesses, c'est de ses amans que le public en doit attendre l'histoire." (p. 291). Nous retrouvons également les mêmes protestations de lucidité de la part d'un narrateur qui cherche à imposer son point de vue. Tandis que dans l'exorde, il affirmait avoir été prémuni des "illusions" de l'amour, il assure enfin au dénouement avoir été "guéri insensiblement de toutes les atteintes de l'amour" (p. 291). Malgré ces échos, le récit n'offre aucune conclusion définitive, mais en appelle à la perspicacité du lecteur. Dès l'incipit, le narrateur prétend s'effacer pour lui remettre le "jugement" de cette histoire (p. 55), tandis qu'au dénouement, il choisit de "mettre le public en état de juger" s'il a mal placé "[s]on estime et [s]a tendresse" (p. 292). Derrière cet apparent détachement, le narrateur oriente à chaque fois insidieusement l'avis du lecteur : celui-ci n'est au début invité à se prononcer que sur des "apparences" (p. 55), filtrées par le seul point de vue du protagoniste, tandis qu'à la fin, la seule mention de son estime et de sa tendresse permet au narrateur de s'octroyer le beau rôle en occultant le ressentiment qu'il laisse transparaître tout au long de son récit. Appelé à faire la part des choses, le lecteur est alors moins enclin à juger la jeune Grecque que celui qui en dépeint l'histoire (v. Une narration sous le signe de la suspicion). Le récit esquive ainsi toute conclusion et n'atteint jamais la transparence affichée : "là où on attendait une histoire tirée au clair, un procès "instruit", on ne trouvera qu'une nébuleuse d'intentions troubles, de regrets, de passion et de dépit" [Sgard, 1989, p. 11]. En revenant à son point de départ, l'histoire se clôt sur une sorte de circonvolution ouverte, laissée à l'interprétation du lecteur.

De crise en crise : la dynamique de l'action

Parallèlement aux différents effets de structuration narrative évoqués, la ligne du récit est également ponctuée par une série de crises intérieures, qui dynamisent l'intrigue tout en éclairant la psychologie du protagoniste. Ces moments d'extrême tension participent à la "transformation d'un temps historique en une durée dramatique, en une alternance de journées intenses et de transitions indéfinies" [Sgard, 1989, p. 9]. Conformément à l'esthétique du roman-mémoires, la scansion du récit se fonde moins sur l'enchaînement des événements que sur le rythme des mouvements de l'âme qui prêtent leur substance à ces récits de la subjectivité. La première crise dont le narrateur rend compte advient au moment de la fuite de Théophé, que son père refuse de reconnaître. La particularité de cet ébranlement réside dans son indéfinition : "On prendra l'idée qu'on voudra des motifs qui m'échaufférent le sang. J'ignore moi-même de quelle nature ils étoient" (p.112). Le narrateur, qui évoque ensuite des "mouvemens" qu'il n'avait jamais sentis, se borne à énumérer ses symptômes sans en éclaircir nettement l'origine. Tandis que l'action semble momentanément suspendue, tout le récit se concentre sur la vivacité de ces mouvements intérieurs qui réverbèrent la portée de l'événement. Pour la première fois, les menaces qu'il professe au maître de langues dans son élan de "fureur" dévoilent explicitement un autre visage que celui du diplomate policé qu'il affiche depuis le début du roman. Et si le narrateur maintient le flou sur la nature de cette crise, il n'est pas difficile au lecteur d'y voir les effets d'un premier emportement amoureux, encore non-avoué, mais qui s'imposera lors des retrouvailles avec Théophé. L'ambassadeur, toujours en proie à "une espèce de transport", la contemple alors "comme s'il étoit arrivé quelque changement dans [s]es yeux depuis le jour précédent" (p. 115). C'est en effet à partir de ce moment que la passion de l'ambassadeur s'impose comme le motif principal du récit, même s'il demeure voilé par ses non-dits. Le temps de l'action "fige les personnages à intervalles irréguliers dans les grandes scènes de leur existence" [Monty, 1970, p. 170]. Pourtant, loin d'induire une immobilisation de l'action romanesque, la crise psychologique provoque une révolution intérieure qui catalyse et fait progresser l'intrigue.

La deuxième crise notable, et la plus inquiétante, est celle qui s'empare de l'ambassadeur lors de la fête qu'il organise en l'honneur du roi. Cette scène, d'inspiration historique, est motivée dans le roman par un faisceau de facteurs politiques (le grand vizir Choruli fraîchement arrivé sur le trône réclame l'annulation de sa fête) ou personnels (la découverte du complot fomenté par Synèse et le chevalier pour lui enlever Théophé). C'est cette double impuissance qui conduit au climax de la crise nerveuse du diplomate. Lorsque l'officier lui enjoint de suspendre la fête, la menace qu'il profère donne toute la mesure de son emportement démentiel : "je fais apporter dans cette salle toute la poudre que j'ai ici en abondance, et j'y mets le feu moi-même pour faire sauter ma maison avec moi et tous mes convives" (p. 243). Loin d'atténuer la gravité de l'épisode, le narrateur confirme au contraire la violence de son état : "J'étois moi-même dans un transport de colère qui m'auroit rendu capable assurément d'exécuter les idées qui m'étoient venues à l'esprit." (p. 243-244). Ce "transport", qui désigne un état d'aliénation paroxystique, est un écho direct à la folie prêtée à Ferriol, le diplomate ayant inspiré le personnage de l'ambassadeur (v. Repères / De l'Histoire à la fiction : un roman au parfum de scandale). Si ce thème est quelquefois suggéré par l'intermédiaire de certains personnages secondaires [Singerman, 1990, p. 316], l'accès de démence demeure toutefois “exhibé au lecteur avec une soudaineté déconcertante” [Francis, 1993, p. 38]. L’intérêt de cet épisode détonnant ne tient pas seulement à son intérêt dramatique : il jette également une nouvelle lumière sur le personnage de l’ambassadeur, dont toute l’instabilité éclate ici. Celle-ci ne peut manquer de semer le doute sur son état mental, en invitant à reconsidérer ses actions passées ainsi que le récit qu’il en propose et qui devient inévitablement suspect.

Les deux dernières crises de l’ambassadeur, nettement moins spectaculaires, témoignent toutefois de la violence de ses agitations qui, malgré ce qu’il affirme, perdurent jusqu’à la fin du récit. Le refus que Théophé oppose à sa demande en mariage, en menaçant de le quitter s’il insiste, le plonge dans une syncope dont le narrateur détaille les effets :

> La voix, le mouvement, la réfléxion, toutes mes facultés naturelles étoient comme *suspendues par l’excès de mon étonnement et de ma confusion*. Je me serois précipité dans un abîme, s’il s’en étoit ouvert un devant moi, et la seule idée de ma situation me paroissoit un tourment insupportable. *J’y demeurai* néanmoins fort longtems sans retrouver assez de force pour en sortir (p. 234, nous soulignons).

Cette crise suscite un vœu d’anéantissement qui, au-delà de la formule rhétorique, s’accompagne d’une référence augustinienne à la Chute, fréquente chez l’auteur pour montrer comment les égarements destructeurs de ses personnages les conduisent à se détourner du vrai Bien (v. Repères / Prévost et la poétique du roman-mémoires / L’exploration du Monde moral : filiation philosophique, innovation poétique). L’inquiétude des domestiques du diplomate, alarmés par “l’altération de [s]on visage”, accentue encore l’amplitude du transport et entretient le doute qui pèse sur la “santé” psychique de l’ambassadeur (p. 235). La violence de la crise bouleverse la temporalité, comme l’illustre l’ellipse qui se produit quand l’ambassadeur se réfugie dans son cabinet pour fuir Théophé : “J’y passai plus de deux heures, qui ne furent pour moi qu’un instant” (*Ibid.*) (v. Le travail du texte / Stylistique / Le dispositif énonciatif du roman-mémoires / Le récit et ses vitesses). Cette altération souligne le paradoxe lié au rythme intérieur du héros prévostien, qui “demeure”, dans la durée, dans un état d’agitation intérieure, subissant comme un mouvement en étonnante stagnation [Courbin, 2023, p. 404]. Ces crises, que le récit retranscrit à la manière d’un oscillographe, montrent comment le mouvement intérieur imprime son rythme à l'intrigue, en la suspendant ou en l'accélérant au gré des altérations psychiques du protagoniste.

La dernière crise de l'ambassadeur est celle qui clôt le roman parisien, quand l'ancienne gouvernante de Théophé l'accuse d'entretenir une intrigue secrète avec le comte de... L'ambassadeur, qui ne peut "cacher la mortelle impression" produite par ce discours, s'efforce toutefois de ne pas faire "éclater un désordre" (p. 283). En attendant de réunir des preuves contre la jeune femme, l'ambassadeur passe deux jours en sa compagnie qui lui paraissent "des siècles d'inquiétude et de tourmens" (p. 285). La particularité de cet emportement est d'être ainsi dilué dans le temps et tamisé par les infirmités d'un ambassadeur vieilli, au tempérament moins vif qu'autrefois. Mais au moment de mener l'enquête, la "liberté d'esprit" de l'ambassadeur (*Ibid.*), qui doutait pourtant de la tromperie de Théophé, se transforme progressivement en une "vive agitation" (*Ibid.*), qui, sous les encouragements de la gouvernante, l'incite à fouiller sa chambre en rejouant, cette fois sous ses yeux, la scène de jalousie de l'épisode de Livourne (v. Enquête romanesque / Un récit d'investigation). Dépourvu de preuve, le narrateur retourne à son lit pour se remettre de la "cruelle agitation" qui l'accable, mais il demeure sous l'emprise des "doutes qui [lui] obscurcissoient l'esprit", en l'empêchant de croire à l'innocence de la jeune femme (p. 287). Cette ultime crise témoigne d'une nette évolution dans la psyché du protagoniste, car son emportement ne se conclut par aucune affirmation de ses principes moraux ou admiration marquée envers la sagesse de Théophé. Tandis que ses précédents accès étaient brefs et se soldaient toujours par un retour à la raison, résigné mais affirmé, l'ambassadeur arrivé au crépuscule de sa vie demeure prisonnier de ses soupçons, sans parvenir à faire jour sur "cet affreux démêlé" (p. 291). Le récit se referme sur cette incertitude que le narrateur refuse à son tour d'éclaircir, en confiant au jugement du lecteur "tout ce qui lui a pu paroître obscur et incertain dans le caractère et la conduite de Théophé" (p. 283). *L'Histoire d'une Grecque moderne* est ainsi ponctuée par les crises de l'ambassadeur, qui sont autant de moments clefs du récit révélant les transformations ou défaillances de sa psyché. Loin de se réduire à des parenthèses qui suspendent l'action, les états d'âme du protagoniste se font la chambre d'écho des péripéties extérieures en impulsant leur rythme à l'intrigue.

DE LA PÉRIPÉTIE ROMANESQUE À L'AVENTURE INTÉRIEURE

Une suite d'aventures enlevées

Le refus de la description, revendiqué à plusieurs reprises dans le roman (v. Repères / La vogue de l'orientalisme), affirme la volonté de l'auteur de se concentrer sur l'action romanesque qui se déroule à un rythme toujours enlevé. Le plaisir de lecture se nourrit de ces péripéties qui se succèdent en un fondu enchaîné et n'autorisent aucun temps mort. Mais Prévost entretient également un certain plaisir de reconnaissance, en puisant nombre de ces épisodes dans un répertoire de *topoi* romanesques bien connus du lecteur, car s'inscrivant pour certains dans une longue tradition provenant des romans grecs [LÉTOUBLON, 1993, p. 52-57]. Il mobilise ainsi tour à tour plusieurs scènes de libération, une crise de maladie, une scène d'enlèvement par des pirates, d'innombrables manigances de prétendants amoureux ainsi que plusieurs retournements politiques sanglants, ... Cette valse d'événements est portée par un personnel romanesque rompu aux complots ou intrigues en tout genre, que ce soit le maître de langues qui s'adonne à plusieurs "trahison[s]" (p. 125), "l'intriguante Bema" (p. 167) et ses dissimulations, ou les rivaux amoureux tels que le sélictar ou Synèse qui ne ménagent pas leurs "galanteries" (p. 101, 126) pour s'attirer les faveurs de Théophé. Si Prévost s'inspire d'un certain nombre d'événements ou de personnages topiques, ce n'est toutefois pas de manière servile, mais en les infléchissant de manière originale pour mieux servir son propos. C'est ainsi que, sous sa plume, l'un des épisodes les plus convenus de l'univers romanesque est intégré avec une franche distanciation comique. Prévost propose ainsi une alternative à la traditionnelle attaque par des pirates, avec la conspiration des marins qui, dans l'expédition qui doit ramener les deux protagonistes en France, destituent leur capitaine pour s'emparer du navire. Tandis que l'un des conspirateurs propose de "garder Théophé", l'ensemble des mutins décident "qu'une si belle femme ne serviroit qu'à jetter de la division dans la société" (p. 264). Tandis que le schéma topique impliquerait l'enlèvement de Théophé par les corsaires, l'événement convenu tourne ici à la parodie, en prenant un accent grinçant qui attache encore au personnage de la belle Grecque une sensualité coupable de tous les maux (v. Le mystère Théophé / Une créature chimérique).

La combinaison des événements se complexifie par ailleurs par l'insertion d'intrigues qui souvent s'imbriquent ou se télescopent. C'est le cas de la révolte des janissaires qui masque aux yeux du diplomate la double dissimulation de Synèse et du sélictar qui se cachent chez lui à son insu, ou du projet fomenté par le jeune homme et le chevalier pour enlever Théophé qui se produit lors du fiasco de la fête du roi provoqué par la crise de démence de l'ambassadeur. La succession ou concaténation des péripéties imprime un rythme soutenu au récit et nourrit de nombreux moments de suspense ou retournements de situation, souvent mis en exergue dans la narration. Ainsi, lorsque l'ambassadeur de retour dans sa maison d'Oru découvre que Synèse a été dangereusement blessé, il manifeste toute sa stupéfaction devant "un événement si imprévu" (p. 177). Plus tard, en apprenant du sélictar que celui-ci s'apprête à demander Théophé en mariage après avoir acheté l'autorisation de Condoidi, il constate qu'"il y avait peu de surprises qui pussent [lui] paroître aussi terribles" (p. 225). Le narrateur signale également l'apparition de plusieurs péripéties suivies, tel un maillage en chaîne: "je fus moins tranquille après une autre découverte [...] qui précipita celle de plusieurs intrigues qui ont jetté beaucoup d'amertume dans la suite de ma vie" (p. 154-155), affirme-t-il en annonçant le futur embrouillamini dans sa maison entre Synèse et le sélictar. Si les romans des années 1740 de l'auteur livrent des aventures moins spectaculaires ou échevelées que ceux de sa première période [LEBORGNE et Jean-Paul SERMAIN, 2003, p. 8], Prévost propose toujours des récits portés par des successions de péripéties, peut-être plus intimes, mais qui témoignent de son goût persistant pour le romanesque.

L'élan narratif caractéristique de l'esthétique prévostienne est symbolisé dans le roman par le motif récurrent de l'*aventure*, qui s'exprime par des péripéties destinant les protagonistes à une destinée mouvementée [SGARD, 1989]. Celle-ci tient d'abord à l'aventure sentimentale constituant le fil rouge du récit de l'ambassadeur, qui se dépeint d'emblée comme un "amant rebuté" (p. 55). Le roman se trouve ainsi rappelé à cette "loi du genre" qui, depuis le siècle précédent, associe le texte romanesque aux "fictions d'aventures amoureuses, écrites en prose et avec art, pour le plaisir et l'instruction des lecteurs", pour reprendre la définition de Huet, l'un des rares défenseurs du roman au XVIIe siècle [1670, p. 7]. C'est bien en ce sens que l'ambassadeur définit, par la négative d'abord puis en l'assumant ensuite, la relation qu'il cherche à entretenir avec l'ancienne esclave. Si juste après sa libération, il soutient que "rien n'étoit si opposé à [s]es intentions que de [s]'engager dans une avanture" (p. 62), ce dessein s'affirme toutefois progressivement : "si je ne me proposai pas de brusquer l'avanture, je résolus d'en jetter du moins les fondemens avant la fin du jour", avoue-t-il après avoir entendu le récit de Théophé (p. 96). Progressivement, le terme en vient surtout à désigner les échecs successifs de l'ambassadeur, qui prétend ne plus rien comprendre à "cette bizarre avanture" après avoir essuyé le refus de ses avances à Oru (p. 136), ou s'efforce "de tourner en badinage une avanture à laquelle [il] ne pouvoi[t] donner une meilleur face", lorsque Théophé, en compagnie du comte à Livourne, le surprend dans son lit (p. 257). À la relation entre le diplomate et la jeune Grecque qui sert d'aventure centrale, s'entremêle ou se superpose une série d'aventures secondaires, qu'elles soient de nature sentimentales – Théophé demande au maître de langues qui sert d'intercesseur au sélictar de lui épargner "tout ce qui pourroit ressembler à cette avanture" (p. 101) – ou non. Car le terme désigne bien, dans ce roman qui se distingue en cela de la définition de Huet, toute péripétie qui vient bouleverser l'action. C'est sous ce terme que le sélictar interroge le diplomate sur l'"avanture si singulière" narrée par Chériber qui leur apprend que Théophé n'est pas née esclave (p. 99), ou que l'ambassadeur caractérise sa crise de folie, en notant que "le bruit de cette avanture répandit aussi-tôt la consternation parmi tous les François que j'avois assemblés pour ma fête" (p. 243). Dans le roman prévostien, l'aventure s'impose moins comme une thématique particulière que comme une modalité narrative qui dynamise le récit en lui insufflant un rythme et une certaine énergie.

Cela transparaît particulièrement dans le récit enchâssé où Théophé livre son histoire, et dont la dimension romanesque est renforcée par les ingrédients prêtés à la veine orientale tels que la violence ou la sensualité (v. Frictions idéologiques : Orient contre Occident ?). La jeune femme évoque ainsi la "funeste avanture" causée par la lutte mortelle entre le gouverneur de Patras et son fils (p. 77), puis la "cruelle avanture" qui conduit à la condamnation à mort de son père (p. 79), ou se remémore la surprise de l'intendant du bacha, qui lui demande "par quelle avanture, une jeune Grecque [...] se trouvoit seule et maitresse d'elle-même" (p. 84). L'ambassadeur, qui récupère rapidement le relais de la narration principale, se réfère à l'histoire de la jeune Grecque sous ce même terme, qui prend sous sa plume une coloration fortement dépréciative soulignée par l'usage du pluriel : "Ce n'étoit point avec une femme qui m'avoit raconté si ouvertement ses avantures de Patras et celles du serrail que je me croyois obligé de prendre [d]es détours" (p. 134). L'ambassadeur use ainsi du pouvoir que lui confère la connaissance du passé de la jeune femme pour asseoir sur elle sa supériorité morale et resserrer son emprise (v. Le prix de la liberté ou l'impossible affranchissement / Monnayer la parole d'autrui). Ces aventures, qui font régulièrement l'objet d'un récit, ne sont pas seulement un objet de l'intrigue mais entretiennent un lien consubstantiel avec la trame narrative. Si l'histoire de Théophé apprenant au narrateur les "avantures de sa vie" (p. 73) en est l'exemple le plus éloquent, de nombreux autres récits d'aventure parsèment en effet le roman. C'est le cas lorsque Théophé, qui a interrogé "quelques esclaves du sélictar sur les avantures qui les ont conduites au serrail", livre ensuite l'histoire de Maria Rezati au diplomate (p. 188). Plus qu'une simple anecdote, le récit des péripéties de la jeune sicilienne a une importance structurelle à l'échelle du roman car il est fondé sur une double mise en abîme : d'une part Théophé rejoue la posture de l'ambassadeur en recueillant le témoignage de l'ancienne esclave, d'autre part, l'histoire de Maria fait directement écho à la sienne, en s'imposant comme le reflet inversé de sa propre trajectoire. Extorqués ou confiés, ces récits d'aventure se répondent et constituent un double-fond au récit de l'ambassadeur permettant de le mettre en partie à distance.

La dimension substantiellement littéraire de ces aventures surgit enfin lorsqu'elles sont exhibées comme péripéties ou rouages de l'intrigue romanesque, par un auteur qui se plaît à dévoiler la fabrique de son récit. Il s'inscrit ainsi dans une tradition romanesque prégnante depuis les romans de Courtilz de Sandras ou de Mme de Villedieu et encore vive dans les années 1740, qui aime à mettre en exergue les ressorts de l'histoire narrée. C'est ainsi que l'ambassadeur, qui a confié la jeune esclave fraîchement libérée au maître de langues, s'efforce "de tenir cette intrigue secrette" (p. 100). Le romancier désigne ainsi les linéaments du récit, tout comme il en dévoile l'architecture profonde. Après avoir annoncé comment Synèse, pourtant banni, est parvenu à se dissimuler à son insu dans sa maison d'Oru, le narrateur qui s'apprête à révéler par quelles manigances son deuxième rival se réfugie également chez lui, annonce que "l'avanture du sélictar étoit plus composée" (p. 166), l'effet de syllepse soulignant, derrière la complexité de l'intrigue, la sournoiserie du rival. Par ces appréciations, le romancier jette un regard surplombant sur sa création et attire l'attention du lecteur sur ses talents de conteur. Et lorsqu'il apprend enfin du grand vizir que le sélictar s'est caché chez lui, l'ambassadeur, dessillé, est affligé "par un si malheureux dénouement" (p. 176). Au cours de cet épisode, où les domestiques du diplomate déploient leurs efforts pour empêcher le sélictar d'entrer sans savoir qu'il n'était en réalité jamais sorti de cette demeure, le narrateur souligne à quel point "cette scène devenoit plaisante", appréciant par là toute l'ironie de la situation (p. 177). En multipliant les clins d'œil à la fabrique du récit, Prévost travaille à modifier le statut de l'aventure romanesque, qui n'est plus cantonnée aux intrigues amoureuses ou aux péripéties extérieures, mais réfléchit les modalités d'écriture du récit.

L'intériorisation de l'aventure

Dans le roman-mémoires, l'événement a souvent moins de valeur pour lui-même que pour les réflexions ou sentiments qu'il déclenche. Chez Prévost, "le héros ne connaît plus de combat qu'avec lui-même ; les aventures, les voyages sont désormais intérieurs" [Sgard, 1989, p. 169]. Le principe d'aventure intérieure est en effet au cœur des romans-mémoires, où les événements n'ont souvent d'importance qu'en fonction des répercussions personnelles qu'elles opèrent sur le personnage-narrateur.

Les aventures qui rythment *L'Histoire d'une Grecque moderne* deviennent en premier lieu le support de réflexions morales : d'une part elles invitent les personnages à s'interroger sur la valeur de leurs actions ou de leurs principes, d'autre part, elles servent de support au narrateur pour intégrer une perspective critique à son récit. Lorsque Théophé refuse les avances pressantes de l'ambassadeur à Oru, l'ambassadeur revient sur son moment d'égarement pour "peu à peu à considérer le fond de cette avanture" (p. 139). Il se remémore alors l'attitude constante de Théophé auprès de lui : "S'étoit-elle jamais échappée à la moindre action ni au moindre discours qui parût s'accorder avec les intentions que je lui supposois ?" (*Ibid.*). Cette interrogation, de même que les autres qui s'ensuivent, illustre la capacité, fût-elle intermittente, de l'ambassadeur à revenir sur ses certitudes pour envisager les faits autrement qu'en sa faveur. En déclenchant le mouvement introspectif, l'aventure malheureuse motive l'analyse intérieure et alimente la réflexion. Ce principe est mis en abîme dans le récit enchâssé de Théophé, qui présente toujours ses malheurs comme de nouvelles sources de réflexion (v. Le projet pédagogique : entre initiation spirituelle et échec programmé / Théophé, femme philosophe). En évoquant son plus jeune âge et son alliance avec le gouverneur de Patras orchestrée par son père, elle évoque ainsi les "quelques réfléxions qu'[elle] avoi[t] commencé à faire sur les avantures où il [l]'avoit engagée" (p. 77). Sa conclusion demeure très discutable, puisqu'elle déduit qu'en se "liant avec un homme" (*Ibid.*), elle obtiendra plus de liberté, ce que tout le reste du récit, de son passage au sérail de Chériber à sa relation avec l'ambassadeur tyrannique, se chargera de contredire en la faisant passer d'une tutelle à une autre. Mais Théophé témoigne toutefois d'une capacité de détachement qui l'incite à interroger sa situation : ses aventures précoces portent déjà le germe de la réflexion, dont le travail constant permettra le déploiement de son esprit philosophique. Maria Rezati témoigne, sous une forme bien moins spirituelle, d'une certaine capacité d'analyse qui lui vient de son expérience amoureuse, comme le remarque le narrateur en notant qu'elle "avoit acquis trop de lumières par ses avantures" pour ne pas déceler en lui sa passion malheureuse (p. 215). Les péripéties marquant le destin de la jeune sicilienne, que le récit condamne à se perdre en vue des plaisirs, sont ici encore la source d'une certaine capacité réflexive qui forme sa perspicacité. L'exclamation proférée par Théophé avant de transmettre le récit de la jeune femme s'impose alors : "Quelle variété dans les événemens de la vie ! me dit-elle avec le tour moral qu'elle donnoit naturellement à toutes ses réfléxions", note le narrateur (p. 187). L'enchaînement des événements ne sacrifie pas seulement aux plaisirs du romanesque, mais comme miroir de la contingence du monde, devient source de réflexion *morale* sur la condition humaine qui y est soumise et qui doit composer avec elle.

Parallèlement aux réflexions émises par les personnages dans le temps de l'histoire, le narrateur double ces analyses en usant de son regard critique et de la distance dont il sait parfois faire preuve. Ainsi, lorsqu'il raconte par quelle extravagance le sélictar accepte de se cacher chez le diplomate à son insu, il précise que cet événement lui semble "si extraordinaire" qu'il le donne en "exemple des plus hautes folies de l'amour" (p. 167). La narration transforme par là une aventure rocambolesque en matière à raisonnement, et l'érige en *exemplum* destiné à alerter sur les dangers des égarements humains. Il en incombe encore au lecteur de pousser la réflexion à son terme, pour y voir un écho aux propres folies de l'ambassadeur, à qui la passion fait, de la même manière qu'au sélictar, souvent perdre le sens commun (v. Du roman d'amour au roman de la frustration / L'insaisissable objet du désir).

Les manifestations ultimes du processus d'intériorisation de l'aventure ne transparaissent plus seulement dans le travail introspectif et réflexif qu'elles enclenchent, mais aussi dans le mouvement des états d'âme qui accompagnent, et parfois éclipsent, l'événement. C'est en ce sens que Jean Sgard définit "l'aventure intérieure" comme "la confrontation d'une sensibilité ou d'un instinct et des épreuves de la vie" [SGARD, 1996, p. 65]. Le narrateur insiste en ce sens toujours sur les répercussions que chaque péripétie évoque en lui : l'importance de l'aventure est fonction de la métamorphose intérieure qu'elle éveille et qui est mise en valeur par la narration rétrospective, selon une démarche qui deviendra centrale dans le récit autobiographique. Le retournement de situation par lequel l'ambassadeur voit le sélictar lui annoncer qu'il s'apprête à proposer à Théophé de l'entretenir est ainsi amplifié par le désarroi du protagoniste : "J'avoue que ce discours et la scène qu'il m'annonçoit me causérent un égal embarras. Que je me sentois différent de ce que j'étois en effet, lorsque je lui avois protesté que la générosité seule m'intéressoit au sort de Théophé" (p. 125-126). L'importance de la péripétie, qui sera pourtant rapidement évacuée par le refus que lui oppose la jeune Grecque, transparaît avant tout dans l'expression des états d'âme de l'ambassadeur, et la révélation de son évolution personnelle, par laquelle il finit par reconnaître son attachement. L'effet est souligné lorsque le narrateur ajoute que "ce fut un autre tourment [...] de soutenir son entretien pendant plus d'une heure, et d'entendre avec quelle satisfaction il se louoit déjà de sa fortune." (p. 128). La logique du récit autodiégétique veut ainsi que l'incidence des événements ne se réduise jamais à leur aspect factuel, mais se révèle de manière intériorisée par le protagoniste qui y imprime la marque de sa conscience.

De la même manière, les grands événements historiques évoqués dans le récit semblent servir à mettre en lumière "le drame intérieur" qui se joue dans l'esprit du protagoniste [SGARD, 1989, p. 8-9]. L'exemple le plus éloquent dans le roman est probablement l'épisode de la fête du roi, lors duquel l'ambassadeur se trouve sommé par le nouveau vizir d'annuler ses festivités. La crise politique historiquement informée sert ici de prétexte à explorer la crise psychologique de l'ambassadeur.

Celle-ci est d'abord motivée par le plan fomenté par Synèse et le chevalier sicilien pour enlever Théophé, qu'ils tentent de mettre à exécution au moment même de la célébration. Mais cette crise de folie est aussi attisée par une déception antérieure : celle provoquée par le refus que Théophé oppose à sa demande en mariage. Le diplomate, s'aveuglant sur la réponse de la jeune femme, était en effet "résolu de renfermer la fête de [s]on mariage dans l'enceinte de [s]es murs" (p. 230). L'annulation de cette fête tant espérée par l'ambassadeur finit par s'exprimer lors de celle, "compensatrice", qu'il organise pour le roi, et dont la suspension réveille toute sa frustration contenue [LEBORGNE, 1997, p. 461-462]. Dans le roman, la retranscription des événements historiques, ainsi travaillés par la fiction, sert à mettre en lumière le conflit psychique qui anime l'ambassadeur et qui s'impose comme le principal moteur du récit. L'événement dépasse la contingence de l'anecdotique pour devenir matière à réflexion, en dévoilant les méditations des personnages ou en révélant la profondeur de leurs mécanismes psychiques (v. Explorations de la psyché). En transmutant la péripétie romanesque en aventure intérieure, le roman-mémoires de Prévost devient une interface entre les aléas du monde et ceux de la vie de l'âme.

UNE ENQUÊTE ROMANESQUE

UN RÉCIT D'INVESTIGATION

De la constellation d'indices au jeu d'enquête

Faisant fond sur le mystère de Théophé, présenté comme l'énigme centrale du roman, Prévost construit son roman comme un récit d'investigation. À travers les propos de l'ambassadeur qui emprunte souvent une démarche d'enquêteur, le romancier livre à la perspicacité du lecteur des indices semés çà et là ou se plaît à élaborer de véritables jeux d'enquête. Dès le début du roman, l'entreprise de libération de Théophé joue sur les codes du roman à mystère en faisant intervenir un étrange billet chiffré : "mon valet de chambre [...] me l'apporta aussi mystérieusement qu'il l'avoit reçu. L'aiant ouvert, je le trouvai en caractères grecs, que je n'entendois point encore" (p. 61). Comme Prévost se plaît à le souligner, le mystère porte autant sur le mode de transmission de ce billet que sur le message encore indéchiffrable qu'il contient. Si ce dernier point est doublement motivé (par la langue étrangère de Théophé ainsi que par la nécessité de dissimuler son projet d'évasion au bacha turc), il contribue à nourrir le mystère autour de cette péripétie fondatrice.

Outre les zones d'ombre qui entourent le personnage de la belle Grecque (v. Le mystère Théophé : de l'énigme au procès / Une créature chimérique), la relation que l'ambassadeur entretient avec elle concentre un ensemble de péripéties, elles aussi empreintes de mystère. Prévost se plaît ainsi à semer des indices sur la tournure des futurs événements, que le narrateur retranscrit *a posteriori* sans les élucider immédiatement pour autant. C'est le cas lorsque le sélictar, après avoir essuyé le premier refus de Théophé, soumet au diplomate une énigmatique requête : celle de "ne pas permettre qu'elle s'éloigne de Constantinople sans [s]a participation" (p. 70). Le romancier tisse le fil du mystère en faisant ajouter au sélictar que l'ambassadeur "saur[a] dans quatre jours quelles sont [s]es intentions" (*Ibid.*). En laissant cette demande provisoirement infondée et en jouant sur un compte à rebours qui cristallise le suspens, Prévost sème un indice sur les intentions du sélictar qui ne seront éclaircies qu'ultérieurement. D'autres fois, le romancier joue sur l'écart offert par le double registre (v. Repères / La poétique du roman-mémoires) entre les connaissances du protagoniste et celles dont jouit le narrateur a posteriori, pour jeter un éclairage sur des événements qui laissent présager un rebondissement futur. Ainsi, lorsque l'ambassadeur s'emporte contre le projet de Synèse et du chevalier sicilien voulant s'établir avec Théophé et Maria Rezati, projet qu'il qualifie de "partie de libertinage", pouvant correspondre à la vie débauchée de cette dernière mais non à Théophé, il s'attire les foudres de la jeune Sicilienne (p. 222). Alors que cet événement qui se clôt par le départ de Maria aurait pu rester dans l'ombre, le narrateur souligne l'aveuglement qu'il partage alors avec Théophé : "nous n'en étions pas moins éloignés l'un et l'autre de nous attendre à des emportemens de haine" (p. 223). La formule transforme l'événement apparemment anodin en un relais narratif qui annonce une péripétie future : sans en expliciter la portée, le narrateur signale l'événement à l'attention du lecteur, chargé de le garder en mémoire pour éclaircir les faits à venir. Le récit est ainsi parsemé d'indices ou d'éclairages voilés, qui créent des réseaux reliant les événements en concurrençant l'ordre chronologique pour alimenter le suspens de l'intrigue romanesque et le plaisir de lecture.

Parallèlement à ces indices soumis à la sagacité du lecteur, Prévost insère dans le récit de véritables jeux d'enquête. Le plus flagrant est probablement l'investigation menée par l'ambassadeur pour élucider l'origine de la naissance de Théophé. Celle-ci commence par une interrogation première, qui surgit après avoir entendu le récit de la vie de la jeune fille, dans lequel elle évoque l'enlèvement de la femme d'un seigneur Grec et de sa fille de deux ans, dont son père supposé est accusé. "Il ne me parut pas impossible que Théophé n'eût été cet enfant de deux ans qui avoit disparu avec sa mère. Cependant, quel moyen de pouvoir obtenir là-dessus quelque lumière ?", s'interroge l'ambassadeur (p. 100). L'enjeu du mystère est de taille car, à une époque où la valeur morale d'un individu est encore indexée sur son rang social, l'origine noble de la jeune Grecque permettrait, aux yeux de l'ambassadeur, d'effacer la "tache"

(p. 96, p. 111) que lui imprime son passé infâme. "La naissance de Théophé qui passoit pour certaine à mes yeux avoit achevé d'effacer les idées importunes qui revenoient toujours blesser ma délicatesse", note-t-il ainsi, en faisant valoir une logique de "compensation" (p. 111) (v. Le prix de la liberté / L'impossible désintéressement moral). Puisque Théophé était alors un témoin trop jeune pour pouvoir attester de son passé ("elle ne se rappella rien" (p. 104)), l'ambassadeur doit se livrer à un délicat jeu de piste pour éclaircir ce mystère. Son enquête le mène d'abord auprès du cadi qui a jugé celui qui se prétendait le "père" de Théophé, dont il parvient à soutirer des informations. Mais, devant les lacunes dont témoigne le procès, l'ambassadeur finit par asséner au cadi un véritable cours d'investigation judiciaire : "Enfin n'étoit-il pas aisé de remonter sur ses traces, et de les suivre jusques dans les moindres circonstances ?" (p. 106). Cet interrogatoire le conduit tout de même à Acade, une petite ville de Morée, où réside Paniota Condoidi, le père naturel supposé de Théophé. L'ambassadeur y poursuit son enquête, en apprenant d'un marchand de la ville l'adresse du seigneur grec, qui se révèle en réalité un "bon gentilhomme campagnard", qui refusera de reconnaître Théophé comme sa fille (p. 107). Si Prévost instaure ainsi un jeu de piste ludique, son résultat décidant de l'origine de Théophé restera toujours indéterminé : l'enquête a ainsi davantage vocation à brouiller les pistes qu'à éclaircir le mystère.

Des parodies d'investigation

La dimension ludique de l'enquête se dédouble lorsque l'auteur s'amuse à en détourner les codes, notamment en mettant en scène, à travers le personnage de l'ambassadeur, une figure d'enquêteur défaillant. Le début de la seconde partie s'ouvre ainsi sur un nouveau mystère à élucider : lors d'une promenade nocturne, l'ambassadeur pense apercevoir la figure d'un homme. S'il s'en étonne, il multiplie néanmoins les déductions erronées : "Je me figurai que c'étoit mon ombre", "je m'imaginai que c'étoit le vent",... (p. 171). Finissant par soupçonner une présence étrangère, il cherche à mener l'enquête, en s'employant à "marcher sur ses traces", puis en interrogeant toute sa maisonnée, en vain (p. 172). L'ambassadeur, qui perçoit les signes et mène des recherches, demeure incapable de remonter le fil de l'intrigue. Son incapacité est d'autant plus frappante que sa rencontre avec le grand vizir, dont le récit clôturait la première partie, lui avait déjà révélé le pot aux roses : "il me dit que le sélictar devoit la croire bien puissante, puisque la crainte lui avoit fait chercher un asyle dans ma maison. Je ne compris point le sens de cette plaisanterie." (p. 164). Ce diplomate qui donnait des leçons d'enquête au cadi, sous prétexte d'une supériorité occidentale dans les méthodes d'investigation (v. Frictions idéologiques : Orient contre occident ? / Deux systèmes antagonistes), ignore en réalité tout des manigances qui s'opèrent dans sa propre maison et dont il se voit ironiquement informé par le vizir [Tremewan, 2000, p. 123]. Le narrateur souligne d'ailleurs avec insistance l'ampleur de son ignorance : "En un mot, lorsque je demeurois persuadé que le sélictar n'était pas venu chez moi, et que Synèse en étoit parti, ils y étoient tous deux, et je l'ignorai pendant plusieurs jours" (p. 165). Le premier avertissement du vizir se double de la prolepse ensuite proférée par le narrateur qui anticipe la révélation en expliquant comment "l'intriguante Bema" l'a trahi pour accueillir en cachette le sélictar dans la maison : "Il étoit rentré pendant que je faisois assembler mes gens. Bema, qui l'avoit conduit elle-même au jardin [...] l'avoit rappellé assez promptement pour le dérober à mes recherches." (p. 167 et 173) (v. Le travail du texte / Stylistique / Le dispositif énonciatif du roman-mémoires / Le récit et ses vitesses). Pour comble d'ironie, c'est justement lorsque l'ambassadeur mène son interrogatoire que le méfait a lieu et que le sélictar s'infiltre dans sa demeure. Et lorsque, lors du second entretien avec le grand vizir, celui-ci renouvelle ses éclaircissements, l'ambassadeur lui assure encore être certain que le sélictar n'est pas chez lui, en imputant cette information à une trahison des espions du vizir (p. 176) : il est ainsi plus naturel au diplomate de s'en remettre à une défaillance supposément propre au système oriental que d'envisager l'éventualité de s'être trompé. L'ensemble de cette composition, qui révèle avec tant d'insistance renouvelée la clé du mystère, sacrifie donc le suspens au profit d'un autre but : faire passer l'ambassadeur de l'enquêteur à la dupe de l'intrigue.

Ce détournement des codes de l'investigation romanesque prend la forme d'une véritable parodie lors de la magistrale scène de jalousie à laquelle s'adonne l'ambassadeur envers le comte rencontré à Livourne. Pressentant que Théophé pourrait lui être sensible, l'ambassadeur passe une nuit entière à faire le guet devant son appartement. Prévost orchestre alors une méticuleuse scène d'investigation, en mobilisant à première vue tous les *topoï* du récit d'enquête. Le diplomate commence par coller son oreille à la porte de la jeune femme, en faisant part des "soupçons" qu'éveillent en lui le moindre bruit (p. 253) et des "doutes" qu'il éprouve en la voyant sortir au lever du soleil (p. 253-254). Il émet alors des hypothèses pour expliquer le bruit dans sa chambre : "C'étoit peut-être une chaise ou un rideau que Théophé avoit elle-même remué" (p. 254). Mais celles-ci sont vite disqualifiées devant la découverte d'"une petite porte qui donnoit sur un escalier dérobé" (*Ibid.*), ouvrant sur une cour écartée et une nouvelle porte fermée, qu'il soupçonne de servir aux visites nocturnes que le comte rend à Théophé. Prévost installe ainsi l'enquête dans un décor ingénieux, dont les ramifications labyrinthiques symbolisent "l'inquiétude du héros indécis, égaré, indéfiniment surpris dans une quête qui n'a pas de fin" [SGARD, 1986, p. 9]. Car malgré "l'ardeur avec laquelle [il] examin[oit] tous les passages", son exploration tombe sur une impasse : rebroussant chemin, il retourne à la chambre et déporte tous ses soupçons vers le lit, en pensant toucher "à des éclaircissemens qui emportoient la dernière conviction" (p. 254). C'est alors que son exploration prend une tournure véritablement parodique : persuadé que Théophé a partagé son lit avec le comte, l'ambassadeur s'adonne à une analyse aux prétentions scientifiques de ce qu'il regarde comme une scène de crime : "J'observai jusqu'aux moindres circonstances, la figure du lit, l'état des draps et des couvertures." (*Ibid.*). Non sans ironie, Prévost développe la méthode d'exploration de l'ambassadeur, qui va jusqu'à "mesurer la place" que devrait occuper Théophé (*Ibid.*). Loin de souligner ce que cette méthode empirique a d'hasardeuse, si ce n'est de grotesque, le narrateur confirme encore que ne pouvant se tromper, il lui semblait que "rien n'étoit capable de [lui] faire méconnoitre ses traces" (*Ibid.*). Ce récit souligne ainsi l'enraiement des mécanismes de déduction qui président à l'enquête du diplomate : alors que les indices servent normalement à établir un fait, l'infidélité de Théophé est ici postulée par avance, et chaque indice orienté de manière à l'étayer. Faute de preuves solides, l'exploration finit par tourner court en prenant une tournure imprévue qui achève de tourner en ridicule l'ambassadeur : attiré par les draps de Théophé, celui-ci s'y endort, pour n'être réveillé que par l'arrivée jeune femme, accompagnée du comte, qui le découvre dans cette situation fort compromettante (p. 256-257). Finalement l'enquête du diplomate ne démontre rien d'autre que l'ampleur de sa jalousie obsessionnelle, qui le conduit à une mésinterprétation des *traces* qu'il détecte. Le jeu de piste fondé sur la récolte et la confrontation d'indices se transforme en une parodie d'enquête, alimentée par un délire herméneutique qui trahit l'obsession amoureuse du protagoniste. Le motif de l'enquête mis en perspective par Prévost a ainsi moins pour vocation d'établir une vérité des faits qu'à alerter sur la nécessité d'un décryptage efficace des signes.

UN TRIPLE SEUIL PROBLÉMATIQUE

La dimension insidieuse du récit de l'ambassadeur est d'emblée annoncée et préparée par la multiplication des seuils problématiques, voire contradictoires, amorçant un récit qui se présente lui-même comme un jeu de piste pour le lecteur.

Le paratexte : deux entrées insidieuses

Le premier de ces seuils tient au titre du roman, qui signale à lui seul plusieurs discordances. Le récit s'annonce en effet comme celui de la jeune femme, *L'Histoire d'une Grecque moderne*, en laissant présager que ce personnage éponyme nous livrera son récit. Or il en va tout autrement, puisque, mis à part les quelques répliques de la jeune femme ou le récit enchâssé où elle raconte son histoire, le roman est porté par la voix de l'ambassadeur qui éclipse entièrement celle de la jeune femme. Le "je" principal du récit demeure celui de l'ambassadeur qui retranscrit ses aventures et états d'âme [Calder, 2000, p. 114]. Fondé sur ce paradoxe, le roman ne livre qu'un récit personnel au sujet d'une tierce personne : il s'agit en réalité de l'histoire de l'ambassadeur qui nous transmet l'histoire de la Grecque moderne, c'est-à-dire une image orientée ou déformée selon sa propre perspective. Ce titre plus exact aurait certes été un peu long. Il n'en reste pas moins que l'intitulé du roman brouille déjà les pistes, en instaurant une confusion sur le point de vue central et sur celle dont la voix sera le plus souvent escamotée dans le roman (v. Le mystère Théophé : de l'énigme au procès / Les coulisses de la construction d'une énigme / Le silence de Théophé). L'ambiguïté du titre est également portée par le double sens de l'appellation "moderne". Le terme peut d'abord faire signe vers une civilisation considérée comme décadente : contrairement à la Grèce antique, berceau de la civilisation européenne, la Grèce moderne apparaît dans certains discours historiques de l'époque comme une nation corrompue (v. Repères / La vogue de l'orientalisme). La désignation "Grecque moderne" assignerait ainsi Théophé à ses premières mœurs portées par son éducation dévoyée et sa vie au sérail. Cependant, de manière complètement antithétique, la modernité de la jeune Grecque annonce aussi sa conversion à la modernité, symbolisée par les nouveaux principes de l'idéologie occidentale annonçant les Lumières, tels que le primat de la philosophie et l'importance de l'autodétermination que revendiquera sans cesse Théophé [CALDER, 2000, p. 113]. À ce titre, l'indéfini "une Grecque" annoncé dans l'intitulé du roman orchestre un dernier brouillage car il destitue à la fois la jeune femme de son rôle de protagoniste, mais aussi car il lui dénie son nom, Théophé, étendard de cette conversion spirituelle et de sa revendication à une identité personnelle forgée selon ses propres convictions. Ce titre qui annonce abusivement l'histoire de Théophé ne la situe qu'anonymement parmi une foule indistincte, annonçant déjà sa relégation à venir.

La préface du récit, qui prépare l'entrée dans le monde du roman, constitue un deuxième seuil trompeur car Prévost se soumet à cet exercice hautement canonique pour en détourner insidieusement les codes. La préface s'annonce d'abord faussement comme traditionnelle (v. Le travail du texte / Stylistique / Le dispositif énonciatif du roman-mémoires / Le narrateur, maître du roman suspect). Certes, l'auteur répond aux attentes du lectorat en sacrifiant à l'incontournable *topos* du manuscrit trouvé, en présentant le récit qui s'annonce comme un manuscrit véridique, qui aurait été découvert de manière plus ou moins rocambolesque et livré au public [HERMAN, 1999 et 2007]. Le récit de *La Vie de Marianne* est ainsi présenté comme un manuscrit découvert dans "une armoire pratiquée dans l'enfoncement d'un mur" d'une maison située à quelques kilomètres de Rennes [MARIVAUX, *La Vie de Marianne*, p. 7]. Il s'agit là d'un poncif préfaciel particulièrement propre au genre du roman-mémoires, pour accréditer ces récits prétendument autobiographiques. Chez Prévost, l'auteur de la préface remarque ainsi que "le manuscrit s'est trouvé parmi les papiers d'un homme connu dans le monde" (p. 51). Si l'auteur use bien du *topos* traditionnel, celui-ci est pourtant moins destiné à garantir une quelconque véracité du manuscrit – dont aucun lecteur n'était en réalité dupe –, qu'à instaurer un jeu sur des codifications littéraires qui apparaissent comme un passage obligé qu'il est tentant de parodier. Après toutes les variations plus ou moins fantaisistes sur les modalités de la prétendue découverte de ces récits, Prévost en propose ici une variante on ne peut plus elliptique. Car aucune histoire justificative, nulle mention de nom ou de circonstances n'accompagne la mise au jour de ce texte. La mention générique "un homme du monde" est parfaitement indistincte, de même que la diathèse passive "le manuscrit s'est trouvé", évince l'agent en même temps que la situation de cette découverte, dont toutes les circonstances restent indéterminées. Prévost ne semble ainsi recourir à ce *topos* que pour s'en jouer. C'est avec une même tonalité ironique qu'il commente les modifications prêtées au texte, par un commentaire encore apparemment en usage – "on a tâché de le revêtir d'un stile supportable" (*Ibid.*) –, mais qui mentionne malicieusement, par une litote proche de la fausse modestie, le travail d'écriture de l'auteur.

Cette préface est également déstabilisante dans la mesure où elle affiche une certaine inutilité. Ses premiers mots sont en ce sens éloquents : "Cette histoire n'a pas besoin de préface" (*Ibid.*). Dans un récit qui sollicite constamment l'esprit critique du lecteur (v. Le travail du texte / Stylistique), l'auteur se refuse à lui faciliter la tâche en lui fournissant une grille de lecture pour orienter son interprétation. En suggérant qu'il sacrifie davantage à l'usage qu'à une volonté d'éclaircissement, Prévost adopte ainsi une posture critique éminemment moderne, qui laisse ouvert tout le champ interprétatif du récit. Mais la préface ne se réduit pas à un passage obligé à l'utilité douteuse : loin d'être une pure amorce de façade, elle a pour vocation de commencer à désorienter le lecteur. Car l'indéfinition qui entoure le texte, d'abord nonchalamment affirmée au détour du *topos* du manuscrit trouvé, est ensuite affirmée avec une insistance déstabilisante. L'instance auctoriale ne promet ainsi au lecteur "ni clé des noms, ni éclaircissement sur les faits, ni le moindre avis qui puisse lui faire comprendre ou deviner ce qu'il n'entendra point par ses propres lumières" (*Ibid.*). Prévost déjoue ainsi les pistes de lecture, notamment celle de l'inspiration historique fondée sur la vie de Mlle Aisse. Dans un *addendum* manuscrit ajouté à l'édition originale il met en garde le lecteur contre le risque de "confondre l'héroïne avec une aimable Circassienne [...] dont l'histoire n'a point eu de ressemblance avec celle-ci" (*Ibid.*). Si cet avertissement est une manière d'affirmer le travail de la fiction et de l'invention créatrice, il brouille aussi les pistes de l'interprétation en soustrayant l'une des clés du récit (v. Repères / De l'Histoire à la fiction : un roman au parfum de scandale). Finalement la seule affirmation qui semble guider la lecture du texte, à savoir que "tout y respire l'honneur et la vertu" (*Ibid.*), s'avérera éminemment trompeuse tant les actions et propos du personnage-narrateur, qui n'hésite pas à trahir, mentir ou à s'avilir au nom de l'amour, paraissent moralement problématiques. Prévost détourne ainsi le rôle traditionnel dévolu à la préface, ordinairement composée pour guider la lecture du texte en fournissant des pistes interprétatives, et établit d'emblée un pacte de lecture biaisé qui laisse le lecteur seul face à ses suppositions [Courbin, 2003, p. 436]. À l'image du récit à venir, cette préface chargée d'ironie n'annonce finalement rien d'autre que le régime trompeur qui commandera tout le roman.

Un incipit en trompe-l'œil

La troisième et dernière entrée problématique de ce roman réside dans son incipit : dans ce qui est devenu un modèle d'exorde fuyant, l'ambassadeur de *L'Histoire d'une Grecque moderne* entrecroise les fausses-pistes en conférant d'emblée une tonalité dissonante à son récit.

Cette ouverture à la composition extrêmement minutieuse adopte différentes stratégies rhétoriques pour susciter l'adhésion du lecteur [Sermain, 1985, p. 130-132]. La première d'entre elles a pour vocation d'affirmer la sincérité du narrateur, en déjouant les suspicions qui pourraient porter sur son récit. Il prévient d'abord les doutes du lecteur en les anticipant avec une franchise désarmante : "Ne me rendrai-je point suspect par l'aveu que va faire mon exorde ? [...] Qui me croira sincère dans le récit de mes plaisirs ou de mes peines ? Qui ne se défiera point de mes descriptions et de mes éloges ?" (p. 55). L'ouverture de cet exorde apparaît comme éminemment tactique : au lieu de prétendre à une sincérité qui paraîtrait douteuse, le narrateur détourne le principe de *captatio benevolentiae*, technique oratoire visant à s'attirer l'attention bienveillante du public, en affichant la nature potentiellement suspecte de son témoignage. D'emblée, l'ambassadeur revêt un *ethos* trompeur, en se présentant comme un témoin intéressé [Faulot, 2018, p. 29]. Mais anticiper les soupçons ne suffit pas à les lever, car le début de cet exorde laisse déjà transparaître une haute maîtrise rhétorique destinée à manipuler le jugement du lecteur. Là où les narrateurs de romans-mémoires multiplient généralement les protestations de sincérité et d'authenticité, celui-là devance les doutes du lecteur : le contraste, marqué par la multiplication des questions qui ouvrent le récit, lui confère une apparence d'honnêteté, en le rapprochant d'une véritable confession. Par ailleurs, en se présentant sous un jour si dépréciatif, le narrateur tente d'orienter le jugement du lecteur. En usant d'un chleuasme, ou technique de dépréciation feinte, le narrateur orchestre son autodénigrement, selon "une manœuvre destinée à s'attirer la confiance et la sympathie de l'auditoire" [Fréry, 2018]. L'exorde annonce les jeux de masques de ce narrateur qui multiplie et infléchit les différentes images qu'il donne de lui-même, en proposant d'emblée un autoportrait instable et suspect.

Pour justifier cette défaillance de sincérité, le narrateur admet que ses propos puissent être faussés par son aveuglement amoureux, mais en proférant un mensonge, qui plus est déguisé en aveu : "Je suis l'amant de la belle Grecque" (p. 55). Le narrateur en appelle alors au motif de la passion déformante, en interrogeant les modifications qu'elle est susceptible d'imprimer au récit : "Une passion violente ne fera-t-elle point changer de nature à tout ce qui va passer par mes yeux ou par mes mains ?" (*Ibid.*). En évoquant la possibilité d'une transsubstantiation narrative dont l'agent premier serait l'amour, le narrateur se disculpe logiquement de toute intentionnalité trompeuse. Il joue sur ce présupposé de l'amour aveugle, qui influencerait sa "plume conduite par l'amour" (*Ibid.*), et l'inciterait à prêter à son objet des qualités imaginaires. En mentionnant ces "éloges" qui ponctuent son récit, il prétend que sa partialité tournerait surtout au profit de Théophé, ce que la fin de l'exorde démentira déjà de manière éloquente. Toute la première partie de l'exorde apparaît déjà comme éminemment trompeuse : sous couvert de sincérité, le narrateur ne prétend révéler ses failles que pour mieux les dissimuler. La seule évidence qui découle de ces premières lignes se réduit alors à la mise en garde ironiquement proférée au lecteur.

Le milieu de l'exorde opère un véritable retournement de stratégie, puisque le narrateur éclipse ces premières considérations en formulant "un autre aveu" (*Ibid.*). En en appelant à la figure d'un lecteur "éclairé", il flatte sa perspicacité pour orienter son jugement et rendre plus crédible cette seconde confession. L'audace première avec laquelle il attirait les soupçons sur son premier discours ne tenait donc pas tant à une démonstration de sincérité qu'à la certitude "d'en effacer bientôt l'impression" (*Ibid.*). L'exorde trahit la logique retorse de l'ambassadeur, voulant que l'aveu se fasse "dans l'intention d'échapper aux conséquences de ce qui est avoué" [Sermain, 1985, p. 131]. Si ce second aveu a pour vocation de se substituer au premier, le motif de l'amour malheureux constitue toutefois un trait d'union entre les deux. Le narrateur admet ainsi: "J'ai longtems aimé, je le confesse encore, et peut-être ne suis-je pas aussi libre de ce fatal poison que j'ai réussi à me le persuader" (*Ibid.*). Le narrateur souligne la distance rétrospective qui le sépare des événements pour mettre en avant son travail d'examen intérieur et appuyer l'apparente sincérité de son récit. Pourtant, celle-ci demeure fragilisée, tout d'abord par l'*ethos* de victime tragique que le narrateur endosse en se désignant comme martyre de l'amour, selon une démarche qui reviendra dans la suite de son récit – "je me livrai aveuglément à cette espèce de supplice", avouera-t-il par la suite (p. 208) [v. Du roman d'amour au roman de la frustration / L'insaisissable objet du désir]. Mais cette sincérité apparente est également mise en doute car le narrateur admet ici l'éventualité d'une autopersuasion capable de déformer ses impressions, qui s'avérera éminemment fondée (v. Explorations de la psyché).

La différence entre le premier et le deuxième aveu qui composent l'exorde tient finalement à ce que la seconde confession vient contredire et nier le pouvoir déformant d'Éros, le narrateur affirmant: "je n'ai connu ni ses plaisirs, ni même ses illusions, qui dans l'aveuglement où j'étois auroient suffi sans doute pour me tenir lieu d'un bien réel. "(*Ibid.*). Le motif confessionnel qui structure le roman est d'emblée mis en doute, dans la mesure où, s'adressant essentiellement à lui-même, le narrateur qui se confesse est aussi "son propre confesseur" [Orsini, 2000, p. 217]. La protestation de sincérité en usage arrive enfin en force, préparée par un long préambule destiné à en garantir la validité. Mais il ne s'agit encore là que d'un discours trompeur, fondé sur un postulat erroné voulant qu'un amant malheureux soit nécessairement lucide. La souffrance du narrateur est affichée comme un prétexte qui l'exempte de tous les torts, le mettant à couvert des illusions comme des reproches, selon une logique qui sera à nouveau affirmée dans le récit, lorsque le narrateur admet que "le seul cas où [il] auroi[t] cru mériter [les reproches] du sélictar auroit été celui d'un amour heureux" (p. 214). Le narrateur reprend alors tel un écho les premières lignes de l'exorde en leur imprimant une variation de taille: "je suis un amant rebuté, trahi même" (p. 55). S'il peut bien prétendre au titre d'amant rejeté, le narrateur emploie toutefois une gradation nettement abusive lorsqu'il annonce la "trahison" de Théophé, ce qui suppose une réciprocité de sentiment qui s'avérera on ne peut plus douteuse (v. Du roman d'amour au roman de la frustration). Le *topos* de l'amour malheureux qui devait servir de garant à l'authenticité du récit est ainsi instrumentalisé, et trahit une distorsion des faits qui rend d'autant plus douteuse cette tentative de disculpation. Prévost utilise ainsi le roman pour établir "une distance critique à l'égard de l'impression d'authenticité implicitement attachée à toute écriture de soi" [Dornier, 2000, p. 97-98].

La fin de l'exorde constitue un dernier tour de passe-passe rhétorique. Le narrateur instaure en effet un relais narratif en mobilisant l'esprit critique du lecteur, à qui il "abandonn[e] le jugement" de l'intrigue (*Ibid.*). Mais cette prétention est, là encore, doublement trompeuse. Trompeuse tout d'abord car le lecteur est invité à se prononcer, non sur des faits, mais sur des "apparences", c'est-à-dire sur la seule version qu'en donne le principal intéressé, version nécessairement bornée et probablement partiale. Trompeuse, ensuite et surtout, car le narrateur place le lecteur en position d'arbitre, c'est-à-dire semble se départir de son pouvoir de jugement, précisément au moment où il intente son procès le plus sévère. Teinté d'un reste d'"amertume", son récit en vient en effet à dépeindre Théophé comme "une ingrate qui a fait le tourment continuel de [s]a vie" (p. 56) : l'ambassadeur "feint de laisser le lecteur juger, alors qu'il a déjà prononcé la sentence" [Fréry, 2018]. Les "éloges" mentionnés au début de l'exorde font place aux "louanges trop flatteuses" évoquées cette fois au détour d'une interrogation rhétorique qui laisse explicitement entendre que Théophé ne les mérite pas (p. 56). En tentant d'anticiper les soupçons d'inauthenticité de son propos pour les dissiper et en endossant le rôle de la victime pour mieux inculper Théophé, le récit du diplomate s'enracine autour d'un faisceau d'indices contradictoires et trompeurs. Le narrateur prévostien se distingue ainsi par l'élaboration d'une rhétorique insidieuse qui laisse profondément douter de la transparence de son futur récit.

Si le thème de l'investigation occupe une telle place dans le texte ce n'est pas par hasard : ce motif romanesque qui injecte rythme et tension dans l'intrigue s'offre aussi comme un mode de lecture de tout le roman. Comme le jeu des seuils l'annonce en une composition savamment travaillée, le récit est lui-même fondé sur un jeu de pistes et sur un enchevêtrement d'interprétations qu'il incombe au lecteur de démêler.

UNE NARRATION SOUS LE SIGNE DE LA SUSPICION

DE L'AVEUGLEMENT À L'OBSCURITÉ INSTRUMENTALISÉE

Si le récit du narrateur ne peut manquer d'éveiller la suspicion du lecteur "éclairé" (p. 55), c'est d'abord parce qu'il témoigne d'un aveuglement qui invite à douter de la lucidité et de la véracité de ses propos. Le narrateur de *L'Histoire d'une Grecque moderne* apparaît ainsi comme un modèle d'*unreliable narrator*, ou narrateur non-fiable, selon le concept forgé par Booth, qui a connu une grande postérité critique, en permettant d'identifier l'un des enjeux majeurs du récit à la première personne, à savoir que les propos émanant de la vision exclusive d'un narrateur autodiégétique sont tendanciellement intéressés, voire douteux [Booth, 1961]. Prévost joue magistralement de cette figure de narrateur faillible, en dévoilant avec insistance toute l'ignorance ou l'inclairvoyance de l'ambassadeur, essentiellement en ce qui concerne Théophé ou son propre cas. Le narrateur affiche cette défaillance dès son exorde, qui mentionne déjà explicitement l'"aveuglement" auquel l'aurait soumis sa passion (p. 55). Ce motif s'impose comme l'un des fils directeurs du récit, le narrateur revenant fréquemment dessus comme lorsqu' il apprend les précautions respectées par le sélictar dans son projet de demande en mariage, qu'il a lui-même négligées: "je tremblai de la force d'une passion qui m'aveugloit jusqu'à me faire manquer à des bienséances dont un Turc ne s'étoit pas cru dispensé" (p. 231). C'est paradoxalement au cours de l'un de ses rares élans de lucidité que l'aveuglement passionnel de l'ambassadeur lui apparaît dans toute son évidence, en effritant au passage l'*ethos* de gentilhomme européen par lequel il tente d'asseoir sa supériorité sur ses rivaux turcs (v. Frictions idéologiques : Orient contre Occident ?).

Dans l'économie du récit à la première personne, cet aveuglement est mis en relief par le principe du double registre, selon lequel le narrateur bénéficie d'une distance critique par rapport aux faits qu'il dépeint sous un jour *a priori* plus lucide (v. Repères / Prévost et la poétique du roman-mémoires / L'âge d'or du roman-mémoires : principes et techniques). Ainsi, lorsque le diplomate renoue avec son système de sagesse, après l'épisode où Théophé réaffirme son refus dans une lettre sévère, la narration révèle toute la fragilité de ce retour à la raison : "C'étoit dans le fond ce que je pouvois penser de plus sage ; mais je me flattois mal à propos d'être aussi maitre de mon cœur que de ma conduite." (p. 208). Tandis que le narrateur affirme s'être imposé "des lois plus sévères que jamais", il réaffirme également la persistance du "trait" qu'il porte dans son cœur, pour finir par conclure : "je me livrai aveuglément à cette espèce de supplice" (*Ibid.*). Ces belles protestations de sagesse et de rationalité du protagoniste s'avèrent ainsi entièrement démenties par le regard plus lucide du narrateur. Celui-ci superpose à son récit des événements une sorte de chronique de ses divagations sentimentales, qu'il se plaît à commenter comme le ferait un spectateur étranger par des remarques ponctuelles telles que "Telles étoient encore les bornes où je croyois renfermer mes sentimens" (p. 114) ou encore "le motif qui me faisoit agir continuant de se déguiser" (p. 115)... Prévost instaure ainsi des jeux de décalages plus ou moins marqués entre les états d'âme du je-narré et les commentaires du je-narrant, qui sont souvent la source d'une ironie savoureuse.

Mais l'aveuglement de l'ambassadeur n'est jamais plus flagrant que lorsqu'il semble perdurer jusqu'au moment de la narration. En nous donnant accès à la conscience d'autrui et à la manière dont elle se perçoit elle-même, le roman-mémoires nous laisse ainsi entrevoir "les illusions de la vérité sur soi" [DORNIER, 2000, p. 98]. Écornant alors le principe du double registre, le narrateur ne s'exprime plus avec la maturité lucide appropriée à son statut, mais prolonge et renouvelle ses égarements passés. Paradoxalement, c'est à travers ses protestations de lucidité que l'aveuglement du narrateur transparaît le plus vivement. En évoquant son retour à sa maison d'Oru à la fin de la première partie, le narrateur reconnaît ainsi : "L'impatience de revoir Théophé étoit un sentiment que je ne me dissimulois pas; mais aiant absolument renoncé à toutes les prétentions que j'avois eues sur elle, je ne pensois pas non plus à m'interdire un penchant honnête" (p. 151). Le narrateur compose ici un raisonnement en trois temps, qui commence par une protestation de clairvoyance destinée à prouver son retour à la raison, mais qui se trouve immédiatement contredite par l'assurance d'une parfaite résignation pourtant douteuse, d'autant plus qu'elle lui permet de s'octroyer, comme en toute innocence, une liberté amoureuse affirmée par la clausule finale. La protestation de désintéressement ici revendiquée par le narrateur ne semble donc avoir d'autre but que de légitimer son "penchant", par une habile pirouette dialectique. Ce cas demeure ambigu car il se peut que le narrateur ne restitue là que le discours intérieur qui fut alors le sien. Il s'empresse en effet d'y adjoindre une remarque qui le rappelle à la distance critique propre à son point de vue, lorsqu'il admet: "Cette espèce de liberté que j'accordois à mon cœur m'empêchoit de sentir tout ce qu'il m'en auroit déja coûté, si j'avois entrepris de le contraindre." (*Ibid.*). Le narrateur finit ici par se désolidariser de ses égarements passés en adoptant un discours plus nuancé, qui invite à reconsidérer la réalité de son indépendance affective. Mais dans d'autres cas, le narrateur ne manifeste pas cette sorte de sursaut critique et partage la même cécité que celle qui fut la sienne au moment de la diégèse. Ainsi, après avoir éclairci auprès de Théophé les raisons de l'altercation entre Synèse et le sélictar qui s'est produite dans sa chambre, il conclut: "je tirai assez de satisfaction de cette rencontre pour regarder les obscurités qui me restoient encore à pénétrer comme des événemens qui commençoient à me toucher moins, et que j'allois examiner avec un esprit plus libre." (p. 180). Cette promesse de sérénité, affirmée sans réserve par le narrateur, sera pourtant largement contredite par la suite de son récit, notamment par la colère qu'il manifeste auprès de Bema, allant jusqu'à la menacer de torture, ou lorsqu'il exerce sa vengeance en raillant le sélictar, sous couvert d'une amicale bienveillance. En jouant sur ces différents degrés d'aveuglement, Prévost invente ainsi une nouvelle forme de la narration personnelle: "une narration sans lumières, nourrie d'erreurs sur soi et sur les autres" [Sgard et Stewart, 2003, p. 15].

Pourtant, bien qu'il soit souvent décrit comme une lacune analytique, cet aveuglement si ostensiblement affiché est parfois instrumentalisé pour dissimuler certains intérêts personnels. Le narrateur prévostien sait ainsi parfaitement exploiter sa cécité psychologique pour justifier et renforcer les zones d'ombre qui émanent de son récit. Si Théophé tient de "l'énigme perpétuelle", c'est autant parce que l'ambassadeur échoue à la comprendre, que parce qu'il s'y refuse en maintenant autour d'elle une obscurité qui lui est profitable (v. Le Mystère Théophé : de l'énigme au procès / Les coulisses de la construction d'une énigme). Son récit trahit ainsi les voiles qu'il attache lui-même aux discours de la jeune femme et qui l'empêchent d'y voir clair, comme lorsqu'elle se montre d'abord réticente à retrouver le seigneur grec qui pourrait être son père car cette réunion augmenterait la conscience de sa déchéance : "Sans pénétrer quel sens elle attachoit aux termes de malheur et de honte, j'écartai ces fâcheuses images" (p. 103). Le narrateur impute son incompréhension à un manque de pénétration l'empêchant de saisir les résistances de la jeune femme, qui prennent pourtant leur source dans le passé déshonorant auquel il la ramène sans cesse. De même, lorsque l'ambassadeur retrouve Théophé dans le but de sceller un "traité solide" destiné à concrétiser sa passion, son projet est bien vite avorté car la jeune Grecque le prend alors à témoin, devant Maria Rezati, de la pureté de ses intentions. "Je pénétrai mal le sujet de leur entretien", explique alors le narrateur (p. 200 et 201). Si obscurité il y a, elle tient pourtant moins de la nature absconse de la conversation entre les deux jeunes femmes, comme le narrateur le laisse entendre, que du malaise que l'ambassadeur éprouve à se voir ainsi sommé de renier une passion qu'il venait clamer haut et fort. Le narrateur n'hésite ainsi pas à revendiquer sa prétendue cécité toutes les fois où il cherche à se faire valoir ou à se disculper, en contournant des éclaircissements qui paraîtraient moins flatteurs à son égard.

Paradoxalement, cet aveuglement est présenté par le narrateur comme un faire-valoir de sa lucidité. Ainsi s'il admet sa cécité dès son exorde, c'est pour mieux convaincre de sa clairvoyance quant à son passé amoureux : "Je n'ai connu ni ses plaisirs, ni même ses illusions, qui dans l'aveuglement où j'étois auroient suffi sans doute pour me tenir lieu d'un bien réel" (p. 55). Le narrateur expose ici une sorte de sophisme, selon lequel il aurait été aveuglé par la passion sans pourtant en connaître les illusions. Cette contradiction initiale réapparaît à la fin du récit, lorsque le narrateur met en cause le comportement de Théophé auprès du comte de ***. L'ambassadeur cherche d'abord à justifier ses recherches en expliquant ne pas vouloir que l'on puisse lui reprocher de s'"être aveuglé volontairement" (p. 288), par une sentence que Alan J. Singerman regarde comme le "comble de l'ironie" [1994, p. 368]. Elle sera effectivement contredite par l'affirmation future de l'ambassadeur, lorsque, soupçonnant une liaison entre Théophé et le comte, il se dira "partagé entre mille sentimens, qu'il [lui] auroit trop coûté d'éclaircir" (p. 291). Fidèle à sa logique comptable, le narrateur se distingue par un refus revendiqué et assumé de se confronter aux éclaircissements (v. Le prix de la liberté ou l'impossible affranchissement). Cette obscurité que le narrateur semble sans cesse déplorer est bien souvent volontairement ménagée pour laisser dans l'ombre des explications douloureuses, des intentions peu flatteuses ou des pensées inavouables. De la confusion profitable à l'obscurité concertée et revendiquée, le récit prévostien montre comment "les états d'obscurité intérieure, parfois persistants, sont orientés ou instrumentalisés" [Courbin, 2023, p. 424]. Dans sa grande entreprise d'analyse du cœur humain, le romancier joue ainsi sur ces zones d'ombre pour brouiller les intentions du personnage, et cristalliser la suspicion qui pèse à leur égard.

DU NARRATEUR FAILLIBLE AU NARRATEUR INDIGNE DE CONFIANCE

Comme tous les narrateurs prévostiens, celui de *L'Histoire d'une Grecque moderne* se caractérise par une certaine duplicité. Il s'avère plus éloigné de ces narrateurs faillibles, qui s'abusent eux-mêmes, que des narrateurs non-fiables (untrustworthy) qui cherchent à tromper volontairement par leur discours, comme l'a identifié Greta Olson en affinant le concept de Booth [Olson, 2003]. La duplicité du narrateur transparaît en premier lieu à travers les différentes contradictions qui émaillent son récit, en trahissant des changements de ton ou d'attitude douteux.

Ces dissonances transparaissent dès le début du roman, où le narrateur, qui cherche à affirmer sa droiture et sa sincérité, revendique explicitement une forme d'indifférence charnelle : "je me sentois si peu tourmenté par cette chaleur de tempérament qui rend quelquefois la privation de certains plaisirs assez difficile à l'âge où j'étois, que je me les retranchois sans peine, et même sans réflexion" (p. 153). Pourtant, la suite de l'incipit fragilise déjà cette posture, comme il le suggère en racontant sa visite au sérail, où il dit "observ[er] même de ne pas jetter les yeux" sur le quartier des femmes (p. 57). Il parvient ainsi à se ménager une entrée dans le sérail "par une succession de feintes", en cultivant l'image du diplomate chaste et intègre et en arborant une discrétion extrême, respectueuse des usages orientaux, quitte à écorner au passage la curiosité de ses compatriotes [LEBORGNE, 1997, p. 452]. Prévost souligne avec insistance cet art de la simulation, qui n'échappe pourtant pas à Chériber qui remarque "cette affectation" (*Ibid.*), qu'il tourne ensuite en dérision en notant que l'ambassadeur n'est "ni d'un âge ni d'un tempérament qui puisse [lui] inspirer beaucoup d'indifférence pour ce sexe" (p. 57-58.). Si l'ambassadeur dénie "froidement" ce constat sans se départir de son masque d'indifférence, celui-ci est pourtant mis à mal dans son propre discours, qui, à plusieurs reprises, le contredit sans réserve. Car le narrateur affirme dès les premières pages du roman être "dans un âge où le goût du plaisir s'accorde encore avec celui des affaires sérieuses" (p. 56). Loin d'y être aussi indifférent qu'il le prétend devant le bacha, l'idée du plaisir procuré par les femmes orientales fait au contraire l'objet d'un "projet" ayant décidé sa mission à l'étranger, et que le narrateur redoute de ne pouvoir concrétiser dans un pays où les femmes sont mises sous clefs : "Ma seule crainte fut de trouver moins facilement à satisfaire le penchant que j'avois pour les femmes" (*Ibid.*). Si le contraste entre ce discours et la retenue ouvertement affichée dans l'incipit a pu être imputé à une inattention de la part de l'auteur [SINGERMAN, note 41, p. 307], sa récurrence dans la suite du récit invite plutôt à penser à un effet sciemment orchestré par l'auteur pour mettre en relief la mauvaise foi du narrateur.

Notons que tout le récit continue de souligner la contradiction entre le détachement constamment revendiqué par le diplomate pédagogue et ses propos trahissant la persistance de désirs bien plus charnels (v. Le travail du texte / Stylistique / Un récit problématique). Il faut ainsi que l'ambassadeur diffame cruellement Théophé, en se rappelant qu'elle sort "des bras de Chériber après avoir été dans ceux d'un autre Turc" ou en lui prêtant une "multitude d'amans", potentiellement imaginaires, pour obtenir un "préservatif contre les tentations auxquelles la chaleur de [s]on âge auraient pu [l]'exposer" (p. 95). Non sans ironie, le narrateur use ici de la même formulation que le bacha, qui mettait en doute son indifférence pour les femmes et qu'il avait soigneusement démentie, en la reprenant cette fois à son compte. La sensualité de l'ambassadeur ne saurait non plus être imputée aux seuls charmes de la belle esclave

Grecque, qui aurait éveillé en lui des instincts jusqu'alors éteints, car, en évoquant son trajet vers Oru en compagnie de Théophé, le narrateur explique que ses domestiques l'y avaient vu faire "plus d'une partie d'amour" (p. 133). Loin du temple destiné à l'étude que l'ambassadeur dit offrir à Théophé, Oru a tout d'une petite maison orientale, principalement dédiée à ses plaisirs. Plus rarement, ces contradictions larvées font place à une levée du masque qui transparaît avec une ironie mordante : "N'est-il pas misérable que livré comme je le suis aux plaisirs des sens, j'aye entrepris de rendre une fille chaste et vertueuse ? Ah ! j'en suis bien puni.", déplore ainsi le diplomate (p. 205). Abdiquant totalement son *ethos* de gentleman indifférent, le narrateur dépeint lors d'un discours intérieur cette fois sans filtre la tyrannie de ses sens, en révélant le nœud de contradictions dans lequel il s'est lui-même enfermé.

La duplicité de l'ambassadeur ne se réduit pas à des contradictions discursives, mais éclate de manière encore plus nette dans les mensonges, non-dits ou dissimulations que son récit dévoile progressivement. Cela semble d'autant plus ironique, qu'il s'accorde le monopole de la sincérité, affirmant à plusieurs reprises être de "bonne foi" ou sans "artifice", par opposition aux Turcs ou aux Grecs (p. 185 et 213). S'il prend toujours la peine de souligner les mystérieuses expressions de Théophé (v. Le mystère Théophé : de l'énigme au procès / Les coulisses de la construction d'une énigme), qu'il fait passer pour des artifices étudiés, cela apparaît comme un moyen de détourner l'attention de ses propres affectations, que son récit laisse toutefois transparaître. Car contrairement aux "airs" de l'ancienne esclave, retranscrits par un discours extérieur qui lui laissait toujours le bénéfice du doute, ceux de l'ambassadeur soulèvent une suspicion que son récit ultérieur rend incontestable. Ainsi, après les avances que le diplomate impose à Théophé lors de leur arrivée à Oru, il se réfugie derrière des faux-semblants : "je pris un air aussi libre et aussi désintéressé que si je n'eusse jamais pensé à lui faire la moindre proposition d'amour" (p. 137). Cette fois réduit à un "air" entièrement factice, le désintéressement derrière lequel l'ambassadeur se réfugie pour sauver les apparences n'apparaît plus que comme une façade trompeuse.

Ce jeu d'acteur est particulièrement manifeste lors de l'épisode où Synèse confie à l'ambassadeur son projet de demander Théophé en mariage. Sentant que la manipulation lui sera plus profitable que les reproches, l'ambassadeur, agissant avec "sang-froid", lui propose d'intercéder auprès de son père pour éclaircir le mystère de la naissance de Théophé, qui autoriserait le mariage en écartant toute relation incestueuse. Sous ces belles paroles, le commentaire du narrateur suggère déjà une certaine dissimulation : "Cette promesse et l'air de bonté dont je pris soin de l'accompagner eurent plus d'effet pour sa guérison que tous les remèdes." (p. 210). Tout en protestant encore de ses bonnes intentions, le narrateur les contredit implicitement : "Je ne m'engageois à rien que je ne fusse résolu d'exécuter ; mais ce n'étoit pas lui que je pensois à servir, et toutes mes vues se rapportoient à l'avantage de Théophé." (*Ibid.*). Ce propos s'avère particulièrement retors car il s'organise autour d'une double dissimulation : un premier mensonge d'abord, puisque l'ambassadeur ne tiendra en rien la promesse faite à Synèse, une seconde tromperie ensuite puisque, sous couvert de servir les intérêts de Théophé, il n'a que les siens à cœur. Son ambition réelle consiste en effet à faire échouer ce mariage en dénonçant auprès de Condoidi le projet de mariage de son fils pour le faire échouer. "J'avois déjà formé ce dessein, et je n'ose encore confesser ce que mon cœur osoit s'en promettre" (*Ibid.*), conclut ainsi le narrateur en démentant en une phrase la prétendue pureté de ses intentions. La fausse promesse d'abord adressée à Synèse se trouve ainsi démentie par une seconde promesse, évoquée sur le mode de l'aveu contraint, qui dévoile le monde d'intentions cachées derrière les actions de l'ambassadeur. Et lorsque les deux protagonistes apprennent le sort réservé à Synèse en représailles à son projet de mariage – il est enlevé par son père qui le fait enfermer dans la Morée –, la réaction de l'ambassadeur, qui dit avoir eu "assez de bonté pour être sensible à cette rigueur" (p.211), signale l'ampleur de sa duplicité. Par cette tristesse feinte devant le résultat d'une manigance qu'il a lui-même fomentée et dont il profite en se libérant d'un rival, le narrateur fait preuve d'une hypocrisie doublée d'un profond cynisme. Ses propos ultérieurs, qui révèlent le fond de sa pensée – "son père l'a justement puni" (p. 222) –, sont moins le signe d'une contradiction interne que la révélation du vrai visage que l'ambassadeur s'emploie le plus souvent à dissimuler. Ces effets de dévoilement fugitifs permettent à Prévost de construire une autre image de l'ambassadeur, moins louable et plus inquiétante que celle du diplomate honorable que le narrateur ménage le plus souvent, mais qui s'avère n'être qu'un mirage destiné à tromper le lecteur.

Sous couvert de sincérité, l'ambassadeur apparaît parfois comme ouvertement menteur et manipulateur. Pour comble de tartuferie, il parvient encore à faire passer sa dissimulation pour une contrainte dont il déplore le poids, comme lorsqu'il assiste sans broncher aux offres que le sélictar propose à Théophé : "il fallut me faire cette violence, avec une dissimulation d'autant plus cruelle que je m'en étois fait moi-même une loi indispensable" (p. 126). En faisant passer sa dissimulation pour une nécessité douloureuse, le narrateur renverse les pôles de l'authenticité et de la facticité pour mieux semer le doute sur ses intentions. Il est des cas où le narrateur ne s'embarrasse même plus des prétextes ou excuses en usage pour justifier ou minimiser sa dissimulation, qui transperce alors au grand jour. Le narrateur évoque ainsi ouvertement ses artifices lorsqu'il reconnaît avoir perdu "toute la retenue qu['il] avoi[t] affectée" auprès de la jeune Grecque, par un propos qui discrédite d'un coup ses prétentions morales (p. 145). De même, le narrateur évoque la manière dont il trompe sciemment le sélictar sur ses ambitions amoureuses : "Après lui avoir fait *un nouvel aveu* de mes sentimens pour Théophé, je lui protestai dans les termes qui font le plus d'impression sur un Turc, que non-seulement je n'étois pas plus heureux que lui, *mais que je ne cherchois pas à l'être."* (p. 224, nous soulignons). Ce dernier mensonge, qui nie tous les efforts renouvelés du diplomate pour s'attirer les faveurs de Théophé, est d'autant plus trompeur qu'il est formulé à l'occasion d'un aveu qui postule une position de sincérité. En adaptant ses propos de manière à convaincre son interlocuteur, l'ambassadeur témoigne d'une adresse rhétorique entièrement mise au service de son double-jeu permanent. Cette mascarade nous rappelle, par un clin d'œil ironique, le constat amer du sélictar lorsqu'il pense avoir été la dupe de son rival : "Il est facile à un François, ajouta-t-il ironiquement, de faire une dupe d'un Turc !" (p. 213). Jusqu'à la fin du roman, l'ambassadeur s'avère un spécialiste de la feinte, comme lorsqu'après avoir espionné Théophé lors de sa partie de campagne en compagnie de jeunes gens à Saint-Cloud, il joue les trouble-fête en prétendant les rencontrer par surprise : "je feignis que le goût de la promenade m'aiant amené à Saint Clou, je venois d'apprendre leur fête, avec le chemin qu'il falloit prendre pour les rencontrer." (p. 276). En étayant sa justification d'une excuse savamment préméditée, l'ambassadeur trahit son habileté dans l'art de la dissimulation. Le récit laisse ainsi filtrer nombre de cas de mensonges, de ruses ou de tromperies avérés, qui ébranlent considérablement la posture d'honnête homme qu'il s'emploie à construire, en invitant alors le lecteur à la méfiance.

Prévost suggère l'hypocrisie de son personnage de manière paradoxalement tout aussi flagrante à travers les cas de non-dits ou de mensonges par omissions dont il parsème son récit. Malgré ses crises ponctuelles (v. Principes de composition / Reflets, spirale, oscillations / De crise en crise : la dynamique de l'action), l'ambassadeur fait le plus souvent preuve d'une certaine maîtrise de soi, qui lui permet de masquer plus efficacement la réalité de ses sentiments ou intentions. Après avoir écouté le récit de l'altercation entre Synèse et le sélictar, le diplomate, touché par les protestations d'innocence de Théophé, la croit enfin sensible mais ne laisse pourtant "rien échapper de ce qui étoit capable de flatter [s]on cœur" (p. 180). En substituant la dissimulation aux explications, il fait preuve d'une contrainte lui permettant d'entretenir le semblant de quiproquo derrière lequel il réfugie ses espoirs amoureux. Ces omissions transparaissent autant dans l'attitude du diplomate que dans ses propos. Lorsque Chériber explique à l'ambassadeur et au sélictar avoir appris de son traître d'intendant que Théophé n'est pas née esclave, l'ambassadeur prend cette fois encore le parti du mensonge par omission, estimant préférable de continuer à "cacher ce qu'il étoit inutile de leur apprendre" (p. 99). Prétextant ne pas vouloir se retrouver "mêlé dans cette aventure" (*Ibid.*), qui révélerait son rôle compromettant depuis la libération de Théophé, il dissimule une vérité dérangeante en la faisant passer pour anecdotique. Cette pratique du silence persiste encore dans le geste de la narration. Jean Sgard identifie ainsi chez Prévost la présence d'un "angle mort" qui caractérise ses récits, car "le narrateur peut tout dire sauf la visée profonde qui était la sienne, et qui demeure présente dans le récit" [1986, p. 13]. Comme souvent chez cet auteur, "le geste d'omission crée une trouée narrative qui le rend hautement suspect" [Courbin, 2023, p. 430]. Le narrateur parvient ainsi à éclipser des pans entiers de la réalité lorsqu'il élague le discours de Théophé précisément quand celle-ci établit une mise au point sur leur relation en confirmant son attachement à ses premiers principes : "Ce discours, dont je ne rapporte que ce qui est resté de plus clair dans ma mémoire, fut assez long" (p. 143). Après l'ébauche d'éclaircissement d'abord retranscrit au discours direct, le narrateur efface finalement le propos de Théophé pour lui substituer la très relative clarté de ses souvenirs (v. Le mystère Théophé : de l'énigme au procès / Les coulisses de la construction d'une énigme / Le silence de Théophé). Cette fois, c'est en prétextant une défaillance de mémoire que le narrateur occulte des éléments fâcheux pour s'arranger avec la réalité. Par une ultime manipulation stylistique, il prétend faire preuve de clarté alors que l'éclipse des propos qu'il refuse d'entendre est sciemment destinée à entretenir le malentendu et à jeter une zone d'ombre sur son récit. À un œil attentif, celui-ci s'avère tellement pétri de contradictions, de mensonges et de dissimulations qu'il invite immanquablement à une lecture méfiante, qui rend impossible l'adhésion pleine et entière au propos de l'ambassadeur. *L'Histoire d'une Grecque moderne* puise ainsi sa complexité et son efficacité narratives dans ces dispositifs qui ruinent l'évidence et la transparence de la diégèse pour maintenir l'ambiguïté du récit.

L'ART DE L'AMBIGUÏTÉ

La duplicité de l'ambassadeur ne se réduit pas à ses airs étudiés ou à ses arrangements avec la vérité, mais passe enfin par une habile manipulation du discours et une maîtrise de l'ambiguïté qui transparaissent autant dans la diégèse que dans le récit, et brouillent ses intentions en le rendant éminemment suspect. Cette ambiguïté transparaît d'abord dans le récit par une "modalisation omniprésente" [SEMPÈRE, 2003, p. 231], qui confère à son récit un effet de profondeur tout en atténuant ou en altérant la portée de ses propos (v. Le travail du texte / Stylistique / Un récit problématique). Ainsi lorsque le sélictar exprime sa jalousie devant le dévouement dont fait preuve Théophé lors de sa maladie, l'ambassadeur lui manifeste peu de compassion : "D'ailleurs, j'avois moi-même tant de plaintes à faire de mon sort que *m'en trouvant peut-être moins sensible* à celui d'autrui, *je pris le parti* de rire de son chagrin pour soulager le mien." (p. 215, nous soulignons). Tout en manifestant une insensibilité proche de la cruauté, le narrateur cherche à atténuer cette saillie par un adverbe modalisateur destiné à estomper sa malveillance. L'effet demeure limité car il ne suffit pas à masquer le saut logique qu'il induit, qui fait fi de la différence entre le fait d'être insensible au malheur d'autrui et celui de le tourner volontairement en dérision (v. Explorations de la psyché / Les zones d'ombre de la conscience). Ces stratégies de brouillage, récurrentes dans le roman, constituent un ressort majeur pour confondre les intentions du protagoniste. Lorsqu'il hésite à accueillir Théophé sous ton toit, l'ambassadeur conclut son dilemme intérieur par l'une de ces formules ambiguës, qui empêchent de décider univoquement du sens de ses paroles : "m'arrêtant même à ce qu'il y avoit de plus flatteur pour moi dans le parti qu'elle avoit pris de solliciter mon secours, qui étoit *peut-être* l'espérance qu'elle me feroit une composition aisée de ses charmes, *mon dessein n'étoit pas d'en faire ouvertement ma maitresse*" (p. 67, nous soulignons). Cette sentence s'avère doublement retorse car le premier modalisateur ("peut-être"), qui sème déjà le doute sur la nature des espoirs du diplomate envers Théophé, est immédiatement tempéré par un second modalisateur ("ouvertement") dont l'ambiguïté complexifie encore le sens. Car, si ce terme désigne *a priori* la nature publique que prendrait leur relation (Théophé deviendrait "ouvertement", c'est-à-dire aux yeux de tous, sa maîtresse, s'ils vivaient ensemble), le sens de l'adverbe, surtout juste après l'évocation d'une certaine confusion des sentiments, interroge également la dimension inavouable des projets du diplomate (ce n'est pas "ouvertement", c'est-à-dire de manière assumée qu'il désire en faire sa maîtresse). La nature des intentions de l'ambassadeur se situe dans la zone d'ombre ménagée entre ce *peut-être* et cet *ouvertement*, en un point inaccessible au lecteur. Ces subtils jeux de décalage sémantique empêchent la fixité du sens et produisent ces perturbations qui minent d'incertitudes l'expérience de lecture.

Si les jeux de modalisation encadrent encore le sens en n'instaurant qu'un dédoublement de signification, le brouillage est nettement plus retors lorsqu'il passe par une quasi-totale indétermination du signifiant. C'est le cas quand, l'ambassadeur, après l'incartade chaotique entre le sélictar et Synèse dans la chambre de Théophé, renonce à éclaircir les "obscurités" de la situation, mais la met néanmoins en garde par un discours mystérieux : "Souvenez-vous, dis-je à Théophé, pour lui faire connoitre une partie de mes espérances, que vous m'avez laissé entrevoir aujourd'hui *ce que je me flatte de découvrir* quelque jour plus parfaitement. Elle parut incertaine du sens de ce discours" (p. 180, nous soulignons). Le lecteur peut émettre certaines conjectures sur la nature de la découverte que se promet l'ambassadeur (la raison de la venue de Synèse dans sa chambre, l'explication de l'incartade avec le sélictar, ou plus implicitement, la preuve de certaines faveurs accordées par la jeune femme et qu'il réclame à son tour), mais force est de constater que l'indétermination du déictique, dont le référent demeure inconnu, laisse peser sur ces propos une incertitude persistante. Et tandis que la jeune Grecque manifeste son incompréhension, l'ambassadeur conclut, non sans ironie, sur une tactique qui lui est familière : "Je m'explique assez, repris-je ; et je me persuadai en effet, en la quittant, qu'elle avoit feint de ne pas m'entendre" (*Ibid.*). Après avoir émis un propos des plus évasifs, l'ambassadeur impute à autrui la responsabilité des interférences de communication (v. Le travail du texte / Stylistique / Un récit problématique). Si la mention de l'autopersuasion souligne ici la mauvaise foi du diplomate, mise en lumière par ce démenti rétrospectif, le narrateur n'apportera pourtant aucun éclairage supplémentaire sur le sens à prêter à ses paroles, qu'il maintient encore dans l'ombre.

Parmi l'arsenal rhétorique mobilisé par Prévost pour semer le doute sur les propos du narrateur, la technique qui lui est la plus originale demeure certainement l'usage de ces "phrases labyrinthiques", que Jean Sgard, identifie comme la signature stylistique de l'auteur [1986, p. 211-215]. Signe du "clair-obscur d'une subjectivité à la fois structurée et indécise" [*Ibid.*, p. 211], ces longues sentences composées de propositions imbriquées et enchevêtrées brouillent encore l'accès à un sens clair et définitif (v. Le travail du texte / Stylistique / Un récit problématique). Ainsi, après que Théophé a refusé la demande en mariage du diplomate, celui-ci se retire dans son appartement pour se livrer à "ses violentes agitations", avant de revenir vers elle pour accepter le statut d'ami, promesse pourtant "combattue par les mouvements de [s]on cœur" (p. 235). Cette situation, ambiguë s'il en est, est alors redoublée d'une longue parenthèse de la part du narrateur, exemple magistral de ces phrases labyrinthiques dont Prévost est le maître :

> Si l'idée que j'ai à donner d'elle dans la suite de ces mémoires ne répond pas à celle qu'on en a dû prendre jusqu'ici sur des épreuves si glorieuses pour sa vertu, n'ai-je point à craindre que ce ne soit de mon témoignage qu'on se défie, et qu'on aime mieux me soupçonner de quelque noir sentiment de jalousie qui auroit été capable d'altérer mes propres dispositions, que de s'imaginer qu'une fille si confirmée dans la vertu ait pu perdre quelque chose de cette sagesse que j'ai pris plaisir jusqu'à présent à admirer ? (p. 235-236)

Prévost élabore ici une composition narrative savamment ciselée, faites d'imbrications de tournures hypothétiques ou conditionnelles et de parallélismes qui engagent, en miroir, la responsabilité de Théophé. À partir d'un constat hypothétique qui prépare la dégradation de la jeune femme dans le récit, le narrateur soulève une interrogation par laquelle il expose les doutes qui pourraient peser sur son propre témoignage dont il exhibe lucidement les failles, mais pour finalement les écarter en faisant reporter toute la suspicion sur l'attitude de Théophé, qu'il s'applique en dernière instance à louer pour masquer son ressentiment. Comme le révèle la suite du propos cité, il ne s'agit là que d'une question en trompe l'œil – "je ne fais cette question que pour avoir occasion de répondre qu'on me trouvera aussi sincère" –, destinée à rendre plus crédible "l'ingénuité" qu'il proclame ensuite pour orienter le jugement du lecteur (p. 436). Ces phrases instaurent ainsi un double brouillage, d'ordre d'abord structurel, par le dédale syntaxique qu'elles déploient, mais également d'ordre contextuel, car elles sont le plus souvent employées dans le sens d'une autojustification douteuse qui finit par semer le doute sur la validité du discours. Ces vastes compositions dédaléennes confondent ainsi les intentions de l'ambassadeur, dans un récit qui fait fond sur la complexité des faits pour renforcer leur incertitude.

Dans une éloquente mise en abîme, le narrateur admet explicitement avoir recours à une certaine duplicité du propos pour parvenir à ses fins. Lors de l'interrogatoire que l'ambassadeur fait subir à Synèse pour éclaircir les raisons de sa présence dans la chambre de Théophé en son absence, il prétend abusivement connaître "le fond de ses vues" pour en apprendre davantage (p. 209). "Cette demande étoit équivoque", reconnaît effectivement le narrateur, puisque c'est par cette ruse que le diplomate parvient à soutirer à Synèse l'aveu de son projet de mariage (*Ibid.*). Le terme employé dans ce commentaire est loin d'être anecdotique car il souligne implicitement la duplicité du personnage. La particularité de l'"équivoque" réside en effet dans la dimension péjorative qui lui est attachée : elle témoigne d'une forme d'ambiguïté concertée, qui met en doute l'intention du locuteur [FAUDEMAY, 2013, p. 189]. Le terme s'avère adéquat car il s'accorde avec la feinte du diplomate, qui laisse volontairement planer l'incertitude sur ses paroles pour que son interlocuteur y entende davantage qu'il n'a réellement dit et tombe dans le piège en dévoilant son jeu. Le narrateur révèle ainsi sa maîtrise des doubles discours, et son habileté à manipuler le langage pour y imprimer une ambiguïté dont il peut tirer profit.

Avec le personnage de l'ambassadeur, Prévost compose ainsi une figure hautement suspecte, qui se dit victime de son aveuglement, mais qui sait parfaitement instrumentaliser cette opacité et manipuler son récit pour jeter une ombre sur ses intentions douteuses. Le romancier place ce faisant le lecteur dans une situation à la fois inconfortable et savoureuse : il l'invite à user de ses propres lumières pour démêler les contradictions, les non-dits ou les équivoques du récit, et l'incite à adopter une position critique en se désolidarisant des propos d'un narrateur bien peu digne de confiance.

DU ROMAN D'AMOUR AU ROMAN DE LA FRUSTRATION

UNE PLUME “CONDUITE PAR L'AMOUR” ?

Le roman d'une “passion violente”

Dès les premières lignes, le narrateur inscrit explicitement son récit sous le signe d'Éros. Plus encore, il se désigne lui-même selon un rapport encore existentiel à l'amour : “Je suis l'amant de la belle Grecque” (p. 55). L'histoire dont il entreprend le récit est bien celle d'une “passion violente” dont il annonce les ravages, tout en travaillant d'emblée à construire son *ethos*, autant revendiqué que douteux, d'“amant rebuté, trahi” (*Ibid.*) (v. Une enquête romanesque / Un triple seuil problématique / Un incipit en trompe-l'œil). Composante essentielle de l'instance narrative, le sentiment amoureux dicte également le régime de narration, dans un récit qui proviendrait d'une “plume conduite par l'amour” (*Ibid.*). L'actualité de ces désignations, motivée par le présent de narration, souligne la persistance du sentiment : la passion de l'ambassadeur pour Théophé constitue le trait d'union qui relie l'époque de la diégèse à celle de la narration. Aussi le narrateur souligne-t-il, comme malgré lui, cette permanence : “J'ai longtems aimé, je le confesse encore, et peut-être ne suis-je pas aussi libre de ce fatal poison que j'ai réussi à me le persuader” (*Ibid.*). Tout en réticences et concessions, le narrateur avoue être encore sous l'emprise de cette passion tyrannique. Le *topos* de la confession propre au roman-mémoires, entremêlé à la métaphore du poison d'amour, annonce la tonalité du récit fondé sur une posture narrative qui oscillera toujours entre l'aveuglement et l'effort de lucidité.

Si la revendication de cette passion demeure suspecte, car elle alimente la stratégie d'auto-disculpation constante de cet amant prétendant être la victime de ses sentiments, il n'en demeure pas moins que la relation sentimentale avec Théophé dicte tous les modes de liaison du narrateur avec autrui ou oriente chacune de ses actions. Que ce soit dans ses rapports avec Chériber ou le sélictar, dans ses actions politiques (comme le rôle qu'il joue lors de la révolte des janissaires), ou dans la gestion de ses ressources financières, absolument chaque trame narrative porte l'empreinte des sentiments de l'ambassadeur pour la "belle Grecque". Pour seul exemple de cette spirale passionnelle, lorsque le narrateur projette de rendre son amant à Maria Rezati, c'est uniquement pour plaire à Théophé, dont il mésinterprète aussitôt la reconnaissance : "Comme je rapportois tout à mes vues, je ne doutai point que cette tendre part qu'elle prenoit au bonheur des deux amans ne fût encore une marque que son cœur étoit devenu sensible" (p. 194). Bien loin de la bonne action désintéressée, l'effort du diplomate pour réunir le couple d'amants ne regarde qu'à la joie de Théophé, qu'il convertit rapidement, de manière parfaitement abusive, en la preuve d'une réciprocité du sentiment. La passion, souvent aveugle de l'ambassadeur préside ainsi, au long du récit, à toutes ses actions et impressions.

Le narrateur use de tous les ressorts du récit à la première personne pour suggérer la force de ses sentiments, parfois exacerbés par des modulations élégiaques, comme lorsqu'il est touché par l'extrême reconnaissance de Théophé quand il lui promet de lui fournir des livres, comme garants de son retour à son rôle de pédagogue vertueux : "je me livrai longtems au trouble qui prenoit l'ascendant sur toutes mes réflexions. Qu'elle est sincère ! Qu'elle est naïve ! O ! Dieux, qu'elle est aimable !" (p. 207). Ces exclamations scandées expriment de manière désordonnée les soubresauts du sentiment en restituant, encore longtemps après, leur puissance aliénante, qui contredit immédiatement tous les vœux de retour à la raison de l'ambassadeur (v. Explorations de la psyché / De l'investigation introspective à l'éraillement du double registre).

Et s'il se reprend rapidement, cette volonté de contrôle apparaît encore rétrospectivement, comme une douce illusion: "je me flattois mal à propos d'être aussi maitre de mon cœur que de ma conduite" (p. 208). Anticipant la clairvoyance du narrateur, l'ambassadeur parvient, dans l'un des rares éclairs de lucidité qui émaillent la diégèse, à poser un regard critique sur ses emportements – "Il ne me manquoit, ajoutai-je en raillant ma propre folie, que de prendre une passion sérieuse pour une fille de seize ans, que j'avois tirée d'un serrail de Constantinople" (p. 138) –, sans parvenir pour autant à les contenir. Excès, aveuglement, passivité: tous les ingrédients de la passion sont là qui caractérisent l'égarement amoureux, à tel point que Théophé, après avoir refusé la main de l'ambassadeur, le met elle-même en garde contre son "indigne passion" (p. 233). En effet, bien qu'ils reprennent certaines codifications romanesques et élégiaques, les sentiments de l'ambassadeur se distinguent sensiblement des marques de la noble et grande passion qui caractérisaient les romans du siècle précédent.

Une lente maturation amoureuse

Cette représentation du sentiment s'inscrit dans la nouvelle idéologie de l'amour qui caractérise les romans de Prévost des années 1740 (v. Repères / Prévost et la poétique du roman-mémoires / Le tournant des années 1740). Délaissant les grands mythes passionnels comme l'amour de Des Grieux pour Manon Lescaut, Prévost offre ici un tableau nettement plus critique du sentiment, dans laquelle "l'ambivalence a définitivement écarté le lyrisme" [Leborgne et Sermain, 2003, p. 4]. Dans l'*Histoire d'une Grecque moderne*, cette conception problématique ou dégradée du sentiment amoureux transparaît d'abord dans ses représentations romanesques. Prévost commence par écorner le mythe du coup de foudre, passage pourtant obligé des romans traditionnels, et que nous retrouvions encore dans *Manon Lescaut*, la jeune fille incarnant, dès sa première apparition à Des Grieux, "l'air de l'amour même" [*Manon Lescaut*, p. 72]. La scène de première rencontre avec Théophé est bien différente: l'ambassadeur, qui se voit ouvrir les portes sacrées du sérail de Chériber, ne la distingue tout bonnement pas des vingt-deux femmes dédiées au plaisir du bacha, et ce même après un "spectacle aiant duré plus d'une heure" (p. 59). Dans le discours du narrateur, Théophé se caractérise d'abord par une étonnante indistinction.

Il faut attendre que Chériber lui-même attire l'attention de l'ambassadeur, et lui fasse "jetter les yeux sur une des plus jeunes et des plus aimables" jeunes femmes (*Ibid.*), pour qu'il la remarque enfin parmi cette foule d'esclaves. Et lorsque le premier contact entre les deux protagonistes est enclenché, c'est de manière extrêmement convenue. En se réfugiant dans des "politesses" de circonstance, l'ambassadeur commence par reprendre à son compte les propos du bacha : "Il ne s'offrit rien de mieux à mon esprit que ce que je venois d'apprendre de Chériber" (p. 60). Et s'il finit par sensibiliser Théophé à l'existence d'autres modes de vie que celui qu'elle connaît, tout échange est rapidement escamoté car, sous couvert d'attendrissement, il ne laisse pas même à la jeune fille la possibilité de répondre : "Cette conversation, où j'avoue que le mouvement de pitié qui m'emportoit me fit laisser à la jeune Grecque peu de liberté pour me répondre, fut interrompue par Chériber." (p. 61). De l'indistinction du futur objet aimé à l'indifférence affichée de l'ambassadeur lors de cette première discussion, nous sommes encore loin des emportements passionnels qui caractérisent le coup de foudre et "l'illumination de la première découverte" [ROUSSET, 1981, p. 11]. Cette scène de première rencontre se distingue en effet par une distance et une froideur qui tranchent étonnamment par rapport aux traditionnelles scènes de première vue romanesques.

Si l'ambassadeur finit par endosser le costume de l'amant passionné, ce n'est qu'après une lente maturation : le sentiment éclôt de manière extrêmement progressive, dilué par la mauvaise foi qui caractérise la posture du narrateur. Le récit autodiégétique permet en effet une subtile retranscription du sentiment amoureux, qui émerge par fragments au travers des protestations d'indifférence du diplomate. Cela commence ainsi par une admiration discrète, évoquée sur un mode restrictif – "Je n'avois pris pour elle que les sentimens d'admiration qui étoient dûs naturellement à ses charmes" (p. 62) –, puis l'aveu, à demi-mot, d'être "touché [...] jusqu'aux larmes" par la reconnaissance de l'esclave libérée (p. 71). Cette maturation amoureuse, pétrie d'aveuglement, s'opère ainsi dans l'ombre, et doit composer avec la résistance que lui oppose le sujet : "Je me dois ce témoignage, que malgré les charmes de sa figure, et ce désordre touchant où je l'avois vue à mes pieds et dans mes bras, il ne s'étoit encore élevé dans mon cœur aucun sentiment qui fût différent de la compassion." (p. 72). Cette indifférence souvent proclamée, qui se mâtine progressivement d'aveuglement et d'autopersuasion, montre comment le sentiment amoureux éclôt dans la chambre obscure de la conscience.

Plusieurs étapes jouent toutefois un rôle décisif et contribuent à la conscientisation de l'inclination du protagoniste. Le récit de Théophé constitue une première balise dans ce long cheminement. Pour la première fois, la jeune femme n'est pas réduite à un objet sensuel : cette prise de parole à la première personne la rend attirante car elle "implique une conscience de soi et la constitue en sujet moral" [Cusset, 2002, p. 293]. Après une nuit où toutes les circonstances de ce récit reviennent "en songe" à l'ambassadeur, il constate avoir "l'imagination remplie de ses charmes" (p. 96). La suggestion imaginaire joue un rôle décisif dans la cristallisation amoureuse puisqu'elle incarne une puissance qui défie la raison et qui symbolise la progressive perte de maîtrise du narrateur. Le songe de l'ambassadeur éveille en effet des "échos sensitifs" des premières impressions diurnes, et prépare, dans l'ombre, la confrontation à l'éveil du désir [Behrens, 2009, p. 139]. Ce n'est pas un hasard si l'imagination agit la nuit, dans le relâchement de l'esprit suscité par la vie nocturne. Le lendemain l'ambassadeur constate : "Je me levai tout différent de ce que j'étois la veille" (*Ibid.*). Le narrateur évoque ainsi une première rupture qui exprime le jeu entre le même et l'autre, emblématique du décentrement propre à l'expérience amoureuse.

Mais le pivot déterminant dans la lente prise de conscience de l'attachement du narrateur à Théophé apparaît lors de la fuite de cette dernière, humiliée d'avoir été rejetée par son père, disparition qui va motiver la première "crise" de l'ambassadeur (Principes de composition / Reflets, spirale, oscillations / De crise en crise : la dynamique de l'action). En évoquant son "trouble" violent, le narrateur ne prend plus la peine de maquiller son désarroi derrière une feinte indifférence : "On prendra l'idée qu'on voudra des motifs qui m'échauffèrent le sang. J'ignore moi-même de quelle nature ils étoient. Mais je me levai avec des mouvemens que je n'avois jamais sentis" (p. 112). S'il prône encore l'ignorance du sentiment, en se remettant, comme à chaque moment inconfortable, au jugement du lecteur, le départ soudain de la jeune Grecque et la peur de la perte qu'elle engendre constituent à la fois un catalyseur et un révélateur de la passion amoureuse. À partir de ce moment, le discours du narrateur évolue pour prendre en compte sa passion : "En effet comme s'il étoit arrivé quelque changement dans mes yeux depuis le jour précédent, je demeurai quelque tems à la regarder avec un goût, ou plutôt avec une avidité, que je n'avois jamais sentie." (p. 115). Si la métaphore gustative, soulignée par l'épanorthose, évoque l'attraction sexuelle, l'inclination du narrateur pour Théophé prend aussi une épaisseur nouvelle: "Toute sa figure, pour laquelle il m'avoit paru jusqu'alors que je n'avois eu qu'une admiration modérée, me touchoit jusqu'à me faire avancer ma chaise avec une espèce de transport, pour me placer plus près d'elle. La crainte que j'avois eue de la perdre sembloit augmenter en la retrouvant." (p. 115). De l'admiration modérée au transport incontrôlable (v. Le travail du texte / Lexicologie / Un discours amoureux ambigu), la naissance de la "passion", dans ce qu'elle a de plus étymologique, ne laisse cette fois plus de doute: l'ambassadeur est en proie à une puissance aliénante qui guidera jusqu'à la fin du récit ses actions et modèlera, de manière éminemment problématique, sa relation à Théophé.

L'ombre du libertinage

Au nombre des détournements des codifications de la grande passion romanesque auxquels s'adonne Prévost, se trouve le désir physique non dissimulé que l'ambassadeur éprouve pour Théophé, et qu'il laisse poindre bien avant le temps des déclarations passionnées. Après avoir réussi à libérer la jeune femme, et en se demandant ce qu'il pourrait maintenant bien faire d'elle, le diplomate envisage en effet de l'accueillir chez lui pour des raisons qui semblent déjà très suggestives, puisqu'il manifeste "l'espérance qu'elle [lui] feroit une composition aisée de ses charmes" (p. 67). Cette attraction physique fait peser, sur le comportement du diplomate, l'ombre d'un libertinage qui tranche avec le roman de la grande passion qu'il prétend offrir au lecteur. Cela se manifeste tout d'abord dans son projet assumé d'union libre, comme le reconnaît le narrateur: "j'étois disposé à m'attacher à elle dans le sens qu'on donne en France à ce qu'on appelle entretenir une femme" (p. 104). En envisageant "cette sorte de liaison", le narrateur revendique en effet son détachement: "On voit combien j'étois encore éloigné de tous les sentimens d'amour." (*Ibid.*). En prônant le désir contre l'amour, le narrateur cherche à affirmer sa maîtrise de soi, quitte à écorner l'image de diplomate chaste et intègre qu'il aime à afficher.

L'ambition érotique de l'ambassadeur envers sa protégée fait rapidement l'objet d'un chantage implicite qui contredit et mine de l'intérieur toutes ses protestations de désintéressement. Ainsi, lorsqu'il emmène Théophé dans sa maison d'Oru, lieu où il s'est livré à "plus d'une partie d'amour" (p. 133), celui-ci a peu de doute sur le succès de son entreprise: "ce n'étoit pas non plus d'une femme sur qui j'avois acquis tant de droits, et qui s'étoit livrée d'ailleurs à moi si volontairement, que je devois attendre des excès de réserve et de bienséance." (p. 134). L'ambassadeur délaisse son statut de libérateur désintéressé pour réduire Théophé à son ancien statut d'esclave, naturellement offerte à son plaisir. C'est bien lors de cette scène de la maison d'Oru que le visage de l'ambassadeur libertin éclate au grand jour. Celui-ci manifeste en effet un désir érotique nettement plus affirmé, qui ne laisse plus de place aux ambiguïtés. L'ambassadeur se livre d'abord au plaisir de prospection propre aux libertins avertis qui jouissent autant de la promesse de la volupté à venir que de l'acte lui-même. Lors du dîner, le narrateur avoue "satisfaire d'avance une partie de [s]es tendres désirs par le badinage de [s]es discours et par l'ardeur de [s]es regards." (p. 133). Mais ce plaisir de prospection ne dure qu'un temps: en suivant un chemin ritualisé, le diplomate mène, avec "un redoublement de joie et de galanterie" (p. 134), Théophé dans une chambre aménagée pour l'occasion. La jeune esclave n'est plus qu'une proie comme une autre, sacrifiée sur l'autel des désirs de cet ambassadeur libertin.

L'expression de la grande passion cède alors définitivement la place au langage de la galanterie, quand l'ambassadeur s'attarde sur les charmes de Théophé, préférables à ceux de toutes les autres femmes car "avec une figure si piquante elle sembloit [lui] promettre beaucoup plus de plaisir" (*Ibid.*). Si cette phrase trahit aux yeux du lecteur la violence de l'empire des sens, le narrateur préfère y voir le "transport d'un libertinage éclairé" (*Ibid.*). La tournure confine à l'oxymore tant l'aliénation du transport éprouvé par l'ambassadeur est incompatible avec les lumières de la raison, qu'il revendique encore au nom d'une prétendue supériorité occidentale. La formule offrirait alors un moyen de résoudre "la dualité du narrateur partagé entre ses deux rôles de séducteur averti et d'amant respectueux" [LEBORGNE, 1997, p. 159]. Michèle Bokobza Kahan remarque en ce sens que cette expression fait voler en éclat la bipartition entre le libertinage des mœurs, associée à la sexualité débridée et le libertinage d'esprit, que le diplomate prétend incarner [2001, p. 243]. En ce sens, *L'Histoire d'une Grecque moderne* se donnerait moins à lire, comme le voulait Mauzi, comme un "roman de la frustration" que "comme un roman de l'illusion, comme le récit de la défaite de la raison et du triomphe de l'imagination et de son pouvoir fallacieux ; avec comme emblème ironique, l'aveuglement du "libertin éclairé"" [*Ibid.*, p. 244].

La réduction de cette dualité transparaît finalement dans le discours, souvent à double entente du diplomate (v. Le travail du texte / Lexicologie / Un discours amoureux ambigu). Ainsi, quand le narrateur propose à Théophé le mode de vie d'une union libre, c'est en des termes extrêmement ambigus : "Enfin, vous connoitrez combien il est différent pour le bonheur d'une femme de partager le cœur d'un vieillard dans un serrail, ou de vivre avec un homme de mon âge, qui réunira tous ses désirs à vous plaire et qui se fera une étude de vous rendre heureuse." (p. 123-124). L'amphibologie du propos tient à la polysémie – très fréquente dans le discours de l'ambassadeur – des termes employés : "le bonheur", les "désirs", "rendre heureuse", ont en effet chacun une connotation sexuelle qui, derrière l'évocation d'une vie heureuse, trahit la véritable nature des intentions de l'ambassadeur (v. Le travail du texte / Stylistique / Un récit problématique). Ces termes ambigus et expressions plurivoques sont en effet emblématiques d'une parole libertine qui, sous couvert de badinage, nomme en détournant et suggère en voilant. Dans ce premier échange qui donne le ton du roman, l'ambassadeur utilise des expressions "qui sollicitent la jouissance en ne mentionnant jamais que le sentiment" : seul le contexte éclaire la connotation érotique de ces propos apparemment anodins [SERMAIN, 1984, p. 365]. *L'Histoire d'une Grecque moderne* propose ainsi une représentation critique de la passion amoureuse, pétrie d'aveuglement et de désirs plus ou moins assumés qui finissent par nier la volonté et la liberté de l'autre.

L'INSAISISSABLE OBJET DU DÉSIR

L'impasse morale

En s'instituant à la fois comme amant et garant de la vertu morale de Théophé, le narrateur s'enferme dans une contradiction qui le condamne à voir toujours s'échapper celle qu'il convoite. Il s'est fabriqué "sans le savoir et sans le vouloir tout en le voulant un parfait objet déceptif" [GOLDZINK, 2008 p. 362] : la jeune femme, en effet, refuse systématiquement toute union avec celui qu'elle considère comme son "maitre dans la vertu" (p. 143), se dérobant par là à son emprise. Au-delà du puissant moteur narratif qu'offre cette impasse structurelle, Prévost propose ici une équation parfaitement insoluble, représentative de la nature du désir dont le propre est d'être inassouvi. Cette contradiction sous-tend constamment le discours de l'ambassadeur, déchiré entre la posture morale qu'il revendique et la tentation passionnelle qu'il ne parvient jamais à surmonter. Lorsque, remis à sa place par la sévère lettre de Théophé, l'ambassadeur se range à son rôle de pédagogue, pour le plus grand plaisir de la jeune femme, il concède alors : "c'étoit la vertu même qui avoit paru s'exprimer par sa bouche. [...] Je sacrifierai donc tant de mérite à une passion déréglée !" (p. 207). Cette sentence est emblématique de la tension antithétique entre "vertu" et "passion" qui constitue le nœud dramatique du récit, en le transformant en grand "roman de la frustration" [Mauzi, 1965, p. 8]. Le roman souligne constamment la dimension agonistique de la passion amoureuse du diplomate, qui instaure un conflit inconciliable entre l'amour et la morale : "Vingt fois, [...] je pensai encore à me faire violence pour laisser un cours libre aux vertueuses inclinations de Théophé ; mais emporté par [ma] passion [...], je revenois à promettre au Ciel de me contenir dans les bornes que je m'étois imposées" (p. 203). L'impasse entre l'aspiration à la vertu et l'emportement des sentiments confère une coloration tragique à la passion de l'ambassadeur, qui ne parvient ni à l'assouvir ni à la surmonter. Ces effusions déplorant l'impuissance causée par une passion dévastatrice, évoquée par un lexique hautement sentimental et par l'imploration envers une puissance céleste, ne manquent pas de faire écho aux modulations de la "voix racinienne" [Ramond, 2014], par laquelle le narrateur s'institue en sujet tragique, irrémédiablement soumis à son "supplice" (p. 208) et déchiré par un conflit insoluble qui le conduira à sa perte.

Si Théophé se dérobe toujours à l'emprise de l'ambassadeur, ce n'est pas seulement en raison des aspirations différentes qui sont les siennes, mais aussi de la nature même du désir de l'ambassadeur : celui-ci agit comme une puissance déformante qui ne parvient jamais à saisir la nature de l'objet qu'il convoite (v. Le mystère Théophé : de l'énigme au procès). Enclos dans la spirale infernale de la frustration, l'ambassadeur oscille constamment entre une idéalisation et une dévalorisation de l'objet élu, c'est-à-dire à une appréhension toujours décalée et qui échoue toujours à le cerner. L'ambassadeur remarque rapidement que sa finesse d'esprit et sa beauté en font "une femme extraordinaire" (p. 93). Il exprime ensuite une vive admiration pour les mérites de cette jeune Grecque dont il loue, après avoir entendu le récit de sa vie, "mille qualités naturelles qui [la] distinguent du commun des femmes" (p. 103). Par sa conversion morale,

Théophé revêt une dimension exemplaire que le narrateur, lors de ses emportements les plus effrénés, glorifie sans retenue : "Qu'elle est sincère ! Qu'elle est naïve ! O ! Dieux, qu'elle est aimable ! Il m'échappa mille autres exclamations avant que de pouvoir mettre quelque ordre dans mes idées." (p. 207). Si la ferveur de ces effusions lyriques n'est pas dénuée d'ironie, l'ambassadeur loue bien, chez Théophé, l'existence de qualités naturelles qui précèdent l'enseignement moral et l'érigent en un être d'exception (v. Le projet pédagogique : entre initiation spirituelle et échec programmé). Et face au refus constant de la jeune femme de s'unir avec lui, le diplomate, revenu à la raison, loue encore sa vertu : "je la regardai comme une femme unique, dont la conduite et les principes devoient être proposés à l'imitation de son sexe et du nôtre" (p. 235). Impuissant à posséder Théophé, l'ambassadeur masque son échec en réactivant le mythe occidental "de la femme pure, chaste et inaccessible que nous transmettent à la fois la morale chrétienne et la tradition courtoise" [Singerman, 1990, p. 34]. Prévost souligne dans son récit les limites de cette stratégie compensatoire, qui mènent l'ambassadeur à une nouvelle impasse : cet idéal de vertu qu'il projette sur Théophé la rend encore plus digne de sa passion, et donc encore plus désirable. "Eh ! quel est l'homme d'honneur et de goût qui ne se croiroit pas heureux d'être attaché pour toute sa vie..." (p. 140), finit-il par se demander, après avoir érigé Théophé en parangon de vertu. L'exaltation du mérite de Théophé évoque ainsi le *topos* de la vertu récompensée, auparavant déjà incarné par l'Angélique de Challe, la Marianne de Marivaux ou la paysanne parvenue de Mouhy. Par ses refus inflexibles, "Théophé semble se dérober au modèle, et en même temps l'accomplit", puisque la récompense finale finit toujours par semer le doute sur l'honnêteté initiale, potentiellement intéressée [Sermain, 1984, p. 366]. Le narrateur désire finalement une Théophé vertueuse, qui, en lui cédant, cesserait de l'être : cette aporie redouble la première impasse dans laquelle ses désirs contradictoires enfermaient ce pédagogue libertin.

L'idéalisation de la belle Grecque se démarque d'autant plus dans l'économie du récit qu'elle oscille constamment avec une dévalorisation tout aussi exacerbée, qui renvoie au mythe antagoniste de la femme comme objet sexuel, sur lequel l'ambassadeur revient avec une insistance parfois sadique (v. Explorations de la psyché / Les zones d'ombre de la conscience). La dépréciation de la jeune femme est doublement cruelle, d'abord car l'ambassadeur ne peut s'empêcher de ramener Théophé à son ancienne condition de fille du sérail, en trahissant le peu d'égard qu'il a pour cette femme qu'il a "tirée des bras d'un Turc" (p. 203). Cette dévalorisation est également cruelle car, même ainsi réduite à son statut sexuel, Théophé est d'abord perçue comme un objet de dégoût, empreint de "flétrissure" (p. 96), qui serait même indigne de l'union charnelle à laquelle elle est réduite : "j'avoue que je consultai ma délicatesse sur les premières répugnances que je m'étois senties à lier un commerce de plaisir avec elle" (*Ibid.*). Derrière cette abjection marquée transparaît la stratégie perverse du narrateur consistant à déprécier l'objet élu pour en paraître plus digne par contraste.

Cette posture est également problématique car, par elle, l'ambassadeur motive son emprise et sa tentation de passer outre le consentement de la jeune fille : "Je me fis un reproche, en me retirant, d'avoir gardé tant de mesures avec une femme qui sortoit du serrail" (p. 104). Par une inversion axiologique particulièrement retorse, l'ambassadeur fait porter sa faute sur un prétendu excès de délicatesse, qui prive conséquemment Théophé du droit à ces égards. La dimension problématique du désir du narrateur tient donc autant au refus permanent que lui oppose la jeune Grecque qu'à sa difficulté d'assumer son propre désir. Cette réticence atteint un climax après la scène de la maison d'Oru : l'ambassadeur, s'étant vu vivement rejeter par Théophé, s'emploie à dégrader l'image d'une "fille de cette sorte" (138). En occultant entièrement le caractère forcé des liaisons qu'a pu entretenir cette ancienne esclave, il l'avilit de manière injuste : "Passant ensuite au refus qu'elle m'avoit fait de ses faveurs après les avoir prodiguées à je ne sai combien de Turcs, je m'applaudis de ma délicatesse, qui me faisoit attacher un si grand prix au reste du vieux Chériber." (*Ibid.*) Maître en manipulation rhétorique, si l'ambassadeur s'accuse de sa faiblesse, ce n'est pas d'avoir failli à son rôle de gardien et de précepteur en cherchant à s'attirer par la force les faveurs de Théophé, mais parce que son passé la rendrait indigne de lui. L'avilissement de l'objet désiré offre à peu de frais un mécanisme de compensation permettant au narrateur de redorer son image écornée de gentilhomme désintéressé, tout en trahissant "l'angoisse du personnage à nommer, sinon à assumer une passion coupable" [LEBORGNE, 1997, p. 459-460].

La difficulté qu'éprouve l'ambassadeur à assumer sa passion, et plus encore à accepter les refus de Théophé, se manifeste dans un perpétuel effet de déplacement, par lequel l'ambassadeur projette son propre désir sur la jeune femme. Dès le moment où il la libère, le diplomate ne doute pas qu'elle souhaite "lier avec [lui] quelque intrigue d'amour" (p. 62), puis, en entendant son récit, s'avoue flatté du "désir qu['il] lui supposoi[t] de [lui] plaire" (p. 95). Abusé par sa présomption, l'ambassadeur sombre dans un délire interprétatif qui lui fait regarder chaque action de Théophé comme un signe de son inclination pour lui. Ainsi lorsque la jeune femme refuse d'être entretenue par le sélictar, le narrateur reconnaît que "l'amour-propre [lui] fit expliquer ce sacrifice en [s]a faveur" (p. 101). Quand il envisage de proposer à Théophé un commerce libre, c'est avec certitude qu'il attend une réponse favorable à sa proposition : "Si elle la recevoit avec autant de satisfaction que je ne croyois pas devoir en douter [...]" (p. 104). Et lorsqu'il voit la jeune femme refuser la demande en mariage du sélictar, en vertu de ses principes, sa joie se trompe encore de motif : "Je dérobai un moment pour féliciter Théophé de la noblesse de ses sentimens, et je pris encore la réponse qu'elle me fit pour une nouvelle confirmation de mes espérances" (p. 187). Pour mieux occulter le fait que la jeune femme lui demeure insensible, il cherche incessamment à projeter sur elle la passion qu'il peine à assumer. Derrière la difficulté d'appréhender correctement l'objet aimé, Prévost révèle de manière très moderne l'ambivalence du désir, qui se nourrit des jeux de contradictions et de projections personnelles éprouvées par le sujet.

Maladies d'amour : de la jalousie obsessionnelle à l'altération ontologique

Si l'ambassadeur peine à assumer sa passion, il n'en ressent pas moins tous les effets, des inquiétudes de la perte à la possessivité maladive : bien avant Proust, Prévost nous offre ainsi un grand roman qui explore les affres de la jalousie. Ce sentiment est certes en partie motivé par la succession de tous les rivaux, réels ou imaginaires, que l'ambassadeur croise sur son chemin (le sélictar, Synèse, le comte de M***, ...), mais il prend toutefois rapidement une ampleur démesurée, qui finit par littéralement consumer l'ambassadeur.

L'Histoire d'une Grecque Moderne offre une illustration éloquente des dérives amoureuses en détournant le *topos* romanesque du précepteur amoureux en "cas pathologique de jalousie morbide et quasi obsessionnelle" [LEBORGNE, 1998, p. 460]. L'"ardente jalousie" (p. 280) de l'ambassadeur devient, au fil du récit, proprement inquiétante : il fait suivre Théophé, la surveille, l'espionne… Après le maître de langues, chargé de prévenir les velléités de fuite de la jeune Grecque, c'est Bema, l'esclave que le narrateur assigne au service de Théophé, qui se voit à son tour chargée de l'espionner. Si le narrateur affirme d'abord n'avoir "pas besoin d'un argus" (p. 147) auprès d'elle (v. Le travail du texte / Lexicologie / Les orientalismes), son discours se fait rapidement plus explicite : "mais si vous êtes capable de quelque discrétion, je vous charge volontiers d'avoir l'œil ouvert sur sa conduite." (p.148). "Sûr de l'avoir sous [s]a conduite", le narrateur devient alors plus tranquille (*Ibid.*). Sa jalousie trahit ainsi une volonté de contrôle qu'il ne peut exercer directement car elle est profondément incompatible avec la liberté de l'esclave affranchie qu'il prétend toujours respecter (v. Le prix de la liberté ou l'impossible affranchissement moral). Si l'ambassadeur affirme, à mi-chemin du récit, qu'il se sent "comme supérieur à toutes les foiblesses de la jalousie" (p. 185), cette assertion est rapidement démentie par la récurrence d'un sentiment qui persiste jusqu'au dénouement. À fin du récit, c'est l'ambassadeur lui-même qui, par un jeu d'interversion, se transforme en Argus pour accompagner, dans les jardins de Saint-Cloud M. de S***, qui cherche à le "rendre témoin d'une scène" qui prouverait ses accusations de légèreté envers Théophé (p. 274). S'il se montre d'abord réticent, le diplomate finit par accepter la proposition, avec la résolution "d'observer ce qui se passeroit dans un lieu si libre" (*Ibid.*). Entre la pulsion scopique et l'observation méthodique, la jalousie motive l'enquête et signale l'emprise que l'ambassadeur cherche, jusqu'à la fin, à exercer sur cette femme qui lui échappe. Prévost souligne les ravages de ce sentiment par plusieurs histoires mises en abîme dans le roman, comme celle de la concubine qui, dans le récit de Théophé, jette son amant du toit pour le punir de son infidélité (p. 91), ou celle, tragique, du comte rencontré à Livourne qui raconte comment le mari jaloux de la femme avec laquelle il entrainait une liaison leur offre un repas empoisonné (p. 252). Que ce soit par les soupçons obsessionnels de l'ambassadeur ou par une série d'anecdotes malheureuses, la jalousie apparaît dans le roman comme l'expression dégradée du sentiment amoureux.

Ce sentiment agit par ailleurs comme un miroir déformant, qui brouille l'accès au réel. Dans le roman, la jalousie de l'ambassadeur est d'autant plus inquiétante que ses soupçons ne peuvent jamais être prouvés [Mauzi, 1965], et qu'ils reposent sur des préjugés ou interprétations qui tournent souvent à vide. Cela transparaît de manière flagrante lorsque le sélictar renchérit sur sa proposition de mettre à disposition de Théophé sa maison d'Oru, en lui proposant la jouissance d'une superbe maison sur le Bosphore, avec esclaves et diamants (p. 126). La jalousie du narrateur s'exprime d'abord par la raillerie du préjugé, quand il souligne que ces paroles sont "prononcées avec l'enflure qui est naturelle aux Turcs" (p. 127). Ce jugement sévère est caractéristique du regard que l'ambassadeur porte sur les étrangers, Grecs ou Turcs, et qui varient en fonction de ses états d'âme (v. Frictions idéologiques : Orient contre Occident ?). Mais la jalousie dévoile aussi des mécanismes psychologiques plus latents. La "satisfaction" que Théophé manifeste, en révélant alors à l'ambassadeur "plus de charmes qu'[il] n'y en avoi[t] apperçu depuis qu'[il] la connaissoi[t]" (p. 127) est en effet emblématique de la structure du désir triangulaire, voulant que la convoitise d'un objet dépende, non de ses qualités intrinsèques, mais de la convoitise qu'il suscite chez autrui [Girard, 1961]. Ce sentiment agit par ailleurs comme une puissance trompeuse : "Le mouvement d'une cruelle jalousie *me fit voir* tous les feux de l'amour allumés dans ses yeux" (*Ibid.*), poursuit le narrateur. La tournure factitive qui prive le sujet de son agentivité traduit la passivité de l'ambassadeur, victime de son sentiment et des images hallucinées qu'il produit. La jalousie de l'ambassadeur, qui se transforme ensuite en "transport de fureur" (*Ibid.*), agit comme une puissance falsificatrice – car Théophé refusera constamment les avances du sélictar –, qui produit des visions et impose un filtre déformant dans l'accès au réel.

Sentiment éminemment prospectif tant il invite à l'anticipation et à l'extrapolation, la jalousie fonctionne enfin comme une machine à fiction, un moteur qui contribue à amorcer ou développer les différents fils narratifs du récit [Courbin, 2003, p. 96]. Lors de l'épisode de Livourne, la suspicion du narrateur envers le comte paraît ainsi le conforter dans la relation, pourtant encore incertaine, que Théophé entretient avec ce nouveau rival : "loin d'interpréter favorablement la retenue où j'avois vu le comte auprès d'elle, je me sentis porté à croire que c'étoit le repos d'un amant satisfait, qui ne manquoit peut-être d'empressement que parce qu'il avoit déjà obtenu tout ce qui pouvoit piquer ses désirs." (p. 251). Défiant toute rationalité, l'ambassadeur détourne les indices de leur interprétation logique pour confirmer artificiellement ses craintes. Pour éclaircir ses soupçons, le narrateur mène l'enquête : il épie à la porte de la jeune femme, explore sa chambre et finit par inspecter jusqu'à ses draps pour y déceler une présence étrangère, lors d'une scène qui a choqué le rédacteur de *La Bibliothèque françoise* pour qui elle était "peinte avec des couleurs les plus indécentes" [1742, p. 175]. L'aiguillon de la jalousie invite bien à guetter, à récolter et à interpréter les signes, mais ceux-ci finissent pourtant par perdre leur validité : par un enraiement herméneutique qui invalide toute réflexion, le jaloux ne croit jamais que ce qu'il redoute (v. Une narration sous le signe de la suspicion). Le récit propose ainsi une succession de séquences dans lesquelles la jalousie devient le premier principe de fiction. Ce principe atteint un climax lorsque, proche du dénouement, l'ambassadeur est averti d'une supposée infidélité de Théophé par sa gouvernante qui finit par assumer, comme par transfert, la jalousie du diplomate [SINGERMAN, 1990, p. 320]. Dans cet épisode, l'ambassadeur rejoue la crise de Livourne : il inspecte à nouveau la chambre, force un cabinet, scrute sous le lit (p. 286), avant de reconnaître une possible méprise dans ses accusations : "Si c'étoit la honte et l'indignation qui avoient causé mon trouble en venant, je n'en ressentis pas moins en sortant, par la crainte de m'être rendu coupable d'une injustice." (p. 287). Son extrême confusion est révélatrice de la double nature du conflit intérieur à l'origine du trouble du jaloux : au conflit amoureux, produit par l'inquiétude de perdre l'objet aimé, se superpose un conflit narcissique, alimenté par la honte résidant dans la conscience d'un sentiment perçu comme indigne et incompatible avec la grandeur morale que l'ambassadeur revendique sans cesse. L'histoire ne donnera finalement jamais raison à ces soupçons, qui resteront, tout comme l'infidélité de Théophé, de l'ordre du virtuel.

En jouant sur les différentes potentialités du récit, Prévost confère à cette jalousie une tournure particulièrement inquiétante. En effet, lorsqu'il se fait l'écho des différents "jugements du public" que sa relation avec la jeune Grecque a suscités dans la société, l'ambassadeur rapporte des rumeurs révélatrices : "on prétendoit que pour me délivrer des tourmens de la jalousie, j'avois défiguré une partie de ses charmes avec une eau que j'avois fait composer" (p. 271). Bien qu'il ne s'agisse là que d'une simple virtualité narrative, Prévost inscrit en filigrane du récit les inquiétantes dérives provoquées par cette jalousie littéralement corrosive, qui s'impose comme "le mobile psychologique dominant du récit, déformant explicitement la narration" (LEBORGNE, 1997, p. 461). Le narrateur souligne effectivement lui-même cet écueil à la fin du roman, en envisageant qu'on puisse le "soupçonner de quelque noir sentiment de jalousie qui auroit été capable d'altérer [s]es propres dispositions" (p. 236). Sentiment aliénant et puissance déformante, la jalousie pathologique qui caractérise le héros constitue un ultime argument pour remettre en cause la validité du récit et contribue à entretenir une lecture de la suspicion.

L'amour que le narrateur proclame pour Théophé, finit par littéralement consumer le diplomate, qui perd progressivement de sa substance tout au long du récit. Son aliénation éclate clairement lors des crises qui ponctuent la vie psychique du diplomate (v. Principes de composition / Reflets, spirale, oscillations / De crise en crise : la dynamique de l'action), comme lorsque Théophé envisage de partir pour le libérer de sa passion dévastatrice : "La voix, le mouvement, la réfléxion, toutes mes facultés naturelles étoient comme suspendues par l'excès de mon étonnement et de ma confusion. Je me serois précipité dans un abîme, s'il s'en étoit ouvert un devant moi" (p. 234). Par son récit rétrospectif, le narrateur peut retranscrire son état de paralysie physique et psychique et restituer cette altération ontologique difficilement saisissable lors du moment vécu. En empruntant à la pensée malebranchienne et à son imaginaire de la Chute (v. Repères / Prévost et la poétique du roman-mémoires / L'exploration du monde moral), l'image de l'abîme imprime une dimension morale à cette éclipse de la raison et à la "suspension" momentanée de l'existence qu'elle provoque.

En filant la traditionnelle métaphore de la maladie d'amour, l'ambassadeur commence par porter un jugement critique sur sa passion : "Il falloit donc être sûr de trouver dans mes maximes le remède dont j'ai besoin pour moi-même." (p. 205). Mais, comme Prévost l'avait déjà illustré dans *Cleveland*, son grand roman philosophique, les ressources de la morale et de la philosophie s'avèrent souvent insuffisantes pour réguler les emportements passionnels. Nous retrouvons ainsi au dénouement du récit l'ambassadeur dans un état de consomption avancé, le narrateur entremêlant étrangement sa diminution physique avec ses égarements amoureux. Ainsi, quand il évoque ses dernières suspicions sur le comportement de Théophé, il justifie sa faiblesse en expliquant que ses "infirmités [le] rendoient crédule" (p. 279). Le narrateur, qui a progressivement délaissé sa distance critique à mesure que le temps du récit rejoint le temps de l'écriture, est de plus en plus "explicitement allié au héros" pour justifier son attitude et discréditer Théophé [Singerman, 1990, p. 319]. Consumé par sa passion, l'ambassadeur n'est finalement plus qu'une coquille vide, entièrement dépendant de l'objet élu : "Je ne parlois qu'à elle. Je n'avois d'attention que pour ses réponses. Dans les atteintes les plus cruelles d'un mal auquel *je suis condamné* pour le reste de ma vie, je recevois du soulagement de ses moindres soins" (p. 282). L'utilisation du présent actualise ici dans le temps du récit la persistance de la passion amoureuse. Sans jamais que ne soit précisée la nature de cette maladie qui l'invalide, celle-ci extériorise symboliquement l'impuissance dévastatrice qui consume le diplomate. Et bien qu'à l'approche de la fin, il prétend être "guéri insensiblement de toutes les atteintes de l'amour" (p. 291), cet épuisement ontologique tend plutôt à suggérer que le héros est "détruit de l'intérieur, annihilé par ses propres contradictions" [SGARD, 1989, p. 12]. Arrivé à son terme, le récit, qui semble "exténué par son intensité même" [*Ibid.*], porte l'ultime témoignage de cette consumation finale.

Éros borderline

La tentation du viol

Alimentée par sa frustration constante, la passion de l'ambassadeur finit par outrepasser les cadres admis par la morale, pour frôler les régions de l'interdit ou du tabou. Le narrateur raconte ainsi comment, certain de son emprise sur Théophé mais confronté à un énième refus de sa part, il est soumis à la tentation du viol. Cela contredit paradoxalement sa posture de "libertinage éclairé" (p. 134), tournure ambiguë s'il en est, postulant une sorte de lucidité pulsionnelle et voulant, à l'image des futures ambitions d'un Valmont, que la conquête suprême réside moins dans la possession charnelle que dans le triomphe sur la volonté d'autrui. L'ambassadeur explique en cela qu'il attend que Théophé se rende de manière volontaire – "Il faut ou surmonter ma passion ou triompher de la résistance de Théophé" (p. 208) –, affirme qu'il "ne désire point d'une femme ce qu'elle n'est pas portée à [lui] accorder volontairement" (p. 141) ou que, ce qu'il "desiroi[t] d'elle, [s]on bonheur auroit été qu'elle eût paru le souhaiter comme [lui]" (p. 168).

Cette conception, qui fonde la relation sur une réciprocité du désir, est toutefois sérieusement contredite lors de l'épisode de la maison d'Oru, qui est la "grande scène érotique manqué" du roman tant elle déjoue les attentes de l'ambassadeur comme celles du lecteur [LEBORGNE, 1997, p. 454]. Du petit "souper" au décor sensuel (un appartement aménagé avec soin, la chambre agrémentée d'un sopha), en passant par la scène d'intimité de l'esclave qui déshabille sa maîtresse (p. 133-134), Prévost prend en effet soin de camper tout le cérémonial annonçant la scène érotique. Si tout annonce le *moment*, ou l'opportunité érotique, c'est sans compter sur la résistance de Théophé qui, lorsque les sous-entendus de l'ambassadeur se font plus clairs, s'effondre sur le sopha en cherchant symboliquement à lui "dérober" son visage (p. 135). Mais les pleurs de Théophé ne suffisent pas à freiner l'élan du diplomate : "je saisis une de ses mains, celle même sur laquelle sa tête étoit appuyée, et je fis *quelque* effort pour l'attirer à moi. Elle résista *quelques* momens" (p. 135, nous soulignons). Par l'usage insistant des indéfinis, le narrateur cherche à estomper son insistance tout en suspendant temporellement la scène. La réaction de Théophé, qui demeure muette, "comme si la douleur et la crainte lui eussent coupé tout d'un coup la parole" (*Ibid.*), témoigne quant à elle d'une autre stratégie stylistique du narrateur : faire passer pour hypothétique la réaction de la jeune femme, pour ménager le doute sur son consentement (v. Le travail du texte / Stylistique / Un récit problématique). Il use à nouveau du même procédé lorsqu'il évoque son propre mutisme soudain, qu'il désigne comme "peut-être un mouvement de honte qu'il [lui] fut impossible de vaincre tout d'un coup" (*Ibid.*). La pudeur de l'ambassadeur mérite bien d'être estompée, car elle est extrêmement éphémère : "Cependant, je m'excitai à sortir de cette pesanteur, et, faisant de nouveaux efforts pour *me rendre maitre* de la main de Théophé, *je vins à bout* de la retenir enfin dans les miennes." (p. 135, nous soulignons). L'atténuation hypothétique cède la place à l'imaginaire de la lutte : Théophé n'est plus une femme libre de ses désirs mais une adversaire dont il faut par tous les moyens triompher. Si le narrateur minore encore une fois la violence de son insistance par la portée de l'enjeu (il ne s'agirait là que de s'emparer de la *main* de la jeune fille), l'objet de son désir est toutefois suggéré par la traditionnelle métaphore martiale, attachée, depuis la poésie antique, aux ébats érotiques.

Le narrateur expose au grand jour ses intentions lorsque Théophé, qui paraît "céder à la crainte de [l]'offenser, plutôt qu'au desir de [le] satisfaire" (p. 136), est proche de la reddition. Faisant fi de son refus, de son désespoir et de ses larmes, l'ambassadeur s'apprête en effet à s'emparer de la jeune femme par la force : "Je me souvenois d'avoir entendu mille fois que la plupart des filles turques se font une gloire de disputer longtems les faveurs de l'amour, et je fus prêt, dans cette pensée, *à compter pour rien sa résistance et ses larmes*." (*Ibid.*, nous soulignons). Cette femme auparavant louée pour ses qualités morales exceptionnelles se trouve réduite à son ancien statut d'esclave sexuel, selon une opinion qui rapproche sensiblement les prétentions du diplomate français de celles des maîtres de sérail orientaux (v. Frictions idéologiques : Orient contre Occident ? / L'effritement de l'opposition idéologique). La scène de viol, virtuellement inscrite dans ce récit, est toutefois escamotée *in extremis*. Le narrateur ressuscite alors les mêmes arguments que précédemment (la douleur de Théophé, sa propre honte), exposés cette fois sous un tour direct et non plus hypothétique, pour expliquer son revirement soudain : "Cependant, l'ingénuïté que je remarquois dans sa douleur, et la honte que j'aurois eue de ne pas répondre à l'opinion qu'elle avoit de moi si elle étoit sincère, me fit surmonter au même moment tous mes transports." (*Ibid.*). Et s'il finit par avoir raison de son emportement, la manière dont il cherche à rassurer Théophé et sa justification finale sonnent comme un expédient pour le moins problématique : "reconnoissez-moi pour l'homme du monde qui est le moins capable de vous chagriner ou de faire violence à vos inclinations. Mes desirs sont l'effet naturel de vos charmes" (*Ibid.*). Le contraste entre la tournure superlative avec laquelle l'ambassadeur désigne sa probité et l'insistance avec laquelle il a cherché à s'emparer des faveurs de la jeune fille ne manque pas d'ironie. La sentence finale, dans laquelle il fait preuve d'une cruelle inconséquence en occultant son incapacité à maîtriser ses désirs, sonne comme un couperet cynique. De manière très moderne, Prévost offre à la réflexion du lecteur l'esquisse d'une scène d'abus sexuel, à l'issue de laquelle, à travers un regard éminemment critique, la responsabilité est injustement imputée aux "charmes" de la victime.

Rémanences incestueuses

L'expression du désir prend également les couleurs de l'interdit dans les différentes rémanences incestueuses qu'il exprime, de manière symbolique ou implicite. Si Prévost a pu puiser cette ambiguïté dans la correspondance du principal personnage ayant servi de modèle à l'ambassadeur – le comte de Ferriol écrivait à sa protégée, dont il veut faire "sa fille ou sa maîtresse", qu'il ne parvient pas à séparer "des désirs ardents d'une tendresse de père" [cité par Bouvier, 1948, p. 122] –, elle rejoint également l'imaginaire romanesque de l'auteur, hanté par le motif incestueux. Cleveland, le personnage éponyme du roman de Prévost, était déjà confronté à ce tabou suprême, par l'attraction interdite qu'il éprouve envers sa fille Cécile (et qui persiste bien après la découverte de leur lien de parenté). Dans *L'Histoire d'une Grecque moderne*, l'interdit de l'inceste est figuré de manière symbolique, puisque les désirs charnels de l'ambassadeur pour Théophé se heurtent au rôle paternel qu'il incarne pour elle. Cette liaison filiale est d'emblée renforcée, dans l'économie du récit, par les défaillances du supposé père naturel de Théophé, qui n'hésite pas à vendre ses charmes au plus offrant, puis refuse de la reconnaître pour ne pas être associé à son passé de débauche. Théophé se trouve privée de ce lien paternel naturel – "je remercie le Ciel du droit qu'il me donne desormais de refuser le nom de père à l'homme du monde à qui je devois le plus de haine et de mépris" (p. 108) –, qu'elle investit sur la figure de l'ambassadeur: "c'étoit à moi qu'elle croyoit devoir la naissance, puisque c'étoit lui en donner une seconde que de la délivrer de l'infamie de la prémière" (*Ibid.*). Ainsi, l'ambassadeur endosse aux yeux de Théophé le statut de *père* spirituel, dès le moment de sa libération: "elle m'adressa mille fois les noms de son libérateur, de son père, et de son Dieu" (p. 71). Et quand Théophé refuse ses avances renouvelées, en envisageant de partir dans un autre pays pour le libérer de sa passion, c'est pour ne plus nuire au repos et au bonheur "d'un maitre et d'un père" (p. 205). Dans le discours de l'ancienne esclave, le nom de "père", ainsi doublé des termes de "maître" ou de "Dieu" devient surchargé sémantiquement, en témoignant d'un investissement qui excède largement la symbolique familiale.

Si la posture de libérateur et de pédagogue qu'elle prête à l'ambassadeur justifie, du point de vue de Théophé, ces jeux d'association, plus étonnant est-il de constater qu'ils sont également entretenus par le protagoniste, qui revendique lui-même une posture paternelle. Ainsi, lorsque le narrateur insiste auprès de Condoidi pour qu'il reconnaisse la jeune Grecque comme sa fille, il n'hésite pas de lui offrir – en vain – de se "substitu[er] aux devoirs paternels" (p. 151), notamment en prenant à sa charge toute l'éducation de Théophé. Mais ce statut de père, moralement incompatible avec celui d'amant, devient vite très encombrant, et c'est finalement avec dépit que l'ambassadeur se voit enfermer dans ce rôle paternel qui l'empêche d'en revendiquer un autre, plus en accord avec la nature de ses désirs. Sa réaction est ainsi très mitigée, lorsque, après avoir essuyé un nouvel échec pour se faire reconnaître auprès de Condoidi, la jeune femme lui assure "qu'avec les bontés qu'[il] avoi[t] pour elle, on ne s'appercevroit jamais qu'elle manquât de père" (p. 212). Étouffant son transport, le diplomate, qui ne laisse pas à "[s]on cœur la liberté de s'exprimer", est obligé, bien malgré lui, de conserver ce masque : "fidèle à mes résolutions, je me réduisis au langage de l'affection paternelle, et je l'assurai qu'elle me tiendroit toujours lieu de fille." (*Ibid.*). Aussi, lorsque le narrateur soupçonne Synèse de vouloir, pour se rapprocher de Théophé, se délivrer "d'un lien incommode qui les empêche peut-être de se livrer à leur penchant" (p. 157), c'est en se montrant bien plus lucide sur les relations d'autrui que sur les siennes : Prévost instaure par là un jeu de transfert qui éclaire les intentions profondes de cet amant qui ne parvient pas à s'affranchir de son statut de père symbolique.

La relation entre Théophé et Synèse instaure une démultiplication du motif incestueux dans le roman. Si la filiation entre Théophé et son père supposé n'est jamais prouvée, elle est toutefois motivée par une abondance de concordances et d'indices (p. 103-104), ce qui ferait naturellement du fils de Condoidi le frère de la jeune Grecque. Lors de sa première rencontre avec Synèse, le narrateur semble corroborer l'existence de ce lien familial en racontant avoir été "frappé d'abord par la ressemblance qu'[il] lui avoi[t] trouvée avec sa sœur" (p. 109). Il note encore cette similitude en accueillant le jeune homme chez lui, comme pour ancrer plus solidement ce lien familial : "C'étoient les mêmes traits et les mêmes yeux que ceux de Théophé" (p. 118). Le lien incestueux entre les deux personnages est dans un premier temps seulement suggéré de manière symbolique, lors de leur première rencontre, qui est rendue plus percutante par l'orchestration d'une mise en scène : Théophé se présente d'abord "la tête couverte d'un voile" (p. 109), avant de révéler son visage. Si "les deux ainés la considérérent avec beaucoup de froideur", en résistant au schéma de l'*anagnorisis*, Synèse, lui, est immédiatement conquis par cette apparition quasi épiphanique : il "n'eut pas jetté deux fois les yeux sur elle que s'avançant les bras ouverts, il lui donna mille tendres embrassemens." (p. 109-110.). La scène du coup de foudre, à laquelle avait échappé l'ambassadeur, semble ainsi déportée sur le personnage de Synèse, qui en subit la puissance soudaine. Le narrateur souligne ensuite constamment l'ambiguïté de leur relation, que ce soit quand il les trouve, juste après l'arrivée de Synèse à Oru, "dans la prémière ardeur de leur exercices" (p. 152), puis par les "soupçons extraordinaires" qu'il nourrit en apprenant que le jeune homme cherche finalement à se délivrer de ce lien fraternel (p. 156), ou encore lorsqu'il alerte Condoidi pour empêcher son projet de "mariage incestueux" (p. 182) avec Théophé.

Si les premiers soupçons du narrateur paraissent d'abord incertains, car potentiellement induits par l'esprit maladif du jaloux, la dimension incestueuse entre les deux personnages s'affirme lorsque l'ambassadeur, qui confie ses doutes à Théophé, apprend d'elle les faveurs érotiques qu'elle a prodiguées à Synèse, qui lui avait fait croire qu'il s'agissait là de coutumes en usage entre frère et sœur : "Sous le nom de frère, Synèse avoit obtenu d'elle des caresses et des faveurs qui avoient dû rendre sa situation délicieuse en qualité d'amant. [...] Ses mains, sa bouche, son sein même avoient été comme le domaine de l'amoureux Synèse" (p. 159). Prévost souligne ironiquement la supercherie, car c'est paradoxalement en revendiquant le statut familial que Synèse parvient à s'octroyer des plaisirs charnels. Si la parfaite ingénuité de Théophé, pourtant accoutumée aux pratiques du sérail, peut paraître suspecte aux yeux du lecteur (v. Le mystère Théophé : de l'énigme au procès / Une créature chimérique / Zones d'ombre et ambiguïtés), la réaction de l'ambassadeur face à cette transgression absolue interroge tout autant. Car, dans les récriminations qu'il oppose à la jeune femme, celui-ci occulte entièrement le soupçon du crime d'inceste pour traiter Synèse, "frère ou non" (p. 157), comme n'importe quel amant : "Je me fais une violence mortelle pour vous laisser maitresse de votre cœur ; mais si vous l'accordez à un autre, votre dureté causera ma mort !" (p. 159). En occultant ainsi le tabou de cette liaison pour la réduire à une banale histoire de rivalité amoureuse, l'ambassadeur cherche à minorer l'importance des liens familiaux, réels, supposés ou symboliques, dont il aimerait lui aussi s'affranchir. Par réverbération, cet épisode permet ainsi d'éclairer de manière plus dramatique l'impasse amoureuse dans laquelle est enfermé l'ambassadeur. Si le motif incestueux s'impose si vivement dans ce récit, comme dans l'ensemble du répertoire romanesque de l'auteur, c'est parce que cette situation extrême permet de représenter de manière exacerbée la complexité des sentiments et l'obscurité d'un désir qui demeure rebelle aux lois morales.

LE PROJET PÉDAGOGIQUE : ENTRE INITIATION SPIRITUELLE ET ÉCHEC PROGRAMMÉ

LA CONVERSION SPIRITUELLE DE THÉOPHÉ

Du germe de l'aspiration morale à l'épiphanie spirituelle

Dans le récit du narrateur comme dans les propos rapportés de Théophé, les discours de l'ambassadeur seraient à l'origine de son initiation spirituelle. Pour mieux comprendre cette conversion morale, il nous faut d'abord revenir sur son terrain d'éclosion et souligner toute la distance qui la sépare de la première éducation dispensée à la jeune fille par l'un de "ces pères infames, qui forment leur fille à la débauche" (p. 93). Si ce dernier prend attentivement soin de son éducation, c'est uniquement pour enseigner à Théophé l'art de plaire aux hommes : la jeune Grecque reçoit ainsi une éducation qui alimente le regard critique porté sur les usages orientaux (v. Frictions idéologiques : Orient contre Occident ?). Selon les principes qui lui sont inculqués, la vie du sérail que lui offrirait le gouverneur de Patras, à qui son père la destine, constitue pour Théophé le *summum* de l'accomplissement : "Ce qui m'étoit annoncé comme la plus haute fortune ne se présenta plus à mon imagination que sous cette forme. L'éclat de plusieurs femmes qui composoient son serrail, et dont on me représentoit l'heureuse condition, excitoit mon impatience." (p. 74). Prévost suggère nettement les effets négatifs de ce premier conditionnement fondé sur la soumission féminine et l'absence de principe moral.

Mais le romancier prend aussi soin de souligner qu'il ne s'agit là que de principes acquis, comme Théophé le découvre lorsque, livrée à elle-même, elle reconsidère son passé pour y puiser des règles de conduite : "Dans toutes les traces qui m'en étoient restées, je ne trouvois que deux principes sur lesquels on avoit fait rouler mon éducation" (p. 80). Prévost évoque la persistance de ces premières leçons en empruntant à la philosophie de Malebranche qui oppose les traces naturelles ou innées aux traces acquises par l'éducation [SINGERMAN, 1987, p. 231]. Les deux principes auxquels se réfère Théophé sont tous deux problématiques puisqu'ils sont fondés sur des rapports de dépendance ou domination : le premier présente "les hommes comme l'unique source de la fortune et du bonheur des femmes", tandis que le second apprend à Théophé comment, par la "soumission" et les "caresses", "acquérir sur eux une espèce d'empire, qui les mettoit à leur tour dans [sa] dépendance" (*Ibid.*). Cette éducation première et dévoyée s'impose donc comme le pendant antithétique au cheminement moral auquel aspirera ensuite Théophé. Si la jeune femme continuera à exercer – volontairement ou non – un puissant "empire" sur les hommes, elle ne les considérera plus comme "l'unique source" d'un bonheur qu'elle ne placera plus qu'en elle et en son progrès moral, ce retournement constituant le pilier de sa nouvelle éducation, fondée sur une indépendance sociale et affective.

Le terrain favorable à cette conversion spirituelle n'est pas seulement ménagé par la critique de cette éducation qui s'exprimera par la bouche de l'ambassadeur, mais est déjà préparé par l'insatisfaction profonde que ce premier mode de vie suscite chez la jeune Grecque. Avant son arrivée au marché aux esclaves de Constantinople, son errance géographique apparaît comme le symbole de son égarement moral : "Cependant je connoissois aussi peu les maux qui me menaçoient que les biens que j'avois voulu me procurer. Mes craintes n'avoient pas d'objet fixe" (p. 82). Théophé éprouve ainsi un sentiment de vanité, qui, selon la coloration très malebranchienne de ces expressions, ne serait autre que l'état d'agitation de celui qui recherche Dieu (v. Repères / Prévost et la poétique du roman-mémoires / L'exploration du Monde Moral : filiation philosophique, innovation poétique). Cette inquiétude fait en effet écho au "sentiment confus d'une disproportion entre notre être et l'Être", identifiée par l'oratorien [DEPRUN, 1965, p. 158]. Ce sentiment culmine lorsque Théophé intègre enfin la vie du sérail. Car celle-ci est bien loin de lui procurer le bonheur promis : Prévost met au contraire en relief son aspect très éphémère, puisque la joie éprouvée par la jeune femme ne dure guère plus de "deux mois" (p. 85). Il introduit ainsi une notion fondamentale de la morale chrétienne, à savoir que la jouissance des biens terrestres ne procure qu'un "bonheur d'imagination" (p. 85), contrairement au bonheur spirituel. Cette illusion finit par susciter en elle "une inquiétude continuelle", dont elle peine à définir l'origine (p. 87). Contre tous les plaisirs attendus, l'opulence du sérail provoque en effet une anesthésie généralisée : "Tout étoit muet et insensible. Je me crus attaquée de quelque maladie que je ne connoissois point." (p. 86). Tandis que la métaphore médicale fait, chez l'ambassadeur, toujours signe vers le *topos* de la maladie d'amour (v. Du roman d'amour au roman de la frustration / L'insaisissable objet du désir / Maladies d'amour), elle désigne chez Théophé une altération spirituelle, cet antithétisme symbolisant nettement les divergences de préoccupations qui distingueront les deux protagonistes. Ce malaise existentiel est finalement résumé en une sentence qui semble directement issue de *La Recherche de la Vérité*, lorsque Théophé constate : "ce qui occupoit mon ame étoit le désir d'un bien dont je n'avois pas d'idée" (p. 87). Prévost introduit par là l'opposition entre la vanité des biens terrestres et le bonheur promis par le seul vrai Bien, à savoir Dieu, qui motivera la quête spirituelle de la jeune Grecque.

C'est l'expérience de cette vacuité profonde qui donnera prise au propos que lui tient l'ambassadeur lors de leur première rencontre, comme Théophé le révèle plus tard lors de son discours enchâssé : "J'ignore de quoi j'étois remplie lorsque vous approchates de moi. Si vous me fites quelque question, mes réponses dûrent se ressentir de mon trouble" (*Ibid.*). Le discours du diplomate, loin d'exprimer une quelconque ambition pédagogique, est pourtant on ne peut plus équivoque. Pour convaincre Théophé du malheur de son sort, il évoque bien "des vertus qui étoient comme perdues pour les dames turques, par le malheur qu'elles ont de ne jamais trouver dans les hommes un retour digne de leurs sentimens." (p. 61). Mais ces propos seront la source du *quiproquo* originel qui faussera la relation entre Théophé et l'ambassadeur, puisque chacun d'eux peut, sur l'ambiguïté de ces termes, projeter ce qui, de l'amour ou de la vertu, correspond au fondement de leur désir (v. Du roman d'amour au roman de la frustration / Une plume "conduite par l'amour" ? / L'ombre du libertinage). Car là où l'ambassadeur mentionnait le "bonheur des femmes de [sa] nation" (p. 87), selon une perspective que l'on ne soupçonne pas étroitement liée à la morale chrétienne, Théophé entend ces propos sous leur sens littéral, en leur donnant un tour probablement plus probe que l'ambassadeur ne l'entendait lui-même : "Les noms de vertu, d'honneur, et de conduite, dont je n'eus pas besoin d'autre explication pour me former l'idée, s'attachérent à mon esprit, et s'y étendirent en un moment, comme s'ils m'eussent toujours été familiers" (*Ibid.*). Effaçant les traces de sa première éducation, le discours séduisant de l'ambassadeur éveille en Théophé un sentiment de reconnaissance fasciné, une *anagnorisis* morale, qui lui révèle l'existence de principes spirituels qu'elle recherchait jusqu'à présent en vain. La familiarité qu'elle éprouve envers ces principes moraux constitue l'argument fondamental de sa prédisposition à la vertu, qui reviendra constamment dans le discours de l'ambassadeur, que ce soit pour la confirmer ou l'infirmer. Le parcours de Théophé s'impose ainsi comme le pendant antithétique à l'évolution de Maria Rezati, soumise à un système pédagogique opposé [Singerman, 1990, p. 28 ; Sermain, 1984, p. 369]. Contrairement à Théophé qui est éduquée pour le plaisir des hommes, Maria est élevée dans la solitude et "dans la pratique continuelle de toutes les vertus" (p. 189). Totalement ignorante des usages du monde, la Sicilienne est maintenue dans "une incapacité originelle au retour sur soi" [Martin, 2012, p. 22], si bien que la seule découverte d'un miroir suffira à éveiller ses sens, et à l'entraîner dans l'univers dévastateur des passions. Chacune de ces deux destinées croisées, note Jean-Paul Sermain, dénonce la fragilité des projets d'éducation, car "on ne peut se fonder sur aucun principe rationnel pour agir sur les êtres et donc pour imposer un ordre au réel" [1984, p. 359]. Contre les principes inculqués par son père oriental, prônant la soumission féminine en même temps que l'amour des richesses, Théophé s'écarte de sa première éducation et choisit le chemin ouvert par les propos de l'ambassadeur (ou du moins ce qu'elle en comprend), en aspirant désormais à la liberté et au perfectionnement moral.

En prenant le contrepoint du coup de foudre amoureux traditionnellement attaché à l'univers romanesque, Prévost envisage ainsi l'idée d'un "coup de foudre vertueux" [SINGERMAN, 1987, p. 222]. Les propos de l'ambassadeur font l'effet d'une révélation chez la jeune fille qui éprouve une sorte d'épiphanie spirituelle: "L'illusion qui m'avoit dérobé si longtems mon sort acheva de se dissiper. Je ne sai comment ma raison s'étoit plus formée depuis le court entretien que j'avois eu avec vous, que par tout l'usage que j'en avois fait jusqu'à l'âge où je suis." (p. 89). En rejetant tous les principes sur lesquels était fondée sa première éducation, qu'elle situe désormais dans le monde de l'*illusion*, Théophé est comme miraculeusement convertie aux valeurs morales qu'elle a entraperçues dans le discours de l'ambassadeur. Elle désigne en effet ces propos comme le catalyseur d'une métamorphose personnelle: "sans autres principes que ceux dont vous avez jetté la semence dans mon cœur, je me trouvois comme transportée dans un nouveau jour par une infinité de réfléxions qui me faisoient tout regarder d'un autre œil." (*Ibid.*). La métaphore de la semence souligne la régénération spirituelle de la jeune femme, vécue comme une renaissance. Prévost reprend ici le thème de la révolution intérieure qui lui est cher, et dont il offrait déjà un exemple dans *Manon Lescaut*, lorsque Des Grieux évoque la violence de son transport lors des retrouvailles à Saint-Sulpice ("Je frémissais, comme il arrive lorsqu'on se trouve la nuit dans une campagne écartée: on se croit transporté dans un nouvel ordre de choses" [Prévost, *Manon Lescaut*, p. 81]). Mais cette fois, la révolution intérieure provoquée par le sentiment amoureux est remplacée par un bouleversement d'ordre métaphysique, qui substitue à l'ordre des biens matériels et profanes l'ordre spirituel de la morale chrétienne. Cet épisode acquiert une importance déterminante dans le récit car Théophé n'aura de cesse de revenir sur cette scène inaugurale, en la dotant d'une puissance quasi totémique: "je commençai par m'en rappeller jusqu'aux moindres circonstances. Tout m'en étoit précieux. J'en fis dès ce moment mon étude continuelle. Le jour et la nuit ne me présentérent plus d'autre objet." (p. 88). L'extrême minutie rétrospective, les insomnies répétées et la pensée obsessionnelle: nous retrouvons là tous les ingrédients qui caractériseront la passion du diplomate pour la jeune Grecque, qui développe une obsession similaire, mais pour la vertu.

Cette révolution morale s'accompagne d'une métamorphose identitaire, symbolisée par son baptême. Zara quitte son nom d'esclave pour endosser celui de Théophé (p. 71), dont la symbolique onomastique est lourde de sens: combinant les mots grecs *theos*, signifiant Dieu, et *pheme*, désignant la voix ou la renommée, le nom de Théophé fait ainsi écho à "la voix de Dieu" ou à "la renommée divine" [Calder, 2003, p. 207]. Le coup de foudre spirituel de Théophé fait ainsi l'objet d'un profond remaniement identitaire. L'affirmation d'une conversion morale à valeur exemplaire se superpose ici aux influences de la philosophie sensualiste qui, déniant le principe d'innéité, diffuse l'idée d'une identité plastique et mouvante, façonnée au gré des expériences du sujet. Aux antipodes du personnage stéréotypé et finalement peu particularisé de la "belle Grecque", la jeune femme revendique une individualité singulière, dotée d'une véritable épaisseur spirituelle.

Théophé, femme philosophe

La conversion morale de la jeune femme signe l'avènement de son esprit philosophique, en faisant de Théophé l'une de ces "femmes philosophes" qui marquent le roman des lumières [Lotterie, 2013]. La jeune Grecque se distingue en effet par une appétence intellectuelle peu commune, le récit soulignant à plusieurs reprises la puissance de sa *libido sciendi*. Celle-ci semble d'emblée éclipser tous les autres désirs de la jeune femme, comme elle l'explique dans le récit de sa vie: "Je n'ai pas connu non plus dans ces prémiers tems les désirs dont se forment les passions." (p. 74). Comme soustraite à l'emprise des sens – au grand regret de l'ambassadeur –, la jeune fille investit toute son énergie libidinale dans l'étude et la réflexion. Le narrateur évoque ainsi "l'ardeur qui la rappelloit sans cesse à cette espèce de philosophie" (p. 102). L'expression prête à sourire car la désignation péjorative ("espèce de") et la déportation du vocabulaire érotique ("l'ardeur") dans le domaine de l'étude, donnent toute la mesure de la frustration de l'ambassadeur. Prévost s'adonne ainsi à un glissement ludique en appliquant le vocabulaire libertin au domaine philosophique pour souligner ironiquement les perspectives respectives, et incompatibles, de chacun des protagonistes. Et lorsqu'à la fin du récit, Théophé repousse une nouvelle fois les avances du diplomate, elle en appelle encore à son intérêt dominant: "Je suis indifférente pour tout ce qui ne sauroit me servir à me rendre plus sage, parce que je ne connois plus d'autre bien que la sagesse, et que tous les jours je découvre de plus en plus que c'est le seul qui me manque." (p. 229). Face à l'aveuglement quasi pathologique de l'ambassadeur, Théophé incarne une constance, une tranquillité et une fermeté d'esprit qui la singularisent et la rendent exceptionnelle.

La sagesse philosophique dont se réclame Théophé, en usant d'une terminologie large, convoque en réalité plusieurs modèles : la figure du penseur chrétien inspiré par ses lectures, mais aussi le "philosophe marqué par l'appétit de science" ou encore le "cartésien animé par le goût de l'examen et de la méditation" [Lotterie, 2013, p. 202]. Tous ont en partage une méfiance marquée envers la tyrannie des passions et l'affirmation d'une prédominance de la raison humaine. L'esprit philosophique de Théophé tient ainsi en premier lieu à cette forme de rationalité éclairée qu'elle applique comme instinctivement aux événements vécus. En se remémorant le récit de sa vie, le narrateur admire qu'"elle eût arrangé ses avantures avec tant d'ordre, et qu'en [lui]'expliquant ses rêveries ou ses méditations, elle eût donné un tour philosophique à la plupart de ses idées" (p. 93). La coloration philosophique du récit de Théophé tient tant à l'ordonnancement de ses idées qu'à la distanciation qu'elle est capable d'opérer face aux circonstances, ce qui témoigne d'une capacité d'abstraction essentielle au raisonnement. Dans son récit, la jeune femme fait toujours preuve d'un esprit rationnel pour éclairer son histoire et mobilise tout un panel de notions philosophiques : elle recherche une "règle" pouvant dicter sa conduite (p. 80), considère les "principes" présidant à son éducation (*Ibid.*), évoque le "raisonnement, qui se fortifi[e] dans [s]on esprit" (*Ibid.*) ou mène des "réflexions" interminables sur le choix d'un parti (p. 82). Tout son discours se ressent de cette perspective philosophique qui, étouffée par sa première éducation, s'était exprimée de manière mal orientée, car c'est en se fondant sur ces raisonnements que la jeune femme a elle-même décidé de se livrer en esclavage. Ce "tour philosophique" se dédouble en quelque sorte par le regard critique que Théophé porte rétrospectivement sur ses raisonnements antérieurs, lorsqu'elle déplore "la simplicité de [s]on esprit" (p. 80) ou juge sévèrement une "idée si mal conçue" (p. 82). Si la jeune femme fait preuve d'une intelligence philosophique, c'est également parce qu'elle exerce cet esprit critique, qui joue un rôle si déterminant en ce siècle qui invite à tout mesurer à l'aune de sa propre pensée [Martin, 2017, p. 9]. Comme le narrateur le précise : "son esprit, porté de lui-même à méditer, ne saisissoit rien qu'il n'étendît aussi-tôt pour le considérer sous toutes ses faces" (p. 102). Initiée aux principes de la morale chrétienne, la jeune femme puise ensuite sa science dans une lecture appliquée d'ouvrages philosophiques pointus, avec une préférence marquée pour les textes jansénistes, qui affirment l'idée d'une grâce "efficace", directement octroyée par Dieu – le narrateur mentionne les *Essais* de Nicole ainsi que *La Logique de Port-Royal*. Mais Théophé fait aussi preuve d'un discernement et d'une circonspection qui témoignent d'une appropriation personnelle de ces principes, ce qui constitue le fondement d'une réflexion éclairée.

Théophé ne s'enferme pour autant pas dans l'étude d'ouvrages théoriques et la pure réflexion spéculative qui finiraient par avoir une portée stérile, comme l'a déjà montré Prévost avec Cleveland, son personnage philosophe qui se perd dans les abysses d'une philosophie abstraite et aliénante à force d'être détachée du réel. Avec Théophé, le romancier envisage au contraire la possibilité d'une philosophie pratique, dont les principes guident les actions et offrent des règles sur lesquels ajuster sa conduite. Dans ses actions, la jeune femme revendique ainsi cette posture morale, comme lorsqu'elle refuse l'offre que le sélictar lui propose dans la seconde partie du roman, en affirmant que "tout le reste de sa vie étoit destiné à la pratique des principes" auxquels l'a éveillée l'ambassadeur (p. 186). Si le récit narrateur fait toujours peser sur elle des soupçons, ses choix et ses actions témoignent toutefois de l'application de ces principes moraux : la jeune femme parvient à faire libérer Maria Rezati, tout comme elle choisit de vendre ses bijoux pour racheter de jeunes esclaves dont elle a connu le sort, ou n'hésite pas à soigner l'ambassadeur au point de tomber malade à son tour. Théophé devient ainsi une "moraliste qui parvient à faire converger les méditations et les impératifs de l'existence" [Mirlo, 2015, p. 43]. Et lorsqu'à Paris, le narrateur lui dispense des "leçons de morale" (p. 276) sur sa familiarité avec M. de R... et le comte de... lors de sa partie de campagne à Saint-Cloud, Théophé se défend ainsi de sa conduite :

> "Vous m'avez répété mille fois vous-même, continua-t-elle, et j'apprens tous les jours dans les livres que vous me mettez entre les mains, qu'il faut s'accommoder aux foiblesses d'autrui, se rendre propre à la société, passer avec indulgence sur les défauts et les passions de ses amis ; j'exécute vos idées et les maximes que je puise continuellement dans mes livres." (p. 278-279)

Si Théophé retourne contre l'ambassadeur ses propres arguments, elle revendique également une morale qui n'est pas fondée sur des principes intransigeants, mais qui demeure à la portée des actions humaines. Comme le note Florence Lotterie, Prévost laisse ici entendre sa préférence, nimbée d'ironie, pour une philosophie centrée sur "les douceurs propres à la morale flexible du christianisme mondain, lui qui s'est toujours montré attaché de manière si ambivalente à la question de l'exemplarité" [2013, p. 208]. Il est ainsi inutile de faire de Théophé un parangon de vertu pour constater que son attitude laisse bien envisager l'existence d'une philosophie pratique, qui allierait l'étude de principes abstraits à une application éclairée et consciente des limites humaines.

UN PROJET PÉDAGOGIQUE MINÉ

Les ferments d'une éducation négative

Si, dans ce récit, Théophé fait preuve d'une rare élévation spirituelle, le rôle de l'ambassadeur est finalement limité, bien qu'il en réclame souvent la responsabilité. L'ambassadeur insiste ainsi sur la manière dont il lui fait découvrir l'existence des principes moraux, l'initie à la lecture d'ouvrages philosophiques ou lui inculque les subtilités de la langue française. Pour mieux asseoir son rôle de précepteur, il se pose en nouveau Pygmalion, et réactive le mythe ovidien attaché à ce sculpteur chypriote qui, tombé amoureux de son propre ouvrage, parvient à animer de vie sa statue pour l'épouser. Ce mythe connaît une grande résurgence au XVIIIe siècle, qui mène une réflexion centrale sur le processus empirique d'acquisition des connaissances et les rapports éducateurs-élèves [Coulet, 1998] : le récit de l'ambassadeur lui fait écho en trahissant le rêve démiurgique de façonner un être selon son idéal. En se reprenant de ses égarements, l'ambassadeur se rappelle ainsi qu'il doit s'enorgueillir "d'une conversion qui étoit proprement [s]on ouvrage" (p. 139). Il se pose ainsi en guide spirituel, chargé de maintenir Théophé dans le droit chemin : "Ma maison sera un sanctuaire ; [...] et si vous avez goûté mes maximes, peut-être vous reste-t-il quelques lumières à tirer de mes conseils" (p. 145). La jeune femme elle-même alimente cette association lorsqu'elle explique pourquoi elle a fait appel à lui pour sa libération : "Tout le changement que j'éprouvois étoit non-seulement votre ouvrage, mais devoit recevoir de vous sa perfection" (p. 89-90).

La référence au mythe est filée lorsque Théophé, délaissée par son père, s'en remet au diplomate en lui répétant que "c'étoit à [lui] qu'elle croyoit devoir la naissance, puisque c'étoit lui en donner une seconde que de la délivrer de l'infamie de la première" (p. 108). Ces deux discours convergent ainsi pour faire de la conversion de Théophé l'*œuvre* de l'ambassadeur.

Mais le rôle éducatif du diplomate est largement contredit par la violence de sa passion et les intentions que trahit son projet pédagogique finalement douteux. Car le personnage tient autant de Pygmalion que d'Arnolphe, le barbon moliéresque qui offre à Agnès une éducation coupée du monde et destinée à préserver sa pureté dans l'attente de leur mariage [Hoarau, 2015]. Comme Arnolphe, l'ambassadeur parvient à isoler sa protégée dans son "sanctuaire" qu'est la maison d'Oru, pour lui dispenser une éducation destinée à la façonner au gré de ses désirs. Mais là où le vieux jaloux veille à procurer à Agnès une éducation qui la tienne éloignée de toute connaissance de l'amour – comme le veut l'adage, la précaution sera inutile –, Prévost détourne l'intertexte moliéresque en montrant que la principale ambition pédagogique de l'ambassadeur est dirigée vers l'initiation amoureuse. Après avoir recueilli le récit de Théophé, l'ambassadeur, qui constate "l'ignorance où elle étoit encore de l'amour", avoue alors qu'"il y auroit de la douceur à lui faire faire cet essai" (p. 96). Le narrateur emprunte bien au vocabulaire de la pédagogie expérimentale, mais pour en détourner la visée vers une intention qui n'a rien de spirituel. Mais, pris au piège de sa posture de pédagogue et de père spirituel, l'ambassadeur ne peut mener à bien son initiation libertine, et déplore la fermeté d'esprit de Théophé dans une sentence au comique savoureux : "me faisant passer aussi-tôt à d'autres pensées par quelque nouvelle question, elle me mettoit dans la nécessité continuelle de paroître plus grave et plus sérieux que je n'avois voulu l'être" (p. 102). Et si Théophé dépeint constamment la scène de leur rencontre comme celle de sa révélation morale, la relecture qu'en propose le narrateur réduit finalement l'ambiguïté de son discours et de ses intentions : "Je ne doutai point que la jeune esclave, *charmée de l'image que je lui avois tracée en peu de mots du bonheur de nos femmes*, n'eût pris du dégoût pour la vie du serrail, et que l'espérance de me trouver toutes les dispositions que je lui avois vantées dans les hommes de mon pays ne lui fît souhaiter de *lier avec moi quelque intrigue d'amour*" (p. 62, nous soulignons). Tandis que Théophé assimilait le bonheur des femmes françaises à la liberté et à la vertu qu'elle aspire à découvrir, l'ambassadeur le réduit aux plaisirs de l'amour, en orientant de manière décisive la nature de l'éducation qu'il compte lui prodiguer. Le projet pédagogique du diplomate se heurte ainsi à ses aspirations libertines, qui détournent la jeune femme de ses aspirations d'élévation morale.

Ce système pédagogique laisse en apparence Théophé maîtresse de son éducation. C'est ce que sous-entend le précepteur quand elle décline ses avances à Oru, et qu'il lui propose alors un pacte plus conforme à ses attentes :

> Cette maison, lui dis-je, sera votre demeure, et vous y établirez l'ordre qui vous conviendra le mieux. Je ne vous y verrai pas plus souvent que vous ne me le permettrez. [...] Et dans le penchant que vous marquez pour tout ce qui peut servir à former l'esprit et le cœur, je pense à vous faire apprendre la langue de ma nation, qui vous deviendra utile par la familiarité qu'elle vous donnera tout d'un coup avec une infinité d'excellens livres. Vous retrancherez de mes propositions, ou vous y ajouterez, tout ce qui vous sera inspiré par votre goût, et vous serez toujours sûre de voir exécuter ce qui pourra vous plaire. (p. 146)

Au sein de cet isolement, c'est l'ordre voulu par Théophé qui est censé être respecté, tout comme l'ambassadeur-précepteur affirme la laisser libre de composer son propre programme d'étude. Le lecteur sait, quant à lui, combien ce système est biaisé. Car l'ambassadeur continue à régir à distance sa demeure d'une main de maître : il contrôle les fréquentations de Théophé, bannit Synèse, filtre les visites du sélictar, et la soumet à la surveillance constante de Béma. Quant aux lectures de Théophé, elles deviennent elles aussi un objet de contrôle de la part de l'ambassadeur, qui espère qu'elles lui forment davantage "le cœur" que "l'esprit". Prévost propose ainsi un détournement ironique du *topos* classique de la lecture corruptrice : là où les censeurs moraux accusaient les romans de pervertir les esprits, l'ambassadeur, qui déplore l'inflexibilité de Théophé, reporte cette accusation sur les *Essais* de Nicole ou *La Logique de Port-Royal* : "Je m'imaginai que des ouvrages de cette nature avoient pu causer plus de mal que de bien dans une imagination vive, et qu'en un mot ils n'avoient fait que lui gâter l'esprit" (p. 206). Dénigrant entièrement le projet de perfectionnement moral de Théophé, il cherche à l'orienter sur "nos bons romans, nos poésies" pour réussir à la ramener à "des principes moins farouches" (*Ibid.*). Le diplomate renchérit par la suite, quand, encore une fois rejeté par Théophé, il craint que "la lecture et la méditation ne lui eussent gâté l'esprit" (p. 229). Ce détournement des représentations traditionnelles des dangers de la lecture signale une inversion des valeurs qui ne peut manquer de faire sourire, en révélant toute la mauvaise foi d'un narrateur qui se révèle ici encore très solidaire de ses égarements passés.

Loin de mériter le rôle de pédagogue qu'il revendique, l'ambassadeur apparaît finalement comme la principale menace envers le progrès moral de Théophé. Celle-ci le souligne par l'un des rares reproches qu'elle adresse au diplomate, au lendemain des avances qu'il lui a imposées à Oru : "c'est vous-même qui me repoussez aujourd'hui vers le précipice dont vous m'avez tirée. Je vous ai regardé comme mon maitre dans la vertu, et vous voulez me rentrainer vers le vice" (p. 143). Imprégnée de ses lectures, Théophé emprunte la métaphore augustinienne de la Chute pour souligner l'égarement de l'ambassadeur et lui révéler ses contradictions. Prévost orchestre ainsi une inversion des rôles entre le maître et l'esclave, insufflant en son récit une dialectique morale narrativement fructueuse.

L'effritement de la posture de l'ambassadeur-précepteur tient finalement à la fragilité de l'ensemble de son système moral. Cela transparaît d'abord dans les relectures qu'il livre de son premier échange avec Théophé. Tandis que la jeune femme considère cette scène comme une véritable leçon, source de son épiphanie spirituelle, le narrateur n'a de cesse de discréditer ses propos en minimisant leur portée. Lorsque ses enseignements s'avèrent trop compromettre ses intentions libertines, il préfère les réduire à "quelques traits légers qui m'étoient échappés" (p. 102) ou à "quelques discours qui [lui] sont échappés au hazard" (p. 140). Le narrateur associe ainsi son discours pédagogique à une échappée de la parole, c'est-à-dire à une sorte d'acte manqué qui s'opère malgré soi (Explorations de la psyché / Les zones d'ombre de la conscience). Il restreint cette discussion, à la valeur initiatrice fondamentale, à "une conversation d'un moment" (p. 93), dont il doute qu'elle ait pu produire un tel effet. Au lieu de regarder l'intelligence de Théophé comme une raison suffisante de son appétence spirituelle, le narrateur en détourne l'intention pour attirer les soupçons sur la sincérité de sa conversion : “Plus je lui avois reconnu d’esprit, plus je lui soupçonnois d’adresse” (p. 94). Doutant que la conversion miraculeuse de Théophé soit due à “la puissance du Ciel” (*Ibid.*), il prête à ce retournement moral une cause bien plus prosaïque : “il étoit aisé d’en trouver la cause dans la situation d’une jeune personne qui n’avoit pas dû goûter beaucoup de plaisir près d’un vieillard” (*Ibid.*). L’ambassadeur préfère ainsi occulter un projet spirituel qui coïncide mal avec ses aspirations libertines, quitte à réduire encore Théophé au monde de la duplicité et de la sensualité orientales (v. Le mystère Théophé : de l’énigme au procès).

En plus de dénigrer l’ambition spirituelle de celle dont il se dit le précepteur, le narrateur révèle rétrospectivement la fragilité de ses propres principes moraux, en semant ainsi le doute sur sa capacité à transmettre un système auquel lui-même ne semble pas adhérer. Lorsque Théophé lui assure son innocence lors de l’altercation entre Synèse et le sélictar qui s’est produite dans sa chambre, le narrateur prétend résister à la tentation au nom de sa droiture : “Et peut-être qu’au milieu de mes vives protestations d’attachement, dont je crus remarquer qu’elle s’attendrissoit, j’aurois emporté insensiblement ce que j’avois renoncé à lui demander, si mes propres résolutions ne m’eussent soutenu contre l’émotion de mes sens. Mais mon système étoit formé” (p. 180). Le narrateur en appelle à ses “résolutions” et à un “système” d’inspiration toute stoïcienne, qui prône la fermeté d’esprit contre l’emportement des sens. Il parvient ainsi à inverser les rôles en s’octroyant la position du refus et de la fermeté en matière d’amour. Mais le lecteur ne peut que constater la précarité de ce système, qui se trouve immédiatement soumis à une modulation adversative, le narrateur assurant “cependant” qu’il ne laisse ici “rien échapper de ce qui étoit capable de flatter [s]on cœur” (*Ibid.*). Le “système” de l’ambassadeur n’a ainsi aucune valeur absolue, mais varie considérablement en fonction de ses états d’âme. Et quand le diplomate tente de revenir à la raison, c’est selon une modalité qui rend toutes ses anciennes prescriptions douteuses : “Il falloit donc être sûr de trouver dans mes maximes le remède dont j’ai besoin pour moi-même. Il falloit être persuadé de tout ce que j’ai prêché, pour en faire ma propre règle.” (p. 205). La modalité injonctive, soulignée par la répétition anaphorique, révèle la difficile entreprise d’auto-persuasion de l’ambassadeur qui tente bien tardivement de respecter les principes qu’il était censé inculquer à la jeune femme. Ses “résolutions” sont également suspectes dans la mesure où elles se manifestent dès que l’ambassadeur essuie une rebuffade et se trouve malgré lui remis sur le chemin de la raison. Sous la plume du narrateur, "le projet pédagogique se présente donc comme une compensation au projet libertin et la *libido sentiendi* s'y transforme en *libido dominandi*, qui alimente le plaisir d'enfermement dans lequel l'ambassadeur est réduit à puiser sa jouissance [LOTTERIE, 2013, p. 206]. Bien loin de la posture de pédagogue souvent revendiquée, l'ambassadeur finit par se repentir de ses enseignements pourtant inconsistants : "je m'abandonnai au regret d'avoir prêté contre moi de si fortes armes à une fille de dix-sept ans" (p. 205). Loin de former Théophé pour la conduire à une indépendance intellectuelle, le narrateur déplore toute émancipation de sa part, et n'assume d'autre initiation que celle qui répond à ses propres désirs.

Le "génie" de Théophé : des dispositions innées ?

Le rôle de l'ambassadeur dans la conversion morale de Théophé est autant minimisé par l'imposture que constitue son masque de pédagogue que par la disposition naturelle de la jeune femme pour la pratique philosophique. Le premier à souligner ce trait est Chériber qui, lors des présentations entre l'ambassadeur et la jeune Grecque, vante "sa figure et son esprit", en soulignant plus précisément "l'étendue et la vivacité de génie" qu'elle manifeste (p. 59). L'ambassadeur confirmera cette annonce après avoir recueilli le récit de la jeune femme, en reconnaissant qu'il trouve "à la jeune Gre[c]que tout l'esprit que Chériber [lui] avoit vanté" (p. 93). Il ne cache pas son admiration pour son aptitude innée à la réflexion, en relevant "l'ordre" et "le tour philosophique" que la jeune femme donne à ses idées, alors qu'elle n'a eu d'"autre maitre que la nature" (*Ibid.*). Ce point revient constamment sous sa plume, lorsque l'ambassadeur admire le "riche *naturel*" de Théophé (p. 93), vante les "mille qualités *naturelles* qui [la] distinguent du commun des femmes" (p. 103), ou admire encore le "le tour moral qu'elle donnoit *naturellement* à toutes ses réfléxions" (p. 187). Le narrateur, qui accorde implicitement une valeur supérieure à la culture occidentale, manifeste ainsi son étonnement devant l'innéité des qualités spirituelles dont semble naturellement dotée une étrangère. Car Théophé n'incarne ni ne partage ses préjugés culturels (v. Frictions idéologiques : Orient contre Occident ?), mais fait preuve d'une curiosité et d'une exemplaire ouverture d'esprit : "Etoit-elle frappée de quelque usage de ma nation, ou de quelque principe qu'elle entendît pour la prémière fois, je la voyois un moment recueillie pour le graver dans sa mémoire" (p. 102). Sans émettre de jugement, Théophé accueille ces différences culturelles pour les convertir en matière à réflexion.

Cependant, l'insistance marquée avec laquelle le narrateur souligne les dispositions naturelles de Théophé demeure très ambiguë. Contradictoire avec la "suspicion sur ce modèle autodidacte" que laissent transparaître les propos du narrateur quand il réduit la jeune femme au monde de la sensualité orientale [Lotterie, 2013, p. 201], l'insistance sur son désir naturel d'élévation morale trahit encore une stratégie du diplomate pour minorer son rôle éducatif, et justifier son projet libertin. Aussi assure-t-il: "Je n'ai jamais pensé, disois-je, à lui inspirer de la sagesse; et le goût que je lui suppose n'est qu'un heureux effet de son naturel" (p. 140). Le naturel de Théophé devient ainsi l'une des seules issues offertes au diplomate pour s'extraire d'un rôle de précepteur qui contrarie la réalisation de ses désirs. Après la scène de la tentation du viol de la maison d'Oru, l'ambassadeur insiste encore à dessein sur la dimension exceptionnelle du désir d'élévation morale de la jeune femme: "peut-on croire aisément que dans le sein de la Turquie, au sortir d'un serrail, une personne de votre âge ait saisi tout d'un coup non seulement l'idée, mais le goût même de la plus haute sagesse?" (p. 144). Le narrateur cherche à se justifier de ses égarements, qui seraient le fruit d'un *quiproquo*, en se fondant sur ce penchant supposément inné: "Qu'ai-je dit, qu'ai-je fait de propre à vous l'inspirer? Quelques réfléxions hazardées sur nos usages ont-elles pu faire naitre dans votre cœur un si heureux penchant? Non, non, vous ne le devez qu'à vous-même" (*Ibid.*). Ce discours dévoile l'envers de la posture pédagogique que l'ambassadeur revendique ou balaie d'un revers de main, en fonction des situations et du gain qu'il espère en tirer. Il revient alors au lecteur d'expurger l'appétence philosophique de Théophé de toute instrumentalisation, en confrontant les non-dits et les contradictions d'un narrateur toujours intéressé.

UNE IMPOSSIBLE LIBÉRATION MORALE ?

Malgré toutes ses aspirations à la sagesse et ses efforts pour en appliquer les principes, Théophé voit sa libération morale sans cesse compromise. Cela tient d'une part au regard de l'ambassadeur qui ne parvient finalement jamais à s'extraire de ses passions pour prendre sa conversion au sérieux. Le récit rend pourtant bien compte de ses tentatives, notamment lorsque l'ambassadeur réalise, après ses avances manquées à Oru, qu'aucun discours ni acte de Théophé n'a motivé ses illusions. Le raisonnement de l'ambassadeur part bien de ses soupçons habituels : "Il est vrai qu'elle me les avoit rebattus [ses raisonnements] quelquefois jusqu'à l'excès, et c'étoit peut-être cette espèce d'affectation qui m'avoit empêché de les croire sincères. Je les avois regardés tout au plus comme un exercice qu'elle donnoit à son esprit" (p. 139). Mais ces soupçons finissent par se dissiper devant l'une des rares présomptions d'innocence que le diplomate accorde à la jeune femme : "Mais pourquoi lui faire cette injustice, et ne pas croire effectivement qu'avec un bon naturel et beaucoup de raison, elle avoit été sérieusement frappée de mille principes qu'elle trouvoit en semence au fond de son cœur ?" (*Ibid.*). L'écho aux propres termes employés par la jeune femme témoigne du crédit que lui porte ici l'ambassadeur (p. 89). Mais s'il parvient à formuler l'hypothèse d'une Théophé sincère dans sa démarche spirituelle, il s'agit toutefois d'un élan très éphémère.

Car, quand elle est prise au sérieux, cette conversion morale est immédiatement détournée, en apparaissant comme un nouvel atout de séduction aux yeux de l'ambassadeur. Ainsi, lorsqu'il envisage sérieusement son rôle de précepteur en entreprenant de se faire "une étude sérieuse de cultiver ces riches présens de la nature" (p. 140), le diplomate est immédiatement rattrapé par ses passions, en réalisant que Théophé deviendrait alors "la première femme du monde" : "Quoi ! Théophé pourroit devenir aussi aimable par les qualités de l'esprit et du cœur que par les charmes extérieurs de sa figure ? Eh ! quel est l'homme d'honneur et de goût qui ne se croiroit pas heureux d'être attaché pour toute sa vie…" (*Ibid.*). Ainsi, même quand l'ambassadeur parvient à accorder du crédit à la conversion morale de Théophé, Prévost montre ironiquement que sa sagesse offre un argument supplémentaire pour la trouver désirable. Le romancier révèle avec une grande finesse les lois contradictoires du désir, lorsque le narrateur s'étonne de sa passion à la fin du récit : "je suis encore à comprendre comment des sentiments d'honnêteté et de vertu produisirent sur moi les mêmes effets que l'image du vice" (p. 279-280). Pris au piège de son "libertinage éclairé" (p. 134), le diplomate, qui ne trouve plus d'exaltation dans ses "parties d'amour", découvre dans l'image de la vertu morale, innocente et inaccessible, un nouveau terrain où investir ses désirs. Ce paradoxe demeure encore un mystère pour le narrateur qui, malgré toute la distance qui l'éloigne des événements vécus, ne parvient pas à faire jour sur les mécanismes obscurs qui régissent la passion. Quand il ne ramène pas la jeune femme au monde de la sensualité orientale, l'ambassadeur regarde la conversion spirituelle de Théophé comme un nouveau moteur pour alimenter ses désirs, en l'enfermant ainsi dans un cercle vicieux qui contredit toutes les aspirations de résurrection morale de la jeune femme.

Si l'étude philosophique contribue à nourrir les aspirations de la jeune Grecque, elle produit enfin un nouveau frein à son élévation spirituelle, car avec elle s'impose le fardeau de la conscience morale. Dans le récit de sa vie, Théophé insiste en effet sur l'état d'ignorance qui caractérisait son esclavage. N'ayant jamais été confrontée à aucun principe éthique, la jeune femme affirme : "je suis moins tombée dans le désordre que je n'y suis née" (p. 74). Cette situation d'amoralité, qui fait écho à un état édénique soustrait à toute distinction entre le bien et le mal, prémunit la jeune fille d'une quelconque culpabilité attachée à ses actes : "Aussi n'en ai-je jamais connu la honte ni les remords", explique-t-elle à l'ambassadeur (*Ibid.*). Mais, au contact de la philosophie chrétienne, son épanouissement spirituel s'accompagne indissociablement d'une prise de conscience morale qui dissipe cette première insouciance : "Je ne vis plus dans mes avantures passées qu'un sujet de honte, sur lequel je n'osois jetter les yeux", explique Théophé pour qualifier la levée de "l'illusion" provoquée par son premier échange avec l'ambassadeur (p. 89). La libération spirituelle de Théophé provoque ainsi un nouvel enfer car "sa conception neuve de l'intégrité et de la rectitude morales ne naît qu'avec la conscience déchirante de les avoir perdues" [Mall, 1998, p. 343].

L'éveil de cette conscience impose donc un nouvel obstacle à son émancipation. C'est en effet au nom de ce passé indigne que Théophé s'inscrit encore dans l'univers de l'esclavage en repoussant les propositions du narrateur : “l’esclave du gouverneur de Patras et de Chériber, ne se sentoit propre à inspirer que de la pitié ; ainsi, elle ne pouvoit se reconnoitre dans l’objet de mes autres sentimens” (p. 202). Si cette retranscription des propos de Théophé à la troisième personne est lourde de sens (v. Le mystère Théophé : de l’énigme au procès / Les coulisses de la construction d’une énigme / Le silence de Théophé), le narrateur souligne le sentiment d’infériorité morale qui pèse sur la jeune femme, en dépit de tous ses efforts pour s’extraire de son premier conditionnement. Il s’agit également là d’une lecture qui préserve l’image de soi de l’ambassadeur, pour mieux occulter le fait que Théophé ne lui témoigne jamais la moindre attirance. Le refus qu’elle oppose constamment à ses avances est ainsi souvent imputé à cette première indignité, Théophé y revenant comme sur une faute originelle dont elle ne parvient jamais à se libérer entièrement. C’est ce que suggère le narrateur lorsqu’il mentionne la persistance du “souvenir de ses fautes, qui lui étoit toujours présent” : “après s’être représentée sous les plus odieuses couleurs, elle me conjura d’ouvrir les yeux sur ce tableau, et de ne pas souffrir plus longtemps qu’une indigne passion m’aveuglât” (p. 233). En renvoyant une indignité à une autre, Prévost souligne avec des accents très augustiniens la permanence du sentiment de la faute originelle, que symbolise le passé coupable de la jeune femme.

Celle-ci renvoie alors l’ambassadeur à l’impasse dans laquelle il s’est lui-même enfermé car, en recueillant l’histoire de la jeune femme, celui-ci deviendra à ses yeux un censeur de ses fautes : “Je devois cette ouverture à l’empressement que vous avez eu d’apprendre mes infortunes. Mais ne m’impose-t-elle pas la loi de vous fuir, et serai-je jamais trop loin de ceux qui peuvent me reprocher ma honte ?” (p. 145). Certes, l’ambassadeur s’emploie parfois à détourner Théophé du souvenir de sa première éducation, en la conjurant de ne pas croire “qu’on puisse se prévaloir du passé pour [lui] refuser l’estime qu’[elle] all[oit] mériter par une conduite digne de [ses] sentimens” (p. 144). Mais, derrière ces propos sporadiques, c’est bien lui qui, le premier, renvoie toujours Théophé à sa condition première de femme vouée à la débauche, dont il essaie de profiter à son tour. Alors qu’une “libération efficace du personnage passerait par l’oubli”, le personnage de l’ambassadeur par ses actions, puis le narrateur par son récit, travaillent à maintenir Théophé prisonnière de son passé, en l’humiliant en cela par deux fois [Mall, 1998, p. 343]. Le discours de cette dernière, lorsque le narrateur la ramène à

Constantinople après sa fuite, est sans appel : "Quoique vous fussiez plus redoutable pour moi que tous les hommes ensemble, parce que vous connoissiez mieux toute l'étendue de mon infortune, *quoique chacun de vos regards me parût une sentence qui portoit ma condamnation*, je suis rentrée avec vous dans Constantinople" (p. 142-143, nous soulignons). Tout en instituant l'ambassadeur comme le garant de sa vertu, Théophé souligne également la violence morale qu'il exerce sur elle en la rattachant constamment à ses fautes. Alors que la jeune Grecque travaille à son élévation morale en mettant toutes ses capacités au service de l'étude philosophique et à son application pratique, celle-ci demeure inexorablement entravée. Si la morale chrétienne est source de culpabilité, l'ambassadeur empêche à son tour toute possibilité de rédemption en se faisant l'éternel miroir de ses fautes. Son attitude contredit ainsi l'essentiel d'un projet pédagogique efficace, qui viserait à l'émancipation intellectuelle, à l'indépendance de pensée et à la capacité d'évolution, tous également nécessaires aux progrès de l'initié.

LE MYSTÈRE THÉOPHÉ : DE L'ÉNIGME AU PROCÈS

UNE CRÉATURE CHIMÉRIQUE

Du stéréotype à l'oxymore

Le récit de l'ambassadeur compose, par touches éparses, un portrait composite de Théophé qui pourrait faire l'objet d'un sixième chapitre des *Belles Grecques* (1736), le livre que Catherine Durand consacre aux célèbres hétaïres comme Rhodope, Aspasie ou Lamia, et qui exprime toute la fascination du siècle pour ces figures féminines orientales à l'histoire souvent fantasmée. Alliant la volonté de pureté morale à la sensualité attribuée au monde oriental, Théophé apparaît comme un personnage chimérique, doté d'un charme aux effets quasi-surnaturels.

Comme le narrateur prend bien soin de le souligner, chaque personnage masculin qui croise son chemin tombe systématique amoureux de Théophé. Elle provoque ainsi une véritable épidémie passionnelle, dont témoigne d'abord le récit enchâssé de sa vie. Après avoir fait l'objet d'une lutte meurtrière entre le gouverneur de Patras et son fils (p. 75-76), la jeune femme, entièrement livrée à elle-même, finit par se mettre aux enchères sur un marché aux esclaves où, jouant de son charme pour se vendre au plus offrant, elle décèle "dans presque tous les hommes les regards et les desirs de l'amour" (p. 84). Arrivée dans le sérail de Chériber, cela ne prendra guère plus de quinze jours avant que le bacha ne la trouve "plus aimable que toute ses femmes" (p. 85). Ce charme irrésistible est la source de nombre de péripéties romanesques. Ainsi, dans le court roman du sérail esquissé par Prévost, la première tentative d'évasion de Théophé est surprise par l'une des concubines, qui, par chantage, obtient de lui faire cacher son amant dans ses quartiers privés pour faciliter leur entrevue. Mais c'était sans compter la puissance de séduction de la jeune femme, dont elle retrace ainsi les effets : "Cependant, le Turc, qui ne m'avoit vue qu'un instant à la lumière d'une bougie, avoit pris pour moi les sentimens qu'il avoit eus pour ma compagne." (p. 91). La rapidité de la rencontre et l'obscurité du lieu ne sont pas des obstacles suffisants pour masquer des attraits qui agissent de manière invincible. L'influence prodigieuse de la jeune femme semble ainsi déjà tenir du divin avant qu'elle n'en assume elle-même l'aura via le nom qu'elle choisit au moment de sa conversion. Si celle-ci revendique alors une complète métamorphose, sa puissance de séduction demeure l'une de ses constantes identitaires.

Après le récit de Théophé, c'est celui du narrateur qui témoigne des "charmes tout-puissans" de la belle Grecque (p. 279), qui, jusqu'à l'épisode parisien, sera entourée d'"un grand nombre d'adorateurs" (p. 271). Le sélictar est le premier à y succomber de manière assumée, selon la logique qui déporte le coup de foudre, dont l'ambassadeur se déclare exempt, sur les personnages secondaires (v. Du roman d'amour au roman de la frustration / Une plume "conduite par l'amour" ?). Le sélictar avoue ainsi au diplomate avoir instantanément conçu "une vive passion pour l'esclave de Chériber" : "Je la vis hier, me dit-il, je passai une heure seulement avec elle ; il ne m'est point échappé un mot d'amour. Mais il m'est resté une impression de ses charmes qui ne me permet plus de vivre sans elle." (p. 67-68). Plus tard, alors que l'ambassadeur rejoint officiellement le club des admirateurs de Théophé et qu'il s'entretient avec le sélictar sur son "mérite extraordinaire" (p. 97), ce dernier lui confesse "qu'il ne s'étoit jamais senti plus touché par la figure d'une femme" (*Ibid.*). Si Théophé est toujours décrite comme une femme exceptionnelle, c'est ainsi autant par sa beauté envoûtante que par ses incomparables qualités spirituelles. Quelle que soit la nature de leur relation, Synèse est lui aussi pris d'une inclination immédiate pour la jeune femme : il "n'eut pas jetté deux fois les yeux sur elle que s'avançant les bras ouverts, il lui donna mille tendres embrassemens" (p. 109-110). Son désir est tel qu'il le pousse à outrepasser les lois de la morale : la regardant comme "la plus aimable personne de son sexe" (p. 157), il parvient à obtenir de sa sœur supposée toutes sortes de faveurs sexuelles (v. Du roman d'amour au roman de la frustration / L'insaisissable objet du désir / Éros borderline). Et à la fin du récit, lorsque le comte rencontré à Livourne affirme au diplomate avoir "un cœur que la tristesse avoit toujours défendu contre l'amour" depuis la mort tragique de sa maîtresse, le narrateur remarque que "c'étoit assez faire entendre que ce *miracle* étoit réservé à Théophé" (p. 253, nous soulignons). Le lexique religieux tend ici encore à suggérer l'origine divine du charme de la jeune femme, comme une sorte d'extériorisation physique de la grâce dont elle aurait été touchée. Si ce constat peut passer pour une suspicion émanant de l'esprit maladivement jaloux de l'ambassadeur, la suite du récit lui donnera pourtant raison car la demande en mariage du comte prouvera assez que le charme de Théophé a encore opéré, en triomphant de l'histoire malheureuse de ce nouveau prétendant.

Le *topos* de la belle orientale rejoint l'imaginaire biblique lorsque le récit souligne la puissance de désordre de cette jeune femme qui sème le trouble partout où elle va. Déjà au sérail, lorsque sa compagne jalouse a jeté son amant infidèle du haut du toit pour exercer sa "vengeance barbare" (p. 91), Théophé, à l'origine de cette discorde, se voit accusée d'avoir "troublé la paix du serrail" (p. 92). Elle sème autant de trouble dans la maison d'Oru, comme en témoigne l'épisode du combat entre Synèse et le sélictar : après qu'ils se sont invités tous deux clandestinement dans la chambre de Théophé, leur duel au poignard se solde violemment par la fuite du sélictar tandis que Synèse demeure "baigné dans son sang" (p. 178). Mais l'épisode le plus significatif est probablement celui qui marque le voyage de retour en France des deux protagonistes, lors de la conspiration des marins en mer de Gênes (v. Principes de composition / De la péripétie romanesque à l'aventure intérieure / Une suite d'aventures enlevées). Après avoir retenu Théophé comme "la plus précieuse partie de[s] biens" du diplomate, les marins décident finalement de la laisser à Terre sous prétexte "qu'une si belle femme ne serviroit qu'à jetter la division dans la société" (p. 264). Prévost détourne avec humour le motif traditionnel de l'enlèvement en mer, pour faire de Théophé une nouvelle Pandore, source de tous les maux de la société.

Le schéma récurrent qui campe la jeune femme dans le rôle de la belle orientale au charme dévastateur s'impose ainsi par sa triple valeur : une valeur dramatique d'abord, puisque la fascination que suscite Théophé est la source d'innombrables péripéties romanesques ; une valeur morale ensuite, dans la mesure où le narrateur insiste sur ce charme souverain pour mieux se dédouaner de son égarement ; une valeur culturelle, enfin, car Prévost joue sur le stéréotype de la belle Grecque pour installer un climat de connivence avec le lecteur. La longue liste d'amants qui convoitent la jeune femme ne manque toutefois pas d'ironie, car Théophé affirmera jusqu'à la fin son désir d'indépendance, cette inlassable volonté de perfectionnement moral la soustrayant finalement de manière déterminante au *topos* de la belle femme à la sensualité incontrôlable.

Incarnation de principes *a priori* incompatibles, le personnage de Théophé apparaît comme une construction essentiellement chimérique. En effet, elle "associe et juxtapose deux identités antinomiques, courtisane de sérail d'une part et lectrice appliquée de maximes vertueuses" [Sempère, 2003, p. 229]. Le narrateur souligne à plusieurs reprises l'extrême singularité de ce personnage qui combine la beauté à la grandeur d'âme, lorsqu'il lui découvre "un riche naturel, qui étant accompagné d'une figure extrèmement touchante, en faisoit sans doute une femme extraordinaire" (p. 93). Trait d'union entre l'Orient et l'Occident, Théophé devient par sa conversion une figure oxymorique aux yeux de l'ambassadeur, comme il le suggère lorsqu'elle refuse les avances du sélictar :

> Ce n'étoit plus une esclave que j'avois rachetée, une inconnue qui ne pouvoit se faire avouer de son père, une fille malheureusement livrée à la débauche d'un serrail ; je ne voyois plus [...] qu'une personne annoblie par la grandeur même qu'elle avoit méprisée et digne de plus d'élévation que la fortune ne pouvoit jamais lui en offrir (p. 230).

En opérant un brouillage énonciatif, le narrateur restitue son étonnement premier qui semble persister encore au moment de l'écriture, comme si Théophé demeurait toujours, selon sa logique masculine occidentale, une créature à l'identité impossible.

C'est d'ailleurs au nom de cet alliage surprenant que l'ambassadeur prétend douter de son projet moral : "Quoi ? Théophé pourroit devenir aussi aimable par les qualités de l'esprit et du cœur que par les charmes extérieurs de sa figure ?" (p. 140), s'exclame-t-il incrédule. La nature presque surnaturelle de cette "odalisque au livre" (Lavezzi, 1995, p. 255), devient en effet un prétexte récurrent pour miner les ambitions spirituelles de Théophé et justifier les tentations libertines du l'ambassadeur. Après l'échec de ses avances à Oru, celui-ci se défend ainsi de ses égarements : "peut-on croire aisément que dans le sein de la Turquie, au sortir d'un serrail, une personne de votre âge ait saisi tout d'un coup non-seulement l'idée, mais le goût même de la plus haute sagesse ?" (p. 144). Le narrateur multiplie ainsi les analepses qui reviennent sur la métamorphose presque surnaturelle de Théophé pour semer le doute sur sa sincérité. Par toutes ces réticences à concevoir l'ambition morale de la jeune femme, le récit du narrateur trahit une démarche essentialiste qui cherche à l'enfermer dans le type de l'Orientale dédiée aux plaisirs des sens, comme pour réduire son étrangeté.

Zones d'ombre et ambiguïtés

L'étrangeté de Théophé tient autant à sa nature paradoxale qu'aux zones d'ombre qui la nimbent. Pour commencer, le mystère de son identité n'est jamais pleinement élucidé. C'est sur lui que s'ouvre le récit de la jeune femme, lorsqu'elle convoque le souvenir de celui qu'elle nomme son père : "ce n'est que sur son témoignage que je me crois grecque, quoiqu'il m'ait toujours caché le lieu de ma naissance" (p. 73). Sans autre certitude que celle de sa nationalité, l'origine de Théophé constitue une énigme que l'ambassadeur cherchera à résoudre. Il parvient certes à formuler une hypothèse probable, lorsqu'il apprend que le "père infâme" de Théophé a enlevé la femme d'un seigneur grec, Paniota Condoidi, et leur fille de deux ans : "plus je vous vois d'ignorance sur les prémiers temps de votre vie, plus je suis porté à vous croire fille de ce même seigneur grec dont le misérable qui vous donnoit faussement ce nom avoit enlevé la femme" (p. 103). Cette supposition semble d'abord corroborée par la réaction de Théophé – "Ah ! c'est ce que j'ai pensé longtems, me dit-elle" (*Ibid.*) –, puis par l'enquête menée par l'ambassadeur qui réunit un faisceau d'indices concordants. Il apprend en effet auprès du cadi que le criminel qui passait pour le père de Théophé avait été confondu par Condoidi lui-même, puis avait proposé de livrer au cadi "la fille du seigneur Condoidi" pour son sérail (p. 105).

Mais Prévost se garde bien de clore l'enquête : malgré ces renseignements, la filiation de Théophé n'est pas fixée (v. Une enquête romanesque / Un récit d'investigation / Des indices semés au jeu d'enquête). Celle-ci demeure en effet énigmatique, d'abord faute de preuves définitives. Le cadi ne rencontrera en effet jamais la jeune Grecque, "jugeant enfin que c'étoit l'artifice d'un malheureux qui employoit le mensonge pour retarder son supplice" (*Ibid.*). Cette hypothèse est finalement fragilisée car elle repose sur un faisceau d'intérêts convergents : celui de Théophé en premier lieu, qui a plus à gagner à se penser la fille d'un seigneur grec que d'un esclave, tout comme celui de l'ambassadeur pour qui l'origine supposément noble de Théophé légitime sa passion amoureuse, car "la naissance de Théophé qui passoit pour certaine à [s]es yeux avoit achevé d'effacer les idées importunes qui revenoient toujours blesser [s]a délicatesse" (p. 111). Toujours fidèle à sa logique comptable, le narrateur s'attarde ainsi sur "ses belles qualités et la noblesse de son origine" pour minimiser la dégradation causée par son passé de débauche : "il se faisoit de ses perfections et de ses taches une compensation qui sembloit la rendre propre à l'état où je voulois l'engager" (*Ibid.*) (v. Le prix de la liberté ou l'impossible affranchissement). Finalement, c'est Condoidi lui-même qui fait varier ses refus ou désirs de reconnaissance en fonction de ses intérêts personnels. Car s'il s'abstient d'abord de reconnaître Théophé sous prétexte que son passé la rend désormais indigne d'intégrer sa famille et menace l'obtention d'un héritage (p. 120), le sélictar parvient facilement à le faire changer d'avis en lui demandant la main de la jeune femme : "j'ai obtenu de lui qu'il la reconnoitroit à cette condition ; il s'est laissé gagner par quelques promesses de fortune que je lui tiendrai fidèlement", assure-t-il au diplomate (p. 224). La versatilité de Condoidi, qui conditionne la scène de reconnaissance attendue à ses profits financiers, ne permet pas d'affirmer que la jeune Grecque est bien sa fille. En laissant des indices non résolus et en faisant entrer en jeu les rouages de l'intérêt moral et financier, Prévost n'éclaircira jamais définitivement la naissance de Théophé, dont l'identité demeure inconnue.

Le mystère du personnage est également alimenté par son attitude que le narrateur peine à saisir, le récit renouvelant l'incompréhension que l'ambassadeur éprouvait déjà au moment de la diégèse. Car l'objet de sa démarche narrative est bien de connaître Théophé, non seulement au sens corporel, mais aussi au sens psychologique [Calder, 2000, p. 114]. Outre son histoire, le narrateur cherche ainsi à éclaircir ses sentiments et ses intentions. L'intérêt majeur du récit réside alors dans la résistance que

Théophé oppose à toute élucidation, en partie car l'ambassadeur échoue à la comprendre, en partie aussi car, malgré toute la rationalité dont elle fait preuve, son discours comporte certaines omissions ou contradictions qui le fragilisent. Sa relation avec Synèse, par exemple, demeure suspecte, car comment concilier son expérience du sérail et la naïveté avec laquelle elle cède à toutes ses avances ? [SEMPÈRE, 2003, p. 228]. Les propos de la jeune femme peuvent également paraître ambigus, comme lorsqu'elle accueille les premières avances du diplomate dans le carrosse qui doit les conduire dans la maison d'Oru : "elle ajoutoit qu'il n'étoit pas surprenant que le sort des femmes fût heureux dans ma patrie, si tous les hommes s'y accordoient à les traiter avec des complaisances si excessives" (p. 133). Si Théophé souligne bien l'excès de l'emportement de l'ambassadeur, elle révèle également sa maîtrise nouvelle du langage libertin, désignant le "bonheur" des femmes", ou la "complaisance" des hommes, en jouant d'une polysémie qui laisse momentanément ses intentions dans l'ombre.

Loin d'être une jeune femme naïve, Théophé se distingue au contraire par une rare maîtrise de son image et de son langage, en vue de servir ses intérêts. Lorsqu'elle se met en vente au marché aux esclaves, la "vive impatience", apparemment soudaine et spontanée qui lui prend de lever son voile (p. 83), semble plutôt s'inscrire dans une technique de vente parfaitement orchestrée et destinée à ménager la surprise et l'admiration des hommes. Tandis qu'elle se dérobe à toute explication, Théophé souligne les effets du mystère qui l'entoure : "on n'y comprenait rien", remarque-t-elle pour décrire la surprise des ceux qui observent, avec le rachat de la jeune femme, cet "événement qui leur paraissoit plus obscur que jamais (p. 84). Grande stratège, elle se soustrait à toutes les questions qu'on lui pose pour préserver le mystère qui règne autour d'elle, et parvient à inverser les rapports de force en commençant "par demander à [s]on tour qui étoient ceux qui pensoient à [l]'acheter (p. 83). Elle manifeste ainsi une maîtrise intuitive de ses propos, qu'elle sait comme naturellement filtrer ou orienter de manière à tirer le meilleur profit d'une situation. Cela transparaît nettement dans le discours qu'elle sert à l'intendant de Chériber qui doit la conduire au sérail : "Je lui composai une histoire qui n'étoit pas sans vraisemblance, mais où ma naïveté se trahissoit assez pour lui faire conclure qu'il avoit quelque profit à tirer du service qu'il alloit rendre à son maitre" (p. 84). En substituant la vraisemblance à la vérité et en reportant sur l'autre parti le profit qu'elle pense tirer de cette transaction, Théophé maîtrise parfaitement son discours et fait preuve d'une rare adresse pour parvenir à ses fins (v. Le prix de la liberté ou l'impossible affranchissement moral / Une libération en trompe-l'œil). Cette orientation du discours est renforcée par une mise en abîme, puisqu'elle opère aussi au premier niveau de l'énonciation, c'est-à-dire dans son adresse au diplomate à qui elle livre ce récit. Elle affirme en effet immédiatement après ce propos que la joie d'une si heureuse rencontre lui avait "fait perdre toute vue d'intérêt", protestation de désaffection qui tranche étonnamment avec les mots que vient de lui adresser l'intendant, qui lui apprend être au service du bacha d'Égypte, qui "possédoit d'immenses richesses" (p. 84). Le soin que met Théophé à se vendre au plus offrant pour servir son ambition, tout comme la promesse de ces richesses à venir dans le monde du sérail – que la jeune femme, avant sa conversion, regarde encore comme "lieu où [elle] croyoi[t] toute la fortune et tous les biens réunis" (p. 87) –, contredisent inévitablement la protestation soudaine de désintéressement qu'elle sert à son libérateur, en trahissant son habileté à adapter et moduler son discours pour préserver l'image qu'elle offre d'elle-même.

Le discours de Théophé est enfin troué par certaines omissions, qui transparaissent notamment dans deux scènes qui fonctionnent en diptyque dans le roman (v. Principes de composition / Reflets, spirale, oscillations / La bipartition du récit : rupture et miroir). La première, restituée par le récit biographique de Théophé, retrace le combat entre le gouverneur de Patras à qui elle était promise toute jeune, et son fils qui parvient à s'en assurer le premier les faveurs. Cet épisode éclate justement au moment où la jeune fille est reçue par le vieux gouverneur "avec beaucoup de complaisance et de caresses" (p. 75) : le fils survient à ce moment, puis s'enferme avec son père dans un cabinet où il se livre à une lutte parricide. Si Théophé rapporte avoir entendu "quelques termes violens" (*Ibid.*), la manière dont elle estompe l'échange ne permet guère d'en savoir plus. Elle conclut finalement ce récit par une sentence très évasive, si ce n'est ingénue : "Je raconte moins ce que j'avois vu que ce que je m'étois figuré d'entendre" (p. 76). Assumant explicitement une éventuelle déformation entre les événements et la restitution qu'elle en donne, Théophé produit un discours parfois lacunaire ou déformé. La seconde scène intervient dans la deuxième partie du roman, lors de la lutte entre Synèse et le sélictar qui se déroule dans la chambre de Théophé et aboutit à un même bain de sang. En racontant à l'ambassadeur comment elle a autorisé Synèse à s'introduire dans sa chambre, le récit de leur entrevue est soudainement suspendu : "C'est dans ce moment que Bema est entrée avec le sélictar ; ne me demandez plus ce que l'augmentation de mon trouble ne m'a pas permis de remarquer distinctement" (p. 179), proteste Théophé. Cette fois encore, la suspension du récit intervient lors d'une entrevue très suspecte : si l'héroïne en appelle à la violence de son émotion pour en occulter les détails, il demeure impossible de mesurer la sincérité de ce témoignage.

Les récits de Théophé ne sont donc pas exempts d'une certaine manipulation rhétorique, leurs lacunes ou imprécisions contribuant indéniablement à entretenir le mystère sur sa personne. Même en maintenant une large distance critique avec le portrait de manipulatrice ingrate qu'en brosse parfois le narrateur, ces interférences alimentent la difficulté d'interprétation qui semble planer sur le personnage. Celle-ci a souvent été soulignée par les critiques : Engel affirmait qu'"on ne sait à aucun moment si Théophé est une menteuse raffinée qui mène avec audace une intrigue secrète, ou une victime calomniée" [ENGEL, 1957, p. 199], tandis que Jean Sgard entérine l'idée d'une aporie herméneutique en concluant que "nul ne saura si Théophé est une "femme unique" ou une Grecque trop habile à tromper son maître" [1989, p. 6]. Une créature au charme tout-puissant, une enfant volée à l'identité inconnue, une étrangère miraculeusement convertie, une oratrice particulièrement habile : toutes ces facettes contribuent à faire de l'héroïne un personnage fascinant qui a grandement participé au succès du roman. Pourtant, l'idée du mystère de Théophé constitue surtout une piste interprétative et non une donnée univoque du roman. Plutôt que de le prendre comme un fait admis, il est plus éclairant de se pencher sur les mécanismes qui déterminent cette énigme, et qui proviennent en grande partie du récit biaisé que constitue le témoignage de l'ambassadeur.

LES COULISSES DE LA CONSTRUCTION D'UNE ÉNIGME

Le silence de Théophé

Si Théophé est décrite comme la source de nombreuses incertitudes, celles-ci tiennent finalement moins aux quelques discordances qui émanent de son discours qu'à l'image qu'en façonne progressivement le narrateur, et qui n'est jamais livrée au lecteur qu'à travers le prisme de sa subjectivité déformante. L'ambassadeur s'appuie en effet sur ces zones d'ombre pour cristalliser une énigme qui la dépasse largement, masquant derrière cette aura de mystère sa propre incapacité, ou sa propre réticence, à la comprendre.

La source de cette incompréhension provient en premier lieu de la place que le récit accorde à la voix de Théophé, qui est presque constamment occultée, filtrée, ou détournée par celle du narrateur. Car comment comprendre quelqu'un que l'on refuse d'entendre ? Le mystère naît ainsi souvent du "silence de Théophé", pour reprendre le titre de l'ouvrage de Démoris analysant le processus comparable mis en œuvre dans *Manon Lescaut* [*Le Silence de Manon*, 1995]. À plusieurs reprises, le narrateur insiste sur le mutisme qui frappe la jeune femme et parasite leur échange. C'est le cas lorsque le diplomate tente, après l'échec de ses avances à Oru, de la convaincre qu'il est revenu à de meilleurs sentiments: "Elle me regardoit d'un air si rêveur que je cherchois inutilement dans ses yeux si elle étoit satisfaite de ma réponse. J'appréhendai même, en lui voyant garder le silence, qu'il ne lui restât quelque doute de ma sincérité" (p. 145). Le silence, et l'errance de la pensée qui caractérise la rêverie, sont autant de signes par lesquels le narrateur cherche à instaurer un flou autour du jugement de Théophé. Et si la jeune femme finit par le dédouaner, ce n'est qu'après "avoir fait durer beaucoup plus longtemps son silence" (*Ibid.*), lequel instaure une suspension délayant encore ses considérations. Ce silence, qui caractérise également la marche d'une pensée philosophique précautionneuse et réfléchie, déjoue les attentes de l'ambassadeur et attise son inquiétude. "Le silence qu'elle continua de garder commençoit à me surprendre", explique-t-il avant que Théophé en vienne à mentionner sa rencontre avec Maria Rezati (p. 187). La jeune femme finit par incarner une figure silencieuse et troublante, source d'appréhension faute de compréhension: "Elle m'étoit devenue si redoutable que je n'approchois plus d'elle qu'en tremblant", avoue ainsi le narrateur (p. 217). Aussi Théophé ne manque-t-elle pas "d'inquiéter, ne serait-ce que par son secret, ou son silence final" [Sgard, 1989, p. 6].

Mais le récit montre le plus souvent comment le silence de Théophé est orchestré par l'ambassadeur qui fait bien peu de cas de la parole d'autrui, quand il ne cherche tout bonnement pas à la confisquer. La première discussion entre les deux protagonistes est en cela décisive puisqu'elle enclenche un mode d'échange qui contraindra ensuite Théophé. En effet, le diplomate, qui critique le mode de vie du sérail, ne laisse pas même à la jeune femme l'opportunité de répondre: "Cette conversation, où *j'avoue* que le mouvement de pitié qui m'emportoit me fit laisser à la jeune Grecque *peu de liberté* pour me répondre, fut interrompue par Chériber" (p. 61, nous soulignons). La modalisation rétrospective qui s'inscrit dans le modèle de la confession souligne ironiquement la syllepse du mot "liberté", car ni en mot ni en acte l'ambassadeur ne laissera libre Théophé. Malgré les excuses avancées (une interruption par un tiers, sa pitié pour la jeune femme), le narrateur peine à convaincre de la réalité d'un mouvement d'empathie qui éclipserait tout droit de réponse. Plus tard, quand l'ambassadeur ramène de sa fuite Théophé, humiliée du mépris de Condoidi, il fait cette fois encore très peu de cas de son avis: "Je ne sai si ce fut sa timidité seule qui la fit céder sans résistance à mes sollicitations; mais jugeant par son silence qu'elle consentoit à me suivre, je fis amener une voiture pour la conduire moi-même chez le maitre de langues" (p. 117). En se justifiant de son attitude autoritaire par une hypothèse psychologique non confirmée (la timidité de Théophé), le narrateur exploite le silence de la jeune femme à sa guise, pour la faire agir selon ses propres désirs.

Et lorsque les propos de Théophé échappent au silence, leur retranscription est souvent détournée par un narrateur qui demeure l'instance régissante du récit. Peter Conroy analyse ainsi la manière dont sa vision partielle et déformée instaure un jeu d'"images troubles" et produit un filtre qui brouille l'accès direct à tout discours extérieur [1993] (v. Une narration sous le signe de la suspicion). Ainsi, après avoir éclairci les modalités de l'altercation entre Synèse et le sélictar, l'ambassadeur tient à Théophé un discours très évasif, puis occulte sa réponse en se bornant à remarquer qu'elle paraît "incertaine du sens de ce discours" (p. 180). Si le narrateur traduit l'intention de Théophé en soulignant son incompréhension, c'est par une tournure on ne peut plus elliptique qui prive le lecteur de tout accès à sa réaction, pourtant nécessaire pour évaluer l'échange entre les deux personnages. Dans d'autres cas, la jeune femme se voit privée de sa propre voix. La retranscription du billet que Théophé envoie au diplomate pour se justifier de ses refus est en ce sens éloquente : "Une misérable, me disoit-elle, [...] l'esclave du gouverneur de Patras et de Chériber, ne se sentoit propre à inspirer que de la pitié ; ainsi, elle ne pouvoit se reconnoitre dans l'objet de mes autres sentimens" (p. 202). Tandis que l'incise laisse attendre l'expression directe de Théophé, l'usage de la première personne lui est interdit par un narrateur qui surimpose sa propre voix sur la sienne (v. Le travail du texte / Stylistique / Le dispositif énonciatif du roman-mémoires). Calder note ainsi que "l'exclusion de la voix claire de Théophé et la déformation de son récit créent un tissu d'ambiguïté autour d'elle" [2000, p. 114].

L'intérêt de cette confiscation de parole a motivé sa mise en image dans deux des illustrations qui agrémentent l'édition de 1784. La figure 4 représente l'ambassadeur qui rachète au bacha la liberté de Théophé, et dont la légende retranscrit les propos : "Vous devez être consolée par le chagrin que votre perte cause à Chériber" (en écho à la p. 65). La figure 5 dépeint quant à elle le dépit l'étonnement de l'ambassadeur et le dépit du sélictar, qui s'étonne de ce rejet : "L'auriez-vous cru ? L'auriez-vous cru ?" (en écho à la p. 228). S'il n'est pas étonnant que ces illustrations rendent compte des propos masculins qui s'expriment le plus souvent dans ce récit porté par la voix de l'ambassadeur, la posture adoptée par Théophé demeure hautement significative : ces deux gravures la représentent la bouche ouverte, comme frappée de stupeur, emprisonnée dans un profond mutisme.

Une héroïne en procès

Le mystère de Théophé tient ainsi en grande part de la construction narrative qui imprime un filtre sur chacun de ses mots ou de ses agissements. Il est renforcé par l'aveuglement de l'ambassadeur, dont le récit trahit son incapacité à écouter la jeune femme ainsi que son refus de la comprendre (v. Une narration sous le signe de la suspicion). Lorsque Théophé exprime toutes les réticences qu'elle éprouve à l'idée de rencontrer Condoidi, le diplomate fait entièrement fi de ses états d'âme pour provoquer la rencontre : "Je n'approfondissois point la cause de ces mouvemens, et je la *forçai presque malgré elle* à m'accompagner" (p. 109, nous soulignons). Les raisons de la jeune Grecque sont entièrement tenues pour nulles, comme le souligne le pléonasme employé par le narrateur qui, malgré l'euphémisme "presque", laisse transparaître sa tyrannie. Jamais l'ambassadeur ne cherche à entendre la volonté ou les désirs de Théophé, lui soustrayant toujours sa volonté propre (v. Le prix de la liberté ou l'impossible affranchissement). Ainsi, lors du deuxième refus que la jeune Grecque oppose au sélictar, en rappelant qu'elle destine sa vie à la pratique des principes de sagesse, l'ambassadeur n'entend-il encore une fois que ce qu'il veut : "Je dérobai un moment pour féliciter Théophé de la noblesse de ses sentimens, et je pris encore la réponse qu'elle me fit pour une nouvelle confirmation de mes espérances" (p. 187). Le *quiproquo* qui s'instaure tient progressivement moins d'un malentendu que d'une manœuvre de l'ambassadeur qui s'emploie systématiquement à détourner les propos de la jeune femme en sa faveur.

Si Théophé constitue une énigme aux yeux de l'ambassadeur, c'est donc avant tout parce qu'il refuse de l'entendre. La scène de ses avances lors de l'arrivée dans la maison d'Oru débouche sur une mise en perspective de cette aporie. Théophé déplore en effet son impuissance à se faire comprendre : "je meurs de chagrin que depuis le tems que je m'efforce de vous faire voir quelque jour le fond de mon cœur, j'aye si mal réussi à vous faire connoitre ce qui s'y passe" (p. 142). La plainte de l'héroïne prend des modulations tragiques qui donnent la mesure de son désespoir. Mais malgré cela, le narrateur s'entête dans son aveuglement : "Cette plainte ne faisant que *redoubler mon obscurité*, je lui confessai, avec autant de franchise dans mes termes que dans l'air de mon visage, que tout ce qui la regardoit depuis que je l'avois vue pour la première fois, avait été pour moi une *énigme perpétuelle*, que son discours même me rendoit plus difficile à pénétrer" (*Ibid.*). Filant la métaphore de l'aveuglement, le narrateur occulte le sens des propos de Théophé, en prétextant encore son incompréhension. Associer la jeune femme à une "énigme perpétuelle" permet ainsi de substituer avantageusement le mystère au refus. Même dans le temps de la diégèse, il semble que jamais l'ambassadeur n'envisage le fait que Théophé ait pu lui être insensible et le regarder autrement que comme un père spirituel (v. Du roman d'amour au roman de la frustration / L'insaisissable objet du désir). Pris de lucidité, le narrateur soulève cette impasse en avouant tardivement dans le récit : "Il est certain qu'il ne m'étoit point encore tombé nettement dans l'esprit que Théophé pût jamais avoir d'autres liens avec moi que ceux de l'amour" (p. 226). *L'Histoire d'une Grecque moderne* peut ainsi se résumer au refus d'un refus, l'ambassadeur niant constamment la résistance de Théophé. C'est en ce sens que Alan J. Singerman avance l'idée qu'il n'y aurait finalement aucune énigme liée à Théophé, du moins pas ailleurs que dans l'esprit tourmenté de l'ambassadeur qui lui dénie sa volonté de conversion morale et influence le jugement du lecteur [1990]. L'ambassadeur entretient ainsi un malentendu qu'il cherche à maintenir à tout prix, pour mieux masquer l'échec de son entreprise de séduction.

L'attitude supposément énigmatique de Théophé devient un nouveau chef d'inculpation porté à son encontre. Dans ce récit, qui a l'allure d'un procès (v. Une enquête romanesque / Un triple seuil problématique), le mystère de Théophé découle bien souvent des supposés artifices que l'ambassadeur lui prête pour mettre en doute sa bonne foi. L'ambassadeur ne pouvant en effet entièrement nier les revendications morales de la jeune femme, il s'emploie à en nier la sincérité. Faute de preuve, il s'en remet d'abord à des préjugés, en invoquant "le proverbe ironique" de la bonne foi grecque pour rendre les intentions de la jeune femme suspecte (p. 94) (v. Frictions idéologiques : Orient contre Occident ?). Autre stratégie du narrateur : caractériser les attitudes de Théophé d'affectations mensongères. Fréquemment dans son récit, le narrateur instaure un jeu de modalisation pour semer le doute sur l'attitude de la jeune femme, qu'il fait passer pour une posture étudiée et factice (v. Le travail du texte / Stylistique / Un récit problématique). C'est le cas dès le moment de la libération de la jeune esclave : "son prémier mouvement fut de prendre l'air et la contenance qu'elle crut convenable au changement de son sort" (p. 69). Par ailleurs, le narrateur ne désigne jamais directement les états d'âme de Théophé, mais les réduit à une collection d'*airs*, en notant son "air de tristesse" lorsque son père refuse de la reconnaître (p. 111), son "air de confusion" lorsque l'ambassadeur la retrouve dans sa fuite (p. 116), ou encore son "air de satisfaction" lors des premières offres du sélictar (p. 127). Plus loin, il souligne encore son "adresse" (p. 94), puis dénonce ses "artifices" destinées à le tromper (p. 138). Ne regardant jamais au-delà des apparences, le narrateur fait de Théophé une figure opaque dont il accentue la facticité. Emmanuelle Sempère remarque ainsi qu'"au sens recherché se substituent donc des "effets" de sens", déterminés selon son point de vue [Sempère, 2003, p. 231]. L'impasse est telle que même les protestations de sincérité de Théophé deviennent une preuve de sa mauvaise foi : "le soin qu'elle avoit eu de me faire remarquer plusieurs fois sa simplicité, étoit précisément ce qui me la rendoit suspecte" (p. 94), conclut le narrateur. Par une savante composition stylistique, il parvient ainsi à ramener Théophé au monde des faux-semblants, en lui déniant la sincérité et l'authenticité qu'elle réclame constamment.

L'ambassadeur, qui ne peut ni assigner Théophé au type de l'odalisque orientale, ni reconnaître en elle l'image d'une femme vertueuse se confronte à une insoluble indécidabilité, sur laquelle il pose le nom d'énigme. Selon cette perspective, l'histoire de Théophé s'inscrirait dans une longue tradition occidentale ayant forgé l'idée d'un certain "mystère" de la femme, destiné à masquer le "déni de sens", c'est-à-dire le défaut de signification ou de rationalité qu'on lui prête [Chaponnière, 1989, p. 226]. Prévost montre ainsi comment, parce que son héroïne est une femme et une Orientale, sa revendication de rationalité lui est doublement refusée, par un ambassadeur qui préfère toujours l'inscrire dans le monde des sens et de la sensualité. Le mystère de Théophé dévoilerait ainsi la fabrique du mystère féminin, symbolisé par l'indéfini du titre, "une grecque" devenant le "signe emblématique de la condition féminine" [Sgard, 1989, p. 13]. Si ce mystère est souvent présenté comme un élément à charge contre la jeune femme, sa prétendue opacité demeure aussi pour elle un moyen de se dérober à l'emprise de l'ambassadeur tyrannique, en résistant à toute assignation.

FRICTIONS IDÉOLOGIQUES : ORIENT CONTRE OCCIDENT ?

DEUX SYSTÈMES ANTAGONISTES ?

Entre l'influence des *Mille et une nuits* et le succès des *Lettres persanes*, l'univers oriental est, dans la première moitié du XVIIIe siècle, le lieu de tous les fantasmes (v. Repères / La vogue de l'orientalisme). Certes Prévost se tient en partie à distance de toute peinture trop luxurieuse ou voluptueuse des charmes de la vie orientale, pourtant très en vogue à l'époque, comme en témoigne *Le Sopha* que Crébillon offrira au public deux ans plus tard. Mais, si Prévost cède peu aux effets orientalisants, il n'en joue pas moins sur la vivacité de cet imaginaire, pour convoquer différents implicites bien ancrés dans l'esprit de l'époque : l'Orient serait le haut lieu de la violence et de l'érotisme, le "lieu du pulsionnel", là où l'Occident incarnerait la rationalité et la maîtrise de soi [LEBORGNE, 1997, 449]. En situant l'incipit du roman dans le huis clos du sérail, le romancier active ainsi les attentes du lecteur pour mieux les détourner : il escamote toute scène à la sensualité convenue, en la remplaçant par un discours qui annonce d'emblée la portée critique du roman. Dans celui-ci l'Orient y a donc moins un intérêt esthétique qu'idéologique : il constitue un *ailleurs*, destiné à confronter les différentes pratiques culturelles et à interroger leur système de valeurs. Le récit de l'ambassadeur dépeint à première vue "un monde binaire, un monde partagé entre l'Occident et l'Orient" [TREMEWAN, 2000, p. 119], entre la France, incarnée par la figure du diplomate, et la Turquie où il est en mission. Son discours est en effet entièrement polarisé par des jeux d'opposition, assumés ou implicites, qui finissent par produire, comme le souligne Mauzi, un *leitmotiv* ancrant une "confrontation mythique des deux mondes" [1965, p. 37].

La critique de l'univers oriental porte en premier lieu sur le système de l'esclavage et la soumission féminine qu'il commande. L'Orient est ainsi mis "au service d'une image libertine de la femme et des rapports amoureux", image que l'ambassadeur instrumentalisera d'ailleurs volontiers pour réduire sa protégée au stéréotype de la belle esclave sensuelle [Sempère, 2003, p. 234]. Cette soumission fait l'objet d'un conditionnement orchestré, que Prévost met en perspective dans le roman en le représentant à travers un diptyque, à la portée critique. Le premier volet tient au modèle d'éducation dont Chériber se vante auprès de son hôte lorsqu'il lui ouvre les portes de son sérail : "il me tint quelques discours sensés sur la force de l'éducation et de l'habitude, qui rend les plus belles femmes soumises et tranquilles en Turquie, pendant qu'il entendoit, me dit-il, toutes les autres nations se plaindre du trouble et du désordre qu'elles causent ailleurs par leur beauté" (p. 59). Si ces propos perpétuent une opposition entre l'Orient et l'Occident, Prévost y injecte toutefois une ironie acide dans la mesure où ils prônent une inversion des valeurs, qui institue l'esclavage en modèle social idéal. Alors que Chériber affirme que Théophé est "aussi contente de son sort que le reste de ses compagnes" (*Ibid.*), cette assertion sera entièrement contredite par le récit que fera la jeune femme de son éducation et de sa mise en esclavage. Le second volet du diptyque oppose ainsi, à la diffusion d'une certaine *doxa* orientale, l'expérience subjective et personnelle d'un sujet féminin en prise avec ce système aliénant. Théophé déplore en effet les travers de sa première éducation, destinée à en faire une esclave sexuelle, et l'insidieux conditionnement qui incite les femmes à se contenter de ce sort (v. Le projet pédagogique : entre initiation spirituelle et échec programmé / La conversion spirituelle de Théophé). Alors que l'ambassadeur pouvait encore ménager un accord de complaisance face aux "discours sensés" de Chériber, il est, face à ce récit, obligé d'adopter une posture critique, en constatant que "toutes les provinces de la Turquie sont remplies de ces pères infames, qui forment leur fille à la débauche" (p. 93). L'arrivée de Théophé au sérail, qui maintient un contrôle physique et une domination psychologique, constitue alors le point d'orgue de cette acclimatation à la soumission. Le choix même du terme "serrail", préféré dans le roman à celui de harem, souligne la portée politique de cette institution, car là où le harem ne désigne que le quartier des femmes au sein du sérail, ce dernier terme désigne l'ensemble du palace du sultan, en revoyant par là à l'"organisation politique du despote oriental" [Douthwaite, 1992, p. 53] (v. Le travail du texte / Lexicologie / Les orientalismes). Derrière l'éducation et la situation d'esclavage subie par la jeune Grecque, c'est bien tout le système de domination masculine propre au despotisme oriental qui est ici dénoncé, tandis que l'ambassadeur, se proclamant sans cesse le libérateur de la jeune esclave, aime à se camper en garant des libertés individuelles.

Le récit de l'ambassadeur laisse également transparaître une charge critique portant sur la violence qui serait inhérente à l'univers oriental. Prévost puise dans le genre de l'anecdote pour renforcer l'opposition entre la Turquie et la France : "révolutions de palais, intrigues de harem, rivalités familiales, brusques infidélités, arrestations soudaines et morts expéditives, placent l'Orient sous le double signe du sang et de la volupté" [Sermain, 1984, p. 363]. Souvent plus discrète ou nuancée dans le récit principal, la représentation de la violence orientale se concentre surtout dans les récits enchâssés, narrant la vie de Théophé ou de Maria Rezati (v. Le travail du texte / Stylistique). Dans son récit, Théophé raconte ainsi comment la lutte entre le gouverneur de Patras, à qui elle est d'abord promise, et son fils qui parvient à intercepter ses faveurs, finit en véritable bain de sang. Après un violent désordre, les esclaves du gouverneur "trouvent leur maitre étendu dans son sang, et mort de deux coups de poignard" (p. 76). La violence privée que représente ce parricide est redoublée par toutes les manifestations de violence publique menées par les différentes institutions judiciaires ou politiques du pays. Lorsque le "père infâme" de Théophé est reconnu en pleine rue et arrêté pour avoir séduit la femme d'un seigneur grec et l'avoir enlevée avec sa fille, le jugement est sans appel : "Les seuls aveux auxquels il étoit forcé parurent suffisans au juge pour le condamner au supplice..." (p. 78-79). Malgré le délai que Théophé parvient à obtenir du juge, la sentence est finalement exécutée sans réserve. Dans son enquête généalogique pour élucider l'origine de la jeune femme, l'ambassadeur retrouve le cadi qui avait instruit l'affaire puis condamné l'imposteur sans même avoir obtenu des preuves de l'enlèvement. Le diplomate épingle alors sa négligence : "Qui vous empêchoit [...] de prendre le tems de vous procurer des informations ? [...] C'est notre méthode en Europe, ajoutai-je, [...] nous nous entendons mieux à la recherche du crime" (p. 106). La suite de l'échange inspire à l'ambassadeur une conclusion irrévocable, puisqu'il note que "les Turcs ont plus de gravité que de lumières dans leurs tribunaux de justice" (*Ibid.*). La condamnation explicite des défaillances du système oriental et de sa justice expéditive permet encore une fois à l'ambassadeur d'affirmer, non sans un certain paternalisme, la supériorité des pratiques occidentales.

Cette violence atteint un climax lors de la révolte des janissaires, événement historique dont Prévost s'inspire pour compléter son tableau de l'univers oriental. L'aga, chef des janissaires, est arrêté après avoir fomenté un complot pour renverser le Sultan Mustapha au pouvoir : arrivé à Constantinople, l'ambassadeur apprend qu'"après avoir fait sa confession au milieu des supplices, [il] avoit déjà perdu la vie par le cordon des muets" (p. 163). Mais l'ambassadeur s'inquiète surtout de l'implication supposée de Chériber et de Dély Azet, activement recherchés "par cette seule raison qu'ils avoient passé chez l'aga une partie du jour qui avait précédé son crime" (p. 162), ainsi que de la fuite du sélictar qui cherche à échapper au même sort. Bien que le vizir lui assure que "la justice du Grand-Seigneur n'est pas aveugle, et qu'elle sait mettre de la distinction entre le crime et l'innocence" (p. 163), cet épisode, marqué par un assassinat politique, une exécution sommaire et des arrestations arbitraires, fonctionne dans le récit comme une vignette destinée à afficher la violence intrinsèque à l'univers politique oriental. Si le narrateur oriente sa critique idéologique de manière à affirmer la supériorité des mœurs occidentales, son discours annonce sûrement moins le grand projet des Lumières, prônant l'usage de la liberté et de la raison, qu'il n'induit une dénonciation critique de l'appropriation de la notion de civilisation.

L'effritement de l'opposition idéologique

Un réseau de préjugés

Bien qu'il se fasse le chantre des valeurs européennes éclairées, la dénonciation idéologique que l'ambassadeur porte sur le système oriental peine à convaincre, d'abord car elle repose sur un solide réseau de préjugés. Son discours ne s'appuie en effet sur aucune réflexion construite, fondée et argumentée, mais sur une série de maximes et de proverbes convenus qui décrédibilisent considérablement ses propos. La dénonciation de l'assujettissement auquel les femmes sont contraintes dans le monde clos du sérail est écornée lorsqu'il affirme l'idée d'une soumission naturelle aux Turcs, en apprenant que le sélictar s'est réfugié chez lui à son insu après la révolte politique : "je puis ajouter que la fierté des Turcs est la prémière chose qui disparoit dans l'adversité. Comme toute leur grandeur est empruntée de celle de leur maitre, dont ils font profession d'être les esclaves, il ne leur en reste rien à la moindre disgrace" (p. 167). Le présent gnomique et l'ébauche de prémisse miment bien l'élan du raisonnement, mais n'aboutissent qu'à une généralisation abusive, teintée de xénophobie.

En soulignant combien les réflexions culturelles de l'ambassadeur sont instables, Peter Tremewan constate que "ses vues sur l'Orient changent ainsi selon l'état de ses émotions" [2000, p. 121]. L'ambassadeur se montre certes capable de s'éloigner des stéréotypes lorsqu'il est calme, affirmant notamment que "la vertu, dont on a des idées si justes en Europe, n'y est guères mieux pratiquée qu'en Turquie" (p. 145). Et lorsque le sélictar lui fait part de son attachement pour Théophé, l'ambassadeur loue la "noblesse" de cette démarche, en affirmant devoir "ce témoignage aux Turcs qu'il y a peu de nations où l'équité naturelle soit plus respectée" (p. 97). Contredisant ses propres préjugés, il reconnaît que les Turcs sont accueillants, raffinés ou prévenants. Mais ce relativisme demeure extrêmement ponctuel car les réflexions du diplomate sont le plus souvent influencées par sa situation personnelle, et tournent parfois en véritables règlements de compte. C'est ainsi qu'il s'inquiète d'un éventuel succès du sélictar auprès de Théophé, élevée dans le même pays que lui, "et dont le goût par conséquent ne pouvoit être blessé de ce que nous trouverions dégoûtant dans un Turc" (p. 168). La vision stéréotypée de l'ambassadeur bascule dans la diffamation lorsque ses projets amoureux sont menacés. Cette versatilité témoigne de la prise de distance de l'auteur envers les propos du diplomate, auxquels il prête une coloration fortement ironique. Et d'autant plus ironique, que le romancier prend subtilement soin de souligner la réciprocité de ces préjugés, lorsque Chériber s'étonne de trouver chez le diplomate, qui feint l'indifférence pour les plaisirs charnels, des "sentimens si raisonnables" pour un Français (p. 58). Prévost souligne ainsi avec humour l'absurdité des idées préconçues sur une nation, en les invalidant par leur confrontation croisée.

L'un des griefs récurrents que l'ambassadeur formule à l'encontre des Turcs concerne leur artifice supposé. Lorsque le sélictar soumet son offre à Théophé, l'ambassadeur remarque d'abord qu'il les accompagne de "tous les témoignages de tendresse qui ont l'air chez les Turcs d'un rôle étudié" (p. 126), puis note qu'il s'exprime avec "l'enflure qui est naturelle aux Turcs" (p. 127). De manière significative, le narrateur applique exactement le même stéréotype à la nation grecque qui, jouissant d'un statut historique plus ambigu (v. Repères / La vogue de l'Orientalisme), se voit toutefois associée aux mêmes préjugés. Il soutient ainsi qu'"aujourd'hui comme du temps des anciens, la bonne-foi grecque est un proverbe ironique" (p. 94), ou plus tard, que le proverbe, attribué à tort au sélictar, "sur la bonne-foi des Grecs n'étoit pas sorti de [s]a mémoire" (p. 156). Le narrateur se fait le porte-parole des diffamations populaires affirmant que les Grecs seraient de mauvaise foi, idée que l'on retrouve notamment dans le premier volume de La Motraye ayant, entre autres, servi de source historique au roman (v. Repères / De l'Histoire à la fiction : un roman au parfum de scandale). L'historien dépeint en effet les Grecs comme des voleurs de grand chemin, gens naturellement médisants ou sacrilèges, pour finir par avertir le lecteur : "Vous avez une juste idée de la foi Grecque. C'est de la canaille" [cité par Calder, 2000, p. 112]. L'orientation de ces préjugés est loin d'être anodine, car elle permet au narrateur qui s'en fait le relais de jeter la suspicion sur les autres personnages, la belle Grecque en premier lieu, pour justifier le doute sur sa sincérité qu'il entretient constamment dans son récit (v. Le mystère Théophé : de l'énigme au procès / Les coulisses de la construction d'une énigme). Réciproquement, ces stéréotypes à l'emporte-pièce lui permettent d'afficher en contrepoint l'idée d'une authenticité qui serait propre à son pays : tandis que les Turcs et les Grecs seraient artificieux, l'ambassadeur affirme que les Français "connoissent peu l'artifice" (p. 213). Ce réseau de préjugés ne s'inscrit pas seulement dans une dénonciation sous-jacente d'un eurocentrisme étriqué, mais il alimente également la stratégie permanente d'un narrateur visant à s'arroger le monopole de la sincérité.

L'entre deux mondes

L'opposition entre un univers occidental, dont l'ambassadeur incarnerait les valeurs, et le monde oriental, caractérisé par la violence et l'obscurantisme, se trouve par ailleurs éminemment fragilisée dans le roman. Malgré tous les efforts du narrateur pour assigner chaque sujet à un caractère national, "l'identité orientale ou occidentale des personnages principaux est présentée comme problématique", remarque Peter Tremewan [2000, p. 121]. Cela transparaît tout d'abord dans une certaine occidentalisation du personnel romanesque oriental. Sa première manifestation tient bien sûr à la métamorphose spectaculaire de la jeune Grecque qui, changeant de nom, de langue, de coutumes, et enfin de pays, cherche à faire siennes toutes les valeurs de la morale chrétienne occidentale. Très rapidement, le narrateur loue sa finesse d'esprit, en remarquant qu'elle décline les avances du sélictar avec autant d'esprit et de vertu qu'"une dame de Paris" (p. 101). En se détachant de son passé oriental, la jeune femme ne marque plus "de goût que pour les pays chrétiens" (p. 222) : elle finit par incarner une "dialectique de l'ici et de l'ailleurs, intériorisée par les personnages" [ARMAND, 2010, p. 73]. Ce phénomène de porosité culturelle semble également toucher tous les personnages que côtoie l'ambassadeur. Cela tient parfois de sa propre volonté, comme lorsqu'il tente d'acclimater Synèse, à qui il offre la même éducation que Théophé, aux pratiques européennes : "Je lui fis quitter aussi-tôt l'habit grec pour le vêtir plus proprement à la françoise" (p. 118). Mais ce processus s'opère aussi malgré lui, comme l'illustre l'évolution du sélictar qui adopte des attitudes de plus en plus occidentales, apparemment inspirées par sa relation d'amitié-rivalité avec l'ambassadeur, en allant jusqu'à demander la jeune femme en mariage. En expliquant au diplomate pourquoi il renonce finalement à la contrainte, il se montre conscient de cette évolution : "Vos conversations et vos maximes m'ont transformé en François", constate-t-il avec humour (p. 225). L'ironie du sort étant que cet ambassadeur, qui oriente si efficacement les autres personnages vers la morale chrétienne, semble lui-même particulièrement récalcitrant à appliquer ses principes (v. Le projet pédagogique : entre initiation spirituelle et échec programmé).

Si les personnages orientaux se laissent influencer par les mœurs occidentales, la réciproque est également notable, dans la mesure où l'ambassadeur évolue vers "une sorte de turquisation progressive" [ARMAND, 2010, p. 75]. Présenté dès l'incipit comme "un François aussi turc [...] que les habitans naturels du pays" (p. 56), le diplomate ne se conforme pas au type occidental qu'il décrit lui-même. Le développement laisse d'abord planer le doute sur cette association, qui semble davantage relever d'une hypocrisie du protagoniste qui mentionne "le goût même qu[il] affectoi[t] de marquer pour les coutumes et les mœurs de la nation" (*Ibid.*). Mais force est de constater que l'ambassadeur devient de plus en plus despotique au cours du récit, en endossant les travers que lui-même prêtait au caractère oriental. Dès son premier échange avec Théophé, où il commence par emprunter les propos de Chériber, avant d'inverser les rapports de force entre hommes et femmes, il se place immédiatement dans "une problématique de maître et d'esclave", c'est-à-dire dans une perspective "orientaliste" qui va commander ses rapports avec Théophé [LEBORGNE, 1997, p. 453]. Et bien qu'il se pose en libérateur de la jeune esclave, il s'empresse dès leur arrivée à Oru de rejouer la structure du sérail : Théophé y est isolée, surveillée et ses fréquentations sont hautement filtrées. L'ambassadeur oublie finalement sa mission civilisatrice et envisage, lors de la scène de la tentation du viol, d'obtenir les faveurs de la jeune femme par la contrainte en "compt[ant] pour rien sa résistance et ses larmes" (p. 136) (v. Du roman de la passion au roman de la frustration / L'insaisissable objet du désir / Éros borderline). Suivant l'évolution inverse de celle du sélictar, l'ambassadeur délaisse ses maximes pour asseoir son emprise sur sa protégée, en faisant preuve du même autoritarisme que les tyrans qu'il critique.

Dans son évolution, le personnage de l'ambassadeur condense finalement deux grandes figures de l'univers oriental : le despote et l'eunuque [LEBORGNE, 1997]. La violence symbolique qu'il impose à Théophé apparaît certes comme le reflet de la violence physique exercée par le despotisme oriental (v. Le prix de la liberté ou l'impossible affranchissement / De l'esclavage à l'emprise / La permanence du système de domination). Mais le rôle de l'ambassadeur, qui se campe en protecteur soumis à une frustration constante, se rapproche aussi de la figure de l'eunuque. Avant que la jeune femme ne se soutienne elle-même par la force de sa conversion morale, c'est d'abord lui qui est chargé de protéger sa vertu, comme elle le rappelle elle-même après sa fuite : "Je ne sens que trop que sans protection et sans guide je n'aurois pas fait de pas qui ne m'eût conduit à quelque nouvel abîme." (p. 142). Le narrateur revendique lui-même ce rôle, qu'il endosse par dépit, à défaut d'avoir pu assouvir ses désirs : "Si l'on ne trouve point que je méritasse la qualité de son amant, qu'on me regarde comme son gardien ou comme son censeur" (p. 164), demande-t-il ainsi au lecteur pour justifier la surveillance qu'il exerce sur Théophé. L'impuissance de l'ambassadeur croît en effet à mesure qu'il voit l'objet de ses désirs lui échapper. Et lorsqu'il accepte avec résignation la posture morale de Théophé, c'est en ne la considérant plus que par une sorte de respect fasciné : "elle m'étoit devenue si redoutable que je n'approchois plus d'elle qu'en tremblant" (p. 217). Pétri de paradoxes, le personnage de l'ambassadeur condense l'autoritarisme le plus rigoureux et l'impuissance la plus désespérée. À travers ses contradictions et discours dissonants, Prévost invite à mener une réflexion sur la validité de l'exercice du pouvoir et les écueils de ses détournements, qui excèdent largement le particularisme culturel.

Une lutte linguistique

Le roman semble en dernière instance opérer un déplacement des frictions idéologiques qu'il révèle dans le domaine linguistique, qui en condense les principaux enjeux [CALDER, 2000]. En effet, avant même de l'emmener à Paris, l'une des premières entreprises de l'ambassadeur dans sa mission de civilisation de la jeune esclave est de lui apprendre la "langue de [s]a nation" (p. 146), qu'elle doit nécessairement maîtriser si elle désire affirmer sa condition nouvelle. Cet impératif témoigne d'une oppression discursive, qui institue en norme la langue occidentale : il rejoue de manière culturelle la violence physique à laquelle Théophé cherchait à échapper, en suggérant que seuls les pays chrétiens occidentaux parlent la langue de la vertu.

Dans son récit, l'ambassadeur trahit effectivement une forme de supériorité langagière, reposant sur l'idée d'une hiérarchie des langues alimentée par son point de vue européocentrique. Considéré dans l'esprit du temps comme la langue de l'analyse et de la clarté par excellence [BURY et MEINER, 2013, p. 7-15], le français est ainsi jugé supérieur à la langue grecque, en partie perçue comme corrompue par des siècles de domination ottomane. Quand l'ambassadeur accueille le récit de la vie de la jeune Grecque, il souligne explicitement cette hiérarchisation : "En mettant à part les différences du langage, je trouvai à la jeune Greque tout l'esprit que Chériber m'avait vanté" (p. 93). Alors que la différence de langue ne semble pas faire l'objet d'incompréhensions, elle apparaît tout de même sous la plume du narrateur comme un frein au déploiement de la finesse d'esprit de la jeune femme. Si l'ambassadeur vante au début du roman sa propre maîtrise la langue turque, il s'adonne à un apprentissage très nonchalant de la langue grecque, dont sa méconnaissance transparaît dès qu'il reçoit le billet de Théophé lui demandant son aide en vue de sa libération : "L'aiant ouvert, je le trouvai en caractères grecs, que je n'entendois point encore, quoique j'eusse commencé depuis quelque tems à étudier cette langue. Je fis appeler aussi-tôt mon maitre, qui passoit pour un fort honnête chrétien, et je lui demandai l'explication de cette pièce" (p. 61). Alors que l'ambassadeur s'est pourtant initié au grec, le texte fait pour lui figure de message crypté, ce qui le place dans une situation de dépendance face au maître de langues (v. Une enquête romanesque). La langue grecque demeure ainsi aux yeux du diplomate un espace d'altérité qu'il va s'empresser de supprimer à défaut de pouvoir l'occuper. Malgré le rôle important du maître de langues dans l'économie de la première partie du récit (il recueille la jeune Grecque chez lui puis sert d'intercesseur aux avances du sélictar), ses compétences sont étonnamment peu exploitées. Car l'ambassadeur tient à former lui-même Théophé sur ce point : "Ce fut de moi-même qu'elle reçut les prémières leçons de notre langue. Elle y fit des progrès surprenans." (p.152). Puisque la maîtrise de la langue est l'un des premiers prérequis à l'assimilation culturelle, rien d'étonnant à ce que l'ambassadeur, tout à son fantasme de pan-éducateur, se charge de cet enseignement pour affirmer son emprise sur l'évolution identitaire de la jeune femme.

Cette emprise ne se manifeste jamais aussi explicitement que dans la gestion des propos de Théophé, dont le narrateur extorque, modifie ou occulte les paroles à son gré. La manière dont il obtient le récit de sa vie semble d'abord l'objet d'une "interrogation qui devient tyrannique" [Calder, 2000, p. 115]. D'abord présentée comme une "faveur", Théophé la considère au contraire comme un désir "paraissant une loi" (p. 72-73), qui la ramène à la dette morale à laquelle elle ne peut se dérober (v. Le prix de la liberté ou l'impossible affranchissement / La marchandisation des rapports humains / Monnayer la parole d'autrui). Mais la manifestation la plus flagrante de cette domination linguistique réside encore dans la retranscription que le narrateur propose des paroles de Théophé, notamment par l'usage du discours indirect (v. Le travail du texte / Stylistique / Le dispositif énonciatif du roman-mémoires). Rappelons en effet que les règles typographiques de l'époque ne marquant pas nettement par des guillemets ou tirets l'alternance d'interlocuteurs, celle-ci ne se manifeste que par des incises comme "me dit-elle", "ajouta-t-il", etc. Fort de ce constat, Peter Conroy remarque que "Prévost brouille ces faibles indices afin de créer des effets" qui perturbent la narration [1993, p. 191]. Ce tour de passe-passe stylistique surgit dès le premier échange entre la jeune Grecque et l'ambassadeur. Tandis que l'ambassadeur s'étonne de son adaptation aux usages du sérail, sa réponse est ainsi retranscrite : "Sa réponse fut simple. Une femme, me dit-elle, n'aiant point d'autre bonheur à espérer que celui de plaire à son maitre, elle se trouvoit fort heureuse si Chériber avoit d'elle l'opinion qu'il m'en avoit fait prendre" (p. 60, nous soulignons). La réponse de Théophé, pourtant annoncée par la phrase introductive, demeure filtrée par le discours du narrateur : ses paroles disparaissent dans le mode indirect, qui "éclipse le véritable interlocuteur au profit de celui qui écoute et qui rapporte" [CONROY, 1993, p. 191]. En substituant aux propos exacts de la jeune femme sa version personnelle de l'échange, le narrateur pratique "un impérialisme syntaxique", qui fait passer sa voix sous silence [*Ibid.*]. Il purge ainsi du discours de la jeune femme l'éventuelle ironie qui témoignerait du regard critique qu'elle commence déjà à porter sur les pratiques de domination orientale (et que son récit révèle par la suite), comme pour mieux s'attribuer le mérite de son éveil de la conscience. Il en résulte une impression de discours truqué, symptomatique des rapports de force que le nouvel oppresseur occidental fait insidieusement peser sur la jeune femme.

Le roman dépeint ainsi un monde où les jeux de pouvoir et de domination se répercutent dans l'usage de la langue. Dès son premier discours, le diplomate pratique un discours éminemment trompeur. Il commence par inverser les rapports de force auxquels Théophé est soumise, en lui servant un tableau totalement utopique des modes de relation en pays chrétiens, "les hommes n'épargnant rien pour le bonheur des femmes, les traitant en reines plutôt qu'en esclaves" (p. 60). L'ambassadeur décline ainsi "un code amoureux conventionnel et faux", qui prône la soumission masculine, mais peine à convaincre de la validité de cet "idéal de politesse et de galanterie donné comme l'antithèse de ces mœurs orientales" [LEBORGNE, 1997, p. 453-454]. Il poursuit ensuite son discours insidieux en jouant sur la duplicité des termes qu'il emploie : la "vertu", surtout associée à la "tendresse", ainsi que le "bonheur" des femmes françaises qu'il mentionne, ne peuvent manquer, dans la bouche de cet ambassadeur libertin, d'avoir une connotation galante (v. Du roman d'amour au roman de la frustration / Une plume "conduite par l'amour" ? / L'ombre du libertinage).

Ces jeux de force linguistiques ne sont pourtant pas entièrement en défaveur de Théophé qui s'en sert pour renvoyer l'ambassadeur à ses propres contradictions, comme le montrent les "stratégies de résistance langagière de l'héroïne" [CALDER, 2000, p. 111]. Si le premier échange entre Théophé et l'ambassadeur a probablement lieu en Turc, les propos du diplomate sont contaminés par la pratique du discours galant occidental, qui leur confère une polysémie dont le texte ne dira jamais clairement si elle est entendue par la jeune femme (v. Du roman d'amour au roman de la frustration / Une plume "conduite par l'amour" ? / L'ombre du libertinage). Il demeure néanmoins certain qu'au fil du roman, et à mesure que les intentions du diplomate se précisent, Théophé apprend à maîtriser les sous-entendus dont l'ambassadeur était d'abord le maître, pour le prendre au propre piège de son discours. Ainsi, lorsqu'il s'apprête à lui déclarer ouvertement sa passion, Théophé le renvoie à ces "bienfaits" et à cette "générosité" qu'il prétendait sans arrière-pensée (p. 201). Elle prend systématiquement l'ambassadeur au mot pour repousser ses avances, comme lorsqu'elle justifie le refus qu'elle lui oppose dans sa maison d'Oru : "Je vous ai regardé comme mon maitre dans la vertu, et vous voulez me rentrainer vers le vice" (p. 143). Tandis que l'ambassadeur utilise un discours plein de duplicité, elle le renvoie au sens littéral des termes, ne voulant jamais entendre dans les mots "vertu", "générosité" ou "bienfaits" autre chose que les manifestations des principes moraux auxquels elle se consacre. Même lorsque les attentes de l'ambassadeur deviennent clairement explicites, Théophé le renvoie à son premier discours auquel elle prête un sens toujours littéral, en revendiquant, au nom de cette "vertu" son droit à dire non. Et lorsqu'à la fin du roman, l'ambassadeur lui reproche son attitude lors de la partie de campagne de Saint-Cloud, sa défense témoigne encore de son habileté rhétorique : "Vous m'avez répété mille fois vous-même, continua-t-elle, [...] qu'il faut s'accommoder aux *foiblesses* d'autrui, se rendre propre à la société, passer avec indulgence sur les défauts et les *passions* de ses amis ; j'exécute vos idées" (p. 278-279) (v. Le projet pédagogique : entre initiation spirituelle et échec programmé / La conversion spirituelle de Théophé / Théophé femme philosophe). En maintenant "l'irrésistible puissance de la lettre" [Mall, 1998, p. 340], Théophé restitue les propos que l'ambassadeur lui adressait probablement sur son propre compte : car à qui plus qu'à lui-même la jeune femme devrait-elle pardonner les égarements ? Tandis que l'ambassadeur faisait montre d'une grande inconséquence face à ses propres paroles (v. Le projet pédagogique : entre initiation spirituelle et échec programmé), Théophé épingle ses discours et fait preuve d'une habilité rhétorique qui lui permet de retourner ses arguments contre lui.

Ayant compris que les mots formaient un piège, Théophé parvient habilement à retourner les propos de l'ambassadeur contre lui : le terrain linguistique offre à la jeune femme une marge de résistance que l'ambassadeur ne parviendra jamais à réduire. Le déplacement des frictions idéologiques sur le terrain linguistique engage ainsi un travail de déchiffrage qui réclame l'implication herméneutique du lecteur. Effritant l'opposition apparente dressée entre l'Occident, qui incarnerait une rectitude morale, et l'Orient, présenté comme le lieu de toutes les déviances, Prévost brouille cet antagonisme pour interroger la validité des systèmes de valeurs et mettre en relief les formes les plus déguisées des rapports d'oppression.

LE PRIX DE LA LIBERTÉ OU L'IMPOSSIBLE AFFRANCHISSEMENT

LA MARCHANDISATION DES RAPPORTS HUMAINS

Une libération en trompe-l'œil ?

L'Histoire d'une Grecque moderne dévoile un univers de transactions généralisées qui prend particulièrement sens au sein de l'univers oriental où la vie humaine a un prix et fait l'objet de marchandage, mais aussi dans le contexte plus large de la pensée économique du XVIIIe siècle : marquée par l'essor du capitalisme moderne, cette époque connaît un accroissement des échanges commerciaux et développe des réflexions théoriques sur la valeur des biens et la dimension politique des échanges.

Cette réalité économique apparaît très tôt dans le roman qui propose, comme première péripétie, le rachat de Théophé devant mener à sa libération. Celui-ci s'impose comme le marché originel qui régira ensuite toute la relation entre l'ambassadeur et l'ancienne esclave. Il s'agit en réalité d'un marché indirect puisque l'ambassadeur missionne le sélictar, l'un des plus hauts dignitaires de l'empire, pour effectuer l'achat à sa place et se soustraire ainsi aux foudres de Chériber, le maître du sérail. Non sans ironie, ce marché secondaire fait lui-même l'objet d'une transaction officieuse : le sélictar accepte la proposition du narrateur, mais en le plaçant dans une position de débiteur. Même si c'est "sans [lui] faire trop valoir un service si léger" (p. 62), il s'agit déjà là d'un "service" qui a un coût symbolique, et que l'ambassadeur, par la suite confronté aux avances que le sélictar offre de manière récurrente à Théophé, paiera en effet bien assez cher. Comme pour se dédouaner de ce commerce, l'ambassadeur laisse d'abord le sélictar "maitre du prix" (*Ibid.*), puis accepte sans rechigner de payer la somme de "mille écus" (p. 63.). Si l'ambassadeur parvient ainsi à faire libérer la jeune femme, cette transaction initiale mine d'emblée la relation entre les deux protagonistes : à partir du moment où le diplomate rachète la liberté de Théophé et s'impose comme son libérateur, il la place dans une position de débitrice qui fera obstacle à son affranchissement.

Cette transaction est également problématique car elle repose sur une double supercherie. La première réside dans ce marché en trompe-l'œil, qui sera plus tardivement révélé au narrateur, quand il apprend comment Chériber a été trompé lors de la vente de sa favorite. Tandis qu'il désirait céder gratuitement Théophé au sélictar en faisant preuve de largesse, son intendant l'a trompé en retournant voir le sélictar pour lui extorquer une somme qu'il comptait détourner pour lui-même : puisque celui-ci "s'obstinoit à ne pas recevoir l'esclave comme un présent, il en donneroit la valeur de mille écus. Il avoit ajouté qu'il étoit chargé de les recevoir, et de remettre l'esclave à ceux qui la viendroient prendre par ses ordres" (p. 98). Une fois la supercherie découverte, Chériber surgit au milieu d'un dîner entre l'ambassadeur et le sélictar pour jeter à leurs pieds "un sac de séquins d'or, qui contenoit [l]es mille écus." (p. 97). Par cette péripétie inattendue, le narrateur retrouve ces "mille écus", qui reviennent tel un *leitmotiv* dans la première partie du roman, comme marqueur de prix d'une vie humaine. Cette transaction escamotée est éminemment significative, car, en récupérant cette somme, le diplomate n'aura en réalité jamais réellement payé le prix de la libération de Théophé. Si le versement d'un tribut est nécessaire pour sceller un échange, jamais l'ambassadeur n'aura réalisé ce sacrifice financier, ce qui d'entrée de jeu compromet symboliquement l'affranchissement de la jeune esclave. La seconde supercherie exposée par Chériber tient au mensonge de l'intendant sur la condition première de Théophé, qui n'est jamais née esclave mais s'est elle-même vendue, en pensant par là obtenir un avenir meilleur : "Loin de la traiter en esclave, [...] j'aurois respecté ses malheurs, j'aurois pris soin de sa fortune" (p. 99), affirme Chériber, en déplorant avoir malgré lui bafoué sa liberté. D'une femme qui n'était pas réellement esclave à une esclave qui n'a pas réellement été affranchie, l'histoire de Théophé interroge la nature extrêmement glissante de la frontière qui sépare la liberté de l'esclavage.

Partant de là, toute la vie de la jeune Grecque est régie par un constant marchandage, dans lequel elle joue le rôle de monnaie d'échange. Dans le récit qu'elle livre de sa vie, elle révèle ainsi comment celui qui lui sert de père travaille à la vendre au meilleur prix : d'abord au gouverneur turc de Patras, qui s'engage à les entretenir et à éduquer Théophé à condition qu'elle lui soit livrée à "l'âge qui répond au desir des hommes" (p. 73), puis à son fils, qui souhaite "entrer dans les droits de son père aux mêmes conditions" (p. 74), et dont la plus grande longévité leur promet une protection durable. Théophé avait en effet insisté sur la nature de ces faveurs, leur assurant un "logement", de la "nourriture", et même un "petit emploi" pour son père supposé (p. 73). La transaction déguisée derrière ces échanges de service est explicitement désignée lorsque le gouverneur, surprenant Théophé et son "père" dans leur tentative de fuite, reproche à ce dernier sa trahison en imputant "tous les bienfaits qu'il avoit reçus de lui comme un vol" (p. 75). La marchandisation de soi demeure la clé de voûte de l'éducation que reçoit la jeune Grecque de ce père intriguant : "la nature vous a donné tout ce qui est capable d'élever une femme à la plus haute fortune. Je vous mène dans un lieu où vous avez beaucoup de fruit à tirer de ces avantages" (p. 77). Prévost insiste alors sur le dénuement de la jeune fille qui, sans autre appui dans le monde, se trouve contrainte d'obéir et de "prendre le parti de la soumission" (p. 77). L'expression, somme toute paradoxale car l'asservissement est rarement un choix, souligne le peu de liberté offerte aux femmes dans un monde dominé par la puissance masculine. Nous retrouvons là un des *topoi* de l'univers oriental (v. Frictions idéologiques : Orient contre Occident ?), où les charmes féminins constituent une source d'exploitation et un bien à monnayer au plus offrant.

Théophé s'y applique donc consciencieusement, lorsque, finalement livrée à elle-même, elle dédaigne l'union avec un "riche négociant" – "la qualité de négociant choqua ma fierté" (p. 81) –, pour lui préférer le choix oxymorique d'un esclavage volontaire. Montesquieu soulignera l'impossibilité logique que recèle cette situation : "Il n'est pas vrai qu'un homme libre puisse se vendre. La vente suppose un prix : l'esclave se vendant, tous ses biens entreroient dans la propriété du maître ; le maître ne donneroit donc rien, et l'esclave ne recevroit rien" [MONTESQUIEU, *De l'esprit des lois*, XV, ch II]. Si Théophé décide de se mettre en esclavage, ce n'est donc pas au nom d'une liberté dont elle ignore les effets, mais à cause de son éducation l'ayant déjà depuis longtemps conditionnée à la soumission. La jeune femme rejoint alors "la troupe de femmes" (p. 83) destinées à la vente, dont la présence semble surtout faire ressortir le caractère exceptionnel de Théophé. Prévost parvient ainsi à allier l'éclairage critique portant sur les conditions de l'esclavage et l'intérêt que suscite la singularité d'une destinée romanesque. Confiante en ses charmes, Théophé pressent qu'elle ne "ser[oit] pas longtems sans [s]e voir distinguée" (*Ibid.*) ; puis elle élabore une subtile stratégie de vente pour se singulariser de ses compagnes, toutes voilées, en révélant son visage pour créer l'effet de surprise : "à peine eut-on vu paroître mon visage que tous les spectateurs, surpris de ma jeunesse et de ma figure, s'assemblèrent autour de moi" (*Ibid.*). Théophé s'affirme alors comme une grande tacticienne, en faisant jouer la loi de l'offre et la demande : "en convenant que j'étois à vendre, je commençai par demander à mon tour qui étoient ceux qui pensoient à m'acheter" (*Ibid.*). Non contente d'organiser ainsi la "transaction de son propre corps" [Magnot, 2004, p. 238], Théophé organise une véritable vente aux enchères. Recherchant un marché digne d'elle, elle "dédaigne" les propositions qu'elle reçoit des marchands, et s'obstine "à rejetter leurs offres" : "je n'entendis rien d'assez relevé pour satisfaire mon ambition" (*Ibid.*). Dans cette situation d'aliénation que constitue l'esclavage, Théophé parvient déjà à se ménager une marge de liberté en retournant la situation à son avantage pour s'offrir le luxe du choix. Cette mise en scène est doublement significative car, derrière l'orchestration de sa propre mise en vente, le récit de ce "spectacle" offre à Théophé l'occasion de suggérer de manière oblique la puissance de ses charmes, en notant qu'elle éveille "dans presque tous les hommes les regards et les desirs de l'amour" (p. 84) (v. Le mystère Théophé : de l'énigme au procès). Si, en acceptant finalement l'offre de l'intendant du Bacha Chériber, qui possède "d'immenses richesses" (*Ibid.*), Théophé semble avoir obtenu le meilleur parti de ses charmes, cette scène détonante laisse toutefois un goût amer, en soulignant toute la fragilité d'une condition féminine dont l'une des principales ressources consisterait à se vendre au plus offrant.

Lorsqu'elle est enfin affranchie de son statut d'esclave, Théophé ne semble pourtant pas parvenir à échapper à cette loi du monnayage permanent. C'est d'abord le sélictar qui la lui rappelle, quand, ayant conçu "une vive passion pour l'esclave de Chériber" (p. 67), il désire la racheter à l'ambassadeur, et ce littéralement à tout prix :

"Mettez-y le prix dont vous la jugez digne, et ne soyez pas si réservé que Chériber, qui n'a pas connu ce qu'elle vaut!" (p. 68). En réduisant Théophé à son esclavage passé, le sélictar nie proprement son affranchissement et sa nouvelle condition de femme libre : il y sera rappelé par l'ambassadeur ainsi que par Théophé elle-même, qui préfère sa liberté aux richesses qu'il lui offre, validant ainsi ses nouveaux désirs d'émancipation. Mais ce refus est loin de sceller sa libération, car le sélictar, ayant décidément du mal à ne plus voir Zara en Théophé, réitérera ses offres d'achat tout au long du récit, avec une insistance graduée qui tourne au comique de répétition. Ainsi, lorsqu'à la suite de l'offre de la maison d'Oru que l'ambassadeur met à la disposition de Théophé, le sélictar renchérit avec une offre faramineuse : "il lui parla d'une superbe maison qu'il avoit sur le Bosphore, dont il étoit résolu de lui abandonner la jouïssance pour toute sa vie, avec un revenu qui répondît à la magnificence d'une si belle demeure" (p. 126). Le sélictar ayant fini par prendre en compte le désir de liberté de Théophé, il ajoute à cette offre qu'elle y serait "libre et indépendante" et qu'elle jouirait d'"une autorité absolue sur tout ce qui dépendoit de lui" (*Ibid.*). Mais la liberté promise par le sélictar, qui ferait encore de Théophé une femme entretenue et inévitablement soumise à son pouvoir, est bien différente de celle que l'héroïne revendique de manière de plus en plus affirmée au cours du roman. Malgré le refus de Théophé, ce jeu de l'enchère se poursuit dans la seconde partie du récit, lorsque le sélictar met cette fois en lice la magnifique demeure qu'il possède près de Constantinople, "centre de sa puissance et de ses plaisirs", comprenant "un serrail et une prodigieuse quantité d'esclaves" (p. 185). Face à cette proposition, qui rattache encore une fois Théophé au monde du sérail, la jeune femme réaffirme, cette fois avec force, le caractère irréductiblement non-monnayable de sa liberté. "En protestant au sélictar qu'elle sentoit le prix de ses offres", la jeune Grecque impute son nouveau refus à des "sentiments" qui lui font préférer l'attachement à ses nouveaux "principes" de liberté (p. 186). Par cette sentence, Théophé oppose à la perspective financière qui régit tous les rapports du sélictar, l'ordre du sentiment et de la morale, c'est-à-dire un ordre spirituel qui échappe à toute logique comptable. *L'Histoire d'une Grecque moderne* est ainsi le récit de l'affirmation, inflexiblement réitérée, d'une liberté irréductible à tout monnayage humain.

Monnayer la parole d'autrui

Les tractations qui parsèment le roman ne concernent pas le seul champ d'action des personnages mais contaminent également l'ordre du discours, car, "en tant qu'objet de transaction, la parole de l'autre révèle l'empreinte, sur les représentations romanesques, d'un mode de pensée économique" [MAGNOT, 2004, p. 223]. La parole prend en effet une valeur d'échange, en s'inscrivant dans un ensemble d'interactions dictées "par des rapports de pouvoir, des contraintes économiques et des mécanismes commerciaux" (*Ibid.*). Théophé la première semble avoir instinctivement saisi la valeur utilitaire des échanges verbaux, comme nous le voyons à la réponse qu'elle tient à l'intendant du bacha qui s'apprête à l'acheter sur le marché aux esclaves : "Je lui composai une histoire qui n'étoit pas sans *vraisemblance*, mais où ma *naïveté* se trahissoit assez pour lui faire conclure qu'*il avoit quelque profit à tirer du service* qu'il alloit rendre à son maitre." (p. 84, nous soulignons). Cette sentence suggère toute la finesse oratoire de la jeune fille. En appliquant comme spontanément les préceptes aristotéliciens qui président à l'art poétique, Théophé commence par substituer la vraisemblance à la vérité – soulignée ici par la tournure négative – et privilégie l'effet que son récit produit sur le récepteur à la véracité des événements. L'usage du discours narrativisé instaure un certain flou dans ces propos qui ne permettent pas de mesurer l'ampleur de l'affabulation. Théophé joue par ailleurs autant sur le fond que sur la forme, en affichant un *ethos* qui manifeste sa "naïveté" pour désarmer et toucher plus efficacement son interlocuteur. La jeune Grecque rejoint ainsi le clan des héroïnes marivaudiennes qui, à l'image de Marianne ou de Sylvia, font constamment planer le doute sur la sincérité de cette ingénuité qui constitue un atout majeur pour parvenir à leurs fins. Toute cette stratégie rhétorique est sous-tendue par une tactique de vente, car Théophé laisse croire à l'intendant qu'il a un "profit à tirer" de cet échange pour mieux s'assurer ce parti avantageux. La jeune fille réaffirme cette conception utilitaire de la parole lorsqu'elle cherche à atténuer les "reproches" que l'ambassadeur lui assène pour s'être trop longtemps attardée dans le sérail du sélictar, en lui restituant l'histoire de Maria Rezati : "il faut que je vous attendrisse auparavant par mon récit" (p. 188). Dans un monde où la jeune femme est constamment ramenée à son infériorité sociale et à sa dépendance économique, sa parole demeure l'une des dernières ressources dont elle peut obtenir quelque avantage.

Mais Théophé n'est pas la seule à savoir instrumentaliser les échanges de parole. Si le long récit de sa vie qu'elle expose à l'ambassadeur se distingue dans l'univers romanesque de Prévost qui, contrairement à Marivaux, laisse peu de place aux énonciations directement féminines, il s'inscrit dans une logique d'échange que l'ambassadeur tourne également à son avantage. Lorsque Théophé se répand dans des effusions de reconnaissance après sa libération, le narrateur commence par souscrire à sa logique comptable en lui assurant que "des sentimens si vifs et si sincères étoient déjà un retour égal à [s]es services" (p. 72). Mais, alors même qu'il proclame cet acquittement, le narrateur poursuit ses revendications : "Et ne pensant qu'à détourner des transports que je voyois prêts à se renouveller, je lui demandai pour unique faveur de m'apprendre depuis quel tems et par quelle infortune elle avoit perdu sa liberté." (p. 72). La demande est retorse car elle est effectuée sous couvert de délicatesse, le narrateur la présentant comme un moyen d'interrompre des marques de gratitude désormais inutiles. Ce qui est présenté comme une innocente "faveur" est en réalité un rappel à l'ordre de l'inégalité de positions entre les deux protagonistes, Théophé ne pouvant se soustraire à la demande de celui à qui elle doit tant. Car comme souligne Florence Magnot, lorsqu'un récit inséré intervient entre deux personnages connaissant une forte inégalité de condition, il fonctionne comme un moyen de rétribution dans une transaction que le narrateur secondaire est contraint d'accepter : c'est ainsi que "subordination socio-économique et subordination narrative sont plus ou moins explicitement liées" [Magnot, 2004, p. 228]. Si la jeune femme accepte, c'est bien parce que chacun des désirs de l'ambassadeur demeure encore "une loi" à ses yeux (p. 73). Tout en prétendant rétablir une relation égalitaire, l'ambassadeur continue à faire de la jeune femme son obligée. Ainsi, en refusant la compensation qu'offre sa gratitude, le narrateur réclame un "récit-rétribution" qui fixe à un coût élevé la dette morale de Théophé car "un récit de vie est, dans la hiérarchie des paroles, *plus précieux* que des formules de gratitude stéréotypées, parce qu'il révèle davantage l'intimité de l'énonciateur." [Magnot, 2004, p. 239]. Cette extorsion se retournera finalement contre l'ambassadeur, car s'il obtient ce qu'il désire par un tour de force, c'est bien la connaissance qu'il a désormais du passé déshonorant de Théophé qui, la rendant indigne à ses yeux, rend sa passion honteuse.

L'impossible désintéressement moral

Dans le roman, la logique des échanges induit un glissement de la question financière à la perspective morale, dans la mesure où le narrateur s'attache, derrière toutes les tractations auxquelles il est associé, à négocier sa posture d'honnête homme désintéressé. Le doute qui pèse sur ses actions est ainsi constamment renforcé par la nature même du récit à la première personne, dans lequel le narrateur, qui livre sa vision personnelle, exprime nécessairement une conception partielle et intéressée des faits (v. Une narration sous le signe de la suspicion). Cette perspective ne peut manquer de rendre douteux le parfait désintéressement que l'ambassadeur proclame sans cesse, et ce dès qu'il évoque son rôle dans la libération de Théophé, "qui ne devoit exercer que [s]a générosité" (p. 62). L'ambassadeur, qui refuse d'être mêlé à une affaire compromettante, se glorifie d'avoir trouvé un moyen de délivrer l'esclave, tout en s'accordant implicitement le mérite d'une belle action. Il n'hésite en effet pas à se mettre en scène dans son rôle de libérateur providentiel, comme lorsqu'il rend solennellement sa liberté à la jeune Grecque, à grands coups de parole performative : "vous n'êtes plus esclave ; et je vous rends tous les droits que j'ai sur vous et sur votre liberté" (p. 69). S'il vise à libérer la jeune femme, l'acte de l'ambassadeur s'avère pourtant très ambigu car restituer à la jeune femme ses "droits", comme s'il en avait été (même très brièvement le dépositaire), revient à souscrire implicitement au système d'esclavage qui en avait d'abord privé Théophé. L'ambassadeur réaffirme néanmoins cette posture auprès du sélictar en le corrigeant lorsqu'il persiste à regarder Théophé comme une esclave : "Je le fis souvenir qu'elle devoit porter un autre nom, et l'assur[ois] que mon dessein était de la laisser jouïr de tous les droits que je lui avois rendus" (p. 96). Dans son récit, le narrateur s'appuie ainsi sur le personnage du sélictar, dont l'attitude serait antithétique à sa posture libératrice, pour mieux asseoir son statut de protecteur éclairé et désintéressé.

Cette générosité gratuite si souvent affirmée dans le récit du narrateur est toutefois contredite de manière oblique par les discours des autres personnages, qui apportent un éclairage quelque peu différent sur l'attitude de l'ambassadeur. Dans le récit à la première personne, la parole d'autrui et les variations qu'elle connaît offrent un précieux contrepoint à la vision personnelle du narrateur autodiégétique. Si Théophé semble d'abord valider la générosité du diplomate en témoignant sa reconnaissance pour sa liberté nouvellement acquise – "je dois ma liberté au plus généreux de tous les hommes" (p. 93) – ce constat évolue sensiblement par la suite. Son discours s'infléchit déjà lorsque l'ambassadeur lui propose l'usage de sa maison d'Oru : "elle ajouta que mes bienfaits étant sans bornes, elle ne s'arrêtoit plus à chercher *quel en seroit le prix*, puisqu'en obligeant une infortunée qui n'étoit capable de rien pour mon service, *je ne me proposois sans doute que de satisfaire ma générosité*" (p. 124, nous soulignons). Pressentant désormais que sa libération a bien un coût, Théophé n'évoque plus la charité de son libérateur que sous une forme hypothétique, la locution "sans doute" rétrogradant ce constat de l'affirmation à la probabilité. Ce postulat perd encore en certitude, lorsque Théophé voit Maria Rezati s'étonner du désintéressement de l'ambassadeur, que la jeune Grecque prend alors à témoin : "Dans l'erreur où vous êtes, lui dit-elle, vous serez étonnée d'apprendre de Monsieur que je ne dois rien à son amour, et que m'aiant comblée de bienfaits, je n'en ai l'obligation qu'à sa générosité. Elles paraissoient attendre toutes deux ma réponse." (p. 201). Tandis que la déclaration de Théophé laisse planer le doute sur le crédit qu'elle porte à ses propres paroles, la réaction du diplomate fait l'effet d'une chute qui mine cette attestation de libéralité, dont la jeune fille paraît finalement tout aussi dubitative que Maria Rezati.

Théophé n'est pas la seule dont les propos s'inscrivent en contrepoint des protestations de charité de l'ambassadeur : le discours du sélictar partage les mêmes "propriétés réfléchissantes" [Magnot, 2004, p. 189] permettant de réorienter la belle image que le protagoniste entretient toujours de lui-même. Lorsque le diplomate restitue à son futur rival les mille écus destinés à la libération de Théophé, ce dernier commence par manifester "quelque peine à croire que ce fût [l]a seule générosité qui [l]e portoit à servir une fille aussi aimable" (p. 66). Sans nier la part de charité qui rentre dans le projet de l'ambassadeur, la tournure restrictive laisse entendre des intentions moins avouables. Il est peu probable que les promesses du diplomate, insistant sur son désintérêt, dissipent comme il le prétend "le moindre doute" du sélictar, car les soupçons de ce dernier reviennent de plus belle lorsqu'il se voit rejeter par Théophé : "Je loue, me dit-il, le généreux sentiment qui vous intéresse au bonheur de cette jeune Grecque, et je le trouve si désintéressé qu'il excite mon admiration" (p. 70). Comme dans le discours de Théophé, l'évocation de la générosité de l'ambassadeur évolue de la tournure hypothétique à la modalité ironique non déguisée.

Par ailleurs, le récit du narrateur témoigne lui-même de certaines dissonances qui écaillent le vernis de désintéressement moral et trahissent la logique de calcul qui commande l'affranchissement de l'esclave. Ses discours révèlent ainsi de manière implicite que "la vertu et la liberté apportées à Théophé par l'ambassadeur ont un "prix"" [SEMPÈRE, 2003, p. 203]. Quand le narrateur fait valoir l'unique "compassion" qui motive sa décision de libérer Théophé, il ajoute avoir alors "encore tout le mérite de [s]a générosité" (p. 72). La tournure s'avère éminemment ambiguë: tout d'abord par la dimension oxymorique de l'expression qui rattache un "mérite" à une générosité que l'on attendrait désintéressée, mais aussi par l'adverbe "encore" qui indique, du point de vue rétrospectif du narrateur, que cette libéralité n'a eu qu'un temps et qu'elle est amenée à s'estomper.

Cette protestation de générosité participe ainsi à la construction d'un *ethos*, pourtant fragilisé par l'attitude de l'ambassadeur qui évalue explicitement sa bonne action en termes de coût et gain. Cela transparaît d'abord dans les premières réticences qu'il éprouve après avoir reçu la missive de l'esclave qui réclame son aide pour sortir du sérail: "dans les principes de conduite que je m'étois formés, rien n'étoit si opposé à mes intentions que de m'engager dans une avanture où j'avois à craindre plus de peine que de plaisir à espérer" (p. 62). Encore une fois maquillé derrière une posture morale rattachée à ses "principes", le récit de l'ambassadeur trahit une logique de calcul, dans lequel son propre "plaisir" joue le premier rôle. Il en va de même lorsque l'ambassadeur, à la veille "d'obtenir ce qu'[il] avoi[t] désiré", s'interroge sur l'avenir de l'esclave affranchie, avant d'admettre: "Je la trouvois assez aimable pour mériter que je prisse soin de sa fortune" (p. 63). Dans une réflexion qui révèle en germe le futur discours libertin de l'ambassadeur, c'est bien à son "désir" et au caractère "aimable" de Théophé qu'il s'en remet pour justifier sa protection. Par la suite, toute sa relation avec la jeune femme sera évaluée à l'aune d'une logique comptable, qui justifie la nature réelle du *commerce* souhaité par l'ambassadeur. En mettant en balance le passé infâme de Théophé avec la noblesse de son origine, le narrateur finit par conclure: "Il se faisoit de ses perfections et de ses taches une compensation qui sembloit la rendre propre à l'état où je voulois l'engager" (p. 111). Incapable de s'extraire de cette logique, c'est toujours en termes de calcul que l'ambassadeur envisage sa relation avec la jeune femme, à laquelle il attache "un si grand prix" (p. 138). Le conflit intérieur de l'ambassadeur met en lumière l'importante transition idéologique qui s'opère en cette période, à travers le conflit entre des valeurs aristocratiques prônant l'honneur et la générosité et la logique de l'intérêt qui caractérise le sujet individualiste et moderne [CUSSET, 2002]. Aux antipodes de la démarche désintéressée qui seule aurait définitivement garanti l'affranchissement de l'esclave, l'ambassadeur ne parvient jamais à s'extraire de la perspective du coût et du gain dictée par ses désirs, perpétuant sous une forme bien plus insidieuse la contrainte qui pèse encore sur Théophé.

La permanence du système de domination

Au lieu d'acter sa libération, la sortie du sérail fait basculer Théophé dans un nouveau rapport de domination, plus retors car plus insidieux : partant de la dénonciation de l'esclavage propre au système oriental, Prévost jette un éclairage critique sur les formes d'oppression plus souterraines qui minent les rapports sociaux des Occidentaux prétendument éclairés (v. Frictions idéologiques : Orient contre Occident ?). Car Théophé ne s'extrait de l'esclavage que pour s'enferrer dans une nouvelle forme d'assujettissement, à mesure que l'ambassadeur affirme son emprise sur elle.

Celle-ci tient d'abord à l'inégalité de condition à laquelle Théophé demeure soumise dès son rachat, et que la jeune femme met elle-même en avant en mêlant à ses remerciements au diplomate "des prières ardentes au Ciel de [lui] rendre avec une profusion de faveurs ce que toutes ses forces et tout son sang ne pouvoient jamais la mettre en état de payer" (p. 72). Si Théophé se place d'emblée dans une situation de débitrice face à son libérateur, c'est en usant de formules dont la tournure hyperbolique souligne la dimension rhétorique. Mais la dette de la jeune femme est pourtant loin d'être seulement formelle : le rapport incommensurable entre la liberté humaine acquise et la somme versée par l'ambassadeur empêche bien tout acquittement envers celui que Théophé regardera toujours comme un créancier à qui elle est redevable. Le discours de l'ambassadeur souligne lui-même ce lien de dépendance lorsqu'il cherche à mesurer la sincérité de la conversion morale de la jeune Grecque : "Mais en examinant [...] les motifs qu'elle avoit eus pour *souhaiter de m'avoir l'obligation de sa liberté*, je ne pus me livrer si crédulement à l'air de naïveté et d'innocence qu'elle avoit su mettre dans sa contenance et dans ses regards" (p. 93-94, nous soulignons). Sans craindre de recourir au sophisme, l'ambassadeur transforme en désir la nécessité que Théophé a eu de recourir à son aide. Après avoir fait d'elle son *obligée*, il retourne contre elle cette fragilité sociale en l'interprétant abusivement comme l'indice d'un intérêt pour lui. Le raisonnement de l'ambassadeur met en relief l'impasse dans laquelle Théophé est enfermée : celui-là même qui permet sa libération lui ôte tout accès à la liberté. Si l'ambassadeur pouvait sortir Théophé du système de l'esclavage oriental par une transaction financière, aucune somme ne peut délivrer la jeune femme de celui qui prétend, à tort, qu'elle est libre, tout en resserrant sur elle son emprise.

Prévost use de la distance narrative permise par le double registre pour accentuer le regard critique porté sur cette nouvelle forme d'assujettissement (v. Repères / Prévost et la poétique du roman-mémoires / L'âge d'or du roman-mémoires : principes et techniques). Lorsque l'ambassadeur soupçonne Théophé d'être tentée par l'offre du sélictar, il prépare contre elle un discours plein de récriminations et d'insultes, "loin de faire réfléxion que les noms qu['il] lui donnoi[t] supposoient des droits qu'elle ne [lui] avoit point accordés sur elle" (p. 129). En opposant le sentiment désordonné caractérisant l'expérience dans le temps de la diégèse à celui de la raison qui serait propre au récit rétrospectif (v. Explorations de la psyché / De l'investigation introspective à l'éraillement du double registre), le romancier montre comment l'ambassadeur, aveuglé par sa passion, s'arroge des "droits" qui bafouent ceux de Théophé. Contrairement aux prétentions affichées par le diplomate qui, au moment de la libération de la jeune femme, prétendait lui restituer les "droits" (liberté et indépendance) qu'elle avait perdus lors de son esclavage, il rejoue ici l'assujettissement premier de Théophé, pour la soumettre à sa volonté et à ses désirs. Certes, l'ambassadeur se targue de prendre certaines précautions envers elle, comme lorsqu'il lui propose de l'accompagner dans sa maison d'Oru : "J'avois tenu les yeux baissés en lui adressant ce discours, comme si j'eusse trop présumé du pouvoir que j'avois sur elle et que ma crainte eût été d'en abuser." (p. 124). Mais ces protestations de délicatesse ne suffisent pas à masquer son "abus de pouvoir", car l'ambassadeur ne se comporte en réalité pas différemment du bacha ou du sélictar, en faisant finalement bien peu de cas de la volonté de la jeune femme : "je n'examinai point si elle avoit compris mes intentions, ni si sa réponse était un consentement ou un refus, et je la pressai de partir sur le champ avec moi" (p. 124). Cet exemple illustre parfaitement la manière dont le narrateur exploite de manière précipitée l'ambiguïté d'une situation pour agir selon ses désirs [MAUZI, 1965]. De manière éminemment moderne, tout le roman de Prévost soulève ainsi la question du consentement féminin, en montrant la facilité avec laquelle, du point de vue masculin, il peut sembler accessoire.

Ce système d'emprise qui ne dit jamais clairement son nom transparaît toutes les fois où le narrateur parvient à faire agir Théophé contre son gré. Il en est un exemple flagrant lorsqu'elle manifeste ses réticences à l'idée d'aller voir son supposé père naturel pour qu'il la reconnaisse – réserves qui s'avéreront fondées lorsque l'on considère la manière dont elle est accueillie par celui-ci. Loin de respecter la réserve de la jeune Grecque, l'ambassadeur use de la contrainte pour la conduire vers cette scène de (non)-reconnaissance : "Je n'approfondissois point la cause de ces mouvemens, et je la *forçai presque malgré elle* à m'accompagner" (p. 109, nous soulignons). Si le narrateur cherche à atténuer le pléonasme pour maquiller son attitude répréhensible, cette stratégie stylistique n'ôte rien à la réalité des faits narrés. Fidèle à son refus constant d'entendre les propos de l'autre (v. Le mystère Théophé : de l'énigme au procès), l'ambassadeur finit par user de la force pour faire agir Théophé comme il l'entend. Le terme qu'il emploie ensuite, lorsqu'il dit avoir "déterminé la jeune Grecque à sortir avec [lui]" (*Ibid.*), pour plus modéré qu'il soit, reste révélateur de l'emprise que l'ambassadeur exerce sur Théophé : il s'institue comme la nouvelle source de *détermination* de ses actes, amputant ainsi son libre arbitre. Le dénouement de cette séquence laisse éclater l'inconséquence de l'ambassadeur, qui nie sa responsabilité lors de cet épisode malheureux, pour constater : "Cette malheureuse fille paroissoit plus affligée de cette disgrace que je ne l'en eusse crue capable après la difficulté qu'elle avoit marquée à me suivre" (p. 110). Après avoir mené de force Théophé vers son exclusion familiale, le diplomate s'étonne de sa tristesse dont il envisage un temps, non sans un certain cynisme, de tirer profit pour déclarer ses intentions amoureuses, sous prétexte que "ce qui venoit d'arriver les favorisoit" (p. 111). Prévost dénonce ainsi implicitement la logique de domination exercée par l'ambassadeur, qui fait fond sur l'isolement familial de la jeune femme et son plus grand dénuement pour parvenir à ses fins.

Car les intentions du diplomate font peu mystère et diffèrent de moins en moins de celles de tous les hommes qui, dans le récit de sa vie qu'elle retrace, réduisaient Théophé au rang d'objet dédié au plaisir. Le romancier tisse ainsi un lien entre la situation d'emprise qu'il dépeint et la condition des femmes sous l'Ancien Régime, qui leur laisse bien peu de liberté. Car celles qui ne rejoignent pas l'institution du mariage sont le plus souvent sommées d'entrer au couvent, dont Diderot proposera une peinture acide avec *La Religieuse*, ou destinées à vendre leurs charmes – c'était l'option privilégiée par Manon Lescaut pour échapper à une vie de pauvreté. Tout comme Marivaux ou Mouhy, Prévost dénonce dans ses romans le peu de moyens dont disposent les jeunes femmes livrées à elles-mêmes, et qui n'ont souvent d'autres ressources que l'usage de leurs charmes. C'est en partie à ce titre que l'ambassadeur se prétend sûr de son succès avec Théophé, en foulant au pied sa conversion morale pour la réduire au rang d'objet sexuel: "ce n'étoit non plus d'une femme sur qui *j'avois acquis tant de droits*, et qui s'étoit livrée d'ailleurs à moi si volontairement, que je devois attendre des excès de réserve et de bienséance" (p. 134, nous soulignons). Cette fois encore, le diplomate renie l'acte de libération par lequel il avait prétendument restitué à Théophé ses "droits" en la sortant du sérail (p. 69), pour affirmer sa position de pouvoir et de domination qui, suivant la même logique que celle du système d'esclavage oriental, lui vient de son acte d'"acquisition". L'ambassadeur libertin joue sur la polysémie du langage et le double sens de "se livrer", pour indûment confondre la confiance que la jeune femme place en lui avec la disponibilité de ses faveurs sexuelles – l'abus de langage manifestant ici nettement l'abus de pouvoir auquel s'adonne le diplomate. La scène de la maison d'Oru illustre magistralement la manière dont le consentement de Théophé se trouve bafoué (v. Du roman d'amour au roman de la frustration / L'insaisissable objet du désir / Éros borderline / La tentation du viol). Le narrateur, sous le prétexte de l'emprise de la passion, se dit en effet prêt "à compter pour rien sa résistance et ses larmes" (p. 136). La logique de calcul propre à l'ambassadeur atteint ici des extrémités puisqu'elle ne se réduit plus à l'estimation d'un profit, mais va jusqu'à annihiler la résistance d'autrui. La réaction de Théophé est en ce sens éloquente: "Hélas! qu'ai-je droit de vous refuser? me répéta-t-elle avec la même langueur. Ai-je en mon pouvoir quelque chose qui ne soit pas à vous plus qu'à moi-même?" (*Ibid*.). Ne disposant d'aucune ressource pour se défendre, la jeune femme renonce à ses propres "droits" et se déclare elle-même comme possession de l'ambassadeur, en se proclamant "[sa] malheureuse esclave" (p. 137). En la réduisant encore à un objet de charme, l'ambassadeur discrédite la conversion morale de Théophé et lui soustrait son droit à la liberté et à la possibilité de se définir elle-même. Et lorsque la jeune femme demande, à la fin du roman, à se retirer au couvent, l'injonction proférée par l'ambassadeur – "Vous ne me quitterez point, dis-je à Théophé, et vous tiendrez une conduite qui puisse braver tous les soupçons" (p. 291) – acte de la violence du système d'emprise qu'il est parvenu à tisser autour d'elle, qui prend finalement la forme d'un emprisonnement en bonne et due forme.

La réaction de Théophé, quand elle apprend qu'elle sera rachetée par le sélictar sans savoir qu'il s'agit d'une manigance de l'ambassadeur pour la libérer, prend rétrospectivement une tonalité bien amère : "Elle se figura que c'étoit moi qui la tirois effectivement du serrail de Chériber, mais pour *la faire changer seulement d'esclavage*, et que j'avois mal entendu par conséquent ou compté pour rien les motifs qu'elle m'avoit donnés pour la servir." (p. 65, nous soulignons). Tout en ignorant les conditions de son changement de situation, la jeune femme exprime bien, par une sorte d'ironie tragique, la réalité du futur assujettissement auquel l'ambassadeur la contraindra. De l'esclavage des corps à l'emprise des consciences, Prévost montre comment l'action de libération ostensiblement menée par l'ambassadeur le conduit à "une imposition qui reproduit, certes d'une façon plus subtile, l'imposition grossièrement physique des Turcs" [CALDER, 2000, p. 111]. C'est ainsi que se rejoue, sous une forme latente et déguisée, l'asservissement de la jeune femme, miroir d'une condition féminine dont les droits et la liberté de conscience se voient invariablement minorés.

EXPLORATIONS DE LA PSYCHÉ

LE ROMAN DE LA SUBJECTIVITÉ

Variations sentimentales

En donnant accès à l'intériorité du personnage-narrateur, le récit à la première personne en dit moins sur la réalité des événements décrits que sur la manière dont ceux-ci sont perçus, intériorisés et réverbérés par une conscience (v. Repères / Prévost et la poétique du roman-mémoires). Le roman-mémoires prévostien participe en premier lieu au développement de l'expression de la sensibilité qui s'opère en ce premier XVIIIe siècle, en s'inscrivant dans la mouvance d'une "métaphysique du sentiment" qui se livre à une étude minutieuse des états sensibles pour renouveler les représentations de la subjectivité [SGARD, 1989, p. 170]. Cet avènement du sentiment transparaît dans *L'Histoire d'une Grecque moderne*, qui dévoile tout un monde d'impressions sensibles.

Le narrateur prête d'abord une attention particulière aux sentiments de Théophé. Lorsqu'il évoque sa gratitude après sa libération, il retranscrit ainsi la violence de ses "soupirs" ou le "ruisseau de pleurs" qu'elle laisse échapper, pour donner la mesure du "tumulte de ses sentimens" (p. 71). Le narrateur ne s'arrête pas à ces sentiments hyperboliques, mais se remémore aussi certains détails, lorsqu'il évoque plus loin le "regard tremblant" de la jeune Grecque (p. 65), par une hypallage soulignant sa crainte d'avoir mal exprimé ses intentions, ou la manière dont elle "branl[e] la tête, en souriant avec beaucoup de douceur", lorsqu'elle insiste pour défendre le cas de Maria Rezati (p. 192). Mais, toujours réticent à approfondir "la cause de ces mouvemens" qu'il préfère laisser dans l'ombre (p. 109), le narrateur n'offre qu'un portrait relativement sommaire des états d'âme de Théophé. Narration à la première personne oblige, c'est sur ses propres sentiments qu'il s'attarde avec le plus d'insistance. Prévost donne alors à voir un large éventail de sentiments qui révèle la finesse et la richesse de la vie intérieure. C'est, par exemple, "le mouvement de pitié" que l'ambassadeur dit éprouver lors de son premier échange avec Théophé (p. 61), l'"accablement de chagrin" auquel il est en proie lorsque quand il pense qu'elle lui dissimule une liaison avec Synèse (p. 157), la "vive alarme" qu'il subit en apprenant du vizir que le sélictar se serait caché chez lui (p. 165), ou encore l'"affreux dépit" qu'il éprouve à la lecture de la lettre composée par Théophé pour entériner son refus (p. 204).

Dans sa peinture de la vie intérieure, Prévost s'éloigne du schéma classique des passions, restreintes et définies, qui prévalaient encore au siècle précédent, pour privilégier une représentation variée et hétérogène du sentiment, plus proche de la complexité et du dynamisme de l'expérience sensible. Contrairement aux passions clairement identifiables, l'ambassadeur est souvent en proie à une confusion de sentiments qui se manifeste par un écheveau d'impressions confuses qu'il peine lui-même à définir. L'ambassadeur se dit ainsi "troublé de mille craintes" au moment où il apprend la fuite de Théophé (p. 113), mentionne indistinctement "les mouvemens qui [l]'agitoient" lorsque Théophé lui réclame un entretien après reçu la première offre du sélictar (p. 129), ou confesse encore la persistance du "fond d'agitation" après le refus que lui-même essuie lors de leur arrivée à Oru (p. 137). La représentation affective ne s'attache plus à assigner au personnage des états d'âme particularisés, mais explore l'émergence de mouvements intérieurs indéfinis, désordonnés et fuyants. Le narrateur mentionne ainsi, au moment de la fuite de Théophé, la puissance de son transport, qui s'exprime par des "mouvemens qu['il] n'avoi[t] jamais sentis" (p. 112). Il évoque encore comment, "avec beaucoup de confusion et de dépit", il soupçonne une liaison entre Théophé et le comte rencontré à Livourne : "Quels nouveaux transports cette pensée ne me fit-elle point éprouver !", finit-il par conclure, en restituant l'enfermement de sa conscience troublée qui s'autoalimente en un cercle vicieux (p. 251). Ce n'est qu'au dénouement du récit que le narrateur se dit enfin délivré "de ces mouvemens inquiets qui avoient été depuis plusieurs années [s]a situation presque habituelle" (p. 263). Si ces "mouvements" semblent accuser un déficit de détermination, en ne revoyant à aucun sentiment clairement identifié, leur présence se démarque toutefois par une intensité marquée. En voyant Théophé tranquille et riante après son entretien privé avec le sélictar, le narrateur admet ainsi que sa "propre confusion fut extrême" (p. 129), tout comme il fait ensuite part de ses "plus violentes agitations" lorsqu'elle refuse à son tour ses déclarations amoureuses (p. 202), ou éprouve "un frisson mortel" en soupçonnant Théophé d'entretenir une liaison avec le comte de M*** (p. 253). Chez Prévost, dont les personnages témoignent toujours d'une extrême sensibilité, tout se passe comme si le sentiment perdait en définition ce qu'il gagne en puissance et en vivacité.

L'intensité du sentiment est également suggérée par les incidences physiologiques qu'il provoque. L'égarement de l'ambassadeur lors de la fuite de Théophé est ainsi renforcé lorsqu'il mentionne les motifs qui lui "échauffèrent le sang" (p. 112). C'est ici par un écho à la physiologie des humeurs que Prévost manifeste le dérèglement physiologique que suscite son émoi. Le romancier use d'une image plus suggestive lorsqu'il compare l'emportement éprouvé par l'ambassadeur lorsqu'il surprend le comte de M*** aux genoux de Théophé à "la vue d'un serpent, qui [lui] auroit soufflé son poison" (p. 250). Le corps s'anime, s'ébranle ou se fige ainsi à l'unisson du sentiment, dans une représentation romanesque qui infléchit considérablement le dualisme qui affirmait la séparation entre le corps et l'esprit, prôné par une longue tradition philosophique et renforcée par la diffusion de la philosophie cartésienne [DENEYS-TUNNEY, 1992]. Le narrateur témoigne au contraire d'une expression corporelle si éloquente qu'elle menace toujours de trahir ses sentiments. Cela transparaît dans la peine qu'il a à "cacher la rougeur qui se répandit malgré [lui] sur [s]on visage" lorsqu'il est témoin de la seconde offre du sélictar (p. 186). Dans cette représentation du "corps parlant", les signes physiologiques fonctionnent comme un système sémiotique, que le narrateur s'efforce de maîtriser [DESJARDINS, 2001]. C'est encore ce qu'il suggère lorsqu'il abandonne Théophé à son entretien avec le sélictar : "presque étouffé par la violence que je me faisois pour cacher mon agitation, je ne pensai qu'à gagner la rue, dans l'espérance de me soulager du moins par quelques soupirs" (p. 127-128). Trait d'union entre le sentiment et son expression physique, le soupir apparaît ici comme le symbole de cette alliance entre l'âme et le corps.

La particularité de ces représentations affectives ne tient pas seulement à leur intensité, mais à une hétérogénéité qui les rend insaisissables et les soustrait à l'analyse logique. Dans les romans-mémoires prévostiens, "le sentiment se révèle être souvent une confluence d'émotions non seulement disparates mais contradictoires", note Philip Stewart [2010, p. 101]. L'ambassadeur témoigne ainsi de ces discordances intimes dont il retranscrit l'étrangeté. À Livourne, lorsqu'il campe à la porte de la chambre de Théophé dans l'espoir de surprendre sa relation avec le comte, il s'agite "avec autant d'impatience que s'[il] e[ût] souhaité de voir ou d'entendre ce qu['il] appréhendoi[t] le plus mortellement" (p. 250). En donnant à voir un affect né de la fusion du désir et de la crainte, Prévost incorpore ainsi dans la sphère romanesque la déstabilisante réalité du sentiment, qui fait parfois figure d'union monstrueuse d'impressions discordantes. Il agit dans un souci tant d'ordre psychologique qu'esthétique, qui vise à l'efficacité de la réception, dans la mesure où l'émotion la plus touchante est souvent en même temps complexe et non unitaire [Stewart, 2017, p. 72]. Lorsque l'ambassadeur apprend que Théophé refuse finalement les avances du sélictar, dont il redoutait le succès, il se trouve "plus embarrassé de [s]a joie qu['il] ne l'avoi[t] été de [s]a douleur" (p. 130). Son récit retranscrit ainsi ces surprenantes variations affectives, mêlées de sentiments successifs et parfois contradictoires, dont le sujet ne parvient pas à assimiler la nature paradoxale.

Ces oscillations intérieures, difficilement appréhendables, provoquent une certaine étrangeté à soi dont rend compte le récit. Bien souvent, cette incompréhension provient des réticences que l'ambassadeur manifeste à faire jour en lui-même (v. Une narration sous le signe de la suspicion / De l'aveuglement à l'obscurité instrumentalisée). C'est notamment le cas lors de la fuite de Théophé, lorsque le narrateur ne prend pas la peine de "chercher les raisons qui [lui] causoient un trouble si pressant" (p. 112). Le récit déploie ainsi nombre de situations où l'ambassadeur éprouve des sentiments dont la nature lui échappe. En mentionnant les motifs qui lui échauffent le sang quand il apprend que Théophé a disparu, le narrateur ajoute en effet: "j'ignore moi-même de quelle nature ils étoient" (*Ibid.*). Il révèle par là le sentiment d'étrangeté intérieure qui accompagne la naissance de l'amour et qui perdure encore au moment de la narration (v. Du roman d'amour au roman de la frustration / Une plume "conduite par l'amour" ? / Une lente maturation amoureuse). C'est encore le cas lorsque l'ambassadeur, qui essuie un nouveau refus de Théophé, explore ses propres contradictions, sans parvenir à faire jour sur ses préjugés : "Il me paroissoit si étonnant à moi-même que j'eusse besoin de tant de précautions pour expliquer mes sentimens à une fille que j'avois tirée des bras d'un Turc"

(p. 203). Si cette déconvenue s'accompagne de la traditionnelle dévalorisation de la jeune femme quand elle refuse ses avances, l'ambassadeur traduit toutefois un "étonnement à soi", qui exprime sa difficulté à se reconnaître dans ses propres états d'âme.

L'amplitude de ces variations sentimentales et les discordances intimes qu'elles suscitent contaminent alors la marche de l'expression, qui s'en trouve elle aussi altérée. Le romancier se montre en effet particulièrement attentif à ces moments de tension qui perturbent l'accès au langage. Au moment où il retrouve Théophé à Oru, après l'altercation entre Synèse et le sélictar, l'ambassadeur se renseigne sur les récents événements qui se sont déroulés dans sa demeure "un transport dont [il] ne pu[t] empêcher qu'il ne se communiquât quelque chose à [s]es expressions" (p. 178). L'ébranlement intérieur se réverbère, malgré soi, dans l'usage du langage qui se soustrait à une parfaite maîtrise. Genre éminemment réflexif, le roman-mémoires réfléchit ainsi sur le fonctionnement de l'expression : il se plaît à souligner les défaillances du langage et les résistances que les impressions intérieures, fuyantes et contradictoires, opposent à la logique des mots [Courbin, 2022] Cette résistance atteint un paroxysme quand l'ambassadeur se confronte à des expériences indicibles. C'est le cas lorsque Théophé, lasse d'entendre une énième déclaration, lui déclare vouloir le quitter s'il ne renonce pas à ses désirs, déclaration qui le laisse muet : "La voix, le mouvement, la refléxion, toutes mes facultés naturelles étoient comme suspendues par l'excès de mon étonnement et de ma confusion" (p. 234). Le narrateur fait ici état d'un saisissement qui produit une anesthésie généralisée : elle court-circuite l'activité rationnelle et provoque une altération de toutes les facultés du sujet, condamné à un long silence immobile. Chez Prévost, ces états de suspension intérieure, normalement éphémères, perdurent de manière indéfinie en diluant la scansion du temps (v. Principes de composition / Reflets, spirale, oscillations / De crise en crise : la dynamique de l'action). Le narrateur rend compte d'un état semblable lors de la disparition soudaine de Théophé. Après avoir envoyé le maître de langues la retrouver, il attend son retour "avec une impatience qui ne peut être exprimée" (p. 112). L'expression n'est pas seulement rhétorique car, en opposant la parole au sentiment, le narrateur souligne les limites d'un langage qui ne peut retranscrire la vivacité des élans intérieurs éprouvés autrefois. Pour suggérer cet écueil, le romancier use ici d'une figure qui lui est chère, celle de l'*adynaton* qui, au sens étymologique du terme désigne une impuissance, pour mieux suggérer l'incapacité à exprimer précisément ces états intérieurs, encore au moment de la narration (v. Le travail du texte / Stylistique / Un récit problématique). Fidèle à la poétique prévostienne, *L'Histoire d'une Grecque moderne* explore ainsi la complexité des variations sentimentales et interroge la manière dont le sujet parvient à les saisir et à les exprimer en se confrontant aux limites et aux défaillances du langage.

DE L'INVESTIGATION INTROSPECTIVE À L'ÉRAILLEMENT DU DOUBLE REGISTRE

Si le roman incorpore le thème de l'enquête (v. Une enquête romanesque / Un récit d'investigation), c'est finalement sous sa forme la plus intérieure qu'est l'investigation introspective. Le narrateur louvoie ainsi entre ses moments d'aveuglement et de contradiction personnelle pour tenter de démêler ses sentiments et éclaircir les motifs de ses propres actions. Voici comment il cherche à s'expliquer son étonnement devant la retenue éprouvée face à Théophé :

> Mais outre quelques remords secrets *dont je ne pouvois me défendre en me souvenant des maximes de sagesse que j'avois expliquées mille fois à Théophé*, et la crainte de me rendre méprisable à ses propres yeux par une passion dont le but ne pouvoit être après tout que *la ruïne des sentimens de vertu que j'avois contribué à lui inspirer*, il faudroit que je pusse donner une juste idée de sa personne pour faire concevoir qu'une figure qui n'étoit propre qu'à jetter des flammes dans un cœur, devenoit par cette raison même la plus capable d'imposer de la crainte et du respect [...] (p. 203, nous soulignons).

Par l'une de ces phrases labyrinthiques dont Prévost a le secret (v. Une narration sous le signe de la suspicion / L'art de l'ambiguïté), la narration s'efforce de débrouiller les fils de ce réseau d'impressions confuses. Le narrateur fait ici preuve d'une rare lucidité en exposant ses torts, rendus manifestes par ses "remords secrets" ou son comportement provoquant "la ruine des sentiments de vertu" inculqués à Théophé.

La distance rétrospective permet également de mettre au jour ses contradictions intérieures, qui transparaissent dans le mélange de désir et de crainte qu'éveille en lui la jeune femme. Mais, si la narration opère un filtre permettant de révéler ses motivations intérieures, cette lucidité s'avère très relative car l'insistance avec laquelle le protagoniste aurait tenté d'éclairer Théophé ne peut manquer de paraître mensongère. Le récit avait au contraire souligné avec insistance la révélation quasi épiphanique de Théophé au premier contact de ces principes moraux, qui étaient déjà contenus en germe dans son esprit (v. Le projet pédagogique : entre initiation spirituelle et échec programmé / Un projet pédagogique miné / Le "génie" de Théophé : des dispositions innées). De même, l'usage de l'hyperbole trahit nettement le transfert que le narrateur opère sur la jeune femme à qui il impute son propre égarement, car celui que le narrateur doit "mille fois" rappeler à ces principes de vertu n'est autre que lui-même. Si la démarche introspective propre au roman-mémoires offre un éclairage sur les étranges motifs du cœur humain, il s'agit d'une lumière toujours tamisée par les rouages de l'aveuglement et de l'amour propre, persistant encore dans le temps de la narration.

C'est encore le cas lorsque le narrateur explique comment il lui prend l'idée d'inviter Synèse dans sa maison d'Oru pour lui prodiguer le même enseignement qu'à Théophé, sans parvenir à cerner ses réserves sur ce sujet : "S'il faut que je le confesse, la principale difficulté que j'eus à combattre ne fut pas bien démêlée dans mon esprit, et ce fut peut-être l'obligation où je me crus de l'en éloigner qui m'empêcha d'en former d'autres auxquelles j'aurois pu trouver plus de raisons de m'arrêter" (p. 150). Le motif confessionnel amorce et justifie la démarche introspective. Celle-ci demeure toutefois laborieuse et hypothétique car elle restitue l'aveuglement premier : si l'ambassadeur éprouve quelques réticences à la réalisation de son projet, celle-ci est d'abord attribuée à un motif erroné qui l'empêche d'explorer les autres raisons justifiant les risques de cette réunion. Ce n'est que rétrospectivement que le narrateur éclaircit la nature de cette réticence : "Je pensai confusément, et sans oser me l'avouer à moi-même, que la présence continuelle de ce jeune homme m'ôteroit la liberté d'être seul avec Théophé" (*Ibid.*). Fort de sa distance critique, le temps de la narration permet d'apporter un éclairage nouveau sur des motifs alors non assumés et laissés dans l'ombre. Mais comme toujours chez Prévost, l'éclaircissement n'est jamais que partiel car la véritable cause suggérée par le narrateur pour légitimer des réticences qu'il ne comprend pas encore (la passion de Synèse pour Théophé) n'est pourtant pas incompatible avec cette première raison, d'abord pressentie, invoquée puis rejetée (la possessivité de l'ambassadeur). Si la démarche introspective parvient à démêler l'écheveau des impressions intérieures, c'est donc toujours de manière limitée, car émanant de cette même conscience qui, encore au temps de la narration, cherche à se dédouaner ou à se faire valoir.

Ces jeux de tension voilée entre la clairvoyance dont fait preuve le narrateur et la persistance de l'aveuglement qu'il manifeste sur son propre cas invitent ainsi à interroger la validité du système du double registre, qui depuis Rousset, oppose "le temps de la spontanéité obscure et le temps de la réflexion spectatrice" dans le régime narratif du roman-mémoires [1986, b, p. 53]. Ce principe distinguant un personnage actant aveuglé sur ses propres sentiments et un narrateur surplombant ses égarements passés pour les éclairer de sa lucidité rétrospective, est dans le récit de l'ambassadeur souvent mis à mal. Le bouleversement du double registre tient en premier lieu à la faculté analytique dont fait parfois preuve le personnage au moment même de la diégèse. Après le refus de ses avances à Oru, le diplomate, qui avait momentanément feint le repos est ainsi ramené à un "mouvement de dépit et de confusion" (p. 138). Le personnage parvient déjà à "démêler" ses impressions en identifiant, derrière cette tranquillité feinte, la naissance de "reproches" qu'il se fait de sa propre faiblesse (*Ibid.*). Si l'éclaircissement n'est pas complet – l'ambassadeur n'impute pas cette faiblesse à ses avances déplacées mais à l'objet de son affection qui en serait indigne –, le travail d'élucidation introspective est loin de n'opérer que dans l'après-coup, mais surgit des premières impressions éprouvées au moment de la diégèse. De la même manière, lorsqu'il explore la chambre de Théophé à Livourne pour y surprendre une trace de sa liaison avec le comte, l'ambassadeur parvient déjà à identifier les motifs du combat intérieur qui l'anime : "Cependant je sentois un remords cruel de l'outrage que je faisois à l'aimable Théophé ; et dans l'agitation de mille sentimens qui combattoient en sa faveur, je me demandois si mes noires défiances étoient assez bien fondées pour autoriser des observations si injurieuses." (p. 253). De manière estompée par son transport, l'ambassadeur distingue toutefois de son élan de jalousie l'injustice qu'il commet envers Théophé en violant son intimité. Le protagoniste ne saurait ainsi être condamné à un pur aveuglement sur soi que la narration se chargerait de dissiper, mais témoigne au contraire, dès le temps de l'histoire, d'éclairs de lucidité qui anticipent déjà ce processus d'éclaircissement.

Réciproquement, le temps du récit n'est pas non plus celui du plein éclaircissement, mais demeure souvent nimbé d'obscurité. La démarche analytique censée caractériser la narration se trouve ainsi entamée par la résurgence de sentiments au moment de l'écriture, provoquée par une "anamnèse sensible" [Sermain, 1985, p. 41]. C'est le cas lorsque le narrateur retranscrit son émotion après avoir reçu toutes les marques de reconnaissance de l'esclave nouvellement libérée : "Qu'elle est sincère ! Qu'elle est naïve ! O ! Dieux, qu'elle est aimable ! Il m'échappa mille autres exclamations avant que de pouvoir mettre quelque ordre dans mes idées." (p. 207). Le flot d'exclamations emportées, les répétitions scandées et l'utilisation du présent composent un arsenal lyrique qui réactualise l'emportement passionnel au moment de la narration (v. Du roman d'amour au roman de la frustration / Une plume "conduite par l'amour" ? / Le roman d'une passion violente). À plusieurs reprises, le narrateur se livre à ces sortes de monologues intérieurs qui brouillent la distinction entre le je-narrant et le je-narré, en orchestrant "une véritable confusion des sentiments à assumer et des rôles à tenir" [Armand, 2010, p. 79]. Ainsi, lorsque le narrateur retrace son mouvement d'introspection concernant le refus de ses avances à Oru, la narration instaure un glissement progressif qui rend la réflexion du narrateur plus actuelle :

> Mais pourquoi lui faire cette injustice, et ne pas croire effectivement qu'avec un bon naturel et beaucoup de raison, elle avoit été sérieusement frappée de mille principes qu'elle trouvoit en semence au fond de son cœur ? N'avoit-elle pas rejetté nettement les offres du sélictar ? N'avoit-elle pas pensé à me quitter moi-même, pour aller chercher en Europe un état qui répondît à ses idées ? (p. 139)

Tandis que le narrateur travaille le plus souvent à jeter la suspicion sur les intentions et les actions de Théophé, qu'il regarde encore comme une "ingrate" (v. Une narration sous le signe de la suspicion), ce passage témoigne d'une sorte de fusion entre les pensées du personnage et celles du narrateur. Il semble ici que ce sont ces deux instances qui s'efforcent, par-delà la distance temporelle, d'intégrer l'éventualité de l'innocence de la jeune femme, par une longue réflexion qui tient autant de la révélation que de l'auto-persuasion. Le récit mémorialiste témoigne ainsi d'une véritable quête herméneutique, dans la mesure où il retranscrit les efforts d'une conscience qui cherche à éclairer les événements et sentiments passés pour leur donner un sens. Mais ces investigations introspectives ne sauraient se cantonner au temps de la narration, tout comme elles ne peuvent conduire à un parfait éclaircissement des motifs intérieurs. La narration prévostienne, qui trahit la persistance des sentiments et des intérêts propres à la conscience unique dont elle émane, demeure le lieu du clair-obscur.

LES ZONES D'OMBRE DE LA CONSCIENCE

L'*Histoire d'une Grecque moderne* peut se lire comme un étonnant répertoire des symptômes psychologiques qui trahissent un amour que la conscience ne peut admettre ni reconnaître comme tel [Mauzi, 1965]. En se concentrant moins sur les événements que sur la manière dont ils sont déformés ou retranscrits par un narrateur toujours intéressé, ce roman-mémoires explore les forces obscures qui président à la marche de l'esprit. Si celles-ci tiennent souvent d'un aveuglement volontairement entretenu par le narrateur pour atténuer sa responsabilité, le récit laisse également entrevoir de manière extrêmement moderne le travail des phénomènes psychiques qui se dérobent à la conscience. En proposant une "radiographie personnelle de la psyché", Prévost montre ainsi que "le moi conscient coexiste avec des zones plus obscures", qu'il s'emploie à explorer [Leborgne, 2006, p. 57].

Tandis que le narrateur affirme constamment sa bonté et sa générosité, le récit révèle en filigrane une tout autre réalité, en dévoilant certaines tendances qui ne manquent pas d'inquiéter. Nous avions déjà souligné la propension de l'ambassadeur à diffamer Théophé à chaque fois que la jeune femme déclinait ses avances (v. Du roman d'amour au roman de la frustration / L'insaisissable objet du désir). Cette propension s'affirme lorsque, se révélant particulièrement insensible et cruel, il admet tirer un certain plaisir de la souffrance d'autrui qui ne va pas sans rappeler l'expression de pulsions sadiques. Cela se manifeste avant tout dans son rapport à Théophé, et ce dès le début de leur relation. Après avoir missionné le sélictar pour racheter l'esclave en son nom, l'ambassadeur s'apprête ainsi à savourer le désarroi de la jeune femme qui pensera seulement changer de maître au lieu d'être libérée. "Je prévis que cette scène auroit en effet quelque agrément pour moi" annonce d'emblée le narrateur (p. 64). Contrairement à ce que l'on pourrait attendre, l'"agrément" ici mentionné ne tient pas au plaisir de voir la jeune femme libérée, mais bien au spectacle de sa souffrance promis par ce malentendu : "je m'attendois bien qu'elle n'apprendroit point sans douleur que son esclavage alloit augmenter dans le serrail du sélictar", explique en effet le narrateur (*Ibid.*). Il détaille l'idée qu'il se fait du dépit de la jeune femme à l'annonce de son nouveau rachat, comme en s'en délectant par avance : "Que seroit-ce de l'apprendre en ma présence, et de n'oser faire éclater son ressentiment par des plaintes ?" (*Ibid.*). Cette cruauté est d'autant plus marquée que le malentendu semble en partie entretenu par le diplomate qui, alors que Théophé lui avait par deux fois demandé s'il acceptait de la libérer, avait sciemment maintenu l'ambiguïté sur son sort : "je m'étois contenté de lui dire que je répondrois à l'opinion qu'on avoit de moi avec tout le zèle qu'on en attendoit" (*Ibid.*). Sans égard pour la jeune esclave qui ignore son destin, l'ambassadeur paraît tout mettre en œuvre pour la maintenir dans l'ignorance et profiter par avance de son désespoir. S'il se dit ensuite "attendri" par "les larmes de la belle Grecque" (p. 65), ce mouvement semble moins tenir d'un élan de compassion que d'une attraction de nature moins avouable. La scène des avances à Oru témoigne en effet du peu de pitié que l'ambassadeur éprouve face aux pleurs de Théophé, puisqu'il s'apprête à ne "compter pour rien sa résistance et ses larmes" pour parvenir à ses fins (p. 136). Pour l'ambassadeur, les larmes de la jeune femme constituent une donnée négligeable, quand elles ne constituent pas un aiguillon à son désir.

Cette appétence non dissimulée du diplomate pour la souffrance d'autrui ne se réduit pas à sa relation avec Théophé mais transparaît dans ses rapports avec les autres personnages, témoignant par là d'une tendance générale. Nous avions déjà évoqué l'hypocrisie de l'ambassadeur lors du châtiment infligé à Synèse par son père pour le punir de ses projets de mariage avec Théophé : cette réaction dissimule sous une bonté apparente, la satisfaction de voir son rival "justement puni" (p. 222) (v. Une narration sous le signe de la suspicion / Du narrateur faillible au narrateur indigne de confiance). L'ambassadeur manifeste la même attitude ambiguë avec ses autres concurrents, dont il semble savourer les disgrâces. Toutes les déclarations d'amitié que le narrateur professe envers le sélictar, et ce "malgré l'opposition de [leurs] intérêts" (p. 132), se trouvent mises à mal par certaines saillies qui contrastent nettement avec ce discours. Lorsque l'ambassadeur finit par lui avouer son amour pour Théophé, il se montre ainsi parfaitement insensible à la colère de ce rival qui découvre qu'il a été trahi par ses constantes protestations d'indifférence : "j'avois moi-même tant de plaintes à faire de mon sort que m'en trouvant peut-être moins sensible à celui d'autrui, *je pris le parti de rire* de son chagrin pour soulager le mien" (p. 215, nous soulignons). Sans motivation logique, le narrateur glisse de l'indifférence au plaisir cynique éprouvé face à la souffrance d'autrui, qui semble provenir d'un choix assumé. Persévérant dans "cette disposition", l'ambassadeur s'empresse de retrouver Théophé pour lui demander "en badinant ce qu'elle pensoit du sélictar" (*Ibid.*). Le diplomate parvient ainsi à retourner son propre échec amoureux contre son rival, qu'il se plaît à humilier publiquement. De la même manière, lorsqu'au début de la seconde partie du récit, l'ambassadeur est invité à renouveler ses sollicitations auprès du grand vizir pour sauver Chériber au moment de la révolte des janissaires, il manifeste sa déception de ne pouvoir démasquer le sélictar qu'il soupçonne être caché dans son jardin : "Quel contretems, à l'entrée d'une nuit où j'étois résolu de recommencer ma garde à la porte de mon jardin, et où je *me repaissois déjà de la confusion* dont je voulois couvrir le sélictar !" (p. 173, nous soulignons). Cette sentence contraste fortement avec la posture de bienveillante générosité qu'adoptera l'ambassadeur lorsqu'il découvrira le sélictar chez lui (p. 184). La métaphore de la dévoration laisse au contraire entrevoir un ambassadeur carnassier, qui semble se repaître du malaise et de la souffrance d'autrui.

Le narrateur va jusqu'à souligner à plusieurs reprises la "malignité" de ses actions ou de ses intentions. Ainsi, lorsque l'ambassadeur, chargé par le sélictar de sonder Théophé sur la proposition de demande en mariage qu'il compte lui faire, apprend de la jeune femme que, fidèle à ses principes, elle s'apprête à la refuser, il incite cruellement son rival à hâter sa demande : "Il entroit une joie maligne dans ce conseil. Je brûlois non seulement de voir finir ses importunités par un refus qui lui ôtât tout à fait l'espérance, mais encore plus de jouïr parfaitement de mon triomphe en voyant mon rival humilié à mes yeux." (p. 227). Le narrateur justifie cette satisfaction sadique par une logique de compensation, la souffrance de son rival constituant "le seul plaisir" (*Ibid.*) qu'il lui reste à espérer. Plus tard, le narrateur insiste encore sur la "satisfaction maligne" qu'il tire à dénigrer auprès de Théophé la passion du comte rencontré à Livourne, après son départ soudain qui la plonge dans une grande affliction (p. 262). Catherine Cusset souligne à juste titre la puissance sémantique de l'adjectif, plus forte alors qu'aujourd'hui, qui fait directement écho au pouvoir du Malin, du diable [2002, p. 298]. Ce n'est pas un hasard si c'est ici que l'ambassadeur se montre le plus cruel car, par l'aveu de cette passion réciproque – Théophé éprouve envers le comte une "violente inclination", au point d'écorner "[s]es propres maximes" (p. 258) –, la jeune femme invite à relire le refus qu'elle a constamment opposé à l'ambassadeur comme un défaut de goût envers lui, peut-être encore plus décisif que son appétence pour la liberté. Faute d'être l'objet de la passion de Théophé, et de satisfaire la sienne, l'ambassadeur n'a plus d'autre plaisir que celui qu'il tire du malheur des autres : sa cruauté vindicative révèle ainsi un visage bien plus inquiétant que l'image du diplomate policé qu'il arbore sans cesse.

Cette tendance manifeste de l'ambassadeur à tirer du plaisir de la souffrance ne provient pas seulement de ses rapports extérieurs, mais se dirige également contre lui. En effet, sa manière de persister dans une passion malheureuse, dont il ressasse constamment les effets dévastateurs ne va pas sans une certaine complaisance. Lorsque le sélictar lui apprend qu'il a demandé la main de Théophé à Condoidi avec succès et qu'il s'apprête à l'épouser en lui accordant tous les honneurs, l'ambassadeur détaille les effets de sa "malheureuse passion qui subsistait toujours", et renforce encore ce cruel retournement de situation en extrapolant ses conséquences par "mille idées qui se changeoient aussi-tôt en pointes cruelles pour [lui] tourmenter l'esprit et [lui] déchirer le cœur" (p. 225). La nature de ses tendances masochistes transparaît encore plus nettement lors de l'épisode où il espionne la chambre de Théophé à Livourne, à la recherche d'une preuve de sa liaison avec le comte : "je cherchai à redoubler le desespoir qui me rongeoit le cœur", confesse-t-il après coup (p. 250). Nous retrouvons la même métaphore de la dévoration déjà utilisée pour désigner la souffrance du sélictar, mais cette fois attribuée à l'ambassadeur qui travaille lui-même à augmenter ses malheurs en entretenant sa jalousie obsessionnelle. Ce motif réapparaît lorsque le narrateur admet que, en entendant Théophé demander un délai au sélictar pour réfléchir sur son offre, il aurait peut-être "trouvé dans la fin de ce discours de quoi diminuer ou suspendre le chagrin qui [l]e dévoroit" s'il avait eu l'esprit assez libre pour y saisir quelque consolation (p. 127). La tendance de l'ambassadeur à ignorer tout ce qui pourrait le consoler est soutenue par une image de la dévoration qui tourne à l'autophagie. Cette perspective invite à reconsidérer l'ensemble du récit de l'ambassadeur, qui, loin d'être toujours cathartique, explore aussi les arcanes de sa passion avec "une curiosité masochiste" [Sgard, 1989, p. 9]. Selon le propos programmatique de l'exorde, la narration lui offre un moyen de rejouer et d'alimenter encore ce qui fut pour lui "le tourment continuel de [s]a vie" (p. 56). Tout comme l'ambassadeur cherchait à renforcer sa souffrance amoureuse, le narrateur cherche à réveiller ses malheurs en se complaisant dans son *ethos* d'amant rebuté. En soulignant le plaisir que l'ambassadeur puise dans le malheur des autres et dans le sien propre, Prévost retranscrit ainsi les tendances les plus contradictoires du cœur humain, en suggérant avec une grande finesse d'intuition la part d'irrationnel et de pulsionnel qu'elles recèlent.

Si ces tendances sont encore révélées à demi-mot, il en est d'autres qui, s'exprimant le plus souvent par la négative, trahissent certains mécanismes de défense, tels que les effets de dénégation qui ponctuent le récit de l'ambassadeur [Leborgne, 1997, p. 456-460]. Par eux, le narrateur exprime un sentiment ou un désir en le récusant par ailleurs. C'est ainsi que les innombrables protestations d'indifférence ou de tranquillité du diplomate sont fortement fragilisées car souvent contredites dans la suite de la narration. Tout en s'étonnant de la facilité avec laquelle le sélictar, au début du récit, prétend accepter la liberté de Théophé, l'ambassadeur certifie ainsi que "[s]on imagination étoit aussi tranquille que [s]on cœur" (p. 71). Cette prétention au calme sera en effet bien vite contredite lors de la disparition soudaine de Théophé, qui plonge le narrateur dans un égarement proche de la fureur. Un exemple analogue invite à se méfier de ce récit, qui montre que les zones d'ombre du protagoniste ne se situent pas toujours où il le prétend. En effet, après avoir chargé Béma de surveiller Théophé, l'ambassadeur prétend encore : "J'étois devenu tout d'un coup tranquille sur ce qui la regardoit" (p. 148). Malgré le ton assertif, cette posture de tranquillité est discréditée par le système de surveillance que l'ambassadeur organise autour de Théophé et qui trahit l'ampleur de ses inquiétudes. De même, au tout début du récit, lorsque l'ambassadeur est mis à la porte en attendant que Chériber procure à son esclave les "dernières marques de sa tendresse" en guise d'adieu, le narrateur arbore d'abord une parfaite indifférence – "mon cœur étoit bien libre, puisque je soutins cette idée sans la moindre émotion." (p. 66) –, cette fois encore rapidement mise en doute par la tournure adversative qui suit : "Cependant, [...] je ne pensai qu'à me rendre chez moi" (*Ibid.*). Derrière l'indifférence affichée, Prévost laisse entrevoir l'impatience et le germe probable de la frustration qui constituera le régime affectif général de l'ambassadeur. En représentant une parole trouée de contradictions internes, le romancier donne ainsi à voir le fonctionnement des mécanismes de défense psychique, et invite à explorer les rouages d'une psyché des profondeurs, qui ne se laisse jamais voir telle qu'elle est.

Ces processus semi-conscients ne transparaissent pas seulement des discordances du discours, mais ils sont parfois nettement dévoilés dans la rétrospection du récit : dans ces cas où le régime du double registre joue à plein, le narrateur souligne après-coup la manière dont son esprit s'efforce de se tromper lui-même. "Telles étoient encore les bornes où je croyois renfermer mes sentimens", constate ainsi ironiquement le narrateur après avoir retranscrit l'un de ses raisonnements fallacieux, prétendument destiné à confirmer sa maîtrise de soi (p. 114) (v. Une narration sous le signe de la suspicion / De l'aveuglement à l'obscurité instrumentalisée). Cela apparaît surtout à travers les nombreuses manifestations d'autopersuasion que le narrateur met explicitement en exergue. Car si l'autopersuasion part d'une démarche bien consciente, elle révèle par contraste l'existence de pensées qui résistent et que l'esprit refuse d'admettre. C'est le cas lorsque l'ambassadeur interroge Bema pour éclaircir la relation entre Synèse et Théophé : "Elle affecta de ne rien comprendre à mes questions, et je me persuadai à la fin qu' [...] elle ne s'étoit point apperçue de leur liaison" (p. 158). L'autopersuasion a ici une double finalité puisqu'elle permet à l'ambassadeur de maintenir le flou sur la relation entre Synèse et Théophé, tout en fermant les yeux sur la trahison de son esclave. Ce mécanisme psychique s'opère donc toujours en vue d'un gain, qu'il s'agit au lecteur de déceler. Ainsi, en voyant le sélictar se réduire à de vagues déclarations amoureuses, le narrateur explique comment il "[s]e persuad[a] à la fin que [l]'aiant entendu parler souvent de cette manière fine d'aimer, [...] il y avoit pris assez de goût pour en faire l'essai" (p. 154). En occultant sa propre "turquisation" progressive, l'ambassadeur préfère ici se convaincre des bornes que son rival sembler poser à sa passion (v. Frictions idéologiques : Orient contre

Occident ? / L'effritement de l'opposition idéologique). Les procédés d'autopersuasion s'accompagnent ainsi volontiers de ces phénomènes de transfert dont l'ambassadeur est aussi familier. Après avoir reçu de Théophé des éclaircissements sur l'altercation entre le sélictar et Synèse qui s'est produite dans sa chambre, l'ambassadeur la quitte sur une sentence pleine de sous-entendus, tout en s'étonnant de l'incompréhension de la jeune femme : "Je m'explique assez, repris-je ; et je me persuadai en effet, en la quittant, qu'elle avoit feint de ne pas m'entendre" (p. 180). Prévost montre ainsi comment ces tentatives d'autopersuasion dissimulent des stratagèmes pour mieux se dédouaner en déportant la dissimulation sur l'autre. Dans ce récit souvent à double ou triple fond, la désignation de l'autopersuasion constitue souvent moins une démarche sincère de la part d'un narrateur cherchant à faire jour sur ses intentions passées, qu'une technique encore retorse destinée à imposer ses intérêts et son point de vue.

En s'attardant sur ces manifestations qui résistent à la conscience, le récit de l'ambassadeur dévoile l'existence de phénomènes qui s'opèrent dans l'ombre de la psyché, notamment par un travail de censure – que la psychanalyse désignera sous le nom de refoulement. Erik Leborgne invite ainsi à relire l'étonnante théorie médicale par laquelle l'ambassadeur présuppose l'épuration physiologique de ses désirs sous l'effet de l'amour (p. 153), en notant que ce discours correspond moins à la sublimation des pulsions charnelles qu'à un refoulement d'"idées qui paroîtroient sales" (*Ibid.*), pour mettre à distance un désir inavouable [Leborgne, 1997, p. 457]. Incompatibles avec sa posture de pédagogue désintéressé, et faute de pouvoir être satisfaites, les pulsions charnelles de l'ambassadeur sont censurées et remplacées, dans son discours, par un attachement qui se veut platonique. Le récit prévostien montre encore comment une idée, sans être entièrement refoulée, peut effleurer à la conscience avant d'être occultée. Le romancier détaille les différentes étapes de ce processus de répression psychique lorsque le narrateur évoque ses réticences à l'idée d'inviter Synèse dans sa maison d'Oru : "la principale difficulté que j'eus à combattre ne fut pas bien démêlée dans mon esprit, et ce fut peut-être *l'obligation où je me crus de l'en éloigner* qui m'empêcha d'en former d'autres" (p. 150, nous soulignons). Si l'ambassadeur éprouve bien une réserve à la réalisation de son projet, celle-ci est "éloignée" avant même d'être identifiée, le terme de "difficulté" témoignant ici lumineusement du phénomène de résistance de l'esprit. Bien avant les travaux de la psychanalyse, Prévost pressent l'existence d'un travail psychique visant à rejeter dans l'ombre toute réalité trop difficile à affronter.

La pénétration du romancier va jusqu'à éclairer la manière dont ces mécanismes de rejets hors de la conscience s'accompagnent inévitablement d'un retour de ces tendances occultées. *L'Histoire d'une Grecque* moderne rend ainsi compte de certaines résurgences qui trahissent l'intense conflit psychique qui anime l'ambassadeur [COURBIN, 2023, p. 355-356]. Tandis que le sélictar vient de soumettre à Théophé son offre faramineuse, à laquelle elle promet de réfléchir, l'ambassadeur, désespéré, prétexte un oubli qui lui permet de retourner dans ses appartements pour fuir l'entretien que lui demande la jeune femme :

> Il s'éleva *quelque combat dans mon cœur* entre le juste dépit qui s'y étoit fortifié par l'entretien que je venois de finir [avec Théophé et le sélictar], et l'inclination qui me portoit encore à regretter les espérances que j'avois perdues. Mais je crus éviter l'embarras de cette discussion en prenant pour retourner sur mes pas *un motif qui n'avoit rien de commun avec les mouvemens qui m'agitoient*. J'avois oublié ma montre, que j'aimois singulièrement pour l'excellence de l'ouvrage (p. 129, nous soulignons).

Avec cet "exemple parfait de double registre" [SINGERMAN, 1990, p. 307], Prévost confronte la mauvaise foi du personnage qui tente de motiver son oubli par un alibi, au regard lucide du narrateur qui y démasque un "prétexte pour [s]e déguiser [s]a foiblesse à [s]oi-même" (*Ibid.*). La justification qui s'efforce de dissocier l'acte manqué du conflit intérieur provoque l'effet inverse, et ne fait que renforcer leur lien d'implication en soulignant le jeu de forces contradictoires qui déchirent l'ambassadeur et que sa "confusion [...] extrême" laisse finalement éclater quelques lignes plus loin (*Ibid.*). La narration rattache ainsi cet oubli à la jalousie contenue du personnage, ce "combat dans [s]on cœur" évoqué en premier lieu (*Ibid.*), qui se cristallise tout au long du récit et détermine malgré lui toutes ses actions. Dans un autre cas, Prévost donne à voir un cas d'oubli particulièrement signifiant. Lorsque l'ambassadeur, réticent à prendre au sérieux l'avertissement du grand-vizir sur la présence du sélictar caché chez lui, revient dans sa maison d'Oru pour mener l'enquête, il réunit tous ses domestiques pour leur soutirer des informations mais se trouve confronté à l'un de ces "blancs" éloquents: "J'en avois sept [domestiques], qui parurent au même moment. Ma confusion augmenta jusqu'à me faire cacher le motif qui m'avoit porté à les assembler" (p. 172). Cet oubli ponctuel et étonnamment si soudain ne peut s'expliquer que par les réticences de l'ambassadeur, maintes fois soulignées, à admettre la réalité. Alors que l'idée du sélictar lui revient finalement à l'esprit, le diplomate se montre profondément "indigné d'une trahison" dont il doit admettre toute la vraisemblance. Si cette idée finit par resurgir avec d'autant plus de vigueur, son occultation soudaine dévoile le travail de résistance de l'esprit, et ses efforts pour censurer toute réalité trop difficile.

La violence du conflit psychique qui anime le protagoniste se traduit également par des échappées involontaires de paroles ou de pensées qui trahissent l'action de tendances antagonistes. Celles-ci transparaissent malgré tous les efforts de l'ambassadeur pour afficher sa maîtrise de soi, et veiller à ne laisser "rien échapp[er] de ce qui étoit capable de flatter [s]on cœur" (p. 180). Dès le début du récit centré sur la libération de Théophé, le diplomate laisse filtrer certaines pensées qui signalent des intentions non-avouées: "mais étant à la veille d'obtenir ce que j'avois désiré, je fis *une réfléxion qui m'étoit échappée* dans l'ardeur de réussir. Qu'alloit devenir la jeune esclave, et quelles étoient ses vues en sortant du serrail?" (p. 63, nous soulignons). Si le narrateur rattache cette pensée, échappée malgré lui, à la crainte de s'attirer les foudres du bacha qu'il prive de son esclave, la présence du vocabulaire libertin qui signale déjà les "désirs" ou l'"ardeur" de l'ambassadeur, font implicitement signe vers un autre projet, encore larvé. Le narrateur finira par offrir une formulation implicite à ce conflit latent en se disant "partagé tout à la fois entre le desir de rendre service à l'esclave" et "l'embarras qu'[il] en appréhendoi[t]" (*Ibid.*). Dans la perspective de coût et de gain qui est constamment celle de l'ambassadeur, la mention insistante du "désir" du protagoniste le présente d'entrée de jeu comme une donnée essentielle, même si non avouée, de l'équation. La narration est ainsi ponctuée de moments où les pulsions enfouies du diplomate font *retour*, malgré tous ses efforts de contenance. Il en va en ce sens des exclamations enflammées qu'il exprime face à la reconnaissance de l'ancienne esclave libérée: "Qu'elle est sincère! Qu'elle est naïve! Ô! Dieux! qu'elle est aimable! *Il m'échappa* mille autres exclamations avant que de pouvoir mettre quelque ordre dans mes idées" (p. 207, nous soulignons). Cet échappement est d'autant plus saillant qu'il s'agit là d'un flot hyperbolique ininterrompu que l'ambassadeur ne peut contenir.

Une certaine ironie transparaît également dans l'évocation de ces paroles ou pensées échappées involontairement. Lorsque l'ambassadeur annonce au sélictar que Théophé a trouvé refuge chez lui, selon son projet de conversion morale qu'il encourage, en espérant que le sélictar soit "porté à seconder [s]on dessein", le diplomate se dédit intérieurement sur-le-champ : "De tout ce discours, que je tournai avec beaucoup de ménagemens, il n'y eut que les derniers termes que je regrettai d'avoir laissé échapper." (p. 149). L'ambassadeur, si désireux de convaincre le sélictar de sa posture de pédagogue et de lui assener pour cela les "raisons" qu'il a au préalable soigneusement préparées, se laisse ainsi prendre à son piège. Car le réel "dessein" de l'ambassadeur, qui fait ici irruption dans la conversation, est proprement incompatible avec les fréquentes visites d'un rival amoureux... Dupé par ses propres manipulations, le protagoniste n'atteint jamais cette parfaite maîtrise de soi dont il se vante fréquemment : son discours signale au contraire à plusieurs reprises la résurgence des sentiments ou des désirs qu'il cherchait précisément à occulter.

Dans ce roman de la maturité, Prévost fait un usage particulièrement éclairé du récit à la première personne pour explorer les mécanismes qui agissent dans l'ombre de la psyché et exposer le travail de la conscience qui se révèle ou s'opère à travers le langage. Les jeux de distanciation propres à l'expression autodiégétique permettent ainsi de signaler des états d'aveuglement, de contradictions ou de négociations intérieures, qui laissent entrevoir toute la profondeur et le dynamisme de la vie psychique. Livré à ses propres lumières pour démêler l'écheveau de la narration, le lecteur de *L'Histoire d'une Grecque moderne* est finalement amené à interroger le fonctionnement de ces représentations subjectives, retorses mais fidèles à leur objet car, à l'image de la psyché, jamais transparentes ni stabilisées.

LE TRAVAIL DU TEXTE

LEXICOLOGIE

REMARQUES SUR LA GRAPHIE

L'éditeur Alan J. Singerman a choisi de reproduire le texte de l'édition Catuffe (1741), si bien que quelques particularités graphiques apparaissent au lecteur de l'*Histoire d'une Grecque moderne*. En effet, au XVIIIe siècle, l'orthographe n'est pas encore standardisée. Si les remarques grammaticales sont nombreuses à être publiées à cette époque, pour ce qui concerne le lexique, les auteurs écrivent plutôt, par exemple, sur la recevabilité des néologismes ou sur les nuances de sens entre parasynonymes (mots dont la synonymie n'est que partielle), que sur la graphie des mots à proprement parler [CARON, 2022]. L'édition Catuffe laisse ainsi apparaître des "leçons divergentes du même mot" (p. 45), dans ce cas l'éditeur a harmonisé la graphie en systématisant la plus répandue dans l'édition, ou des "erreurs d'accord de participes passés" (p. 46), également corrigées.

Les principales hésitations graphiques du XVIIIe siècle sont attestées dans l'édition au programme. Nous en signalerons ici les contextes en fournissant quelques exemples tirés du roman. Rappelons au candidat qu'en situation d'oral, il est préférable de lire les extraits sélectionnés avec une prononciation moderne. De plus, l'esprit de l'épreuve de lexicologie étant de proposer une étude synchronique plutôt que diachronique [Rapport du jury 2014], ces remarques historiques sur les particularités graphiques de l'œuvre au programme permettent de compléter la description matérielle des mots proposés à l'étude mais ne se substituent pas à leur analyse morphologique.

• Le digramme *oi*

La particularité graphique la plus fréquente dans le roman est le maintien de la graphie *oi* en concurrence avec *ai* et *e* pour noter le son [ɛ] (nous utilisons l'API), comme dans "apparoître" ou "monnoie". La graphie *ai* est aussi présente dans l'édition au programme pour noter [ɛ] comme dans "vrai", mais aussi [ɛi] ou [aj] comme dans "ailleurs", "aiant", "raillerie".

C'est la phonétique historique qui permet d'expliquer la concurrence entre les graphies *oi* et pour noter [ɛ]. Le digramme *ai* signale que le son [ɛ] est le résultat de l'évolution phonétique du [a] latin, comme dans la base du verbe *aimer* ou dans la terminaison du futur ou du passé simple. Le digramme *oi* signale que le son [ɛ] est le résultat de l'évolution phonétique du [e] latin. Dans l'édition au programme, on peut ainsi distinguer par exemple l'imparfait "aimois" ou le conditionnel "aimerois" et le passé simple "tombai".

Le digramme *oi* peut noter également les prononciations [wɛ] ou [wa], selon le résultat de l'évolution phonétique de l'ancienne diphtongue [ɔi], issue de la diphtongaison française du [e] latin (VIe siècle [e]>[ei] ; XIIe siècle [ei]>[ɔi] ; XIIe/XIIIe siècles [ɔi]>[wɛ] ou [wa]). La prononciation [wa] est attestée dans le parler populaire parisien dès le XIVe siècle, puis rencontre l'hostilité des grammairiens des XVIe et XVIIe siècles qui lui préfère [wɛ]. Elle prédomine dès après la Révolution et s'impose aujourd'hui (*poire*) [ZINK, 1986]. Si [wɛ] a disparu aujourd'hui au profit de [wa], sa prononciation simplifiée [ɛ], graphiée *oi* dans le roman mais *ai* aujourd'hui, subsiste encore dans certains cas, fixés par les grammairiens à partir de Vaugelas. Ce sont, dans le roman, toutes les occurrences où la graphie *oi* n'a pas été substituée par la graphie *ai* actuelle. Il s'agit des formes verbales à l'imparfait, au conditionnel ou à l'infinitif comme "apparoître" ou "connoître", des suffixes nominaux de nationalités ("françois") ou de lieux plantés d'arbres (cas non attesté dans le roman), et de quelques mots isolés parmi lesquels "monnoie", "foiblesse" et "foible". La graphie *ai* n'est admise et préconisée que dans la 6e édition du *Dictionnaire de l'Académie française* (1835) même si, dès sa troisième édition (1740), on trouve par exemple la précision suivante pour *foible* : "on prononce Fèble".

• L'accentuation

Elle se stabilise notamment à partir du deuxième tiers du XVIIIe siècle, comme le montrent les variations entre la deuxième et la troisième édition du *Dictionnaire de l'Académie française* (1718 et 1740). C'est dans cette troisième édition contemporaine de la première publication de l'*Histoire d'une Grecque moderne* que sont inégalement introduits les signes diacritiques suscrits (qui apparaissent au-dessus des lettres : accents, trémas).

Les hésitations quant à l'accentuation sont notamment sensibles dans la notation du [e] fermé. On trouve *e* seul dans "desordre" (Académie française, 1718, mais *désordre* en 1740), et à l'inverse *é* dans "déréglement" (Académie française 1740, mais *dereglement* en 1718) dont l'accent grave apparaît dans la septième édition (1878), "réfléxion" (*reflexion* en 1718, *refléxion* en 1740, *réflexion* dans la quatrième édition, en 1762), "prémier", "rélation".

L'accent circonflexe est systématiquement noté lorsqu'il distingue des homophones, comme dans "vôtres" et les subjonctifs "eût", "fût". Il peut aussi être noté dans des cas où il n'est pas discriminant, comme dans "honnêtement", "théâtre". Il est absent ailleurs : "ame", "maitre", "naitre"... La présence d'un accent circonflexe signale l'amuïssement du *s* encore attesté dans le *Dictionnaire de l'Académie française* en 1718 (*vostre*, *fust*, *honnestement*, *naistre*), qui disparaît en 1740 au profit de l'accent circonflexe, ou précise la prononciation d'une voyelle : *ame/âme* (Académie française, 1798), *theatre/théâtre* (dès 1762).

Le tréma apparaît dans les suites vocaliques, ainsi dans "ruïne" et dans "naïve", sans qu'il implique dans le premier cas une différence de prononciation de la suite vocalique, ce qu'il fait, conformément à sa fonction, dans le cas de "naïve".

• Les consonnes finales

Les consonnes muettes finales peuvent être absentes lorsqu'elles sont suivies de la marque du pluriel. On relève ainsi "raisonnemens" et "sentimens" au pluriel, mais "raisonnement" et "sentiment" au singulier, afin de préserver la liaison en [t] devant voyelle. Cette liaison est exclue, au pluriel, par la présence du *s* final qui commande la liaison en [z] devant voyelle. En effet, malgré leur amuïssement à l'oral à partir du XIIIe siècle dans la plupart des cas, les consonnes sourdes demeurent parfois prononcées à l'époque classique :

> Les grammairiens des XVIe et XVIIe siècles acceptent mal l'effacement des consonnes finales et insistent pour qu'on les prononce, au moins devant voyelle et à la pause. Ils seront en partie suivis et en partie désavoués au profit de la tendance à l'amuïssement généralisé qui prévaut en langue populaire. [ZINK, 1986]

• Autres hésitations graphiques

t/th, f/ph, r/rh, i/y : l'hésitation est visible par exemple dans la graphie du participe présent "aiant" ou du substantif "golphe", alors que la graphie "golfe" est donnée dès la première version du *Dictionnaire de l'Académie française* (1694).

Finales en *-s* ou *-x* : Prévost maintient "loix", maintenu jusqu'à la 4e édition du *Dictionnaire de l'Académie française* (1762), pluriel de *loy* (jusqu'à Académie française, 1740).

Géminées/consonnes simples : "conclurre", "serrail", "jetter", "apperçue" (jusqu'à Académie française 1740 ou 1762).

Le son [ɑ̃] : "avanture", noté *aventure* dès la première édition du *Dictionnaire de l'Académie française*.

LES ORIENTALISMES

Prévost prévient son lecteur avant l'ouverture du récit qu'il "a retranché un étalage d'érudition turque qui aurait appesanti la narration", et renvoie le lecteur qui regretterait l'absence du lexique orientalisant aux "relations du Levant" (*Avertissement*, p. 52). Lui-même puise en partie le vocabulaire exotique qu'il mobilise dans diverses relations de voyage comme celles de La Motraye (1727) ou dans les mémoires du marquis de Bonnac (*Bibliographie*, p. 339). Ces mots figurent en effet rarement dans les dictionnaires disponibles au moment de la publication de l'*Histoire d'une Grecque moderne*, mais apparaîtront pour certains dans la 4e édition du *Dictionnaire de l'Académie française* (1762).

Titres et fonctions des personnages

Au côté de quelques mots comme **"eunuque"** (mot simple emprunté au latin *eunuchus*, il désigne d'abord un homme castré et, par restriction, un homme castré chargé de la garde d'un harem ; à partir du XVIIe siècle, il désigne de manière figurée un homme qui n'est pas doté des qualités traditionnellement attribuées au sexe masculin) ou **"divan"** (mot simple emprunté au turc qui désigne, dans la civilisation orientale, la salle où se réunissait un conseil, ou, par métonymie, le conseil lui-même ; par analogie, il désigne une salle de réception garnie de coussins puis, dès le XVIIIe siècle, un siège bas, sans dossier ni bras et garni de coussins), les termes orientaux les plus fréquents dans le roman de Prévost désignent des titres et fonctions, et à travers eux les personnages qui les occupent. Tous ces mots sont des mots simples, issus d'une langue orientale à laquelle ils sont empruntés directement ou *via* une autre langue romane, et attestés tardivement dans la langue française.

• Bacha

Selon le *Dictionnaire de l'Académie française* (le mot est absent avant l'édition de 1762), *bacha* est un "Titre d'honneur qui se donne en Turquie à des personnes considérables, même sans gouvernement". La définition inclut la précision suivante : "Le B en Turc se prononce comme le P en François". Dans les éditions suivantes, l'entrée *Bacha* renvoie ainsi à *Pacha*. En français, ce sens n'est attesté qu'à partir du XVIe siècle : *bacha*, entré dans la langue au XIVe siècle, désigne d'abord un gouverneur ou un dignitaire dans un pays musulman (*Trésor de la Langue française informatisé*, désormais *TLFI*). Néanmoins, selon La Motraye (1727), *pacha* et *bacha* sont en fait deux lexèmes différents. Le premier désigne les "gouverneurs de provinces, ministres d'État, ou élevés aux plus hautes dignités de l'Empire", alors que le second peut désigner tout personnage puissant. À partir du XIXe siècle, le mot *pacha* désigne par analogie un homme qui aime se faire servir, ou qui mène une vie confortable et d'abondance. Dans l'œuvre, "bacha" est employé uniquement au singulier et sans majuscule pour désigner le personnage de Chériber, parfois complété de ce nom propre apposé. Le nom actualise ainsi dans le roman ses deux premiers sens, à la fois celui de "personne considérable en Turquie", et de "gouverneur d'un pays musulman" puisque le personnage fait partie des "deux derniers bachas d'Egypte" (p. 175).

• Cadi

Nom qu'on donne à un juge chez les Turcs. Le terme, emprunté à l'arabe *al-qadi* qui signifie "juge" n'apparaît que dans la quatrième version du *Dictionnaire de l'Académie française* (1762). Dans le roman, le mot "cadi" désigne un personnage du récit du passé de Théophé, aussi désigné par le nom "magistrat" qui en est la traduction.

• Sélictar

Le sélictar est le capitaine des gardes du sultan. Le mot est absent des dictionnaires contemporains de la première édition du roman. Il est vraisemblablement tiré de la correspondance de Ferriol, qui fait mention de ses rapports amicaux avec un sélictar (note 7 p. 302).

• Janissaire, Aga, Bostangi

Ces trois mots simples d'origine orientale apparaissent dans l'épisode de la rébellion des janissaires et sont absents du reste du roman.

Attesté dans la langue française à partir du XVe siècle, ***janissaire*** est un mot d'origine turque emprunté à l'italien *giannizzero*, et constitue une entrée de la deuxième édition du *Dictionnaire de l'Académie française* (1718).

Il désigne un soldat de l'infanterie turque. À partir du XXe siècle, le mot désigne par analogie l'homme de main d'une autorité despotique. Ce sens est aujourd'hui vieilli. Le mot est employé uniquement au pluriel dans le roman, pour désigner la troupe qui accompagne l'aga dans sa conspiration.

Aga est le titre donné à un chef civil ou militaire en Turquie, le mot est emprunté au turc qui signifie "vieillard" puis "chef", "maître". Sans entrée dans les dictionnaires disponibles au XVIIIe siècle, on le trouve néanmoins défini à l'article "Janissaire" du dictionnaire de Furetière : "l'Aga ou le Chef des Janissaires est un des premiers Officiers de l'Empire".

Entré dans la langue française au XVIe siècle et dans le *Dictionnaire de l'Académie française* à la fin du XVIIIe siècle, le substantif ***bostangi*** désigne un soldat de la milice turque, chargé de la surveillance du sérail et de l'entretien des jardins.

"Serrail"

• Remarques morphologiques

Entré au XVIe siècle dans la langue française, *sérail* est un mot simple emprunté au turc *seraj*, *via* l'italien *serraglio* (XVIe siècle), ce qui explique l'hésitation graphique en français entre la géminée et la consonne simple : le mot est graphié "serrail" dans le roman, comme dans la 3e édition du *Dictionnaire de l'Académie française* (1740). La géminée disparaît de ce dernier dès la 4e édition (1762).

• Sens en langue

Sérail désigne d'abord le palais d'un sultan, puis en particulier le quartier des femmes et le substantif entre alors en concurrence avec *harem*. Par métonymie avec ce dernier sens, *sérail* peut également désigner l'ensemble des femmes de ce quartier, ou, par analogie, une maison où se trouvent des femmes de plaisir.

• **Sens en contexte**

Comme Racine dans *Bajazet* ou Montesquieu dans les *Lettres persanes*, Prévost fait le choix de "*serrail* au lieu de *harem*" (*Avertissement*, p. 52). Le mot "serrail" n'a en effet dans l'œuvre que son sens par restriction, désignant le quartier des femmes que le mot *harem* désigne sans ambiguïté. C'est que ce nom semble suffire à convoquer l'imaginaire exotique et érotique d'une vie sensuelle et vouée au plaisir. Le premier sérail que rencontre le lecteur est celui de Chériber, qui semble n'avoir d'oriental que le nom. Dès la première ligne de la description, le sérail apparaît plutôt comme un salon européen :

> Les femmes du bacha, qui étoient au nombre de vingt-deux, se trouvoient toutes ensemble dans un sallon destiné à leurs exercices. Elles étoient occupées séparément, les unes à peindre des fleurs, d'autres à coudre ou à broder, suivant leurs talens ou leurs inclinations, qu'elles avoient la liberté de suivre. (p. 58)

Seuls les substantifs "bacha", "eunuque", "esclave", et l'adjectif "turque" opèrent comme de rares touches orientales, qui ne sont soutenues par aucune description, ni des vingt-deux femmes, ni de la pièce. La couleur orientale est au contraire modérée par le choix du nom "sallon" et des diverses occupations des femmes.

Le nom "sérail" est en revanche soigneusement évité par le narrateur pour désigner directement la maison d'Oru. Certes, la maison d'Oru ne recèle, dans le temps de l'intrigue, qu'une seule femme, et l'ambassadeur présente même sa demeure à Théophé comme un endroit où elle pourra échapper à sa vie de sérail :

> J'ai, à peu de distance de la ville, continuai-je, une maison fort agréable par sa situation et par la beauté extraordinaire du jardin. Je vous l'offre pour demeure. Vous y serez libre et respectée. Eloignez toutes les idées du serrail, c'est-à-dire celles de solitude et de contrainte perpétuelle. (p. 123)

Néanmoins, le lieu cristallise le désir de l'ambassadeur de se faire maître de sérail, si bien qu'il s'étonne, arrivé à Oru, de la résistance d'une fille de sérail à ses avances (p. 134), sur laquelle il estime qu'il aurait eu le "droit d'employer la contrainte" (p. 137). De plus, il finit par mettre à la tête de sa maison un "argus", Béma, qui avait vanté "l'expérience qu'elle avoit acquise dans plusieurs serrails" (p. 147). En effet, au moment de la conspiration des janissaires, il est pressé par ses devoirs politiques d'une part (défendre la vie du bacha et du sélictar auprès du grand vizir qui les pense coupables de trahison) et sa jalousie d'autre part, puisque Synèse se trouve à Oru (p. 174). Cet épisode illustre bien un autre pouvoir connotatif du mot *sérail*, qui invite à l'entremêlement des intrigues privées et politiques puisque, polysémique, il désigne aussi bien le quartier des femmes qu'un espace du pouvoir [GROSRICHARD, 1979].

• Béma, "argus" de l'ambassadeur

Hapax dans le roman (p. 147), le mot *argus* est emprunté au latin. Ses sens se construisent par référence au personnage mythologique Argos, géant aux cent yeux à qui Héra jalouse demande de garder cloîtrée dans un parc Io, la maîtresse de Zeus transformée en génisse.

Argus, précédé d'un déterminant, désigne ainsi soit une personne clairvoyante, soit une personne conduite par sa jalousie à une surveillance continuelle, soit un surveillant ou un espion. Par métonymie, il désigne une publication fournissant des renseignements spécialisés, d'où le sens restreint de "périodique indiquant la cote des voitures d'occasion".

C'est le sens péjoratif de "surveillant, espion" qui est actualisé dans le texte :

> Quoique je n'eusse point reconnu assez d'esprit à cet esclave [Béma] pour en espérer des secours extraordinaires, et que dans l'opinion que j'avois de Théophé je n'eusse pas besoin d'un argus auprès d'elle, je pris un tempérament entre le conseil que je recevois et ce que je crus pouvoir accorder à la prudence. (p. 147-148)

Béma vient de conseiller à l'ambassadeur de "faire peu de fond" sur la sagesse de Théophé et de l'assujettir "à la conduite de quelque esclave fidèle", conformément à "l'usage de tout ce qu'il y avoit de seigneurs en Turquie" (p. 147). L'ambassadeur qui prétend distinguer ses mœurs des pratiques orientales nomme ainsi péjorativement *argus* le rôle de maîtresse de sérail que se propose d'endosser Béma auprès de Théophé. S'il rejette cette surveillance excessive, à la mode du despotisme oriental, la concessive montre qu'il n'y renonce pas pleinement, sous couvert de "prudence". Contre les cent yeux qu'Héra commande à Argos de garder sur Io, l'ambassadeur demande à Béma d'avoir "l'œil ouvert sur [l]a conduite" de Théophé. Le narrateur masque alors ses motivations et ses intérêts en invoquant simplement sa "prudence". Néanmoins, pressé par sa jalousie provoquée par Synèse, il finira par accepter pleinement l'offre de Béma, devenant lui-même un argus, au sens où il est porté à faire surveiller l'objet de ses désirs. Dans le discours rapporté de l'ambassadeur comme dans celui du narrateur, il n'est plus alors question d'"argus" mais de "gouvernante [...] fidèle" (p. 175) pour définir le rôle de surveillante de Béma : le mot, péjoratif, soulignerait trop clairement la jalousie despotique du narrateur.

UN DISCOURS AMOUREUX AMBIGU

L'épreuve de lexicologie peut prendre la forme de l'étude de deux mots. Pour chacun, le candidat devra avoir soin de procéder à la description de l'occurrence proposée (caractérisation syntaxique, nature, fonction), avant d'étudier sa matérialité et sa morphologie en privilégiant une approche synchronique. L'étude du sens en langue ne devra pas négliger la formation de sa signification (notamment les mécanismes de passage d'un sens à l'autre le cas échéant), et elle sera suivie d'une étude sémantique cotextuelle et contextuelle.

"Foiblesse"

• Morphologie lexicale

Faiblesse est un substantif féminin, formé par dérivation suffixale exocentrique (qui entraîne un changement de classe grammaticale) à partir de la base adjectivale *faible* à laquelle est adjoint le suffixe *-esse*, qui engage un processus de nominalisation de l'adjectif. Ce suffixe permet de former des substantifs qui expriment de façon abstraite la qualité désignée par les adjectifs de base. Cela peut être une qualité propre à une personne, qu'il s'agisse d'un sentiment (*allégresse*, *tristesse*), d'une qualité morale (*gentillesse*, *scélératesse*) ou d'un état physique ou social (*jeunesse*, *richesse*, *ivresse*). Le substantif formé peut également dénoter une qualité physique (*robustesse*, *mollesse*, *petitesse*). Le suffixe *-esse* a été productif au XVIe siècle principalement, et ne l'est plus guère : le seul dérivé moderne est *robustesse*, attesté en 1863. Le suffixe *-esse* a été en effet largement concurrencé par *-té*, *-ité* ou *-eur*, beaucoup plus productifs pour la formation de noms abstraits dérivés d'adjectifs exprimant une qualité, si bien que les substantifs en *-esse* formés au XVIe siècle ont parfois été supplantés par des dérivés concurrents, ainsi *agilesse* par *agilité*, *bellesse* par *beauté*, *fadesse* par *fadeur*, *lourdesse* par *lourdeur*...

Le mot est graphié "foiblesse" dans le roman, de même que sa base adjectivale "foible". C'est tardivement, au XIXe siècle, comme d'autres substantifs et formes verbales comportant le son [ɛ] graphié *oi*, que le *Dictionnaire de l'Académie française* a officialisé la graphie *faiblesse*.

• **Sens en langue**

Conformément au sens du suffixe *-esse*, le mot faiblesse peut exprimer une qualité physique ou non. Au sens propre, la *faiblesse* désigne d'abord un manque de force physique, de vigueur, de solidité, de santé, et en particulier la chétivité. *Faiblesse* peut désigner par métonymie avec ce premier sens l'évanouissement, la défaillance, la syncope.

Au figuré, le substantif peut désigner une imperfection dans les choses qui regardent l'esprit, l'intellect (la faiblesse d'un raisonnement, d'une logique), le pouvoir et l'autorité (la faiblesse d'un gouvernement), le talent (la faiblesse d'un roman), ou la morale. Dans ce dernier domaine, *faiblesse* désigne en particulier "l'incapacité de soutenir l'adversité ou de résister à ses passions" (TLFI), une inclination amoureuse (à partir du XVIIe siècle) ou, spécialement, et en parlant d'une femme, le fait de s'abandonner à un homme, de ne pas avoir su lui résister (à partir du XIXe siècle).

Par extension, la faiblesse désigne le caractère d'une chose qui est peu considérable, peu abondante, qui manque de force (la faiblesse d'une dot, la faiblesse de la vue).

Si le mot *faiblesse* connaît un emploi absolu, notamment dans un contexte moral (avoir une faiblesse), il peut aussi recevoir des compléments. Le complément du nom peut désigner aussi bien une personne (la faiblesse d'un orateur, la faiblesse d'un élève), que le produit de son action (la faiblesse d'un discours, la faiblesse d'une récitation).

Assez peu de mots appartenant au paradigme morphologique de *faiblesse* sont attestés dans le roman, où l'on trouve cinq occurrences de "foible" et une occurrence de "affoiblir". L'on pense également à l'adverbe *faiblement*, au substantif *affaiblissement* ou aux dérivés familiers et parfois vieillis de *faible* comme *faiblard*, *faiblet*, *faiblichon*, *faiblot*, qui actualisent plutôt leur sens propre, physique, ou le sens par extension, que le sens moral.

• Sens en contexte

Le mot *foiblesse* est utilisé sept fois dans la première partie du roman et dix-sept fois dans la seconde. C'est la plupart du temps dans un contexte moral et amoureux ou galant qu'il est actualisé, pour désigner l'incapacité d'un personnage quel qu'il soit à résister à ses sentiments et désirs. Les compléments du nom "foiblesse" l'indiquent : il est question des "toutes les foiblesses de la jalousie" (p. 185), "toutes les foiblesses de l'amour" (p. 280), ou de "la foiblesse d'un amant" (p. 166). Le sélictar est le premier à confier sa faiblesse pour Théophé :

> Ce n'étoit pas sans efforts qu'il avoit fait violence à son inclination. Il me confessa qu'il ne s'étoit jamais senti plus touché par la figure d'une femme. Je me suis hâté de vous la rendre, me dit-il, de peur que ma foiblesse n'augmentât pour elle, en la connoissant mieux, et que l'amour ne devînt plus important que la justice. Ce discours me parut d'un homme d'honneur, et je dois ce témoignage aux Turcs qu'il y a peu de nations où l'équité naturelle soit plus respectée. (p. 97)

Le cotexte de l'occurrence oppose le champ isotopique de la morale ("confessa", "justice", "honneur") et celui du désir et du sentiment ("inclination", "touché", "amour") : le mot "foiblesse" résulte de la convergence de ces deux champs et désigne le penchant amoureux perçu par le prisme de la morale, en tant qu'on n'a pas su résister à son inclination. À la fin du roman, le narrateur évoque les "autres faiblesses" de Théophé, faisant référence au penchant de cette dernière pour le comte, qu'elle-même a désigné comme sa "foiblesse de Livourne" (p. 278) :

> Si elle s'est livrée à d'autres foiblesses, c'est de ses amans que le public en doit attendre l'histoire. Elles n'ont pas pénétré jusqu'au séjour de mes infirmités. (p. 291)

La connotation sexuelle possible du verbe "se livrer" et celle du substantif "amants" (qui dès la fin du XVIIe siècle peut désigner celui qui a les faveurs d'une femme sans être marié avec elle), convoquent le sens restreint d'"aventure galante". Le jugement est sévère et participe de l'entreprise de condamnation de Théophé par le narrateur, au point que l'édition Leblanc (1812) remplacera "d'autres foiblesses" par "quelques foiblesses" (note 134 p. 320).

Le mot *foiblesse* relève donc à la fois du discours moral et du discours amoureux, sur lequel il marque un jugement moral. Il sert ainsi ponctuellement à introduire une distance morale voire ironique entre le *je* narrant et le *je* narré, le premier étant conscient par son recul de la faiblesse du second, c'est-à-dire de son penchant pour la belle Grecque, du moins dans la première partie du roman :

> Ainsi, sans examiner si ce n'étoit pas à mon valet de chambre qu'il convenoit de l'aller prendre, je retournai avec l'esclave, assez satisfait d'avoir ce prétexte pour me déguiser ma foiblesse à moi-même. (p. 129)

Alors que l'ambassadeur vient de proposer à Théophé de s'installer à Oru, le sélictar ouvre son cœur à cette dernière et lui offre de rejoindre une belle demeure où l'ancienne esclave pourrait vivre libre et indépendante. Dans la citation, la "foiblesse" est celle d'un amant dépité après la proposition du sélictar qui n'a pas encore été refusée par Théophé, et agité par "le mouvement d'une cruelle jalousie" et par "un transport de fureur" (p. 127). La montre oubliée dans la chambre de Théophé donne au personnage l'occasion de s'abandonner au désir pressant d'aller retrouver celle dont il attend la réponse, sans mettre en question la légitimité de son agitation passionnée, ni son droit à revenir dans la chambre de la belle Grecque pour l'interroger. Le narrateur quant à lui n'est pas dans la même urgence jalouse : portant sur l'ambassadeur un regard moral rendu possible par son recul analytique, il dévoile le "prétexte" et l'aveuglement du personnage qui cède à son inclination.

Le premier sens du mot *faiblesse* concerne une défaillance physique et non morale. Le groupe nominal "la foiblesse de ma santé" apparaît deux fois dans le texte (p. 213 et p. 280). D'autres occurrences associent parfois ces deux sens, et ce afin d'excuser le manquement moral de l'ambassadeur par une faiblesse physique, dans la perspective d'un discours souvent favorable à ce dernier. Un étonnant extrait inspiré du mécanisme cartésien et en particulier du *Traité des passions de l'âme* [1649] développe une explication purement mécaniste de l'amour et du désir :

> J'aurois appréhendé de diminuer par quelque retour de foiblesse la confiance qu'elle m'avait rendue ; et ce qui me paroissoit surprenant à moi-même, je me sentois si peu tourmenté par cette chaleur de tempérament qui rend quelquefois la privation de certains plaisirs assez difficile à l'âge où j'étois, que je me les retranchois sans peine [...] En réfléchissant depuis sur la cause de ce changement, j'ai conçu que les facultés naturelles qui sont la source des desirs prennent peut-être un autre cours dans un homme qui aime que dans ceux qui n'ont pour tout aiguillon que la chaleur de l'âge. [...] ce que je nomme les facultés naturelles, pour éloigner des idées qui paroîtroient sales, remonte ainsi par les mêmes voies qui l'ont apporté dans les réservoirs ordinaires, se mêle dans la masse du sang, y cause cette sorte de fermentation ou d'incendie en quoi l'on peut faire consister proprement l'amour, et ne reprend la route qui fait servir à l'acte du plaisir que lorsqu'il y est rappellé par l'exercice. (p. 153)

L'explication mécaniste du sentiment amoureux permet ici de le distinguer du désir. En même temps, l'amour est représenté comme le produit d'un déplacement et d'un mélange de flux dans le corps humain, dans une sorte de pastiche des explications mécanistes de Descartes (les mots "aiguillon", "cours", "remonte", "fermentation"... participent du vocabulaire cartésien). Si les explications purement mécanistes sont largement perçues comme fantaisistes au XVIIIe siècle, ce passage construit une représentation amorale de la faiblesse, qui ne serait pas une faute morale due à un manque de volonté ou de courage, mais à une fragilité physique qui peut faire "retour", que l'on appréhende ou craint, et contre laquelle la raison est inefficace :

> Ma raison me faisoit encore sentir que je devais m'y borner. Mais je ne connoissois pas tout ce que j'avois à craindre de ma foiblesse. (p. 219)

Le mot *foiblesse* gagne ainsi le vocabulaire de la passion dont il est souvent entouré, et joue de son ambiguïté, étant à la fois phénomène du corps et de l'esprit dans la tradition cartésienne. C'est ainsi une comparaison médicale que propose Théophé pour caractériser son passé de fille de sérail :

> Un malade, disois-je pour me rassurer, rougit-il de voir ses plaies les plus honteuses ? D'ailleurs, après avoir conçu qu'un voyage entrepris au hasard étoit une imprudence, je me suis flattée, sur vos promesses, que vous m'ouvririez des voies plus sûres pour m'éloigner. Cependant, c'est vous-même qui me repoussez aujourd'hui vers le précipice dont vous m'avez tirée. Je vous ai regardé comme mon maitre dans la vertu, et vous voulez me rentrainer vers le vice ; avec d'autant plus de danger pour ma foiblesse, que s'il pouvoit m'offrir quelque charme, ce seroit en se présentant à moi par vos mains ? (p. 143)

Le déplacement opéré par la comparaison, de la question morale à celle de la santé physique, semble pardonner Théophé de son passé honteux. En revanche, le comportement de l'ambassadeur est clairement mesuré à l'aune du "vice" et de la "vertu", rappelant par le groupe verbal "vous voulez" la responsabilité de celui qui est le "maitre dans la vertu" de Théophé.

"Transport"

• Remarques morphologiques

Transport est un substantif masculin, déverbal du verbe *transporter*. En synchronie, c'est un mot simple. En diachronie, il est emprunté au latin classique *transportare* qui signifie "faire changer de lieu", composé du préfixe *trans-* (dont le sémantisme est proche de celui du préfixe français *trans-* et porte comme lui le sème du déplacement) et du verbe *portare* (porter).

• **Sens en langue**

C'est tout d'abord le sens juridique du verbe *transporter*, établi par analogie avec le sens de "déplacer quelqu'un ou quelque chose", qu'endosse le déverbal *transport*, qui désigne dès le XIIIe siècle la cession d'un droit ou d'un bien incorporel.

Ce n'est qu'à partir du XVIe siècle que le substantif *transport* désigne l'action de porter ou de déplacer un animé ou inanimé concret d'un lieu à un autre (le transport d'un blessé). Par métonymie et à partir du XVIIIe siècle, il désigne les moyens employés pour ce déplacement, le substantif est alors généralement au pluriel (les transports en commun). Par métaphore, il peut aussi être accompagné d'un complément dont le nom noyau est abstrait, et désigne alors l'action de changer de domaine ou de contexte un concept (le transport d'une idée), mais il est concurrencé en ce sens par les noms *transfert* ou *transposition*.

Si le verbe *transporter* prend dès le XIIIe siècle le sens de "mettre hors de soi par un sentiment violent", c'est à partir du début du XVIIe siècle que le substantif *transport* dénote une vive émotion, un sentiment passionné, ou la manifestation physique de cette émotion. Il entre alors en relation parasynonymique avec les mots *exaltation*, *effusion*, *élan*.

• **Sens en contexte**

On trouve vingt-neuf occurrences du mot *transport* dans le roman, et toutes désignent un sentiment violent. Le verbe *transporter* est présent trois fois, à l'infinitif ou au participe passé, et dénote quant à lui le fait de se déplacer d'un lieu à un autre. Le *transport* peut être dû à divers sentiments, précisés ou non par la présence de compléments du nom. On relève deux fois le groupe nominal "transport de joie" (p. 69 et 77), éprouvé par Théophé au moment de sa libération du sérail. Les autres occurrences accompagnées d'un complément du nom sont liées au sentiment amoureux : l'ambassadeur parle des "transports de [s]on cœur" (p. 202) et espère constater en Théophé "un transport d'admiration et d'amour" (p. 233). Mais le sentiment amoureux provoque aussi "un transport de colère" (p. 243) ou un "transport de fureur" (p. 127), qui est celui de la jalousie. On trouve également deux fois la collocation (association récurrente, le plus souvent de deux mots) "noirs transports" (p. 214 et p. 250) qui désigne les tourments de l'amour, le dépit, la jalousie : on trouve dans les cotextes immédiats de ces deux occurrences les noms “soupçons”, “crainte”, “desespoir”, “haine”, “colère”.

Effusion causée par des sentiments, le transport se caractérise par sa vivacité et est souvent associé à ses manifestations physiques :

> On me dit que la jeune Grecque [...] attendoit mon arrivée avec toutes les marques d’une vive impatience. Je me présentai à elle. Son prémier mouvement fut de se jetter à mes genoux, qu’elle embrassa avec un ruisseau de pleurs. Je fis longtems des efforts inutiles pour la relever. Ses soupirs furent d’abord le seul langage qu’elle me fit entendre ; mais à mesure que le tumulte de ses sentimens diminuoit, elle m’adressa mille fois les noms de son libérateur, de son père, et de son Dieu. Il me fut impossible de modérer ce prémier transport, dans lequel il sembloit que son ame se répandît tout entière. Et touché moi-même jusqu’aux larmes des expressions d’une si vive reconnoissance [...]. (p. 71)

Le cotexte de l’occurrence abonde en vocabulaire qui souligne l’intensité de l’émotion provoquant le transport, et il est associé à des intensifs et des hyperboles : “une vive impatience”, “une si vive reconnoissance”, “le tumulte de ses sentimens”. Il est “impossible de modérer” cet élan, sensible dans ses manifestations physiques qui sont un vrai “langage” aux “expressions” variées : Théophé porte “toutes les marques” de son agitation, verse “un ruisseau de pleurs”, soupire, se jette aux genoux de l’ambassadeur, les embrasse. L’occurrence désigne ainsi tout à la fois l’exaltation de Théophé et ses marques. Parce qu’il désigne aussi bien un sentiment violent que ses manifestations physiques, le mot “agitation” apparaît souvent dans le cotexte de “transport” (c’est le cas quelques lignes après l’extrait cité), et est souvent utilisé en alternance synonymique avec ce dernier. Le roman en comporte vingt et une occurrences. Le mot “transport” peut aussi désigner exclusivement les manifestations physiques de la vive émotion éprouvée : “Sa joie s’exprima par des transports” (p. 207).

La plupart des occurrences du substantif ne sont pas accompagnées de compléments du nom qui préciseraient au lecteur la nature du transport du personnage. En effet, si le transport se signale par des expressions corporelles, le sentiment ou l’émotion qui en sont à l’origine ne sont pas toujours identifiés correctement par les personnages eux-mêmes.

L'ambassadeur semble lire, dans les transports de reconnaissance de Théophé, qu'il vient de sortir du sérail, les témoignages d'un amour naissant :

> [...] j'étois à la fleur de mon âge ; et si l'on ne me flattois (sic.) pas sur ma figure, elle avoit pu faire impression dans un serrail sur une jeune fille à qui je supposois autant de chaleur de tempérament que de vivacité d'esprit. J'ajouterai encore que dans les expressions de sa joie, j'avois cru remarquer un emportement qui n'avoit pas de proportion avec l'idée qu'elle avoit toujours eue des avantures de sa vie. Ces grands transports n'étoient point amenés d'assez loin, et n'avoient point une cause assez sensible. [...] comment pouvoit-elle regarder tout d'un coup avec tant d'horreur un lieu d'où elle n'avoit point emporté d'autre sujet de plaintes que le dégoût qui nait de l'abondance ? (p. 94)

Ni l'ambassadeur, ni le narrateur ne semblent disposés à croire que la libération du sérail, lieu d'abondance, est "une cause assez sensible" des "grands transports" de Théophé, de ses "expressions de sa joie" et de son "emportement". Le doute mis sur l'origine du trop vif sentiment de la belle Grecque, la suggestion qu'il pourrait être lié plutôt à son inclination pour l'ambassadeur qu'à la joie d'être libérée, participent des stratégies de dénigrement de Théophé, dont le narrateur construit un portrait ambigu.

"Libertinage"

• Remarques morphologiques

Libertinage est un substantif masculin issu de la dérivation suffixale endocentrique (sans changement de catégorie grammaticale) du substantif *libertin*, emprunté au latin *libertinus*, qui signifie "affranchi, esclave qui a reçu la liberté". Si l'on peut supposer que la base du mot construit est l'adjectif *libertin*, on observe que le suffixe *-age* ne s'adjoint jamais à des bases adjectivales, on considérera ainsi que la base dérivée est le substantif. En effet, le suffixe *-age* s'adjoint la plupart du temps à une base verbale pour former des dérivés exprimant une action ou son résultat (*balayer>balayage*, *tisser>tissage*), mais il permet aussi plus rarement de construire, à partir d'une base nominale désignant une personne, un dérivé exprimant une condition sociale (*compagnonnage*, *esclavage*), familiale (*veuvage*, *concubinage*) ou un comportement (*enfantillage*, *commérage*), comme c'est le cas pour *libertinage*.

• Sens en langue

C'est au début du XVIIe siècle qu'apparaît le substantif *libertinage*, pour désigner d'abord celui qui s'est affranchi des croyances religieuses. Il désigne aussi la conduite de celui qui adopte des mœurs très libres, et en particulier de celui qui s'adonne sans retenue aux plaisirs de la chair.

À la fin du XVIIe siècle, le substantif dénote l'attitude de celui qui refuse les contraintes, les sujétions de tous ordres, qui manifeste un grand esprit d'indépendance. Ce dernier sens, vieilli aujourd'hui, peut être péjoratif, le substantif désignant alors "une inconstance, une légèreté dans le caractère, qui fait qu'on ne s'assujettit à aucune règle, à aucune méthode" (Académie française, 1740).

• Sens en contexte

Le mot n'est utilisé que trois fois dans l'œuvre. Deux occurrences sont liées aux aventures de Maria Rezati et désignent l'attitude de ceux qui s'adonnent à la débauche : le père de Maria Rezati est le "fils d'une mère extrèmement diffamée par son libertinage" (p. 188), avant de prendre une épouse au comportement semblable. La seconde occurrence désigne le projet qu'a le chevalier de Malte de s'établir en Morée avec Synèse et Théophé : c'est une "partie de libertinage, qui répondoit fort bien à la fausse démarche où Maria Rezati s'étoit engagée en fuyant de la maison de son père, mais qui ne pouvoit être proposée sans honte à une fille aussi raisonnable que Théophé." (p. 222).

Une occurrence du substantif désigne l'attitude de l'ambassadeur, qui parle pour son propre compte de "libertinage éclairé" :

> Aussi tout ce que j'avois senti jusqu'alors de plus vif et de plus passionné pour elle ne passoit-il à mes propres yeux que pour le transport d'un libertinage éclairé, qui me la faisoit préférer à toute autre femme, parce qu'avec une figure si piquante elle sembloit me promettre beaucoup plus de plaisir. (p. 134)

Toutes les connotations positives de l'adjectif "éclairé" empêchent cette fois une lecture péjorative du substantif, et montrent que l'ambassadeur se trompe lui-même sur son comportement en conférant quelque air de vertu à ses appétits sexuels. En effet, arrivé avec Théophé dans sa chambre à Oru, il se prépare alors à coucher avec elle, du moins le pense-t-il encore. Robert Mauzi commente ainsi la formule de "libertinage éclairé", qui illustre bien le désir de l'ambassadeur de mêler aux plaisirs de la chair ceux de la vertu, comprise comme source de jouissance supplémentaire :

> [...] les libertins éclairés du XVIIIe siècle peuvent, selon les occasions, traiter leurs appétits avec une sérénité froide, ou les mêler d'exaltations qui les transfigurent, la vertu exerçant ses charmes même sur les êtres de plaisir. Si le premier degré du libertinage éclairé consiste à pourvoir méthodiquement à ses jouissances, une élaboration plus complexe permet à la vertu de tracer ce monde ou ce halo idéal, à l'intérieur duquel le plaisir, purifié de toute faute, pourra se savourer de façon bien plus délectable. [MAUZI, 1965]

Cependant, la "sérénité froide" comme l'"élaboration complexe" d'un plan intégrant la vertu au plaisir n'ont d'existence pour l'ambassadeur qu'à ses "propres yeux" et sont démentis par le narrateur distant. L'ambassadeur n'a pas grand-chose d'un libertin "éclairé", lui qui est arrivé précipitamment à Oru avec l'objet de son désir et qui est impatient de le posséder, qui est incapable de comprendre les multiples signes de refus que Théophé lui adresse, aveuglé qu'il est par son sentiment "vif" et "passionné". Le groupe nominal paradoxal "le transport d'un libertinage éclairé" oppose deux inconciliables, la passion qui transporte et la raison qui éclaire, traduisant le regard faux que l'ambassadeur porte alors sur ses sentiments, mais que le narrateur dévoile par la modalisation.

ÉTUDE MORPHOSÉMANTIQUE: LA PRÉFIXATION *INDIFFÉRENCE*; *INFIDÉLITÉ*; *DÉRÈGLEMENT*; *DÉSORDRE*

L'épreuve de lexicologie peut, depuis 2015, consister en une question de synthèse amenant les candidats à s'interroger, à partir d'un certain nombre d'occurrences, sur des problèmes d'ordres sémantique et/ou morpho-lexicologique. La réponse à la question doit comporter une introduction définissant les principales notions mobilisées, en l'occurrence celle de la dérivation au moyen d'un préfixe négatif. Elle doit être organisée afin de mettre au jour les points communs et différences morphologiques et/ou sémantiques, selon l'intitulé de la question, entre les mots proposés dans le micro-corpus, qui seront au principe de leur classement.

INTRODUCTION : LES PRÉFIXES NÉGATIFS *IN-* ET *DÉ-/DES-*

Les préfixes sont des affixes (c'est-à-dire des morphèmes grammaticaux liés) placés en début d'unité lexicale afin de construire, par dérivation, un mot nouveau. En tant que morphème, l'affixe est porteur de sens, et contribue à modifier le sens de la base auquel il est adjoint. Contrairement à la suffixation qui est un procédé de dérivation globalement exocentrique (c'est-à-dire qui entraîne un changement de catégorie grammaticale entre la base et le mot formé), la préfixation a tendance à ne pas modifier la catégorie grammaticale du lexème de base (dérivation endocentrique).

Le préfixe *in-* (issu du *in-* latin), comme le préfixe *dé-* (issu du *dis-* latin), sont parmi les plus productifs en français. L'un et l'autre préfixes sont dits "négatifs". Le premier a un sens de privation, d'absence, de négation (*inconnu*, *impossible*), tandis que *dé-* exprime plus fréquemment l'idée d'inversion ou d'éloignement (*défaire*, *desservir*). Ils peuvent entrer en concurrence entre eux (ainsi *insensibiliser* et *désensibiliser*) ou avec d'autres préfixes négatifs, notamment *a-* et *mé-*, en présentant ou non des nuances de sens : *amoral/immoral* (*im-* et l'allomorphe de *in-* devant *m*, *b* ou *p*), *inconnu/méconnu*, *médire/dédire*. De plus, le préfixe *dé-* donne naissance à des doublets qui peuvent partager la même signification (*dégrafer/désagrafer*, *débrayer/désembrayer*).

Les mots du corpus contiennent tous l'une des formes des deux principaux préfixes négatifs du français, *in-* et *dé-* (ou son allomorphe *des-*). Cette étude s'intéressera à la fois à la sémantique de ces mots relevant du lexique négatif de l'amour, et aux formes *in-* et *dé-/des-* en interrogeant leur statut de morphème en synchronie. Nous distinguerons les cas où l'on peut identifier des préfixes négatifs en synchronie, et les cas où cette identification est problématique.

LE MOT CONTIENT UN PRÉFIXE NÉGATIF

Le préfixe *in-* : *infidélité*

Du point de vue de la morphologie lexicale, *in-* s'adjoint le plus souvent à une base adjectivale et entre dans la formation de très nombreux adjectifs, et plus rarement, à une base nominale pour former des substantifs abstraits (*indiscipline*, *inaptitude*, *incompétence*). On identifie trois morphèmes dans le mot *infidélité*: la base adjectivale *fidèle*, le suffixe *-ité*, qui permet de former des noms dits de qualité sur une base adjectivale, et le préfixe négatif *in-*. Si, en diachronie, le mot est emprunté au latin *infidelitas* signifiant "manque de foi, inconstance, infidélité", on peut néanmoins reconstituer en synchronie un parcours dérivationnel commençant par l'adjonction du préfixe négatif *in-* à la base *fidèle*, formant l'adjectif *infidèle* ("qui n'est pas fidèle", le sens est compositionnel). De là, la dérivation suffixale exocentrique fait passer l'adjectif dans la classe des noms par l'adjonction du suffixe *-ité*, formant le substantif *infidélité*, dont le sens est aussi compositionnel: "fait de ne pas être fidèle".

Au sens propre, *infidélité* renvoie à un manque de respect des engagements pris à l'égard de sa foi ou d'une personne. En particulier, dans la vie amoureuse ou conjugale, le nom désigne le fait de tromper son partenaire. Ce non-respect des engagements pris peut concerner non un humain mais une obligation (l'infidélité aux promesses faites). À partir du XVIIe siècle, *infidélité* peut aussi désigner par analogie le "manque de conformité à la réalité, à un modèle, à un original" (TLFI).

Quatre des cinq occurrences du texte désignent le manque de fidélité à l'égard d'une personne, mais le mot n'est jamais employé dans le contexte de la relation entre l'ambassadeur et Théophé. Cette personne peut être un ami, l'ambassadeur pour le sélictar (p. 68), un maître, ainsi le Bacha pour l'intendant qui lui a volé mille sequins (p. 98) ou l'ambassadeur pour l'un de ses gens qui fait pénétrer Synèse dans la chambre de Théophé à Oru (p. 182), ou encore un amant, comme c'est le cas du jeune Turc soupçonné d'aimer Théophé par une esclave du sérail de Chériber (p. 91).

Dans le *Dictionnaire de l'Académie française*, apparaît en 1740 l'expression "infidélité de la mémoire" (expliquée comme suit: "le défaut de mémoire") qui subsistera jusqu'à l'édition actuelle, où elle est néanmoins reléguée en exemple dans la définition "manque d'exactitude, de vérité". Cette expression apparaît dans la dernière occurrence du roman :

> Je me fis pendant quelques jours un amusement fort agréable d'écouter les avantures de cette troupe charmante, et j'ai eu soin de les écrire presque aussi-tôt, pour n'avoir rien à craindre de l'infidélité de ma mémoire. (p. 248).

La "troupe charmante" fait référence à l'ensemble des esclaves libérées par Théophé avant le départ de Constantinople, épisode qui "fourniroi[t] la matière d'un volume", si le narrateur cherchait à "grossir ces mémoires". Le pacte de sincérité établi avec le lecteur dans les premières lignes du roman semble ici renforcé par l'image du *je* écrivant (de plus en plus fréquente dans les romans du XVIIIe siècle), qui consigne ses souvenirs, lavant ses mémoires du soupçon d'infidélité.

Le préfixe dé- : *désordre* et *dérèglement*

Comme *in-*, le préfixe *dé-* est très productif en français. Il exprime l'idée d'éloignement, de privation, de cessation, d'inversion et s'adjoint le plus souvent à une base verbale pour former un nouveau verbe qui est son antonyme morphologique. Il peut aussi précéder une base nominale, comme l'illustre le substantif *désordre*. Le préfixe négatif *dé-* (ici l'allomorphe *dés-* devant voyelle prononcé [dez]) précède le substantif *ordre*, pour former un nouveau substantif dont le sens est compositionnel : le *désordre* est "ce qui est sans ordre, qui manque d'ordre". Le parcours dérivationnel de *dérèglement* est différent. Le mot est composé de trois morphèmes : le préfixe négatif *dé-*, le verbe *régler*, et le suffixe *-ment*. Comme dans la plupart des cas de dérivation avec le préfixe *dé-*, il s'adjoint ici à une base verbale, *régler*, pour en former l'antonyme morphologique. Le suffixe *-ment* s'adjoint à des bases verbales pour désigner soit un processus, soit un état résultant de l'action dénotée par le verbe, auquel cas il correspond surtout à un sens passif du verbe. Le sens de *dérèglement* est donc compositionnel par rapport au verbe *dérégler*, pour signifier soit "l'action de dérégler", soit "ce qui a été déréglé", selon qu'il désigne un processus ou un état.

L'accentuation n'est pas stabilisée au XVIII [e] siècle, notamment en ce qui concerne la notation du [e] fermé. On trouve ainsi dans l'édition au programme "desordre", que le *Dictionnaire de l'Académie française* note avec l'accent aigu à partir de 1740. Ce dictionnaire propose, au fil de ces neuf éditions, cinq graphies différentes du substantif *dérèglement*, qui apparaît comme tel dans les trois dernières (1878, 1935 et actuelle). Après *desreglement* (1694) et *dereglement* (1718), l'édition de 1740 propose *déréglé*, *deregler* et *dereglément*, soulignant l'hésitation dans la notation voire la prononciation des *e* ouvert ou fermé. La variante graphique présente dans l'édition au programme, "déréglement", est la graphie choisie de la 4e à la 6e édition (1762, 1798, 1835).

Désordre et *dérèglement* apparaissent fréquemment dans leurs définitions réciproques, comme parasynonymes. Le *dérèglement* est un "désordre moral" et le *désordre* un "dérèglement des mœurs" (Académie française, édition actuelle). *Désordre* et *dérèglement* partagent en effet un sens commun, celui du mépris des règles morales. *Désordre* se dit "des personnes qui sont dans le vice et le déréglement" et le *dérèglement* est un "désordre, [l'] opposition aux règles de la morale" (Académie française, 1740). Dans les deux cas, ce sens est attesté à partir du XVIe siècle. Spécifiquement à partir de ce sens, *désordre* peut désigner les amours illicites par euphémisme.

L'un comme l'autre peuvent désigner, dans le domaine matériel, une disposition irrégulière. *Désordre* dénote le manque de rangement, d'organisation d'un inanimé concret, sens le plus fréquent du mot aujourd'hui (le désordre d'une maison, des cheveux en désordre). *Dérèglement* dénote un processus (sens porté par le morphème *-ment*) entravé par une mauvaise disposition, l'état de ce qui ne fonctionne pas de façon normale (le dérèglement d'un mécanisme, de l'estomac, des saisons, de l'esprit).

L'un et l'autre peuvent s'employer dans le domaine psychique (désordre/dérèglement de l'esprit), avec une nuance de sens due à la présence du suffixe *-ment :* le "désordre du raisonnement" désignera plutôt un état de confusion, quand le "dérèglement du raisonnement" indiquera plutôt sa mauvaise élaboration.

Désordre s'emploie plus volontiers que *dérèglement* dans le domaine des sentiments, pour désigner le désarroi, le trouble, l'embarras, l'égarement. Son premier sens, attesté à la fin du XIIe siècle, est théologique, et désigne la rupture de l'ordre divin ou l'infraction à une règle monastique, sens que ne possède pas *dérèglement*.

Commençons par remarquer que seules trois occurrences du mot *dérèglement* apparaissent dans l'*Histoire d'une Grecque moderne*, contre dix-sept de *désordre* qui lui est préféré dans les contextes où ils sont parasynonymes. Leur sens moral est le plus fréquemment attesté dans les deux cas : les dames turques causent par leur beauté "du trouble et du desordre" (p. 59), la liaison entre Maria Rezati et le chevalier menace la maison du sélictar de "desordre" (p. 193), la liaison entre l'esclave et son amant Turc dans le sérail du Bacha est désignée par le groupe nominal "le déréglement d'autrui" (p. 92). Le mot "désordre" renvoie au passé de Théophé pour faire référence à sa vie de sérail :

> Vous voyez que le goût du plaisir n'a point eu de part à ma mauvaise fortune, et je suis moins tombée dans le desordre que je n'y suis née. (p. 74)

Une seule occurrence de dérèglement désigne autre chose qu'un désordre moral : l'ambassadeur parle du "déréglement de [s]es idées" (p. 205). Le mot *désordre* est préféré ailleurs, on trouve par exemple "le desordre de mes idées" (p. 143). Le choix de *déréglement* au lieu de *désordre* peut ici s'expliquer par le fait que le raisonnement de l'ambassadeur est présenté non par son résultat, mais dans sa progression, au discours direct, déployé en amont de l'occurrence :

> A l'âge où je suis en écrivant ces mémoires, je dois l'avouer avec confusion, ce ne fut pas du côté favorable à la vertu que je pris d'abord tant de réfléxions sensées. [...] Etoit-ce à moi, me disois-je amèrement, à faire le prédicateur et le catéchiste ? Quel ridicule pour un homme de mon état et de mon âge ! Il falloit donc être sûr de trouver dans mes maximes le remède dont j'ai besoin pour moi-même. [...] Et portant encore plus loin le déréglement de mes idées, je me rappellois toute ma conduite, pour me justifier en quelque sorte de la folie dont je m'accusois. (p. 205)

Enfin, le mot *désordre* est actualisé à plusieurs reprises dans un contexte matériel, ce qui n'est jamais le cas de *dérèglement* :

> Il me vint à l'esprit que si j'avois des lumières certaines à espérer, c'étoit au lit même de Théophé, qui étoit encore en désordre. (p. 254)

> Enfin, l'imagination remplie de toutes les imputations de son accusatrice, les moindres desordres que je crus remarquer dans sa chambre me parurent autant de traces de son amant, et de preuves du déréglement qu'on lui reprochoit. (p. 286)

Dans ces deux extraits, le désordre du lit ou de la chambre apparaissent aux yeux de l'ambassadeur comme autant de signes du désordre moral, de la débauche de Théophé. Dans la dernière citation, c'est en alternance synonymique avec "désordre", qui apparait dans la même phrase, que "déréglement" est employé dans un sens moral, alors que "désordre" est globalement sélectionné ailleurs.

L'IDENTIFICATION D'UN MORPHÈME NÉGATIF POSE PROBLÈME

Indifférence

En synchronie, conformément à l'esprit de l'exercice, on pourrait supposer que le mot est composé de trois morphèmes : le préfixe *in-*, la base adjectivale *différent*, et le suffixe *-ence*. On peut d'abord faire l'hypothèse que le préfixe *in-* s'adjoignant à des bases adjectivales (et rarement verbales), s'ajouterait à l'adjectif *différent*. Or, cette étape pose problème, le sens d'*indifférent* alors formé n'étant pas compositionnel : l'adjectif signifierait, si c'était le cas, "qualité de ce qui n'est pas différent", sens qui n'est pas attesté, l'antonyme de *différent* étant *semblable*. Ainsi, *indifférent* n'est pas à *différent* ce que, par exemple, *infidèle* est à *fidèle*. La forme *in* ne peut donc pas être considérée comme un suffixe en français : c'est un vestige du suffixe de la langue latine, à laquelle le mot *indifférent* est emprunté (*indifferens* : "qui ne se préoccupe pas de"). Le suffixe *-ence* (allomorphe de -*ance*), forme des substantifs à partir d'adjectifs, qui expriment de façon abstraite la qualité désignée par l'adjectif : *indifférence* est bien la qualité de celui qui est indifférent, que cette qualité s'applique à un animé, un inanimé ou les deux.

Indifférence désigne à partir du XIVe siècle un état physique qui ne présente rien de particulier, puis, à partir du XVIIe siècle, conformément au sens latin, l'état de celui qui est indifférent, qui n'est pas concerné par une chose, qu'il soit neutre ou insensible. *Indifférence* peut être utilisé spécifiquement dans le contexte amoureux, sens qui fait florès à l'époque classique. Un adjectif peut accompagner le substantif pour préciser le domaine auquel il s'applique (indifférence politique, morale). Dans le roman, c'est le contexte amoureux et galant qui est privilégié. C'est par exemple "l'indifférence d'une belle" (p. 267) ou celle de Théophé qui fait part à l'ambassadeur de sa résolution d'entrer au couvent (p. 282).

STYLISTIQUE

Le rapport de jury 2022 (p.56) revient sur la nécessité, dans le travail du commentaire stylistique, d'appuyer la description du texte sur ses mécanismes formels. Il indique aussi qu'il est préférable de varier les types d'observations sélectionnées pour l'analyse, en prenant pour contre-exemple l'abondance de remarques sur le lexique, souvent faites au détriment d'autres analyses.

Signalons ainsi la variété des mécanismes formels que le candidat pourra être conduit à observer. Une telle présentation ne peut viser l'exhaustivité : nous nous concentrerons sur ce qui peut être pertinent dans le contexte de l'analyse stylistique du roman. Le candidat pourra observer la **disposition du texte** (ses paragraphes), son **organisation** (connecteurs logiques ; chaînes référentielles ; progression textuelle : progression à thème constant, linéaire, éclaté ; ponctuation...), ses **procédés énonciatifs et narratifs** (discours et récits ; temps verbaux ; voix narrative : homodiégétique, hétérodiégétique, autodiégétique ; types de discours rapportés : direct, indirect, indirect libre, narrativisé ; temps de la narration : rétrospective, antérieure, simultanée, intercalée ; focalisation : zéro, interne, externe ; vitesses du récit : pause, scène, sommaire, ellipse ; ordre du récit : analepse, prolepse ; récits enchâssés ; modalisation : affective ou évaluative), sa **syntaxe** (phrase averbale, simple, complexe ; modalités de phrase ; périodes...), son **lexique**, ses **figures de style**...

Rappelons enfin qu'il convient d'associer de manière systématique l'identification d'un trait formel, un relevé d'exemples pour en faire la description, et son interprétation.

LE DISPOSITIF ÉNONCIATIF DU ROMAN-MÉMOIRES

Le commentaire stylistique d'un extrait de l'*Histoire d'une Grecque moderne* ne peut pas faire l'économie d'une analyse de son énonciation. Le roman-mémoires est un roman à la première personne, où le locuteur participe de la fiction. Dans la quatrième des *Lettres de Mentor à un jeune seigneur* (1763), Prévost souligne qu'un tel dispositif énonciatif favorise l'adhésion du lecteur :

> [...] la force qui règne ordinairement dans ces ouvrages, cette chaleur que le souvenir de ce qu'on a fait, inspire toujours en l'écrivant, et surtout l'intime connaissance qu'on a du sujet [...] frappent le lecteur avec plus de force, et l'intéressent bien plus pour un héros qui s'offre à lui sous la double qualité d'acteur et d'écrivain [...]. [Prévost cité par J. Rousset, 1965, p. 290]

Le narrateur est considéré comme le locuteur/énonciateur premier [Rabatel, 2020] du roman-mémoires (rappelons que le locuteur est celui qui prend en charge le discours, quand l'énonciateur est l'origine du point de vue exprimé). Le discours du narrateur peut ainsi s'ouvrir à d'autres discours et à d'autres points de vue dont l'origine est un locuteur et/ou un énonciateur second. Le personnage du "je" peut être la source de ces discours et points de vue. En effet, on distingue deux "je" dans le roman-mémoires : le *je* narrant, narrateur qui parle et délivre son point de vue marqué par un certain recul temporel et parfois un recul analytique, et le *je* narré, personnage, qui agit et qui s'exprime au moment des faits au moyen de discours rapportés par le *je* narrant. Rappelons pour finir que le "je" narrant est, selon l'Avertissement, "un homme connu dans le monde" (p. 51) qui ne saurait se confondre avec l'auteur.

Discours embrayés

L'alternance dans l'*Histoire d'une Grecque moderne* entre le discours embrayé du narrateur et l'énonciation historique contribue à construire un récit où les effets de suspense sont limités, parce qu'il est tendu vers l'intrigue amoureuse et la réflexion qu'elle doit susciter chez le lecteur.

• Rappel de quelques éléments théoriques

É. Benveniste, distingue deux plans d'énonciation : l'énonciation de discours et l'énonciation historique ou récit. Le discours est organisé autour d'un point de référence qui est le moment de l'énonciation. L'énoncé est ancré dans la situation d'énonciation, et mobilise des déictiques de personne, de temps et de lieu (signes linguistiques comme *je*, *tu*, *ici*, *maintenant*, tiroirs verbaux comme le présent d'énonciation, dont la compréhension implique la connaissance de la situation d'énonciation), et des modalités d'énoncé ou d'énonciation traduisant l'attitude du locuteur vis-à-vis de son discours et de son destinataire. Le présent d'énonciation est accompagné, pour renvoyer au passé ou à l'avenir réciproquement du passé composé et du futur de l'indicatif.

L'énonciation historique est coupée de la situation d'énonciation : des faits et des actions sont rapportés, mais l'énonciateur s'efface dans l'énoncé : "Personne ne parle ici, les événements semblent se raconter eux-mêmes" [Benveniste, 1966, p. 241]. Les anaphores remplacent les déictiques et signalent que l'énoncé n'est pas embrayé (*il*, *là*, *le lendemain*...). L'imparfait et le passé simple, temps simples et donc d'aspect non accompli, permettent d'observer les actions passées dans leur déroulement, d'assister aux événements, tandis que les temps composés, le plus-que-parfait et passé antérieur, d'aspect accompli, permettent d'exprimer l'antériorité.

• Les tiroirs verbaux du discours : temps de l'écriture et de la lecture

Le présent de l'indicatif et le temps de l'écriture

Le présent peut renvoyer strictement au moment de l'écriture, c'est le présent d'énonciation la plupart du temps porté par des verbes performatifs, qui accomplissent simultanément l'action qu'ils énoncent ("je le confesse", p. 51). Il coïncide ailleurs plus ou moins précisément avec le moment de l'écriture. Les trois présents de l'indicatif soulignés dans l'extrait ci-dessous renvoient ainsi à des moments sensiblement différents :

> [...] n'*ai*-je point à craindre que ce ne soit de mon témoignage qu'on se défie [...] ? [...] Quelque opinion qu'on en puisse

prendre, je ne *fais* cette question que pour avoir occasion de répondre qu'on me trouvera aussi sincère dans mes doutes et dans mes soupçons que je l'ai été dans mes éloges, et qu'après avoir rapporté ingénument des faits qui m'ont jetté moi-même dans les dernières incertitudes, c'est au lecteur que j'en *veux* laisser le jugement. (p. 235-236)

Le premier présent de l'indicatif renvoie aux états d'âme du *je* écrivant, le second à un passé immédiat, le moment où la question qui précède dans l'extrait a été écrite, le dernier à un présent plus étendu qui est celui du projet des mémoires.

Le présent de l'indicatif renvoie ainsi généralement au temps plus ou moins long de l'écriture. Il peut servir à construire une représentation du *je* dans un contexte psychologique et matériel qui n'est pas celui du personnage, ainsi le *je* narrant évoque-t-il sa famille, absente du roman, et la solitude à laquelle son aventure l'a conduit ("ma famille et tous les amis qui me voyent dans ma solitude", p. 292). Au contraire, le présent étendu peut souligner la continuité des états d'âme entre le *je* narrant et le *je* narré ("l'amertume qui m'en reste encore", p. 51 ; "Dans les atteintes les plus cruelles d'un mal auquel je suis condamné pour le reste de ma vie, je recevois du soulagement de ses moindres soins", p. 282).

Ce temps peut être celui de la réflexion sur les aventures passées du locuteur, soulignant le recul analytique du narrateur sur les événements ("je suis encore à comprendre comment des sentimens d'honnêteté et de vertu produisirent sur moi les mêmes effets que l'image du vice.", p. 279-280; "Aujourd'hui qu'en réfléchissant sur le passé, je juge peut-être beaucoup mieux qu'alors quelles étoient mes dispositions", p. 168).

Le passé composé et le futur : le jugement en élaboration du lecteur

Si le présent de l'indicatif a potentiellement une valeur temporelle de présent étendu et est capable d'embrasser tout le temps de l'écriture, le passé composé et le futur peuvent aussi marquer la durée de ce travail de l'écriture des mémoires, puisqu'ils renvoient respectivement à un moment antérieur ou postérieur à celui de l'énonciation. Le passé composé pourra ainsi désigner ce qui a été écrit précédemment ("cette sagesse que j'ai pris plaisir jusqu'à présent à faire admirer", "je l'ai été dans mes éloges", p. 236), ou à ce qui va être écrit ("la suite de cette rélation en fournira bien d'autres exemples.", p. 93; "des apparences dont j'abandonnerai le jugement à mes lecteurs", p. 55).

Le passé composé permet aussi d'établir un lien vivant entre le passé et le présent, entre le personnage pris dans le temps du récit et le narrateur pris dans le temps de l'écriture de son passé ("des faits qui m'ont jetté moi-même dans les dernières incertitudes", p. 236).

Passé composé et futur peuvent aussi renvoyer au temps de la lecture, c'est-à-dire, à celui du jugement du lecteur: "Si l'on a fait, en lisant ce récit, une partie des réflexions qu'il me fit naitre, on doit s'attendre à celles qui vont le suivre." (p. 93). Le lecteur est ainsi appelé, au moment de la lecture, à interpréter les mêmes événements que ceux auxquels le personnage a été confronté dans le passé, comme l'indique l'opposition entre le passé composé "a fait", qui renvoie au moment de l'énonciation, et le passé simple "fit", qui renvoie au temps du récit. Ce jugement n'est pas celui, esthétique, de l'œuvre elle-même, mais celui des personnages et des événements qu'il rapporte. Le jugement des lecteurs est ainsi représenté comme un processus: "on me trouvera aussi sincère dans mes doutes" (p. 236); "Qui ne se défiera point de mes descriptions et de mes éloges?" (p. 55).

• La mention du lecteur

L'énonciation embrayée fait à quelques reprises mention du lecteur, mention toujours en lien avec le rôle de juge que lui confèrent déjà les premières lignes de l'"Avertissement":

> Celle-ci [la préface] ne servira qu'à déclarer au lecteur qu'on ne lui promet, pour l'ouvrage qu'on lui présente, ni clé des noms, ni éclaircissement sur les faits, ni le moindre avis qui puisse lui faire comprendre ou deviner ce qu'il n'entendra point par ses propres lumières. (p. 51)

L'importance transactionnelle de cet extrait est soulignée par la mention du lecteur, et par la négation exceptive qui indique qu'on a à faire au seul enjeu explicite de la préface: considérer le roman dans son autonomie (vœu rappelé au terme du premier paragraphe par la modalité injonctive: "qu'il ne doive son succès qu'à lui-même", p. 51), qui laisse le jugement du lecteur à "ses propres lumières".

Le lecteur est mentionné à plusieurs reprises au sein du roman, dans le discours embrayé du narrateur. Systématiquement, il est accompagné d'un mot au moins issu du champ lexical du jugement :

> Je suis un amant rebuté, trahi même, si je dois m'en fier à des apparences dont j'abandonnerai le jugement à mes lecteurs (p. 55)
>
> c'est au lecteur que j'en veux laisser le jugement (p. 236)
>
> Mais ce n'est point encore ici que je m'en remets au jugement de mes lecteurs. Le procès de mon ingrate n'est instruit qu'à demi. (p. 260)
>
> C'est ici que j'abandonne absolument le jugement de mes peines au lecteur, et que je le rends maitre de l'opinion qu'il doit prendre de tout ce qui lui a pu paroître obscur et incertain dans le caractère et la conduite de Théophé. (p. 283)
>
> C'est immédiatement après la prémière nouvelle qu'on m'en a donnée que j'ai formé le dessein de recueillir par écrit tout ce que j'ai eu de commun avec cette aimable étrangère, et de mettre le public en état de juger si j'avois mal placé mon estime et ma tendresse. (p. 292)

La première et la dernière occurrence encadrent le récit et commandent l'attitude du lecteur, rappelée dans des termes répétitifs dans chacune de ces citations : le paradigme morphologique de "juger", d'"abandonner", la récurrence des phrases clivées (c'est... que...) participent d'une forme d'insistance et d'emphase. Le sémantisme du verbe "abandonner" (rompre le lien qui attache à quelqu'un ou quelque chose) contribue au désengagement du narrateur qui confie le jugement au lecteur.

Le récit et ses vitesses

L'énonciation de discours peut s'ouvrir au récit, comme c'est le cas dans le roman-mémoires, où le *je* narrant raconte son passé. Si l'énonciation historique est souvent prise en charge par un "il" que Benveniste appelle "non-personne" [Benveniste, 1966, p. 256], dans le roman-mémoires, c'est bien un "je" qui le prend en charge.

• **Ellipses et sommaires**

Les événements sont racontés globalement de manière chronologique. Les repères temporels sont nombreux à structurer le récit : “Il se passa quelques jours” entre la visite du harem et la réception de la lettre (p. 61), “vers les neuf heures du soir” (p. 66), “Je me rendis chez ce ministre, quoiqu'il ne fût pas moins de dix heures” (p. 174), “Je ne retournai à Oru que le lendemain.” (p. 151), “quelques jours après (p. 182)...

Les ellipses qui émaillent le récit permettent de le tendre tout entier autour du personnage de Théophé et de son mystère. La fonction d'ambassadeur du personnage principal donne souvent le motif de ces ellipses (“Quelques affaires que j'avois à terminer le même jour, me firent différer jusqu'au soir la visite que je devois à ma jeune Grecque.”, p. 71 ; “Après avoir expédié quelques affaires importantes, je ne pus me mettre au lit, sans me représenter toutes les circonstances de ma visite”, p. 95). La seule affaire de l'ambassadeur qui est racontée est son intervention auprès du grand vizir en faveur de Chériber et du sélictar, au moment de la conspiration des janissaires. Or celle-ci est étroitement liée à l'intrigue amoureuse, puisque l'ambassadeur est contraint de laisser Théophé à Oru où Synèse se trouve, et où son second rival, le sélictar, se réfugie en raison des menaces politiques qui pèsent sur lui.

Les sommaires, qui résument les événements par une accélération de la narration, contribuent encore à la fluidité du récit. Ils peuvent prendre la forme du discours narrativisé, et permettent d'éviter un récit que le lecteur connaît déjà, comme celui des aventures de Théophé raconté par l'ambassadeur à ses amis parisiens : “Ils ne s'en tinrent point au récit que je leur fis naturellement d'une partie de ses avantures” (p. 270). Il permet aussi de ne garder que la substance d'un discours répétitif, comme lorsque l'ambassadeur et la belle Grecque parlent de la relation entre le comte et cette dernière : “Notre entretien, qui dura toute l'après-midi, ne fut ainsi qu'un déguisement continuel, Théophé affectant toujours de paroître peu sensible à sa perte, tandis qu'avec une satisfaction maligne, qui venoit sans doute de l'espérance que je sentois renaitre au fond de mon cœur, je continuois de rabaisser la passion du comte, et de parler de son départ comme d'une grossièreté et d'un outrage.” (p. 262). Les attitudes de chacun qui se manifestent dans la conversation, les motivations psychologiques des propos tenus, soit l'hypocrisie présumée de Théophé et la jalousie de l'ambassadeur, importent davantage que le contenu même du discours. De la même manière, c'est l'état psychologique de l'ambassadeur dépité qui est présenté, plutôt que ses actions ou des événements, dans le sommaire suivant : "Je passai tout le jour suivant dans un chagrin que je ne pus déguiser." (p. 173). Le récit chronologique évite ainsi de nombreux détours, et se concentre sur l'évolution de la relation entre l'ambassadeur et Théophé.

• Prolepses

Le récit est ponctué d'interventions narratoriales qui anticipent l'explication d'événements à venir. Il peut ainsi délivrer des informations encore inconnues du personnage de l'ambassadeur dans le temps du récit. Quand ce dernier découvre que le chevalier souhaite s'installer en Morée avec Maria Rezati, il ignore encore d'une part que le plan est fomenté par Synèse ("Je ne me serois jamais défié néanmoins qu'il vînt de Synèse", p.199), d'autre part que ce plan implique aussi le départ de Théophé. Le narrateur coupe court à tout effet de suspense et expose le plan entier au lecteur : "ils étoient venus de confidence en confidence à se promettre que Théophé par tendresse ou par intérêt se laisseroit engager à les suivre" (p. 200). Il en explique aussi les motivations : "L'embarras où le mettoient ses projets de mariage avoit fait naitre à Synèse cet admirable plan, dans lequel il s'étoit flatté de pouvoir trouver ses propres avantages" (p.199), vient ensuite le détail du plan. De la même manière, alors que l'ambassadeur ignore que ses deux rivaux sont présents à Oru, non loin de Théophé, le narrateur délivre cette information au lecteur : "lorsque je demeurois persuadé que le sélictar n'étoit pas venu chez moi, et que Synèse en étoit parti, ils y étoient tous deux, et je l'ignorai pendant plusieurs jours" (p. 165).

Au début du récit, alors que l'ambassadeur n'est pas encore sous le charme de Théophé, le narrateur intervient pour préciser : "Je me dois ce témoignage, que malgré les charmes de sa figure, et ce desordre touchant où je l'avois vue à mes pieds et dans mes bras, il ne s'étoit encore élevé dans mon cœur aucun sentiment qui fût différent de la compassion" (p. 72). Le retour à l'énonciation embrayée, marquée par la distance temporelle du narrateur au fait de toute l'histoire de sa relation avec Théophé, fait de l'adverbe "encore" un indice sûr de l'évolution prochaine des sentiments de l'ambassadeur. La prolepse peut encore être suggérée par les marques de modalisations. Ainsi, après le refus de la demande en mariage du sélictar par Théophé, l'ambassadeur conclut précipitamment à son triomphe, ce que le verbe "croire" dément de manière anticipée : "Le sélictar, aussi affligé que je me croyois heureux [...]" (p. 187). Ces prolepses, empêchant la lecture du roman comme un roman à suspense, anticipant sur la suite des événements et évitant toute équivoque, permettent donc de privilégier au récit des aventures des personnages celle du "monde moral" (v. Repères/Exploration du monde moral).

• Enchâssement des récits et analepses

Le récit est ponctué d'analepses, dont les deux plus longues sont prises en charge par le personnage de Théophé, qui raconte son propre passé (p. 73-93) et celui de Maria Rezati (p. 188-192). Ces extraits ajoutent ainsi une quatrième strate énonciative : 1. le discours embrayé du narrateur 2. s'ouvre au récit de ses aventures passées, qui 3. s'ouvre lui-même au discours direct du personnage de Théophé, qui 4. fait le récit de son passé et de celui de Maria Rezati. Ces deux analepses sont bien désignées comme des récits : "Si l'on a fait, en lisant *ce récit*, une partie des réfléxions qu'il me fit naitre, on doit s'attendre à celles qui vont le suivre" (p. 93) ; "Mais il faut que je vous attendrisse auparavant par *mon récit*". (p. 188).

L'histoire de Maria Rezati ajoute encore une nouvelle strate énonciative. Enchâssé dans le discours direct de Théophé à l'ambassadeur, le récit est introduit ainsi :

> Elle [Rezati] m'a raconté [...] qu'elle est née en Sicile, d'un père dont la superstition lui a coûté la liberté et l'honneur. Il étoit fils d'une mère extrèmement diffamée par son libertinage, et la même étoile lui avoit fait épouser une femme qui après l'avoir trompé longtems par des apparences de vertu s'étoit deshonorée à la fin par une dissolution ouverte. (p.188)

Le passé composé et la marque de première personne caractérisent encore, dans la première phrase, l'énonciation de discours : le narrateur rapporte sur le mode du discours direct les propos tenus par Théophé à l'ambassadeur. Mais le glissement énonciatif du discours de Théophé vers le récit de Maria Rezati est introduit par le discours rapporté de cette dernière, sur le mode du discours indirect. Ainsi, c'est à Maria Rezati que le récit à suivre sera imputé. Il est nettement caractérisé, dans la seconde phrase de l'extrait, par l'emploi de l'imparfait et la disparition des déictiques.

La présence d'analepses qui éclairent partiellement le passé de certains personnages, les effets d'enchâssements de discours et de récits qui proposent d'autres points de vue sur les personnages et les événements que celui du narrateur, doivent contribuer à aider le lecteur dans la tâche de juger qui lui incombe. Ayant en mémoire la mise en garde des premières pages du roman, le lecteur peut néanmoins considérer ces points de vue comme suspects.

Le narrateur, maître du roman suspect

Comme le rappelle Jean Rousset, "Tout en se distinguant de l'auteur, le personnage chargé de la narration se voit doté d'une partie des pouvoirs de l'écrivain ; c'est lui qui écrit et organise le récit ; sans être à proprement parler un auteur, il est quelqu'un qui tient la plume et se rend maître non seulement de la narration, mais de l'univers du roman ; il ordonne le monde autour de lui, il s'en fait le centre." [Rousset, 1965, p. 289].

• Le désengagement de l'auteur et de l'éditeur au profit du narrateur

Les romans-mémoires du XVIIIe siècle présentent deux scénographies possibles : soit le mémorialiste fictif confie son manuscrit à un éditeur, soit les mémoires fictives sont retrouvées sous formes manuscrites. Dans le second cas, celui de l'*Histoire d'une Grecque moderne*, le romancier comme l'éditeur déclinent à la fois la responsabilité de l'écriture et de l'édition, tant et si bien que l'existence même d'une préface allographe n'est justifiée que parce que "l'usage en demande une à la tête d'un livre" (p. 51). Cette préface est décrochée énonciativement du discours du narrateur à suivre : le présent y est celui de la publication, et non de l'écriture des mémoires, moment où l'"on [...] présente" au lecteur l'ouvrage (p. 51).

Cette énonciation embrayée est la condition de l'interaction établie avec le lecteur, dont les textes liminaires sont des espaces privilégiés :

> [C]ette frange, toujours porteuse d'un commentaire auctorial, ou plus ou moins légitimé par l'auteur, constitue, entre texte et hors-texte, une zone non seulement de transition, mais de transaction : lieu privilégié d'une pragmatique et d'une stratégie, d'une action sur le public au service d'un meilleur accueil du texte et d'une lecture plus pertinente — plus pertinente, s'entend, aux yeux de l'auteur et de ses alliés. [GENETTE, 1987, p. 8]

C'est en quelque sorte par négatif que la préface se fait ici zone de transaction : son existence qui n'est justifiée que par l'usage, son extrême brièveté (d'autant plus que le second paragraphe est absent de l'édition de 1740), son peu d'intérêt apparent car elle est un catalogue de lieux communs, le choix du pronom "on" limitant au minimum toute information sur l'identité de son auteur qui se présente comme son simple éditeur ("On a tâché de le revêtir d'un stile supportable", p. 51 ; "On a retranché un étalage d'érudition turque", p. 52), contribuent à libérer l'auteur d'un discours justificatif, soulignent son désengagement, et cèdent déjà au lecteur la liberté de juger et déchiffrer par lui-même le roman.

• Discours indirect libre : un narrateur juge et partie

J.-D. Gollut et Joël Zufferey [2019] ont relevé dans l'œuvre de Prévost la présence massive du discours indirect libre : les personnes et temps verbaux sont alignés sur le système narratif (imparfait, première ou troisième personne), mais les modalisations tendent à attribuer le discours non au narrateur mais au personnage. L'investissement subjectif est bien souvent, sans ambiguïté, celui du personnage, réagissant sans le recul dont est généralement doté le narrateur. Il est marqué par la présence d'une syntaxe ou de mots interrogatifs et ou exclamatifs. Dans le corpus relevé par Gollut et Zufferey, les discours indirects libres qui prennent la forme de phrases interrogatives ou exclamatives "restent liées à des situations dramatiques exceptionnelles" [2019, p. 137]. C'est bien le cas dans l'extrait suivant, où le narrateur est fortement éprouvé par le refus de Théophé de se donner à lui lors de la première soirée à Oru :

> Mais après avoir comme satisfait mon ressentiment par ces réfléxions injurieuses, je revins peu à peu à considérer le fond de cette avanture avec moins d'émotion. Je me rappellai toute la conduite que Théophé avoit tenue avec moi [...] *N'avoit-elle pas*

rejetté nettement les offres du sélictar ? N'avoit-elle pas pensé à me quitter moi-même, pour aller chercher en Europe un état qui répondît à ses idées ? (p. 139, nous soulignons)

Les verbes de pensée, "considérer", "rappeler", imputent clairement les pensées qui suivent au personnage de l'ambassadeur. Les phrases interrogatives (nous avons conservé deux des sept propositions interrogatives accumulées), assimilables à du discours indirect libre, traduisent sa vive émotion et montrent le raisonnement de l'ambassadeur en train d'être élaboré. Tourmenté par la nécessité de quitter Oru et Théophé pour aller entretenir le grand vizir, alors même que l'ambassadeur s'apprête à confondre le sélictar, une proposition exclamative au discours indirect libre souligne le désarroi du personnage surpris par les nouvelles politiques :

> Quel contretems, à l'entrée d'une nuit où j'étois résolu de recommencer ma garde à la porte de mon jardin, et où je me repaissois déja de la confusion dont je voulois couvrir le sélictar ! Cependant, il n'y avoit point à balancer entre l'intérêt d'une passion et celui du devoir. (p. 173)

La présence d'une forte modalisation associée aux temps du récit, l'ambiguïté du pronom de première personne, conduisent parfois à un trouble énonciatif, qui rend ambigu l'attribution du discours. Dans certains cas, il semble que le discours indirect libre puisse témoigner aussi bien des pensées passées et présentes du narrateur, lui qui souffre "d'un mal auquel [il est] condamné pour le reste de [s]a vie" (p. 282), et dont le jugement sur le passé est toujours incertain. Ainsi des interrogations suivantes : "Quelle raison avois-je d'être jaloux ? Quel engagement Théophé avoit-elle avec moi ? Que m'avoit-elle fait espérer ? Que m'avoit-elle promis ?" (p. 250). Pensées du personnage et du narrateur semblent ici se confondre, témoignant du trouble encore vif du narrateur. Ces discours indirects libres témoignent ainsi, par le brouillage énonciatif qu'ils opèrent, de l'ambiguïté de la position du narrateur, à la fois acteur et écrivain, sinon juge et partie.

• Locuteur premier et discours rapportés

Le double statut du narrateur, juge et partie, contribue à rendre son discours suspect. Le lecteur est en outre averti de cette parole sujette à caution par le “curieux préambule qui ruine à l’avance la relation de confiance qu’un lecteur entretient normalement avec le roman qu’il lit.” [ROUSSET, 1973, p. 148]. Les pensées et propos prêtés aux personnages sont eux-mêmes douteux, car ils sont rapportés, donc sélectionnés et reconstruits par le narrateur. En effet, c’est bien le narrateur qui prend en charge, en dernière instance, les discours d’un autre personnage, et qui demeure *in fine* “celui à qui on demande des comptes pour ce qu’il dit et pour la façon dont il le dit.” [RABATEL, 2020, p. 59].

Les hésitations de l’ambassadeur, qui s’apprête à demander Théophé en mariage, sont présentées de manière organisée : le refus opposé par Théophé au sélictar, les nombreuses qualités de cette dernière, la possibilité d’une célébration discrète du mariage au sein de la maison de l’ambassadeur (p. 230), sont autant d’arguments énumérés en faveur de la demande. Le fait de n’avoir jamais eu de témoignage clair de l’amour de cette dernière et de ne pas avoir demandé sa main à Condoidi (p. 231-232), apparaissent ensuite comme les obstacles à la demande à l’ambassadeur. Après cet exposé clair des arguments pour l’un et l’autre parti, le narrateur concède : “Mes refléxions étoient en plus grand nombre, et n’étoient peut-être pas si nettes, lorsque je rentrai dans son appartement” (p. 232). La différence entre les réflexions représentées et les réflexions réelles de l’ambassadeur n’est pas justifiée : la cause en est-elle un défaut de mémoire du narrateur, ou bien s’agit-il d’atténuer l’auto-aveuglement et le trouble du personnage ? La demande en mariage elle-même est rapportée dans un discours narrativisé : “Je me hâtai de la prévenir, pour lui expliquer mes desseins, et l’aiant priée de m’écouter sans m’interrompre, je ne finis mon discours qu’après avoir exposé dans un fort long détail jusqu’au moindre de mes sentimens.” (p. 233). La grande brièveté des propos rapportés contraste avec la longueur du “discours”, donnant le “détail” du “moindre” des sentiments. Le silence sur les détails du discours questionne les motivations du narrateur à développer ou au contraire dissimuler certains échanges et certaines réflexions.

Le temps écoulé entre les aventures de l’ambassadeur et le récit du narrateur ne semble pas en être la cause, puisque ce dernier insiste sur sa bonne mémoire, notamment en ce qui concerne les paroles de Théophé. Ainsi livre-t-il le contenu de son billet (“il étoit si court, et d’un tour si extraordinaire, qu’il n’a pu me sortir de la mémoire.”, p. 202) ou ressasse-t-il ses discours (“Comme je n’avois pas perdu un mot de tous les discours de Théophé, le prémier sentiment que j'éprouvai en les retrouvant dans ma mémoire, fut sans doute un mouvement de dépit et de confusion.", p. 138). Sa mémoire est même soutenue par des notes, comme il le suggère à propos du récit des aventures des esclaves libérées par Théophé : "j'ai eu soin de les écrire presque aussi-tôt, pour n'avoir rien à craindre de l'infidélité de ma mémoire." (p. 248). Pourtant, les explications données par Théophé après son premier refus de se donner à l'ambassadeur, n'apparaissent que partiellement dans le roman, au prétexte d'une défaillance de la mémoire : "Ce discours, dont je ne rapporte que ce qui est resté de plus clair dans ma mémoire, fut assez long" (p. 143).

Ce sont ainsi souvent les discours moraux de Théophé qui sont rapportés par un discours narrativisé. Les motifs du refus de la demande en mariage du sélictar sont résumés ainsi : "son refus me parut si décisif, et les raisons qu'elle en apporta furent exposées avec tant de force" (p. 228). Les discours qu'elle adresse à l'ambassadeur sont en partie passés sous silence, présumément pour ne pas entacher le portrait de Théophé : "Je ne rapporterai pas ce que le souvenir de ses fautes, qui lui étoit toujours présent, lui fit prononcer d'injurieux et de méprisant pour elle-même" (p. 233) Des "mille questions nouvelles" (p. 102) de morale, posées à l'ambassadeur, aucune n'est rapportée. De cet entretien à dominante morale, l'ambassadeur ne retient que les remerciements de Théophé, qu'il vient d'émanciper : "Au milieu d'un entretien si sérieux, elle trouvoit toujours le moyen de mêler quelques témoignages de la reconnoissance qu'elle me devoit." (p. 102). Il ne cache pas d'ailleurs sa déception liée au tour que prend l'entretien : "elle me mettoit dans la nécessité continuelle de paroître plus grave et plus sérieux que je n'avois voulu l'être." (p. 102). Ces discours moraux voilés ne donneront donc pas matière suffisante au lecteur pour prendre clairement parti en faveur de Théophé.

Le lecteur doit ainsi "mettre en doute le texte qui est pourtant sa seule voie d'accès à l'univers romanesque ; puisque c'est une passion qui prend la parole, cette parole est suspecte, car l'optique de la passion déforme tout ce qui passe par ses yeux." [Rousset, 1973, p. 148]. L'ambassadeur retient ainsi moins les discours moraux de Théophé que les témoignages de son affection, et le narrateur juge et partie sélectionne les discours et pensées qu'il rapportera au lecteur.

UN RÉCIT PROBLÉMATIQUE

L'histoire de la Grecque est racontée par un narrateur juge et partie, dont le discours, comme celui de ses personnages, ne peut être pris pour argent comptant. Modalisation, sous-entendus, connotations, double sens, contradictions, contribuent à l'opacité du récit et à le rendre en permanence suspect.

La mauvaise foi amoureuse

• La représentation de l'Orient, un symptôme de la mauvaise foi

Trois récits orientaux principaux sont présentés au lecteur : l'histoire de Théophé, celle de l'ambassadeur et celle de Maria Rezati. Pourtant, la représentation de l'Orient contrevient souvent, dans le récit principal, aux attentes d'un public qui souhaiterait satisfaire son goût pour l'orientalisme. En effet, les représentations de l'Orient et des Orientaux sont souvent teintées de mauvaise foi car elles servent avant tout à discréditer les rivaux de l'ambassadeur, Synèse et le sélictar, et à construire en creux le portrait favorable du premier.

Le refus de la description

Loin de ses représentations fantasmées, l'Orient est dépeint avec une grande sobriété et la couleur locale y est présente par touches (v. Repères/La représentation de l'univers oriental). Elle est soutenue par quelques toponymes qui cartographient l'espace, comme Acade, Oru, Constantinople, mais elle est surtout assumée par les désignations du personnel du roman, quelques anthroponymes : Zara, Chériber, Azet, Aurisan Muley, et surtout des titres et fonctions : cadi, sélictar, bacha, vizir, aga, janissaires… (v. Lexicologie/Les orientalismes). La réalité historique y est parfois douteuse : si la "petite ville de la Morée, que les Turcs nomment *Acade*" (p. 106) est dans le roman dirigée par un bacha, "il est peu probable qu'il reste des provinces moréeennes sous administration turque dans les premières années du XVIIIe siècle" (note 31, p. 306).

L'absence des lieux communs littéraires dans les scènes où ils sont attendus est mise en évidence par des commentaires métatextuels. Ainsi, la description du sérail est immédiatement déjouée par sa désignation comme "sallon", et est précédée du commentaire narratorial suivant: "Nous entrames dans un lieu dont la description est inutile à mon dessein." (p. 58). Autre description attendue, celle du palais oriental qui appartient au sélictar:

> le sélictar nous prodiguant aussi-tôt tout ce qu'il avoit recueilli de richesses et d'élégances dans l'intérieur des édifices, je fus obligé de convenir dès le prémier moment que je n'avois rien vu en France ni en Italie qui surpassât un si beau spectacle. Je n'en promets point une description. Ces détails ont toujours de la langueur dans un livre. (p. 185-186)

Alors que les hyperboles et le vocabulaire mélioratif appellent la description ravissante du palais, elle ne sera jamais menée à bien. Le commentaire métatextuel qui suit cet extrait en livre la raison, l'ennui qu'il pourrait susciter chez le lecteur: "Je n'en promets point une description. Ces détails ont toujours de la langueur dans un livre" (p. 186). Prévost substitue à la description du palais celle du trouble de l'ambassadeur alors que le sélictar propose d'offrir les richesses de sa maison à Théophé. Les descriptions extérieures s'effacent ainsi au profit de celles du "monde moral" (v. Repères/L'exploration du Monde moral).

Présents gnomiques et feuilletage ironique

Le présent gnomique est employé dans les maximes, les sentences ou les vérités générales. La valeur générale de ces énoncés est soulignée par l'emploi générique des groupes nominaux associés aux présents gnomiques, et en particulier dans l'*Histoire d'une Grecque moderne*, du groupe nominal "les Turcs". Le caractère oriental est représenté de manière dépréciative et caricaturale par le narrateur: les Turcs "sont extrèmement superstitieux" (p. 221), leur fierté "est la prémière chose qui disparoit dans l'adversité", "toute leur grandeur est empruntée de celle de leur maitre, dont ils font profession d'être les esclaves, il ne leur en reste rien à la moindre disgrace; et dans la plupart, les motifs d'orgueil sont bien foibles quand ils sont réduits au mérite personnel" (p. 167-168). Ces énoncés généraux contribuent à dresser une représentation biaisée de l'Orient et des Orientaux, qui doit valoriser par le négatif l'ambassadeur occidental. Ils sont l'occasion d'opérer une comparaison, implicite ou non, entre mœurs orientales et mœurs occidentales.

Ce sont particulièrement les mœurs amoureuses des Turcs qui font l'objet de stéréotypes. L'ambassadeur discrédite les stratégies de séduction du sélictar, voyant dans ses propos "tous les témoignages de tendresse qui ont l'air chez les Turcs d'un rôle étudié" (p. 126). L'euphémisme "rôle étudié" voile un reproche d'insincérité fait au sélictar, reproche justifié sur le plan argumentatif par le syllogisme suivant: les Turcs étudient leurs rôles, or le sélictar est turc, le sélictar étudie donc son rôle. La prémisse majeure est formulée par deux fois dans l'œuvre, sous forme de proverbe: "la bonne-foi grecque est un proverbe ironique" (p. 94), "le proverbe du sélictar sur la bonne-foi des Grecs n'étoit pas sorti de ma mémoire" (p. 156). Or, c'est précisément par mauvaise foi que le proverbe est, dans sa seconde occurrence, attribué par le narrateur à un autre que lui-même: l'origine douteuse de la prémisse majeure révèle que le syllogisme est un sophisme. Alors que l'ironie du narrateur pèse sur la bonne foi orientale, l'ironie de Prévost pèse ainsi sur le discours du narrateur, parce qu'il est pétri de clichés qui lui servent à discréditer son adversaire par ses origines. De plus, aucun rôle n'est plus étudié dans le roman que celui de l'ambassadeur qui se prétend pédagogue afin de dissimuler son amour pour Théophé. De la même manière, si le narrateur remarque dans le discours du sélictar "l'enflure qui est naturelle aux Turcs" (p. 127), son discours n'en est pas moins enflé quand il s'exclame avec force modalisations et hyperboles: "Qu'elle est sincère! Qu'elle est naïve! O! Dieux, qu'elle est aimable! Il m'échappa mille autres exclamations avant que de pouvoir mettre quelque ordre dans mes idées." (p. 207). La représentation de l'Orient par le narrateur apparaît donc comme un "symptôme de la mauvaise foi amoureuse" [MAUZI, 1965, Préface], puisque les clichés qu'il rapporte lui permettent d'une part de discréditer ses rivaux orientaux, et d'autre part de s'en distinguer avec prétention.

Le discours stéréotypé du narrateur raillant les mœurs turques est ainsi raillé lui-même par une instance d'énonciation surplombante, que l'on peut identifier à l'auteur. Mobilisant un présent de vérité générale vaniteux et un "nous" prétentieux qui distingue les Européens des Orientaux, l'ambassadeur affirme au juge turc la supériorité des premiers en matière d'enquête: "C'est notre méthode en Europe, ajoutai-je, et si nous n'avons pas plus de zèle que vous pour l'équité, nous nous entendons mieux à la recherche du crime." (p. 106). L'ironie du narrateur, en accord avec son personnage, pèse aussi sur les tribunaux turcs: "[le cadi] trouva mes conseils si justes qu'il m'en fit des remercimens, et quelques discours qu'il ajouta sur l'exercice de sa profession me persuadèrent que les Turcs ont plus de gravité que de lumières dans leurs tribunaux de justice." (p.106). La tournure finale se veut euphémistique et signale le caractère archaïque des tribunaux turcs et de leurs méthodes d'investigations. À l'inverse, le présent de vérité générale "ont plus de lumières" valorise les tribunaux européens comme l'hyperbole "si justes" valorise l'ambassadeur. Le caractère trop péremptoire et hyperbolique du discours est l'indice de l'ironie narrative de l'auteur, qui révèle par-là la vanité et la prétention de l'ambassadeur. Pas plus que les tribunaux de justice turcs, l'ambassadeur ne peut prétendre aux "lumières", puisqu'il est lui-même un piètre enquêteur, ignorant tout de ce qui se trame dans son dos à la maison d'Oru ("En un mot, lorsque je demeurois persuadé que le sélictar n'étoit pas venu chez moi, et que Synèse en étoit parti, ils y étoient tous deux, et je l'ignorai pendant plusieurs jours.", p. 165).

Sens propre, sens figuré

La représentation croisée de l'Orient et de l'Occident tourne largement à la mauvaise foi lorsque l'ambassadeur compare le sort des esclaves de sérail à celui des hommes occidentaux. Le discours tenu par l'ambassadeur à Théophé transpose ainsi l'infortune des femmes orientales dans le contexte des relations galantes occidentales, au prix de glissements de sens que Théophé ne saisit pas parce qu'elle prend le discours au pied de la lettre :

> Je lui parlai avec douleur de l'infortune des pays chrétiens, où les hommes n'épargnant rien pour le bonheur des femmes, les traitant en reines plutôt qu'en esclaves, se liant à elles sans partage, ne leur demandant pour unique retour que de la douceur, de la tendresse et de la vertu, ils se trouvent presque toujours trompés dans le choix qu'ils font d'une épouse, avec laquelle ils partagent leur nom, leur rang et leur bien. Et croyant m'appercevoir que mes plaintes étoient écoutées avidement, je continuai de parler avec envie du bonheur d'un mari françois qui trouveroit dans la compagne de sa vie des vertus qui étoient comme perdues pour les dames turques, par le malheur qu'elles ont de ne jamais trouver dans les hommes un retour digne de leurs sentimens. (p. 60-61)

À l'infortune des femmes soumises dans les sérails, l'ambassadeur oppose ainsi "l'infortune des pays chrétiens" et, en particulier, des hommes.

Le discours joue des multiples réalités que peut désigner le substantif abstrait : la première infortune étant celle de l'esclavage, la seconde celle des refus adressés par une femme. Le discours est encore dévoyé par l'actualisation du sens figuré d'"esclave", substantif qui ne peut désigner pour Théophé qu'une personne qui n'est pas de condition libre et qui est sous la dépendance d'un maître dont elle est la propriété, quand il désigne en l'occurrence une personne qui fait tout pour satisfaire les intérêts ou obtenir les faveurs d'une autre (Académie française, 1740). Ce sens figuré est actualisé ici dans un contexte galant, alors que c'est bien le sens propre qui est utilisé dans le groupe nominal "la jeune esclave", utilisé quelques lignes avant l'extrait cité pour désigner Théophé. Ces glissements de sens, opérés par le passage du contexte oriental au contexte occidental, de celui du sérail à celui du salon, soulignent l'ambiguïté du discours de l'ambassadeur.

• Un double discours ambigu

Le narrateur ne respecte pas les règles qui doivent assurer le bon déroulement d'un échange, ce que Grice nomme les "maximes conversationnelles" [1979]. Elles répondent toutes à un "principe de coopération" selon lequel le discours du locuteur doit répondre aux exigences qui découlent du but ou de la direction de l'échange qui ont été acceptés par les interlocuteurs [Grice, 1979, p. 60-61]. Parmi les maximes conversationnelles, la maxime de manière concerne la forme du message. Elle commande au locuteur d'éviter de s'exprimer de manière obscure et d'éviter l'ambiguïté. Or, le discours du narrateur est constamment ambigu.

Un discours "avec quelque obscurité" : noms abstraits, métaphores, euphémismes

La mauvaise foi amoureuse de l'ambassadeur est sensible dans ses discours voilés, où se dissimulent le désir et/ou l'amour. Cette duplicité des discours participe explicitement de la stratégie amoureuse de l'ambassadeur : plutôt que d'"amener plus ouvertement" Théophé à avouer ses sentiments, il se promet de lui faire "envisager avec quelque obscurité ce qu['il] étoi[t] déterminé à faire pour elle" (p. 231). L'antithèse entre les deux compléments de manière, "plus ouvertement", "avec quelque obscurité", marque nettement le parti pris par le narrateur. Alors qu'il vient d'avouer à Théophé qu'il mourait si elle accordait son cœur à Synèse (p. 159), ce commentaire suit le discours direct: "Il ne m'étoit jamais arrivé de lui parler avec cette ouverture" (p. 159).

Ce discours obscur est un discours difficilement interprétable par l'interlocuteur. Lorsque l'ambassadeur veut faire dire à Théophé qu'elle a rejeté le sélictar par amour pour lui, il s'exprime en ces termes pour le moins confus :

> On se propose un but, lui dis-je, [...] et plus les voies par lesquelles on veut marcher sont extraordinaires, plus le terme auquel on aspire doit être noble et relevé. J'ai la plus haute idée du vôtre, sans pouvoir néanmoins le découvrir. (p. 229)

Le double discours s'appuie ici sur des termes abstraits ou métaphoriques ("un but", "les voies par lesquelles on veut marcher"...) qui peuvent désigner des réalités multiples que l'ambassadeur n'a pas à éclaircir. La question même des intentions de Théophé ne lui est pas directement posée, mais suggérée par le groupe prépositionnel "sans pouvoir néanmoins le découvrir". Théophé ne perce pas les intentions de l'amant et lui exprime sa volonté de se "rendre plus sage" (p. 229).

Les euphémismes participent également à masquer les intentions de l'ambassadeur. Lorsqu'il demande à Béma de se faire son espion auprès de Théophé, il lui confie simplement "une commission" (p. 148), tâche qu'il désignait précédemment comme celle d'un "argus" (v. Lexicologie/Béma, "argus" de l'ambassadeur). De même, ce n'est que la "considération" qu'il a eue pour Théophé qui l'a conduit à l'emmener à Oru (p. 156), où il pensait pourtant la posséder immédiatement. Le recours à l'adverbe "presque" atténue les sentiments du narrateur. Après le refus de Théophé à Oru et la rage et le ressentiment de l'ambassadeur qui s'en sont suivis, il dit: "il ne m'en coûta presque rien pour sacrifier les plaisirs que je m'étois proposés à l'espérance de faire de Théophé une femme aussi distinguée par sa vertu que par ses charmes." (p. 140). L'ambassadeur offre une représentation de ses sentiments qui contrevient aussi bien à ce qu'il en laisse paraître dans les pages précédentes et suivantes. De la même manière, dans la phrase "je la forçai presque malgré elle à m'accompagner" (p. 109), l'adverbe apparaît comme ironique, puisque son effet d'atténuation est pleinement contrarié par le pléonasme "forçais/malgré elle".

Quiproquos et connotations

Le discours de l'ambassadeur est truffé de connotations sexuelles ou amoureuses, qui se mêlent au discours moral (v. Problématiques/L'ombre du libertinage). Alors qu'il est résolu d'aller voir Condoidi après qu'il aura demandé Théophé en mariage, le narrateur rapporte les pensées du personnage :

> Dois-je le dire ? Quelque succès que je pusse obtenir de la part de Condoidi et de la sienne, je me flattois qu'elle seroit assez touchée de la résolution que j'avois prise en sa faveur pour m'en tenir compte par ses sentimens, et pour m'accorder tôt ou tard sans condition ce qu'elle verroit bien que je voulois mériter à toutes sortes de prix. (p. 232)

La relative périphrastique désigne ici moins la demande en mariage que le désir d'être aimé et désiré par Théophé. L'interrogative "Dois-je le dire ?" marque les hésitations du narrateur à rapporter au lecteur l'intention voilée qui motive la demande en mariage : provoquer la reconnaissance de Théophé pour attirer ses faveurs amoureuses. Les sous-entendus peuvent être sexuels : la "douceur", la "tendresse" et la "vertu" (p. 61) qu'attendent les hommes des femmes européennes, le "bonheur" et les "sentimens" (p. 60 et 61) d'un amant, que le personnage évoque lors de sa première conversation avec la belle Grecque dans le sérail, relèvent moins de l'isotopie de la morale que de celle des relations charnelles. L'opposition entre "la vertu" des européennes et les "vertus" des femmes de harem (p.61) joue ainsi sur la polysémie du terme, qui peut désigner spécifiquement la chasteté ou la fidélité amoureuse lorsqu'il est employé au singulier, et les qualités morales lorsqu'il est employé au pluriel. La répétition prolonge ainsi l'ambiguïté du discours tenu à la belle Grecque. Aucune des allusions de ce discours de séduction ne peut être comprise par Théophé, qui fera de cette conversation un moment déterminant dans son désir d'être vertueuse :

> Je ne me souvenois de rien qui se fût jamais si bien accordé avec l'ordre de mes propres idées. Ce sentiment redoubla, lorsque m'apprenant le bonheur des femmes de votre nation, vous m'expliquates d'où il peut dépendre, et ce que les hommes font pour y contribuer. Les noms de vertu, d'honneur, et de conduite, dont je n'eus pas besoin d'autre explication pour me former l'idée,

> s'attachérent à mon esprit, et s'y étendirent en un moment, comme s'ils m'eussent toujours été familiers. (p. 87-88)

Le quiproquo est manifeste dans la reprise des termes employés par l'ambassadeur lors de leur rencontre, ceux de "bonheur" et de "vertu" notamment : "Je lui parlai avec douleur de l'infortune des pays chrétiens, où les hommes n'épargnant rien pour le bonheur des femmes, les traitant en reines plutôt qu'en esclaves, se livrant à elles sans partage, ne leur demandant pour unique retour que de la douceur, de la tendresse et de la vertu" (p. 60-61). Le rythme ternaire du discours de l'ambassadeur ("de la douceur, de la tendresse et de la vertu"), est largement déplacé dans le champ de la morale par Théophé ("de vertu, d'honneur, et de conduite").

Contradictions

L'ambiguïté de l'ambassadeur est aussi manifeste dans les contradictions de son discours. Elles opposent notamment les aspirations contraires du personnage d'être tout à la fois le père ou éducateur et l'amant de Théophé. Ainsi souhaite-t-il faire de Théophé "une femme aussi distinguée par sa vertu que par ses charmes" (p.140), et son désir de partager sa vie est-il présenté comme naturel pour un "homme d'honneur et de goût" (p.140). La formule presque oxymorique "transport d'un libertinage éclairé" (p. 134) cristallise dans le discours les conflits internes du personnage (v. Lexicologie/"Libertinage"). Les changements intérieurs du personnage expliquent aussi les contradictions du discours : après son refus à Oru, Théophé est désignée de manière péjorative : "une fille de cette sorte", "une fille de seize ans", "cette jeune coquette" parmi tant d'autres "esclaves dont [il] pouvoi[t] attendre les mêmes plaisirs" (p. 138) puis elle redevient subitement, au gré des réflexions de l'ambassadeur, "Théophé" qui peut devenir "une femme aussi distinguée par sa vertu que par ses charmes" (p. 140).

Une contradiction apparente dans la langue peut manifester l'ambiguïté de l'attitude de l'ambassadeur :

> mes discours mêmes, quoiqu'aussi mesurés que mes actions par un goût de bienséance qui m'a toujours été naturel, se ressentirent continuellement du feu qui prenoit plus de force que jamais dans mon cœur. (p. 132)

Le commentaire sur le discours de l'ambassadeur relève ici de l'adynaton (une hyperbole inconcevable), parce qu'il est caractérisé simultanément par sa mesure et sa bienséance d'une part, et par le "feu" de la passion d'autre part. Cette contradiction alerte Théophé, qui juge ces paroles "mal à propos" (p. 133). C'est ainsi par les antithèses et contradictions que se révèle ponctuellement la duplicité du discours du narrateur, qui relève à la fois de sa stratégie de séduction et de l'ambiguïté de ses aspirations inconciliables de père et d'amant.

Le doute permanent et l'aveuglement

Le discours du narrateur est sujet à caution non seulement parce qu'il est juge et partie, mais aussi parce qu'il est marqué par un doute permanent sur le personnage de Théophé, étrangère dont le mystère des origines ne sera jamais levé, femme jamais conquise, objet d'une passion qui aveugle l'ambassadeur.

• Les verbes et adverbes de modalisation

La modalisation est la marque de l'engagement de l'énonciateur par rapport au contenu propositionnel de son énoncé. On peut distinguer les modalisateurs affectifs, qui concernent l'expression d'un sentiment du locuteur, des modalisateurs évaluatifs, qui correspondent au jugement du locuteur, axiologique (en termes de bon/mauvais) ou épistémique (qui concerne le vrai, le faux ou l'incertain).

Les verbes et adverbes de modalisation épistémique, comme "croire", "sembler", "paraître", ou "peut-être", sont extrêmement abondants dans l'œuvre, on en trouve des occurrences à chaque page ou presque. Ils marquent le trouble dans le jugement du narrateur, qui essaie de comprendre les situations auxquelles il est confronté et, plus particulièrement, les attitudes de Théophé :

> Ce que je pus donc m'imaginer de plus favorable, fut qu'étant lasse du serrail, et flattée peut-être de l'espérance d'une vie plus libre, elle avait pensé à quitter Chériber pour changer de condition [...] (p. 94)

Le verbe *pouvoir*, qui exprime ici la valeur modale de la possibilité, l'infinitif "imaginer" et l'adverbe "peut-être" ouvrent une pensée rapportée fortement modalisée soulignant la difficulté pour l'ambassadeur d'interpréter les comportements de Théophé.

La modalisation épistémique souligne encore l'aveuglement de l'ambassadeur, qui se croit aimé de Théophé, tandis que le narrateur, fort de la connaissance du futur du personnage, dément cette croyance :

> Pendant toute la route je tins sa main serrée dans les miennes, et je crus remarquer qu'elle y trouvoit autant de douceur que moi. (p. 132)

> Il m'avoit semblé jusqu'alors que Théophé étoit entrée naturellement dans toutes mes vues, et je la crus si disposée à la conclusion de cette scène, que je n'avois jamais pensé à couvrir mes espérances du moindre voile. (p. 134)

> j'en tirai pour moi des augures que je crus mieux fondés que ceux du sélictar. (p. 194)

Les modalisateurs ont ici quasiment une fonction proleptique, puisqu'ils annoncent d'avance la résolution des scènes : Théophé se refusera à l'ambassadeur lors de la première nuit à Oru (pour les deux premières citations), et ce dernier n'aura pas plus de succès que le sélictar auprès de Théophé (dernière citation).

La nuance modale souligne l'écart entre ce que sait le narrateur, et les événements tels qu'ils sont vécus par l'ambassadeur :

> Avec la certitude d'une sagesse constante dans l'aimable Théophé, je me croyois celle d'avoir triomphé de son cœur [...]. (p. 197)

S'opposent dans cette citation le substantif "la certitude", mis en valeur par le détachement à gauche et sa reprise anaphorique par le pronom "celle", et le verbe *croire*, formant le paradoxe "je me croyois la certitude", qui ne peut être levé qu'au prix de la distinction de deux énonciateurs : le narrateur et le personnage.

La modalisation épistémique permet aussi de nuancer les éléments mélioratifs du portrait du personnage de Théophé. Le narrateur indique par là au lecteur que cette représentation avantageuse est peut-être le fruit de l'aveuglement amoureux de l'ambassadeur :

> [...] je ne pouvois la soupçonner de les avoir empruntées d'autrui [ses idées], dans un pays où l'esprit ne se tourne pas communément à cette sorte d'exercice. Je crus donc lui découvrir un riche naturel, qui étant accompagné d'une figure extrèmement touchante, en faisoit sans doute une femme extraordinaire. (p. 93)

La forte certitude de l'ambassadeur, portée par le tour négatif "je ne pouvois" + infinitif où le verbe *pouvoir* actualise sa valeur modale, apparaît néanmoins douteuse, puisqu'elle est suivie d'un modalisateur exprimant l'incertitude du narrateur : "je crus". Ainsi, le modalisateur "sans doute", pouvant exprimer un fort degré de certitude (*sans aucun doute*), reçoit également le sens de *peut-être* par la présence du verbe *croire* dans son cotexte. La syllepse de sens se met au service de la construction d'un portrait ambigu du personnage de Théophé, selon qu'il est perçu par le narrateur ou le personnage. Le contraste exprime à nouveau l'opposition entre le savoir du narrateur et l'aveuglement de l'ambassadeur, qui ne soupçonne pas les perfidies de Théophé, de la même manière que dans l'extrait suivant :

> Mais quel renouvellement d'estime ne sentis-je point pour Théophé, dans qui je croyais voir revivre toutes les perfections que je lui avois anciennement connues. Mes infirmités me rendoient crédule. (p. 279)

Le narrateur sape, par l'emploi du verbe *croire* et de l'adjectif "crédule" appartenant à son champ dérivationnel, les représentations de l'ambassadeur, fussent-elles négatives ("l'inquiétude qu'elle me fit marquer le soir pour ma santé *me parut* une perfidie dont je cherchois déjà le moyen de me venger.", p. 173). Les modalisateurs contribuent ainsi à souligner le mystère incarné par Théophé, dans lequel J. Herman voit la métaphore du texte littéraire :

> Théophé est un objet qui se donne à lire. Plus, sans doute, qu'aucun autre roman de cette époque, l'*Histoire d'une Grecque moderne* fait du problème de la lecture, de l'interprétation, un sujet fondamental du récit qu'il raconte. Théophé est la métaphore du texte et d'un nouveau paradigme romanesque. [Herman, 2009, p. 105]

Quand l'ambassadeur croit avoir levé ce mystère, la modalisation indique son erreur ("je crus toucher à l'éclaircissement que je désirois", p. 106 ; "je crus mes doutes à demi levés", p. 107, "Je crus pénétrer tout d'un coup le fond du mystère. ", p. 279).

• Le conditionnel passé et le subjonctif plus-que-parfait

Le conditionnel envisage le futur à partir d'un repère passé, et peut avoir une valeur modale d'hypothèse. Le conditionnel passé, parce qu'il exprime une hypothèse formulée dans le passé, exprime l'irréel du passé, c'est-à-dire que le locuteur sait, au moment de l'énonciation, que le procès ne s'est pas réalisé dans le passé. Lorsque le narrateur imagine sa réaction si Théophé avait accepté la demande en mariage du sélictar, il formule une conjecture inutile :

> J'aurois regardé d'un œil jaloux le bonheur du sélictar ; mais je ne l'aurois pas troublé, m'en eût-il coûté mille fois plus de violence ; et peut-être aurois-je contribué par mes propres soins à l'élévation d'une femme que j'aimois uniquement. (p. 226)

Les trois conditionnels passés expriment les hypothèses formulées par l'ambassadeur, ne sachant pas encore quelle sera la décision de la belle Grecque, mais aucun de ces procès n'adviendra, puisque la demande sera refusée. Le subjonctif plus-que-parfait "m'en eût-il coûté" exprime ici également l'irréel du passé (en français classique ou soutenu, le subjonctif imparfait peut se trouver dans des constructions en parataxe, comme c'est le cas ici, équivalant à une subordonnée introduite par *si* ou *même si*). Le couple conditionnel passé/subjonctif plus-que-parfait souligne ici l'écart entre ce qui pourrait se produire, selon une focale qui est celle du personnage dans le passé, et ce qui s'est réellement produit, dont seul le narrateur a connaissance. Ainsi, il permet de présenter les conjectures de l'ambassadeur, en révélant d'emblée qu'il manque de clairvoyance sur l'avenir.

Dans les subordonnées hypothétiques

Corrélé avec le conditionnel passé, le subjonctif plus-que-parfait exprime aussi l'irréel du passé dans les systèmes hypothétiques. Alors que l'ambassadeur prend en pitié le sélictar dont Théophé vient de refuser la main, le narrateur commente avec ironie son attitude :

> Mais peut-être n'étoit-ce pas sur lui que j'aurois dû tourner ma compassion, si j'eusse prévu à quels nouveaux incidens je touchois, et ce que sa disgrace même devoit me causer de chagrin et d'humiliation. (p. 228)

Le conditionnel passé et le subjonctif plus-que-parfait signalent que les chances de réalisation des procès exprimés par la proposition principale et la subordonnée (compatir plutôt envers soi-même, prévoir la réponse de Théophé) sont annihilées. La valeur modale d'irréel du passé marque l'échec du personnage à faire une lecture juste de la situation, de même que le contenu sémantique de la subordonnée hypothétique, qui pose en condition de la réalisation du procès la clairvoyance de l'ambassadeur. Le contenu sémantique de la subordonnée hypothétique aussi bien que la valeur d'irréel du passé portée par le subjonctif plus-que-parfait convergent à nouveau dans l'extrait suivant pour pointer le manque de lucidité du personnage : "Malgré toute l'ardeur que je me sentois pour retenir Théophé à Constantinople, il me sembloit que si j'eusse pu m'assurer de ses intentions et me persuader qu'elle vouloit prendre sérieusement le parti d'une vie sage et retirée, j'aurois moins pensé à combattre son dessein qu'à le seconder." (p. 114).

Après la locution conjonctive *comme si*

La locution conjonctive "comme si", introduit une proposition circonstancielle opérant une comparaison hypothétique. De telles propositions exposent les conjectures du narrateur, qui cherche à expliquer les attitudes et émotions de Théophé, aussi bien qu'à comprendre ses propres sentiments :

> Elle quitta le miroir devant lequel elle étoit encore, et se jettant languissamment sur un sopha, elle s'y tint panchée, le front appuyé sur la main, comme si elle eût cherché à me dérober son visage. (p. 135)

> Elle se tut après ces quatre mots, comme si la douleur et la crainte lui eussent coupé tout d'un coup la parole, et je m'apperçus à sa respiration que son cœur étoit dans l'émotion la plus violente. (p. 135)

> Je m'en rapprochai avec un redoublement de crainte, comme si j'eusse touché à des éclaircissemens qui emportoient la dernière conviction. (p. 254)

Ces subordonnées marquent une modalité épistémique faible et la nature hypothétique des conjectures du personnage, contrairement par exemple à ce qu'offrirait l'emploi de subordonnées causales ("elle se tut, parce que la douleur et la crainte lui avaient coupé la parole"). Elles contribuent ainsi à montrer la difficulté de l'analyse psychologique pour le personnage de l'ambassadeur.

• Ironie

Le narrateur fait parfois peser l'ironie sur le discours ou les croyances de l'ambassadeur. Il souligne les errances de son raisonnement :

> Mais croira-t-on qu'après m'en être fait un juste reproche, et m'être occupé longtems à délibérer sur la voie que je devois prendre pour réparer mon imprudence, ma conclusion fut de retourner vers Théophé et d'exécuter ce que je m'étois cru obligé de suspendre par de si fortes raisons. (p. 232)

L'appel au jugement du lecteur, "croira-t-on", qui suggère que ce dévoiement de la réflexion est impossible à accepter, entraîne ce dernier dans un rire de connivence contre l'ambassadeur. Les modalisateurs axiologiques, "juste reproche", "si fortes raisons", valorisent la première intention du personnage qui est la conclusion d'une longue délibération : ne pas demander Théophé en mariage. Ainsi, la résolution prise par le narrateur ("exécuter ce que je m'étois cru obligé de suspendre par de si fortes raisons", soit demander Théophé en mariage) apparaît illogique sinon absurde, comme le suggère l'antithèse entre les verbes "exécuter" et "suspendre".

L'aveuglement de l'ambassadeur est encore souligné par l'ironie qui pèse sur ses pensées rapportées. Rencontrant pour la première fois Théophé, l'ambassadeur s'étonne de "Ce dévouement sincère aux volontés d'un vieillard, dans une fille charmante qui n'avoit pas en effet plus de seize ans" (p. 60). L'antithèse "vieillard"/"fille de seize ans", souligne le ridicule de la pensée du personnage, qui voit dans l'esclavage de Théophé un "dévouement sincère", puis qui "croyai[t] remarquer à l'air autant qu'au discours de la jeune esclave qu'elle étoit pénétrée du sentiment qu'elle venoit d'exprimer." (p. 60). L'ironie, portée par l'emploi du verbe "croire", opère un démenti des pensées du narrateur : le lecteur, de connivence avec le narrateur, doit comprendre que Théophé n'était pas pénétrée du sentiment qu'elle venait d'exprimer.

L'ironie qui pointe l'aveuglement du narrateur peut encore s'appuyer sur les hyperboles et exagérations, marques de la naïveté du personnage. L'excès de lyrisme de l'ambassadeur devant le discours de Théophé en est un exemple : "Qu'elle est sincère ! Qu'elle est naïve ! O ! Dieux, qu'elle est aimable ! Il m'échappa mille autres exclamations avant que de pouvoir mettre quelque ordre dans mes idées. " (p. 207). Avec une ironie mordante, la "joie maligne" de l'ambassadeur devant le refus de Théophé à la proposition de mariage du sélictar est exprimée avec force hyperboles :

> Il entroit une joie maligne dans ce conseil. Je brûlois non-seulement de voir finir ses importunités par un refus qui lui ôtât tout à fait l'espérance, mais encore plus de jouïr parfaitement de mon triomphe en voyant mon rival humilié à mes yeux. (p. 227)

L'ironie qui pèse sur les pensées trop enthousiastes du personnage souligne ici celle du sort, puisqu'au malheur du sélictar répondra celui de l'ambassadeur, qui verra lui aussi "finir ses importunités par un refus" et sera "humilié".

Structures binaires : enfermement de la pensée et frustration

L'imaginaire de la claustration qui ressort de la structure bipartite du roman et du redoublement de ses épisodes peut, sur le plan métaphorique, signifier l'impossibilité de la libération de Théophé (v. Problématiques/ De la boucle à la spirale). Du point de vue de l'écriture psychologique qui est celle du roman, cet imaginaire symbolise aussi l'enfermement du narrateur dans sa réflexion, sa frustration à ne pouvoir ni posséder, ni percer le mystère de Théophé.

• **Effets de répétition**

Le redoublement des épisodes

De nombreux passages parallèles émergent dans le roman lui-même bipartite (v. Problématiques/La bipartition du récit : rupture et miroir), si bien que la plupart des scènes y sont racontées deux fois, ou racontées puis élucidées par un autre personnage. C'est le cas du premier échange entre Théophé et l'ambassadeur, d'abord raconté lors de la scène du sérail de Chériber (p. 60-61), puis rapporté par Théophé sous un point de vue tout autre (p. 87-88), puisque le discours galant et connoté de l'ambassadeur a été entendu comme une initiation à la vertu. Ce premier échange est suivi de la réception du billet de la belle Grecque par l'ambassadeur (p. 60-61), puis celle-ci, au cours du récit de sa vie, expose toutes les péripéties traversées afin de pouvoir lui transmettre cette lettre (p. 90-93) et toutes les motivations morales qui l'ont conduite à l'écrire (p. 87-90).

Ces récits redoublés concernent tous le personnage de Théophé : l'exécution du prétendu père de Théophé est racontée une première fois par cette dernière (p. 78-79), puis une nouvelle fois par le cadi à la demande de l'ambassadeur (p. 105). Le refus du Condoidi de reconnaître sa fille (p. 110-111) est expliqué ensuite par Synèse (p. 118-121). Ces répétitions sont cependant inutiles à l'éclaircissement du récit et en augmentent la complexité.

Scènes répétées d'un personnage à son double

Ces redoublements narratifs apparaissent aussi entre un personnage et son double, comme l'ambassadeur et le sélictar, ou encore Théophé et Maria. Après que le narrateur offre à Théophé d'aller s'installer dans sa maison d'Oru (p. 123-124), le sélictar formule la même demande (p. 126). Le lexique renforce le jeu de miroirs entre les deux propositions : l'ambassadeur évoque "une maison agréable par sa situation et par la beauté extraordinaire du jardin" (p. 123), et l'ambassadeur "une superbe maison", "une si belle demeure" (p. 126). Théophé pourra être "libre et respectée" (p. 124) dans la maison d'Oru, et "libre et indépendante (p. 126) dans celle du sélictar. Néanmoins, au discours du sélictar qui parle "ouvertement de sa passion" (p. 126) et offre ses "témoignages de tendresse", ses "sentimens si tendres" (p. 126), répond le discours voilé du narrateur : les "caresses", les "soins", les "complaisances" (p. 124) peuvent être ceux d'un ami ou d'un amant. Ce même jeu de miroirs entre les propositions du sélictar et de l'ambassadeur apparaît encore au moment de la demande en mariage, présentée dans les deux cas à Théophé par l'ambassadeur. L'un et l'autre choisissent le même lieu (dans "son appartement", p. 231; "à l'appartement de Théophé", p. 228), et dans les deux cas la demande en mariage est rapportée sur le mode du discours narrativisé, et est immédiatement suivie de la réponse de Théophé ("Il lui déclara le sujet de sa visite", p. 228; "Je me hâtai de la prévenir, pour lui expliquer mes desseins, et l'aiant priée de m'écouter sans m'interrompre, je ne finis mon discours qu'après avoir exposé dans un fort long détail jusqu'au moindre de mes sentimens.", p. 233). Enfin, l'histoire de Maria Rezati apparaît comme un miroir inversé de celle de Théophé (v. Problématiques/Une suite d'aventures enlevées). Ces redoublements provoquent un effet de circularité, sinon d'emprisonnement, mimétique de celui de l'ambassadeur enfermé dans son incompréhension.

• Rythmes binaires

"Mais"

Les propositions précédées de *mais* sont extrêmement nombreuses dans le roman: on en trouve plus de quatre cents occurrences. Cette conjonction de coordination permet d'inverser l'orientation argumentative de la proposition (*p*) qui la précède dans celle qui la suit (*q*): si *p* induit ou pose une certaine conclusion, *q* oriente vers une conclusion opposée. *q* peut ainsi avoir une valeur d'auto-correction, et nuancer ou contredire le propos initial:

> Je ne me sentois point rappellé à elle par un penchant qui me causât de l'inquiétude; mais aiant l'imagination remplie de ses charmes, et ne doutant point qu'ils ne fussent à ma disposition, j'avoue que je consultai ma délicatesse sur les prémières répugnances que je m'étois senties à lier un commerce de plaisir avec elle. (p. 96)

La première proposition affirme que l'ambassadeur ne ressent aucun sentiment vif envers Théophé, ce qui pourrait faire conclure à son indifférence. Néanmoins, *q* suggère qu'il est loin d'être insensible à la belle Grecque: l'ambassadeur a bel et bien un "penchant" pour Théophé, qui est celui du désir et non de la passion, penchant qui ne fera que se développer dans la suite du roman (v. Problématiques/Une lente maturation amoureuse). Si la conjonction “mais” distingue ici désir et amour, elle dévoile dans les premières lignes du roman une autre ambiguïté du sentiment amoureux que développera l’ambassadeur, qui se veut tout à la fois père et amant. Dans les premières lignes du roman, la conjonction de coordination distingue les témoignages d’affection qu’il reçoit de Théophé de ceux qu’il espérerait en recevoir :

> estimé néanmoins de ce que j’aimois, écouté comme un père, respecté comme un maitre, consulté comme un ami ; mais quel prix pour des sentimens tels que les miens ! (p. 55)

Si l’on entend conclure de *p* que l’ambassadeur devrait être satisfait de tous les témoignages d’affection de Théophé envers l’ambassadeur, *q* dément cette conclusion, puisqu’ils ne sauraient combler un amant. La proposition exclamative averbale, marquant avec force la déception et la frustration du narrateur, dévoile par avance l’hypocrisie du rôle de père qu’il souhaite endosser dès lors que Théophé se refuse à lui pour la première fois. Ces balancements binaires soulignent ainsi les ambiguïtés des sentiments de l’ambassadeur, qui s’enracinent dans un désir initial qui ne le quittera jamais, et se voilent derrière des ambitions pédagogiques (v. Problématiques/L’impasse morale).

Propositions concessives

Les propositions concessives peuvent être introduites, en langue, par *bien que*, *quoique*, *encore que*, *malgré que*. Dans le roman, seul *quoique* est attesté. Elles décrivent un fait dont le lien avec la situation est dénié dans sa valeur de cause, et supposent que le locuteur refuse ou asserte l’inanité du lien causal que leur contenu propositionnel entretient avec la situation rapportée dans la principale.

Il peut s’agir, et c’est fréquemment le cas dans l’*Histoire d’une Grecque moderne*, d’une auto-correction : le locuteur suspend la pertinence du fait qu’il vient d’énoncer lui-même. Les concessives peuvent ainsi exprimer une pensée que l’ambassadeur n’a pas retenue au moment des faits, parfois à son propre détriment. Elles fonctionnent alors comme des indices laissés par le narrateur sur la suite de l’histoire. Ainsi, si l’ambassadeur a pressenti les difficultés que le chevalier allait lui causer, il n’a pas retenu cette impression : “Quoique le chevalier m’eût laissé quelque défiance, [...] je ne fis pas la moindre objection contre son dessein." (p. 200). De la même manière, s'il s'étonne de voir déjà rentré à Oru le valet qui devait ramener Synèse chez son père, il n'en déduira pas que cette mission n'a jamais été menée à bien : "Quoique je fusse surpris de le trouver de retour si tôt, je conçus qu'il pouvoit l'être avec beaucoup de diligence [...]." (p. 165).

Plus souvent, les concessives marquent les efforts de l'ambassadeur pour rejeter certaines de ses impressions concernant Théophé :

> (1) quoique ce compliment eût l'air affectueux, il me parut accompagné de tant d'amertume de cœur, que je voulus laisser à son chagrin le tems de la nuit pour se dissiper. (p. 111)
>
> (2) Quoique le ton dont elle accompagna sa réponse parût fort enjoué, elle nous dit des choses si justes et si sensées sur la sagesse et le bonheur, que j'admirai moi-même un discours auquel je m'attendois si peu et que je me demandai avec étonnement dans quelle source elle les avoit puisées. (p. 186)

Les concessives impliquent dans ces deux exemples le rejet d'une observation favorable aux désirs de l'ambassadeur, puisque l'air affectueux (1) et le ton enjoué (2) de Théophé, dont on pourrait induire ses sentiments, sont présentés comme sans lien avec le fait énoncé ensuite et qui a, lui, valeur de vérité : l'amertume (1) ou le discours moral (2) de Théophé. Mais ces observations favorables à l'ambassadeur, quoique considérées comme non pertinentes dans la situation présente, n'en restent pas moins exprimées : le narrateur présente toutes les données susceptibles d'être interprétées par le lecteur, notamment si elles servent sa propre cause.

Le recours abondant à la concessive est donc un fait de style déterminant dans l'écriture psychologique du roman, exposant des motivations, des conjectures, des pensées, même si celles-ci ont été écartées, et avec plus ou moins de regret. Les concessives peuvent en effet mettre en scène la frustration de l'ambassadeur contraint de renoncer à certaines pensées :

> Je la quittai sans m'être même hazardé à lui baiser la main, quoique l'aiant la plus belle du monde, elle m'en eût inspiré cent

fois le desir dans les mouvemens qu'elle avoit faits pendant notre entretien. (p. 147)

je me les retranchois sans peine [certains plaisirs], et même sans réfléxion, quoique je ne me fusse point imposé jusqu'alors des loix fort étroites à l'égard des femmes" (p. 153).

Le contenu propositionnel de la concessive dans chacun des extraits précédents, tout en faisant des désirs du narrateur un élément non pertinent dans le contexte présenté dans la principale, n'en laisse pas moins d'être exprimé. Ces concessives expriment ici l'écart entre la conduite bridée du personnage et celle qu'il aurait souhaité tenir, en mettant en scène sa frustration (v. Problématique/Du roman d'amour au roman de la frustration).

MORPHOSYNTAXE : LES MODES NON PERSONNELS DU VERBE

Le traitement de la question de grammaire doit éviter de tourner à l'exposé théorique : le candidat doit commenter exclusivement les formes présentes dans le texte, et il ne faut pas consacrer d'entrées aux cas non représentés et qui seraient développées par des exemples inventés ou extraits des grammaires. Le plan doit permettre le classement raisonné des occurrences préalablement relevées, qui seront commentées selon leur fonctionnement en contexte. Ce classement devra marquer une progression logique, qui ne peut découler que d'une problématique posée en introduction.

L'introduction doit définir la notion à étudier, et parfois en interroger le nom : on pourra ici questionner l'étiquette “modes non personnels” en la comparant à celle de “modes impersonnels”, parfois mobilisée. L'introduction doit aussi repérer les problèmes posés par la notion. Les modes impersonnels du verbe peuvent apparaître en emploi verbal ou non, et faire l'objet d'une conversion dans la catégorie des noms ou des adjectifs notamment. Or, la distinction de ces emplois, du plus ou moins verbal, et parfois rendue malaisée par des interprétations concurrentes, par exemple entre périphrases verbales ou propositions infinitives d'une part, et verbes suivis d'un COD d'autre part. L'introduction doit ainsi interroger les limites entre les catégories grammaticales, et le développement n'hésitera pas à mobiliser différents tests qui permettent d'éprouver les hypothèses formulées. Le jury rappelle en revanche dans le rapport de 2022 qu'aucune conclusion n'est requise pour la question de synthèse de grammaire.

La question des modes non personnels du verbe proposée ici permet de traiter d'autres sujets susceptibles d'être posés de manière indépendante, comme l'infinitif ou les formes en *-ant*. Elle est également un biais pour aborder la question des périphrases verbales, des propositions, des fonctions du nom et de l'adjectif par exemple.

INTRODUCTION

Le mode est un regroupement de tiroirs verbaux qui sont dotés de propriétés communes, aussi bien sur le plan de la morphosyntaxe que sur le plan sémantique. On distingue en langue française cinq modes : l'infinitif, l'indicatif, le subjonctif, le participe et l'impératif.

Le gérondif est parfois considéré comme un mode à part entière. En effet, si l'on raisonne en diachronie, le gérondif est bien en latin une forme distincte du participe présent. Mais en synchronie, on peut considérer que le gérondif est une variante du participe présent qui est précédé du morphème *en*. Si l'emploi de ce dernier s'impose aujourd'hui et commence à se stabiliser au XVIIIe siècle, il n'est pas systématique dans la langue classique qui en fait parfois l'économie.

Parmi les cinq modes de la langue française, les modes dits “non personnels”, l'infinitif et le participe, ont pour propriétés communes de ne varier ni en personne, ni en temps, et de pouvoir occuper dans la phrase une autre fonction que celle de noyau du prédicat : les fonctions nominales pour l'infinitif, des fonctions adjectivales pour les participes, et adverbiales pour le gérondif. Les formes des modes non personnels du verbe ont parfois pleinement quitté la catégorie verbale et, par le processus de conversion lexicale, gagné celle des noms et des adjectifs notamment.

On parle de modes “non personnels” plutôt qu'“impersonnels”, pour éviter la confusion avec les constructions impersonnelles (*il m'est arrivé de…*) et les verbes impersonnels (*il pleut*, *il faut*), qui ont pour sujet un *il* dépourvu de référent et vide sémantiquement.

• Remarques morphologiques

Les modes impersonnels du verbe comportent des désinences qui varient selon le type de verbe : - L'infinitif comporte quatre désinences en *r* : *-er ; -ir ; -oir ; -re*.

- Le participe présent et le gérondif se forment avec la désinence *-ant* adjoint généralement à la base de la première personne du pluriel du présent de l'indicatif.

- La voyelle finale du participe passé dépend du type de verbe : *-é* pour les verbes en *-er ; -i* parfois suivi d'une consonne *-t* ou *-s*, ou bien *-u* pour les verbes en *-ir*, *-ire*, *-oir* et *-re*. Certains participes s'achèvent par une consonne sans voyelle caractéristique (*craint, fait, inclus*).

• Des modes non personnels

L'infinitif et le participe ne présentent aucun sujet syntaxique qui transmettrait au verbe une marque de personne, de nombre ou de genre. Néanmoins, le procès présuppose un actant, un sujet dit "sémantique" qui peut être implicite, ou coréférentiel d'une forme nominale ou pronominale présente dans le cotexte et nommée "contrôleur" de l'infinitif ou du participe.

• Des modes non chronologiques

Les modes infinitifs et participe sont non chronologiques, car ils ne peuvent pas situer le procès dans le temps (passé, présent, futur). Ils ne présentent aucune variation morphologique liée au temps. Ainsi, les dénominations *participe présent* et *participe passé*, *infinitif présent* et *infinitif passé* sont-elles trompeuses.

• Forme simple et forme composée : valeurs aspectuelles

L'infinitif et le participe, à l'exception du participe passé, distinguent une forme simple (*jouer*, *jouant*, *joué*) et une forme composée (*avoir joué*, *ayant joué*, qui est la forme composée du participe présent).

La forme simple et la forme composée du participe présent et de l'infinitif marquent l'aspect, c'est-à-dire la valeur verbale qui examine la durée interne, le déroulement du procès, soit son commencement, son développement ou son achèvement. La forme simple marque l'aspect inaccompli (la borne finale du procès n'est pas encore atteinte, le procès est envisagé au cours de son déroulement), la forme composée l'aspect accompli (le procès est envisagé comme réalisé). Forme simple comme forme composée marquent l'aspect sécant : ni la borne initiale, ni la borne terminale du procès ne sont prises en compte.

• **Un statut ambivalent**

Les tiroirs verbaux des modes non personnels du verbe ont pour particularité de participer de deux catégories grammaticales :

- L'infinitif relève aussi du nom.

- Le participe relève aussi de l'adjectif. On dit qu'il "participe" à la fois du verbe et de l'adjectif.

- Le gérondif relève aussi de l'adverbe.

On peut ainsi observer, en contexte, des variations de fonctionnement des modes non personnels du verbe, du plus ou moins verbal. Nous en distinguerons trois stades qui constitueront le principe du classement des occurrences étudiées : les emplois verbaux, quand le verbe est noyau du prédicat ; les emplois nominaux, adjectivaux ou adverbiaux des formes qui conservent néanmoins leurs prérogatives verbales ; les formes qui ont pleinement quitté la catégorie du verbe par le processus de conversion. Dans les deux premiers cas, les formes impersonnelles du verbe n'en gardent pas moins leurs prérogatives verbales, ce qui rend parfois malaisée la distinction entre emploi verbal ou non.

EN EMPLOI VERBAL

Les infinitifs et les participes peuvent constituer le noyau d'une phrase indépendante ou d'une subordonnée, associés ou non à un auxiliaire ou semi-auxiliaire. Le verbe est alors le mot tête du groupe verbal et il détermine la structure des compléments.

En corrélation avec un auxiliaire

Le participe et l'infinitif forment avec l'auxiliaire le centre du groupe verbal d'une proposition subordonnée ou indépendante. L'auxiliaire sert de support aux désinences de temps, de personne et de nombre, et donne une indication aspectuelle ou modale. L'infinitif ou le participe portent l'essentiel de la signification et possèdent les propriétés du verbe : ce sont eux qui opèrent la sélection du sujet et des compléments.

• Le participe passé dans les temps composés et le passif

Lorsque l'auxiliaire *être* ou l'auxiliaire *avoir* sont associés au participe passé, ils peuvent former divers temps composés, à l'indicatif, au subjonctif et à l'impératif (aucune occurrence de ce dernier cas dans le texte).

À l'indicatif

- le passé composé ("J'*ai* longtems *aimé*", p. 55).

- le passé antérieur ("lorsque j'*eus ajouté*", p. 158).

- le plus-que-parfait ("Il *avoit remarqué* cette affectation", p. 57).

- le futur antérieur ("le dépit l'*aura porté* sans doute à vous en faire des plaintes", p. 273). Les occurrences de futur antérieur sont très rares dans le texte. Temps du discours, il actualise ici une valeur modale de supposition, faite au moment de l'énonciation et qui porte sur le passé.

- le conditionnel passé ("J'*aurois donné* ordre à tous mes gens de descendre au jardin", p. 172) Très utilisé dans le roman, il exprime l'irréel du passé (v. Stylistique/Le conditionnel passé et le subjonctif plus que parfait).

Au subjonctif

- le passé ("N'est-il pas misérable que [...] j'*aye entrepris* de rendre une fille chaste et vertueuse", p. 205). Rarement employé dans le roman, le subjonctif passé apparaît systématiquement dans les discours embrayés en corrélation avec un verbe principal au présent ou au futur lorsqu'il est le noyau de la subordonnée. Cette rareté s'explique par le fait que la langue du XVIIIe emploie le subjonctif plus-que-parfait lorsque le verbe entre en corrélation avec un verbe au passé simple, à l'imparfait ou au conditionnel. Le français moderne tend à l'inverse à éviter son usage, notamment pour les formes du pluriel en -ss- qui paraissent lourdes, comiques ou péjoratives (que vous sussiez, qu'ils lavassent).

- le plus-que-parfait ("quoique j'*eusse commencé* depuis quelque tems", p. 61). Il apparaît dans le roman dans les énoncés non embrayés, en corrélation avec les temps du passé lorsqu'il est intégré à une subordonnée.

L'auxiliaire *être* dans la formation des temps composés

L'auxiliaire *être* est utilisé dans le cas des formes composées des verbes pronominaux ou des constructions pronominales ("Jamais on ne *s'est livré* si follement à la perfidie", p. 174; "Il *s'étoit refroidi* tout d'un coup", p. 171 ; "J'ai souffert qu'il *se soit approché*", p. 179), et des verbes perfectifs exprimant un changement d'état ou un mouvement ("elle *est née* en Sicile", p. 188 ; "Qu'il ne *fût* point *sorti* de chez moi", p. 182; "le chevalier y *étoit arrivé* la veille", p. 237).

L'auxiliaire *être* dans la formation du passif

En français, le passif est construit par le verbe *être* suivi du participe passé. Les propositions passives se caractérisent par l'inversion du sujet et de l'objet de la phrase active, et par l'adjonction d'une préposition introduisant la mention du sujet actif, en fonction de complément d'agent:

> une voiture qui lui a été amenée par un inconnu (p. 111).

Le participe passé reçoit les marques du genre et du nombre, féminin singulier en l'occurrence, mais le verbe *être* qui porte seul les marques de mode (indicatif) et de temps (passé composé). Le groupe nominal sujet (*un inconnu*) et complément d'objet (*une voiture*) de la phrase active permutent autour du verbe. Le sujet actif devient complément d'agent et fait partie du prédicat verbal, quand le complément d'objet de la phrase active devient le thème de la phrase passive.

Au reste, le complément d'agent n'est pas toujours exprimé dans la construction passive ("je *fus contraint* d'entendre un discours", p. 233, "leur crime et leur supplice *seroient publiés* le lendemain", p. 175).

• L'infinitif avec un semi-auxiliaire : les périphrases verbales

Certains verbes sont considérés comme des semi-auxiliaires quand, suivis de l'infinitif, ils peuvent marquer une nuance de temps, d'aspect, de voix ou de modalité. En corrélation avec ces semi-auxiliaires, les infinitifs forment une périphrase verbale. Rappelons les propriétés de celle-ci, qui permettent souvent de discriminer entre forme non personnelle du verbe associée à un semi-auxiliaire pour former une périphrase verbale, et forme impersonnelle associée à un verbe lexical (c'est-à-dire employé dans son sens plein en dehors du contexte de la périphrase verbale) dont il est le complément d'objet. Dans la périphrase verbale :

- le semi-auxiliaire connaît un affaiblissement sémantique (par exemple, *devoir* perd son sens d'obligation et exprime la probabilité)

- il y a une forte coalescence entre le semi-auxiliaire et l'infinitif

- l'infinitif n'est pas pronominalisable

- l'infinitif porte l'essentiel de la signification et l'auxiliaire porte les marques de la personne, du nombre et du temps.

Plusieurs cas problématiques de constructions apparentées à des périphrases verbales aspectuelles ou modales peuvent se présenter au candidat. Il faudra poser en priorité les deux questions suivantes : le verbe qui pourrait être un semi-auxiliaire connaît-il un affaiblissement sémantique ? L'infinitif est-il pronominalisable ?

Remarque : Le gérondif peut aussi être employé avec le semi-auxiliaire *aller* ("le mal va croissant"). La périphrase verbale ainsi formée marque l'aspect progressif. Ce cas d'emploi verbal du gérondif n'est pas attesté dans le texte : on n'en trouve que des emplois adverbiaux.

Semi-auxiliaires temporels

La périphrase verbale temporelle permet de situer le procès dans le temps, elle marque l'ultériorité ou l'antériorité immédiate.

Aller : l'ultériorité

Le verbe "aller" connaît bien un affaiblissement sémantique dans les périphrases verbales : le sens de "se déplacer, se mouvoir", ou celui de "se dérouler" ne sont pas actualisés, et le verbe n'exprime qu'une valeur temporelle de futur proche ou immédiat.

(1) sa condition *alloit devenir* un supplice (p. 62)

(2) Qu'*alloit devenir* la jeune esclave [...] (p. 63)

(3) les reproches dont j'*allois* l'*accabler* (p. 161)

Dans les exemples (1) et (2), on observe bien la coalescence entre le semi-auxiliaire et l'infinitif, qui sont cependant séparés, dans les deux suivants, par le pronom objet direct "la" (sous sa forme élidée). Quand le COD de la périphrase verbale est exprimé par un groupe nominal, "un supplice" (1) ou "la jeune esclave" (2), il est postposé à l'infinitif. Aucun des infinitifs n'est pronominalisable, contrairement aux compléments essentiels du verbe "aller" : *j'allais chercher le pain > j'y allais*, mais "sa condition allait devenir un supplice" > **sa condition y allait.*

Venir de : l'antériorité

Suivi de la préposition *de* puis de l'infinitif, le verbe *venir* marque une nuance temporelle d'antériorité et perd son sens plein de "se déplacer auprès d'une personne prise comme référence" :

je *viens d'arracher* de lui une horrible confession (p. 97)

ce que je *venois d'apprendre* de Chériber (p. 60)

Les infinitifs "arracher" et "apprendre", portant l'essentiel de la signification, sélectionnent les compléments du verbe, et non *venir de*, parce qu'il porte la signification. C'est le semi-auxiliaire qui porte les marques de personne et de temps.

Dans certains cas, l'infinitif qui suit le verbe *venir* est à interpréter en emploi nominal de complément essentiel du verbe :

Chériber *vint finir* une conversation si douce (p. 88)

Cette occurrence se distingue des précédentes par l'absence de la préposition *de*, mais aussi par le fait que le verbe *venir* possède son sens plein de verbe de mouvement et ne marque pas de nuance temporelle : il ne doit pas être interprété comme un semi-auxiliaire. Pourtant, l'infinitif n'est pas pronominalisable comme l'est un complément essentiel COD : *Chériber va finir une conversation* > *Chériber y va*, mais *Chériber vint finir une conversation* > **Chériber y vint*. La pronominalisation est possible avec les verbes marquant un mouvement d'éloignement, mais pas avec ceux marquant un mouvement de rapprochement. On peut, dans ce cas, parler d'**infinitif de progrédience**, exprimant un fait qui prolonge et justifie le mouvement exprimé par le verbe recteur.

Semi-auxiliaires diathétiques

La diathèse (ou voix), se définit selon la façon dont le verbe distribue les rôles sémantiques de ses actants. Elle permet d'indiquer le rapport du sujet à l'action, selon qu'il est agent (voix active) ou patient (voix passive) et, dans ce cas, selon quel degré (voix pronominale). La périphrase verbale dite "diathétique" modifie le nombre des actants du procès et en précise le rôle.

<u>Faire : la périphrase factitive ou causative</u>

Elle augmente la phrase de départ d'un actant, représentant l'instance qui est cause du reste du procès.

> Je *fis appeller* aussi-tôt mon maitre (p. 61)

Le sujet sémantique d'"appeller", agent effectif du procès, est distinct du sujet de "fis" ("Je") qui provoque son exécution par l'agent effectif. La périphrase est ici factitive : l'agent causatif ("Je") charge quelqu'un de l'exécution du procès, agent qui n'est pas exprimé ici. Il peut l'être parfois dans un complément d'agent ("la précaution de me faire accompagner *de quatre domestiques bien armés*", p. 177). Sur le plan sémantique, l'agent causatif du procès peut être un inanimé, ou un nom abstrait :

> Mon impatience me *fit marcher* sur ses traces. (p. 172)

La périphrase verbale peut ici être nommée causative plutôt que factitive, puisque le verbe *faire* n'a pas le sens de "charger de" mais plus largement d'"être cause de". Dans ces périphrases diathétiques, l'infinitif n'est pas pronominalisable : *Je fis appeler mon maître* > **Je le fis ; Mon impatience me fit marcher* > **Mon impatience me le fit*. Le verbe *faire* n'a pas son sens plein ("donner naissance", "produire", "réaliser") mais signifie "être cause de" ou "charger de".

Laisser : la périphrase tolérative

La périphrase tolérative ajoute un actant au procès, celui qui n'empêche pas l'action :

> Théophé me *laissa voir* quelque crainte. (p. 109)

Le sujet de la phrase, "Théophé", a ici un rôle de non-empêchement du procès, tandis que le pronom objet "me" est l'agent qui fait l'action. *Laisser* n'a pas ici l'un de ses sens pleins ("faire garder" ou "faire rester") et *voir* n'est donc pas pronominalisable (**Elle me le laissa*).

Se laisser, se voir, s'entendre : périphrase passive

Les verbes pronominaux *se laisser*, *se voir*, *s'entendre* suivis de l'infinitif construisent une interprétation passive du procès exprimé par le verbe.

> Il *se laissa conduire* avec quelques marques de défiance. (p. 183)

> c'étoit le comble de l'infortune que de *se voir enlever* son amant (p. 191)

> Mais après avoir combattu longtems sa timidité, elle *s'en laissa vaincre* (p. 216)

Le sujet de la périphrase est le spectateur de l'action, causée par un agent qui n'est exprimé que dans le dernier exemple, par le pronom "en" anaphorique de "sa timidité", ici historiquement marqué pour renvoyer à un nom qui désigne un inanimé abstrait. Ces périphrases constituent une autre manière de construire la diathèse passive : leur sujet correspond au complément d'objet de la phrase active correspondante.

Semi-auxiliaires aspectuels

On considère traditionnellement comme des périphrases verbales aspectuelles celles qui marquent la saisie du procès au regard de sa durée interne : le procès est représenté dans son déroulement, à son début ou sa fin.

Ces périphrases peuvent exprimer l'**aspect inchoatif**, le procès est alors saisi dans sa phase initiale :

quelques bruits qui avoient *commencé à se répandre* (p. 174)

je *commencerois à rougir* de ma foiblesse (p. 229)

quelques-unes *se mirent à jouer* (p. 59)

Elles peuvent exprimer l'**aspect terminatif** et sont introduites par des verbes comme "cesser de" ou "achever de" :

elle n'*avoit cessé de* danser que pour reprendre son pinceau (p. 60)

j'*eus achevé de* m'assurer (p. 181)

Dans un tour négatif, le verbe "cesser de" peut exprimer l'**aspect duratif**, saisissant le procès dans son déroulement :

Le chevalier, qui *n'avoit pas cessé de* l'aimer (p. 239)

Les verbes *commencer*, *cesser*, *achever*, habituellement transitifs directs, sont suivis des morphèmes *à* et de *de*, qui ne sont pas ici des prépositions mais des marqueurs de l'infinitif. Après *se mettre*, *à* est bien prépositionnel en revanche. Dans la plupart de ces exemples, la pronominalisation est possible : *je commencerois cela*, *j'eus achevé cela*, *elle n'avait cessé cela que pour reprendre son pinceau*. La pronominalisation est certes envisageable, mais difficile ou familière, avec le verbe *se mettre : elles s'y mirent*, mais elle est impossible avec *ne pas cesser de : *Qui n'avoit pas cessé cela*. Dans le cas de la réussite des tests de pronominalisation et du maintien du sens plein des verbes introducteurs de la périphrase verbale, on peut interpréter ces constructions comme la suite d'un verbe lexical et de son complément d'objet.

Semi-auxiliaires de modalité

Les périphrases modalisatrices précisent le point de vue subjectif de l'énonciateur sur le procès.

Elles sont nombreuses dans le roman à exprimer une modalité épistémique, marquant le degré de certitude de l'énonciateur.

Sembler et paraître

Les semi-auxiliaires *sembler* et *paraître* peuvent marquer la certitude faible de l'énonciateur, et annoncent sur le plan sémantique un jugement qui s'en tient aux apparences :

> Le bacha [...] *sembla perdre* le goût qui l'avoit attaché particulièrement à moi. (p. 86)

> vingt-deux dames [...] *parurent attendre* les ordres de leur seigneur (p. 58)

Contrairement aux infinitifs qui suivent le verbe *croire* dans des propositions marquées également par une modalité épistémique faible et dont la construction est proche ("je crus avoir peu de fond à faire desormais sur l'amitié de Maria Rezati", p. 223), les infinitifs suivant les verbes "sembla" et "parurent" ne sont pas pronominalisables : *je le crus ; je crus cela*, mais **Le bacha le sembla*, **Le bacha sembla cela, *vingt-deux dames le parurent*, **vingt-deux dames parurent cela*. On peut ainsi analyser *croire* comme un verbe lexical et l'infinitif qui le suit, en emploi nominal, comme son COD.

Devoir et pouvoir : la probabilité

Les semi-auxiliaires *devoir* et *pouvoir* peuvent relever de la modalité épistémique et marquer la probabilité :

> Le prémier compliment du bacha *dut la confirmer* dans cette idée. (p. 65)

> elle *dut s'appercevoir* qu'il venoit de quelque autre source (p. 117)

> vous m'expliquates d'où il *peut dépendre* [le bonheur des femmes] (p. 87)

Les semi-auxiliaires connaissent bien l'affaiblissement du sens des verbes lexicaux, celui d'obligation de *devoir*, et de capacité de *pouvoir* pour exprimer une seule valeur modale de probabilité. Les infinitifs ne peuvent pas être pronominalisés : **Le prémier compliment le dut ; *Le bonheur des femmes le peut*. La tendance, historiquement marquée, à l'antéposition du COI par rapport à la périphrase verbale marque la forte coalescence du semi-auxiliaire et de l'infinitif :

la seule voie qui lui *avoit pu donner* quelque espérance de les satisfaire (p. 154)

En revanche, lorsque les verbes *pouvoir* et *devoir* ont leur sens plein, et que l'infinitif qui le suit peut être pronominalisé, on pourra considérer que l'infinitif est COD de ces verbes, et donc en emploi nominal :

Je ne *pus* lui *dissimuler* que c'étoit à vous. (p. 92)

si j'*eusse pu supposer* des circonstances où je me fusse lassée de mon sort, on n'auroit pu m'y retenir malgré moi. (p. 88)

Le verbe *pouvoir* a dans ces deux extraits un sens plein référant à la capacité du sujet de l'action. La pronominalisation est possible : *je ne le pus ; si je ne l'eusse pu*. L'interprétation de la construction comme une périphrase verbale demeure possible, car *pouvoir* n'actualise pas son sens plein et ne peut régir de syntagme nominal, or il s'agit de la catégorie prototypique des COD.

Emplois verbaux sans auxiliaire

La tradition grammaticale admet l'existence de propositions infinitives ou participiales quand, au sein d'une proposition ayant un sujet et un verbe conjugué prédicatif, un infinitif ou un participe également prédicatif est associé à un sujet sémantique ou contrôleur, qui n'est pas coréférentiel du sujet grammatical de la principale.

• Les propositions participiales

Le participe, présent ou passé, peut constituer le centre du groupe verbal d'une proposition subordonnée participiale. Doté d'un support nominal ou pronominal autonome, donc distinct du sujet du verbe de la principale, le participe présent ou passé forme avec lui une unité syntaxique en position détachée, qui a souvent valeur circonstancielle :

(1) Mon jardin réunissant tout ce qu'on peut s'imaginer d'agréable dans une campagne, je proposai à Théophé d'y prendre l'air après souper. (p. 171)

(2) *Ce spectacle aiant duré plus d'une heure*, le bacha fit apporter des rafraichissemens (p. 59)

(3) *le sélictar nous prodiguant aussi-tôt tout ce qu'il avoit recueilli de richesses et d'élégances dans l'intérieur des édifices*, je fus obligé de convenir dès le prémier moment que je n'avois rien vu en France ni en Italie qui surpassât un si beau spectacle. (p. 185-186)

(4) *l'imagination remplie de toutes les imputations de son accusatrice*, les moindres desordres que je crus remarquer dans sa chambre me parurent autant de traces de son amant (p. 286)

Le sujet sémantique du verbe au participe présent (simple ou composé), est toujours distinct du sujet de la proposition principale : "Mon jardin"/"je" ; "Ce spectacle"/"le bacha" ; "le sélictar"/"je" ; "l'imagination"/"les moindres désordres". Ces quatre propositions participiales prennent une valeur circonstancielle de cause, et sont toutes déplaçables et supprimables, comme un circonstant. Le participe est donc noyau de proposition, en emploi verbal, dans ces occurrences. Il est ainsi étonnant de voir le participe présent séparé du sujet sémantique dans l'extrait suivant :

cette idée, achevant de me les attacher par l'estime, je me trouvai aussi libre et aussi familier dans une ville où j'avois à peine vécu deux mois (p. 56)

L'interprétation du participe présent comme apposition, suggérée par la présence de la virgule, est rendue impossible par la présence d'un sujet suivi du verbe conjugué prédicatif dans la principale.

• Le cas de la proposition infinitive

Dans la tradition grammaticale, la proposition infinitive apparaît calquée sur le modèle du latin. On parle de subordonnée infinitive quand :

- La proposition est complément des verbes de perceptions comme *voir*, *entendre*, ou des verbes causatifs de mouvement.

- La proposition a un sujet sémantique propre, différent du sujet du verbe principal.

- Les deux termes, groupe nominal (sujet sémantique) et le groupe verbal (infinitif), doivent pouvoir être permutés.

Ces critères sont remplis dans la proposition suivante :

Je vois paroître madame de… (p. 290)

L'infinitif n'est pas pronominalisable (**Je le vois*), et n'est donc pas en emploi nominal. Le sujet sémantique et l'infinitif peuvent être permutés (*Je vois madame de… paroître*). Enfin, la proposition infinitive peut être substituée par une conjonctive essentielle (*je vois que madame de… paraît*). Quand le sujet sémantique de la proposition infinitive est un pronom personnel ou relatif, il prend la forme du complément d'objet. Le pronom relatif est dans ce cas antéposé au verbe conjugé :

je fus trop frappé de l'ordre *que* j'y vis *règner* (p. 58)

La possible permutation des groupes nominaux et verbaux confirme l'interprétation comme proposition infinitive : (*j'y vis l'ordre régner > régner l'ordre*).

La notion même de proposition infinitive est discutée par les grammairiens, dans la mesure où le sujet sémantique de l'infinitive ("l'ordre") est en même temps le COD du verbe recteur, ce qui compromet l'unité de la proposition. L'antéposition du pronom relatif par rapport au verbe conjugué, et non par rapport à l'infinitif, souligne bien le problème des frontières floues de la proposition infinitive. Ainsi, on peut aussi considérer qu'il s'agit d'une relation attributive, où l'infinitif est attribut du COD dans le contexte d'une double complémentation, en mettant en parallèle la structure infinitive (*je vis l'ordre régner*) et la structure attributive (*je vis l'ordre qui régnait ; je le vis qui régnait*).

EN EMPLOI NOMINAL, ADJECTIVAL OU ADVERBIAL

L'infinitif peut occuper toutes les fonctions nominales, le participe des fonctions adjectivales, et les gérondifs des fonctions adverbiales. Dans tous les cas, infinitif, participe et gérondif conservent leurs prérogatives verbales.

Emplois nominaux de l'infinitif

L'infinitif est susceptible d'exercer toutes les fonctions du nom : sujet, attribut, complément direct ou indirect, séquence d'une forme impersonnelle, complément du nom, de l'adjectif, de la préposition...

• Sujet et attribut du sujet

Dans le roman, l'infinitif est employé en fonction attribut du sujet :

> il ne pouvoit servir qu'à m'attirer la haine de son intendant, et c'étoit *me rendre toutes les autres voies beaucoup plus difficiles*. (p. 89)

> "Ah ! s'écria-t-il, vous me laissez voir ce que je serois au desespoir de penser." C'étoit *me faire entendre qu'il soupçonnait ma droiture*. (p. 225, nous rétablissons les guillemets)

Le second exemple peut prêter à confusion, en raison de la présence de *c'était... que*, semblable à celles des phrases dites clivées (c'est... qui/que) qui permettent d'extraire un constituant de la phrase, ce qui n'est pas le cas ici. Le pronom *ce* (sous sa forme élidée devant voyelle), est ici anaphorique de l'ensemble de proposition qui précède, au discours direct. Le *que* est une conjonction introduisant le complément du verbe "entendre". L'ambiguïté est aussi apparente dans l'exemple suivant où la forme *c'est... que* apparaît à nouveau :

> c'étoit m'accorder une faveur légère que de me les apprendre quelques heures plus tôt (p. 175)

On a ici un cas de détachement de l'infinitif sujet à droite : les infinitifs sont rares en position de sujet, et l'usage préfère avoir recours au détachement. La phrase initiale pourrait être : *me les apprendre quelques heures plus tôt était m'accorder une faveur légère*. Ainsi, le verbe "apprendre" est noyau du sujet réel de la phrase. Le pronom *ce* élidé, sujet, est donc cataphorique et a pour attribut "m'accorder une faveur légère". Notons encore le *que* dit de ligature, suivi du morphème *de* (indice de l'infinitif et non préposition), qui permet de marquer la limite entre le prédicat et le sujet. L'infinitif sujet comme l'infinitif attribut du sujet conservent leur rection verbale : "apprendre" et "accorder" ont chacun deux compléments.

• **Complément essentiel du verbe**

L'infinitif peut être complément d'objet direct du verbe :

> je crus *m'appercevoir* qu'elle revenoit un peu de son agitation (p. 72)

Le verbe "m'apercevoir" est ici COD du verbe *croire*. Parfaitement pronominalisable (*je le crus ; je crus cela*), il est bien en emploi nominal. Il régit néanmoins une proposition conjonctive essentielle introduite par la forme élidée de la conjonction *que*. L'infinitif peut aussi être complément d'objet indirect, précédé d'une préposition :

> ce que j'avois renoncé *à lui demander* (p. 180)

À + infinitif s'analyse comme un syntagme prépositionnel en fonction de COI, et donc pronominalisable par *y* (*j'y avais renoncé*) ou *cela* avec maintien de la préposition (*j'avais renoncé à cela*).

Le *de* devant l'infinitif n'est pas toujours une préposition, si bien que l'infinitif ne doit pas, quand ce n'est pas le cas, être interprété comme un COI :

> mille questions auxquelles je refusois *de satisfaire* (p. 84)

> j'aurois souhaité de trouver quelque prétexte (p. 63)

De est ici indice de l'infinitif et non une préposition. En effet, *refuser* comme *souhaiter* sont transitifs directs. L'infinitif est pronomisable par *le* et non par *y* ou *en* (*je le refusois* ; *je l'aurois souhaité*), et commute avec un SN (*je refusais mille questions*).

• **Séquence d'un tour impersonnel**

Les verbes impersonnels, à l'exception des verbes dénotant un phénomène météorologique, se construisent avec un groupe nominal, une complétive ou un infinitif.

> Et c'est la différence, ajoutai-je, qu'il faut *mettre entre les vôtres et les siennes*. (p. 192)

> Cette porte étoit une grille de fer, par laquelle il falloit *passer* nécessairement (p. 172)

Le verbe *falloir* tolère un complément qui est un groupe nominal (*il faut une clé*), une complétive (*il faut qu'il vienne*) ou, comme dans ces cas, un infinitif. L'infinitif garde ses prérogatives verbales, il régit par exemple un complément d'objet direct, le pronom relatif "que" anaphorique de "la différence" (groupe nominal objet direct ici extrait dans la phrase clivée).

L'infinitif peut aussi être séquence de constructions impersonnelles (où ce n'est pas le verbe lui-même qui est impersonnel) :

> il étoit impossible de lui procurer la liberté par des voies honnêtes. (p. 62)

> il est si nécessaire de vous dévouer toute sa tendresse (p. 201)

Dans ces constructions, le pronom impersonnel *il* est considéré comme le sujet grammatical de la phrase, tandis que l'infinitif est le noyau du sujet réel. Lorsque le sujet réel d'une construction impersonnel est un infinitif, il est très souvent introduit par le morphème *de* indice de l'infinitif, comme c'est le cas ici.

• **Complément du nom ou de l'adjectif**

La préposition *de* est la plus fréquente pour introduire un infinitif en fonction de complément du nom :

> La crainte de choquer le bacha par mes offres étoit capable de m'arrêter. (p. 62)

L'infinitif est ici le complément du nom "la crainte" introduit par "de", et "arrêter" complément de l'adjectif "capable". Le verbe ne perd pas sa capacité à régir des compléments :

> le desir d'en faire un usage qu'elle ignoroit (p. 189)
>
> L'avantage [...] de savoir parfaitement la langue turque (p. 56)

Parfois, d'autres prépositions peuvent introduire les compléments du nom ou de l'adjectif :

> des transports que je voyois prêts *à se renouveller* (p. 72)
>
> je n'entendis rien d'assez relevé *pour satisfaire mon ambition* (p. 83)

Les prépositions *contre*, *avec*, *en*, introduisant parfois les compléments du nom, ne peuvent pas être suivies d'un infinitif.

• Complément non essentiel

L'infinitif, suivant une préposition, peut aussi servir à construire des compléments non essentiels du verbe ou de la phrase :

> (1) Et *sans parler de lui remettre les mille écus*, je le quittai pour rendre ma visite à Chériber. (p. 63)
>
> (2) Cet aveu n'avoit point empêché qu'on ne leur eût fait souffrir divers tourmens, pour tirer d'eux le nom de tous leurs complices, et pour s'assurer particulièrement si le bostangi bachi et le sélictar étoient coupables (p. 175-176)
>
> (3) Après avoir expédié quelques affaires importantes, je ne pus me mettre au lit (p. 95)

Dans ce cas, l'infinitif construit un équivalent de locution conjonctive : *sans qu'il lui remette* (1) ; *pour qu'il tire d'eux et qu'il s'assure* (2) *après qu'il a essuyé* (3). Dans ces compléments essentiels, l'infinitif s'impose en français moderne parce qu'il y a coréférence entre l'agent de l'infinitif et le sujet de la proposition principale. Au XVIIIe siècle, la coréférence n'est pas obligatoire entre l'agent du participe et du gérondif et le sujet du verbe principal. L'infinitif est ainsi parfois noyau de compléments non essentiels du verbe, alors que son sujet sémantique n'est pas coréférentiel de la principale :

> *Après avoir essuyé mille questions auxquelles je refusois de satisfaire*, la foule s'ouvrit enfin pour faire place à un homme qui s'étoit informé en passant de ce qui attiroit la multitude de curieux qu'il voyoit au marché. (p. 84)

Dans cet extrait, le sujet du complément non essentiel de verbe n'est pas coréférentiel du sujet de la principale mais du sujet de la relative : *après que j'ai essuyé mille questions, la foule s'ouvrit*.

Emplois adjectivaux des participes

Le participe présent peut exercer les différentes fonctions de l'adjectif qualificatif : épithète, apposé, ou attribut du COD, et le participe passé peut également occuper la fonction d'attribut du sujet. Les participes gardent alors des propriétés verbales : ils peuvent régir un adverbe, un complément d'objet, un complément circonstanciel, se trouver à la forme passive ou pronominale.

• Épithète

En fonction épithète du nom, le participe suit immédiatement celui-ci :

> (1) Le projet *formé* entre les conjurés étoit de passer en Egypte (p. 175)
>
> (2) c'étoit un usage *établi* entre les frères et les sœurs de se donner mille témoignages d'une tendresse innocente (p. 159)
>
> (3) une lettre *écrite* de Constantinople (p. 239)

Le participe passé en emploi adjectival correspond à une subordonnée relative comportant le verbe conjugué : *le projet qui avait été formé entre les conjurés* ; *c'était un usage qui avait été établi entre les frères et les sœurs ; une lettre qui avait été écrite*. Remarquons qu'en (1), l'infinitif *passer* occupe la fonction d'attribut du sujet, et qu'en (2) l'infinitif *se donner* est le sujet de la phrase détaché à droite, annoncé par le pronom cataphorique "ce".

• **Apposition**

Les participes apposés sont extrêmement nombreux dans le roman et prennent la plupart du temps une valeur circonstancielle. L'apposition peut être antéposée au nom ou au pronom auquel elle se rapporte et en est séparée par une virgule :

> Partagé tout à la fois entre le desir de rendre service à l'esclave, l'embarras que j'en appréhendois, et la crainte de chagriner mon ami, j'aurois souhaité de trouver quelque prétexte pour me dégager absolument de cette avanture (p. 63)

> *Aiant eu le temps de méditer sa réponse*, elle prit soin de n'y rien mêler qui pût être mortifiant pour lui (p. 228)

Elle peut être également postposée au groupe nominal ou au pronom relatif auquel elle se rapporte, et est dans ce cas précédée d'une virgule qui marque la fonction appositive :

> Cette nouvelle, *jointe à ce qu'on m'apprenoit du grand-vizir*, ne me permit pas de prendre un moment de repos (p. 174)

> le capitaine françois dont j'ai parlé, qui *aiant eu jusqu'alors la discrétion de ne pas témoigner qu'il me connût*, s'approcha ensuite de moi pour me faire les civilités qu'il crut me devoir. (p. 261)

Elle peut être juxtaposée à une autre apposition nominale :

> Aurisan Muley, aga des janissaires, *irrité depuis longtems contre la cour*, [...] s'étoit proposé de mettre sur le trône le prince Ahmet (p. 175)

L'apposition peut alors développer des valeurs sémantiques circonstancielles variées : de cause ("n'aiant aucun talent pour acquérir plus de richesses, il m'éleva dans la pauvreté", p. 73), de temps ("L'aiant ouvert, je le trouvai en caractères grecs, que je n'entendois point encore", p. 61), de concession ("aiant eu continuellement les yeux sur la porte de son appartement, et le plus souvent qu'il avoit pu sur elle-même, il n'avoit pas vu porter ces galanteries dans sa chambre.", p. 122), de manière ("m'embrassant avec plus de tendresse que je n'en avois remarqué dans son caractère, il me conjura de rappeler à ma mémoire ce que je lui avois assuré la veille", p. 67).

• **Attribut du sujet et du COD**

Lorsque le participe est attribut du sujet (seulement le participe passé) ou du COD, il se place toujours après le verbe, contrairement au pronom attribut qui se place avant. Le participe passé, qu'il soit attribut du sujet (1) ou du COD (2), s'accorde en genre et en nombre avec le sujet ou le COD auxquels il se rapporte, qui peut être un pronom ou un groupe nominal :

(1) je suis fort *éloigné* de le chagriner mal à propos (p. 176)

(2) Je ne pus voir diverses personnes *occupées* à se faire montrer quelques femmes (p. 83)

Avec la copule *être*, pur lien dépourvu de contenu sémantique entre le sujet et son attribut, le participe passé en fonction adjectivale peut être confondu avec un tour passif, comme c'est le cas en (1). La possible variation en degré marque ici l'emploi adjectival du participe passé qui, de plus, peut être pronominalisé (*je le suis*). Il ne s'agit pas non plus pleinement d'un adjectif. Dans les deux exemples, le participe passé tolère encore un complément verbal : le COI introduit par la préposition *de* (1) ou *à* (2). Le participe passé montre sa double valeur : il joue le rôle d'un verbe par rapport aux compléments, et d'un adjectif par la fonction qu'il occupe par rapport au nom.

Emplois adverbiaux du gérondif

Le gérondif fonctionne comme un circonstant en emploi dit "adverbial", l'adverbe étant la catégorie prototypique de la fonction circonstancielle. Il prend le rôle d'un complément non essentiel de verbe ou de phrase. Il marque toujours un rapport temporel de simultanéité :

En aiant une fille, [...] il avoit promis au Ciel de la former à la sagesse (p. 188)

Le complément circonstanciel est ici extraprédicatif et porte sur l'ensemble de la phrase. Il peut aussi se charger d'autres nuances circonstancielles : cause, manière, condition, concession.

> un homme qui s'étoit informé *en passant* de ce qui attiroit la multitude de curieux qu'il voyoit au marché (p. 84)

Le complément circonstanciel est ici intraprédicatif, complément du verbe *s'était informé*, et exprime la manière.

LA DÉCATÉGORISATION DES VERBES

Par conversion, un verbe au mode non personnel peut devenir pleinement un nom ou un adjectif notamment. La forme a perdu ses prérogatives verbales (pas de forme composée disponible, pas de contrôleur, pas de complément de verbe, pas de forme négative). Le participe présent *suivant* offre des exemples variés de conversions, puisqu'il a donné aussi bien un adjectif verbal ("la nuit suivante", p. 75) qu'une préposition ("suivant leurs talens ou leurs inclinations", p. 58).

• Adjectifs

Participes présents et adjectifs verbaux

Si tous les verbes, sauf les verbes impersonnels, ont un participe présent, seuls certains participes présents connaissent un adjectif verbal. Ce dernier, contrairement au participe présent, ne peut recevoir des compléments verbaux, mais uniquement des compléments de l'adjectif. Il exprime un état ou une propriété et il s'accorde en genre et en nombre avec le nom auquel il se rapporte :

> une situation si *charmante* (p. 283)

> Il me paroissoit si *étonnant* à moi-même (p. 203)

La nature pleinement adjectivale de ces formes est marquée par l'accord en genre et par la capacité à varier en degré (intensif "si"). L'adjectif "étonnant" occupe la fonction d'attribut du sujet, que ne peut pas occuper le participe présent. Des critères autres que ceux de l'accord en genre et en nombre permettent parfois de distinguer morphologiquement le participe présent de l'adjectif verbal :

(1) l'intrigante Bema, (p.173)

(2) La nuit précédente (p. 176)

(3) une infinité d'excellens livres (p. 146)

(4) toutes les preuves qui auroient été différentes (p. 274)

Les adjectifs verbaux peuvent avoir une désinence en *-ent* (2, 3 et 4). Le participe présent des verbes en *-quer* ou *-guer* est noté *-quant* et *-guant*, mais l'adjectif verbal correspondant généralement noté *-cant* et *-gant* (1), à quelques exceptions près ("une avanture si *piquante*", p. 228).

Le participe passé

Les participes passés pleinement adjectivés sont désignés comme des adjectifs à part entière dans les dictionnaires contemporains, mais c'est rarement le cas dans les dictionnaires du XVIIIe siècle. Leur statut adjectival est confirmé par leur possible variation en comparaison ou en intensité :

j'étois si peu attendu (p. 250)

une personne aussi accomplie que Théophé (p. 155)

Si "attendu" et "accompli" ne sont pas répertoriés comme adjectifs dans le *Dictionnaire de l'Académie française* avant l'édition actuelle, les marques de degré "si peu" et de comparaison "aussi... que", empêchent ici l'interprétation verbale, et l'absence de complément du verbe empêche l'interprétation d'un emploi adjectival de verbes. On observe de plus la variation sémantique entre le verbe "accomplir" signifiant "achever", et l'adjectif "accomplie", qui signifie "très proche de la perfection".

• **Noms**

L'infinitif pleinement substantivé est précédé d'un déterminant ("un sourire", p. 249). La présence ou non du déterminant permet de distinguer le substantif du verbe :

(1) l'heure du *dîner* (p. 250)

(2) au *sortir* d'un serrail (p. 144)

(1bis) J'étois invité à *dîner* chez le sélictar. (p. 96)

(2bis) je me déterminai à *sortir* (p. 76)

Les deux premières occurrences présentent un déterminant avant le nom : *du* est la forme contractée de la préposition *de* et de l'article *le* (1), et *au* la forme contractée de la préposition *à* suivie de l'article *le* (2). En (1bis) et (2bis), les verbes à l'infinitif "dîner" et "sortir" sont en emploi nominal, mais ne sont pas substantivés. Ce sont réciproquement les compléments d'objets indirects de l'imparfait passif (1bis) et du passé simple "me déterminai" (2bis). Cependant, les infinitifs substantivés ne sont pas toujours introduits par un déterminant :

je proposai à Théophé d'y prendre l'air après *souper*. (p. 171)

Après peut généralement se construire avec un infinitif passé (*après avoir soupé*), mais pas avec des infinitifs présents, sauf dans le cas des locutions figées comme *après manger*, *après souper*, *après déjeuner*, où les formes de l'infinitif peuvent être considérées comme des substantifs sans déterminant :

> Après. Infinitif présent. Ne se rencontre plus guère que dans des expressions figées où l'infinitif est perçu comme un substantif. Après boire, ils se querellèrent (vieilli). Après dîner. Après déjeuner. (Académie française, éd. actuelle, art. "Après")

Au reste, ces infinitifs pleinement substantivés ne peuvent pas toujours être introduits par tous les déterminants et ne sont pas toujours variables en genre et en nombre (**plusieurs sortir*, **dix sortir ;* mais *plusieurs soupers*, *dix soupers*).

BIBLIOGRAPHIE

ŒUVRES DE PRÉVOST

PRÉVOST D'EXILES, *Histoire du Chevalier Des Grieux et de Manon Lescaut* [1731], intégré à l'origine dans *Mémoires et aventures d'un homme de qualité* [1728-1731], éd. J. Sgard, GF-Flammarion, Paris, 2012.

PRÉVOST D'EXILES, *Cleveland. Le Philosophe anglais ou Histoire de M. Cleveland, fils naturel de Cromwell,* [1731-1739], éd. J. Sgard et P. Stewart, Desjonquères, Paris, 2003-Prévost d'Exiles, *Histoire d'une Grecque moderne* [1740], éd. R. Mauzi, U.G.E., Paris, 1965.

PRÉVOST D'EXILES, *Le Pour et le Contre*, t. IX, [1736], éd. S. Larkin, Voltaire Foundation, Oxford, vol. 309, 1993.

PRÉVOST D'EXILES, *Histoire d'une Grecque moderne* [1740], éd. J. Sgard, Presses Universitaires de Grenoble, Grenoble, 1989.

PRÉVOST D'EXILES, *Histoire d'une Grecque moderne* [1740], éd. A. J. Singerman, Flammarion, Paris, 1990.

PRÉVOST D'EXILES, *La Jeunesse du commandeur, ou Mémoires pour servir à l'histoire de Malte* [1741], éd. R. Démoris, Slatkine, Paris, 1996.

PRÉVOST D'EXILES, *Le Monde Moral*, t. I, Genève, [1760] (rééd. 1764).

AUTRES SOURCES PRIMAIRES

ASSE E., *Le baron de Ferriol de Mademoisselle Aisse*, Paris, Revue Rétrospective, 1893.

HUET, *Traité sur l'origine des romans* [1670], C. Barbin, Paris, 1670, t. I.

MALEBRANCHE, *La Recherche de la vérité* [1674], dans *Œuvres*, éd. Geneviève Rodis-Lewis, Gallimard, Paris, coll. "Bibliothèque de la Pléiade", t. I, 1979.

MARIVAUX, *La Vie de Marianne* [1731-1742], éd. Frédéric Deloffre, Paris, Classiques Garnier, 1900, (rééd. 2019).

MONTESQUIEU, *Les Lettres persanes* [1721], éd. J. Starobinski, Gallimard, Paris, 1973 (rééd. 2003).

OUVRAGES GÉNÉRAUX

BOOTH W. C., *The Rhetoric of fiction*, University of Chicago Press, Chicago, 1961.

BURY E. et MEINER C. (dir.), *La Clarté à l'âge classique*, Classiques Garnier, Paris, 2013.

CHAPONNIÈRE C., *Le Mystère féminin ou vingt siècles de déni de sens*, Olivier Orban, Paris, 1989.

COULET H., *Le Roman jusqu'à la Révolution*, Armand Colin, Paris, 1967 (rééd. 2000).

COULET H., *Pygmalions des Lumières*, Desjonquères, Paris, 1998.

COURBIN M., *L'Esthétique du trouble dans les romans-mémoires des années 1730*, thèse préparée sous la direction de C. Martin et soutenue le 1er avril 2023 à Paris, Sorbonne-Université.

DÉMORIS R., *Le Roman à la première personne : du classicisme aux Lumières*, Droz, Genève, 1975 (rééd. 2002).

DENEYS-TUNNEY A., *Ecritures du corps, De Descartes à Laclos*, Presses Universitaires de France, Paris, 1992.

DESJARDINS L., *Le Corps parlant. Savoirs et représentation des passions au XVIIe siècle*, Presses de l'Université de Laval-L'Harmattan, Québec/Paris, 2001, p. 1.

DOUTHWAITE J., *Exotic woman : literary heroines and cultural strategies in ancien regime France*, University of Pennsylvania Press, Philadelphia, 1992.

DUFLO C., *Les Aventures de Sophie. La Philosophie dans le roman au XVIIIe siècle*, CNRS Éditions, Paris, 2013.

FAUDEMAY A., *Le Clair et l'obscur à l'âge classique*, Slatkine, Genève, 2001.

FERRARO A., *La Réception de Malebranche en France au XVIIIe siècle. Métaphysique et épistémologie*, Classiques Garnier, Paris, 2019.

GIRARD R., *Mensonge romantique et vérité romanesque*, Paris, Grasset, 1961.

GROSRICHARD A., *Structure du sérail : la fiction du despotisme asiatique dans l'Orient classique*, Seuil, Paris, 1979.

HERMAN J. et HALLYN F. (dir.), *Le Topos du manuscrit trouvé*, Peeters, Louvain-Paris, 1999.

JACQUES-CHAQUIN N. et HOUDARD S. (dir.), *Curiosité et* Libido Sciendi *de la Renaissance aux Lumières*, E.N.S. Éditions, Paris, 1998, t. II.

LAFON H., *Espaces romanesques du XVIIIe siècle. 1670-1820*, Presses Universitaires de France, Paris, 1997.

LÉTOUBLON F., *Lieux communs du roman : stéréotypes grecs d'aventure et d'amour*, Brill, Leiden, 1993.

LOTTERIE F., *Le Genre des Lumières. Femme et philosophe au XVIIIe siècle*, Paris, Classique Garnier, 2013.

MAGNOT-OGILVY F., *La parole de l'autre dans le roman-mémoires*, Louvain et Paris, Peeters, 2004.

MARTIN C., *"Educations négatives". Fictions d'expérimentation pédagogique au dix-huitième siècle*, Classiques Garnier, Paris, 2010.

MARTIN C., *L'Esprit des Lumières*, Armand Colin, Paris, 2017

ROUSSET J., *Narcisse romancier*, José Corti, Paris, 1973 (rééd. 1986). (a)

ROUSSET J., *Leurs yeux se rencontrèrent*, Paris, José Corti, 1981.

STEWART P., *L'Invention du sentiment : roman et économie affective au XVIIIE siècle*, Voltaire Foundation, Oxford, 2010.

OUVRAGES SUR PRÉVOST

BOURNONVILLE C., DUFLO C., FAULOT A. et Sergine PELVILAIN (dir.), *Prévost et les débats d'idées de son temps*, Peeters, Louvain, 2015.

ENGEL C. E., *Le Véritable Abbé Prévost*, Editions du Rocher, Monaco, 1957.

FRANCIS R. A. et Jean MAINIL (dir.), *L'Abbé Prévost au tournant du siècle*, Voltaire Foundation, Oxford, 2000.

FRANCIS R. A, *The Abbé Prévost's first-person narrators*, Voltaire Foundation, Oxford, 1993.

LEBORGNE E. et SERMAIN J.-P. (dir.), *Les Expériences romanesques de Prévost après 1740*, Peeters, Louvain-Paris, 2003. B)

LEBORGNE E., *Figures de l'imaginaire dans le* Cleveland *de Prévost*, Desjonquères, Paris, 2006.

MONTY J., *Les Romans de l'abbé Prévost : procédé littéraire et pensée morale*, Voltaire Foundation, Oxford, 1970.

RAMOND, C., *La Voix racinienne dans les romans du dix-huitième siècle*, Honoré Champion, Paris, 2014.

Richard A. FRANCIS, *The Abbé Prévost's first-person narrators*, Voltaire Foundation, Oxford, 1993.

SERMAIN J.-P., *Rhétorique et roman au dix-huitième siècle. L'exemple de Prévost et Marivaux (1728-1742)*, Voltaire Foundation, Oxford, 1985.

SGARD J., *L'Abbé Prévost. Labyrinthes de la mémoire*, Presses Universitaires de France, Paris, 1986.

SGARD J., *Prévost romancier,* José Corti, Paris, 1968, (rééd. 1989).

ARTICLES

ARMAND G., "L'Histoire d'une Grecque moderne ou ce que l'Orientale dit de l'Occidental" dans Bosquet et Meure (dir.), *Le Féminin en Orient et en Occident, du Moyen-Âge à nos jours : mythes et réalités*, Presses Universitaires de Saint-Etienne, Saint-Etienne, 2010, p. 73-81.

BEHRENS R., "Imagination, désir, narration (Marivaux et Prévost)", *Littératures classiques*, 2009/2, n°69, p. 125-139.

BOUVIER, "La genèse de l'*Histoire d'une Grecque moderne*", *Revue d'histoire littéraire de la France*, n° 48, 1948, p. 113-130.

CALDER M., "La résistance langagière de la "Grecque moderne"", dans Francis et Mainil (dir.), *L'Abbé Prévost au tournant du siècle*, Voltaire Foundation, Oxford, 2000, p. 111-117.

CORTEY M., "Les demoiselles de Prévost : expérimentations romanesques sur le personnage féminin dans l'*Histoire d'une Grecque moderne, La Jeunesse du Commandeur* et *Les Campagnes philosophiques* " dans Leborgne et Sermain (dir.), *Les Expériences romanesques de Prévost après 1740*, Peeters, Louvain-Paris, 2003, p. 91-104.

COURBIN M., "L'épreuve du trouble : résistance et opacité du langage dans les romans-mémoires des années 1730" dans Gravet (dir.), *Cahiers Internationaux de Symbolisme*, "Résistance/Langage", n° 161-163, 2022, p. 95-112.

CUSSET C., "La loi de l'intérêt ou la naissance du sujet moderne dans l'*Histoire d'une Grecque moderne de Prévost*" dans Jacot Grapa, Jacques-Lefèvre, Seité, Trevisan (dir.), *Le Travail des lumières*, Honoré Champion, Paris, 2002, p. 289-299.

DÉMORIS R., "De la morale du pied au bourreau de soi-même : les aventures de la voix moraliste dans la fiction du XVIIIe jusqu'à Rousseau" dans Marc Escola (dir.), *Revue des Sciences Humaines*, "Morale et fiction aux XVIIe et XVIIIe siècles", n°254, 1999, p.169-187.

DEPRUN J., "Thèmes malebranchistes dans l'œuvre de Prévost" dans *L'Abbé Prévost : actes du colloque d'Aix-en-Provence 1963*, Armand Colin, 1965, Paris, p. 155-172.

DORNIER C., "Le procès de l'écriture de soi instruit par la fiction narrative dans l'*Histoire d'une Grecque moderne*" dans Kuperty-Tsur (dir.), *Écriture de soi et argumentation*, Presses Universitaires de Caen, Caen, 2000, p.87-98.

FAULOT A., "La valeur de l'erreur dans l'*Histoire d'une Grecque moderne* de Prévost", *Études françaises*, n°54 (3), Montréal, 2018, p. 27-43.

FAULOT A., "Prévost et le problème de l'identité personnelle : la science du sujet à l'épreuve du roman" dans Bournonville, Duflo, Faulot et

Pelvilain (dir.), *Prévost et les débats d'idées de son temps*, Peeters, Louvain, 2015, p. 15-34.

Fréry N., "Aveux troubles et narration suspecte dans l'exorde de l'*Histoire d'une grecque moderne* de Prévost", Communication au colloque "Pactes de lecture, jeu de dupes ? Quand le roman se fait imposture", org. C Bérard, M. Decout, C. Julliot, Université Lille 3, 30 mai 2018, p. 1-9, à paraître.

Goldzink J., "Résistance féminine et logique des passions", *Critique*, n°703, 2005, repris dans *La Plume et l'idée ou L'Intelligence des Lumières*, Le Manuscrit, Paris, 2008, p. 359-364.

Herman J., "La scénographie des préfaces" dans Galleron (dir.), *L'Art de la préface au siècle des Lumières*, Presses universitaires de Rennes, Rennes, 2007.

Herman J., "Le Nouveau romanesque de l'*Histoire d'une Grecque moderne* : dialogue entre le code et sa transgression" dans Leborgne et Sermain (dir.), *Les Expériences romanesques de Prévost après 1740*, Peeters, Louvain-Paris, 2003, p. 253-266.

Herman J., "Topos de l'enfant abandonnée et figures rhétoriques de l'inachèvement dans l'*Histoire d'une Grecque moderne*" dans Rivara (dir.) *L'Œuvre inachevée*, C.E.D.I.C., Lyon, 2001, p.159-172.

Hill E. B., "Virtue on Trial : A Defense of Prévost's Théophé", Voltaire Foundation, Oxford, vol. LXVII, 1969, p. 191-209.

Hoarau C., "De Pygmalion à Arnolphe et de Galatée à Agnès, jeux de masques dans l'*Histoire d'une Grecque moderne* de Prévost", TrOPICS, n°2, 2015, p. 239-251.

Leborgne E., "Fictions du politique dans les romans des années 1740 : une vision pathologique du pouvoir " dans Leborgne et Sermain (dir.), *Les Expériences romanesques de Prévost après 1740*, Peeters, Louvain-Paris, 2003, p. 305-326.

Leborgne E., "L'Orient vu par Prévost dans l'*Histoire d'une Grecque moderne* : l'ambassadeur et l'eunuque", *Dix-huitième Siècle*, n°29, 1997, p. 449-464.

Leborgne E., "Préface" dans Leborgne et Sermain (dir.), *Les Expériences romanesques de Prévost après 1740*, Peeters, Louvain-Paris, 2003, p. 1-13.

MALL L., "Modalités et déplacements de la violence dans l'*Histoire d'une Grecque moderne* de Prévost" dans Debaisieux et Verdier (dir.), *Violence et fiction jusqu'à la Révolution*, Gunter Narr Verlag, Tubingen, 1998, p. 337-346.

MARTIN C., "Le sérail et son double, topique du harem dans la fiction romanesque, des *Mémoires du sérail* (1670) aux *Intrigues historiques et galantes du sérail* de J.-B. Guys (1755)" dans Ferrand (dir.), *Locus in fabula. La topique de l'espace dans les fictions françaises d'Ancien Régime*, Peeters, Louvain, 2004, p. 178-199.

MIRLO A., "De l'utilité ou de l'inutilité du philosophe dans *Cleveland* et *L'Histoire d'une Grecque moderne*" dans Boumonville, Duflo, Faulot et Pelvilain (dir.), *Prévost et les débats d'idées de son temps*, Peeters, Paris-Louvain-Bristol, 2015, p. 35-46.

OLSON G., "Reconsidering unreliability: Faillible and untrusworthy narrators", *Narrative*, vol. 11, n° 1, 2003, p. 93-109.

ORSINI D., "Les enjeux de la narration dans l'*Histoire d'une Grecque moderne*" dans Francis et Mainil (dir.), *L'Abbé Prévost au tournant du siècle*, Voltaire Foundation, Oxford, 2000, p. 209-218.

PERRIN J.-F., "L'invention d'un genre littéraire au XVIIIe siècle", *Féeries*, "Le Contre Oriental", n°2, 2005, p. 9-27.

ROUSSET J., "Marivaux et la structure du double registre" dans *Forme et signification. Essai sur les structures littéraires de Corneille à Claudel*, José Corti, Paris, 1962 (rééd. 1986), p. 45-65 (b).

ROUSSET J., "Prévost romancier: la forme autobiographique" dans *L'Abbé Prévost. Actes du Colloque d'Aix-en-Provence* (20-21 décembre 1963), Ophrys, 1965, p. 197-205.

SEMPÈRE E., "Le "double prix" de l'*Histoire d'une Grecque Moderne*: éléments pour une analyse de l'étrangeté du récit " dans Leborgne et Sermain (dir.), *Les Expériences romanesques de Prévost après 1740*, Peeters, Louvain-Paris, 2003, p. 227-236.

SERMAIN J.-P., "L'*Histoire d'une Grecque moderne*: Je est un autre" dans *Rhétorique et roman au dix-huitième siècle. L'exemple de Prévost et de Marivaux* (1728-1742), Voltaire Foundation, Oxford, 1985, vol. CCXXXIII, p. 129-142.

SERMAIN J.-P., "L'*Histoire d'une Grecque moderne* de Prévost: une rhétorique de l'exemple", *Dix-huitième Siècle*, n°16, 1984, p. 357-367.

SERMAIN J.-P., "Postface" dans Leborgne et Sermain (dir.), *Les Expériences romanesques de Prévost après 1740*, Peeters, Louvain-Paris, 2003, p. 327-357.

SGARD J., "Aventure et politique : Le mythe de Bonneval" dans *Roman et Lumières au dix-huitième siècle*, Éditions sociales, Paris, 1970, p. 411-420.

SGARD J., "L'Aventure", *Europe*, n° 811-812, nov.-déc. 1996, p. 60-67.

SINGERMAN A. J., "Relecture ironique de l'*Histoire d'une Grecque Moderne*" dans *Cahiers de l'Association internationale des études françaises*, n°46, 1994, p. 355-370.

SPECTOR C., "Le despotisme des passions dans les *Lettres persanes*" dans Martin (dir.), *Les* Lettres persanes *de Montesquieu*, Presses de l'Université Paris-Sorbonne, Paris, 2013, p. 169-184.

STEWART P., "La sincérité, degré zéro de la rhétorique ?" dans Ferrer et Ramond (dir.), *La Langue des émotions – XVIe-XVIIIe siècle*, Classiques Garnier, Paris, 2017.

TREMEWAN P., "Orient et Occident dans l'*Histoire d'une Grecque moderne*" dans Francis et Mainil (dir.), *L'Abbé Prévost au tournant du siècle*, Voltaire Foundation, Oxford, 2000, p. 119-126.

TRAVAIL DU TEXTE

Lexicologie

APOTHÉLOZ D., *La Construction du lexique français*, Ophrys, Paris, 2002.

CARON P., "Orthographe et graphies au siècle des Lumières. Le royaume de la variante", *Cahiers FoReLLIS – Formes et Représentations en Linguistique, Littérature et dans les arts de l'Image et de la Scène* [En ligne], 1700-1840 : Des femmes françaises et étrangères à leur écritoire. Autour des Archives d'Argenson, III. Autour de la variété orthographique au siècle des Lumières : https://cahiersforell.edel.univ-poitiers.fr:443/cahiersforell/index.php?id=1128.

GARDES-TAMINE J., *La Grammaire, tome 1. Phonologie, Morphologie, Lexicologie*, Armand Colin, Paris, 2010 (4e éd. revue et augmentée).

LEHMANN A. et MARTIN-BERTHET F., *Introduction à la lexicologie*, Nathan, Paris, 2013 (4e éd. revue et augmentée).

ZINK G., *Phonétique historique du français*, PUF, Paris, 2013.

Dictionnaires

FURETIÈRE A., *Dictionnaire universel*, Arnoult et Reinier Leers, La Haye et Rotterdam, 1690 : http://furetière.eu.

Dictionnaire de l'Académie française, neuf éditions successives de 1694 à nos jours : https://www.dictionnaire-academie.fr.

Trésor de la Langue Française informatisé : http://atilf.atilf.fr.

REY A., *Dictionnaire historique de la langue française*, Le Robert, Paris, 2006.

Grammaire

BENVENISTE É., *Problèmes de linguistique générale I*, Gallimard, Paris, 1966.

FOURNIER N., *Grammaire du français classique*, Belin, Paris, 1998.

NARJOUX C., *Le Grevisse de l'étudiant. Capes et agrégation lettres : grammaire graduelle du français*, De Bœck supérieur, Louvain-la-Neuve, 2018.

RIEGEL M., PELLAT J.-C., RIOUL R., *Grammaire méthodique du français*, PUF, Paris, 1994.

Stylistique

FROMILHAGUE C. et SANCIER-CHÂTEAU A., *Introduction à l'analyse stylistique*, Bordas, Paris, 1991.

GENETTE G., *Seuils*, Seuil, Paris, 1987.

GOLLUT J.-D. et ZUFFEREY J., "L'indirect non régi chez Prévost : un ancêtre du discours indirect libre ?", *Verbum*, XLI, n°1, 2019, p. 127-143.

GRICE H. P., “Logique et conversation”, *Communications*, n° 30, 1979, p. 57-72.

HERSCHBERG-PIERROT A., *Stylistique de la prose*, Belin, Paris, 2003.

LAURENT N., *Initiation à la stylistique*. Hachette supérieur, Paris, 2001.

MOLINIÉ G., *La Stylistique*, PUF, Paris, 2014.

MOREL M.-A., PETIOT G., et ELUERD R., *La Stylistique aux concours*, Honoré Champion, Paris, 1992.

RABATEL A., *Homo Narrans, pour une analyse énonciative et interactionnelle du récit*, Lambert-Lucas, Limoges, 2020 [2008].

ROUSSET J., *Narcisse romancier. Essai sur la première personne dans le roman*, J. Corti, Paris, 1973.

Éditions Atlande
F - 92200 Neuilly
www.Atlande.eu

Achevé d'imprimer sur les presses de Sepec Numérique
à Peronnas (Ain) en novembre 2023.
Numéro d'impression : N10017230907

Dépôt légal novembre 2023.

IMPRIM'VERT®

PEFC 10-31-3532